JESSIE SHIMMER

TOME II

Panini BOOKS

JESSIE SHIMMER

TOME II :
LE BAISER DE LA SORCIÈRE

LUCY A. SNYDER

CRIMSON

Titre original : *Shotgun Sorceress*

Design de couverture : Dan Dos Santos

Traduit de l'anglais (États-Unis) par Noé Le Blanc
Traduction révisée par Zibeline & Co

ISBN : 9-782809-432046

Crimson est une collection de Panini Books

www.paninibooks.fr

Première publication aux États-Unis en 2010 par Ballantine Books,
un label de The Random House Publishing Group,
une division de Random House, Inc., New York.

Pour Sara Larson qui, il est bon de le faire remarquer,
n'entretient aucune ressemblance avec la Sara
que vous trouverez dans ce livre.
Bon, d'accord, il y en a quand même une :
son chaton, Fred, est bien un vrai petit démon.

REMERCIEMENTS

Je souhaite remercier toutes les personnes qui m'ont aidée à faire connaître ce livre par le monde : mon agent, Robert L. Fleck, mon éditrice, Shauna Summers, et son assistante, Jessica Sebor. Je tiens également à remercier ma responsable de communication, April Flores, et à exprimer ma plus profonde gratitude à mes premiers lecteurs : Dan, Trista et mon mari Gary, toujours aussi patient.

Et, pour finir, je me dois de signifier toute ma reconnaissance à cette molécule qui m'a permis de tenir les délais :

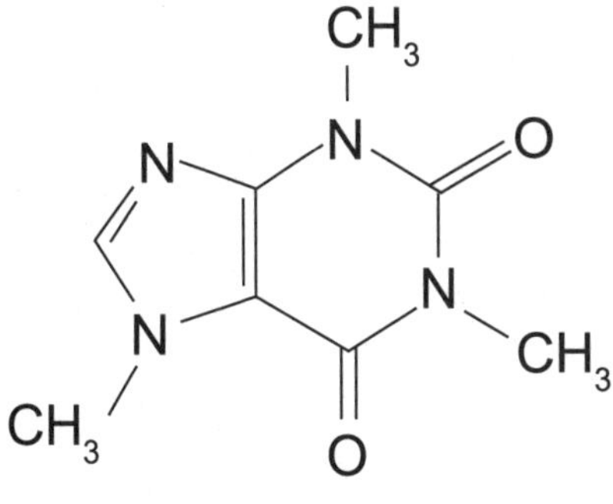

Dessin de la structure d'une molécule de caféine, avec l'aimable autorisation de Wikipédia.

PREMIÈRE PARTIE

HORS-LA-LOI DE BANLIEUE

I
UNE SACRÉE NOUVELLE

JUCHÉE SUR LES épaules de Pal, j'avançais le long de Main Street en direction du *Saguaro Hotel*, de ses vastes marches en marbre et de ses colonnes d'un blanc étincelant. Une armée de morts vivants en guenilles s'écartait lentement de notre chemin. La mer brune et puante qui s'ouvrait devant nous devait compter au moins un millier de corps en décomposition. Je souffrais d'un mal de tête terrible. L'effet conjugué de la chaleur du mois de juillet et du soleil impitoyable de l'ouest texan était presque insoutenable. J'inclinai mon chapeau de cow-boy en paille vers l'avant, dans le vain espoir de faire profiter ma nuque de la faible brise.

Et soudain, j'aperçus Miko, perchée en haut des marches. Entièrement nus et la peau brûlée par le soleil, Cooper et le Sorcier se trouvaient accrochés de part et d'autre de la démone à des croix de fortune en bois d'acacia. En signe de magnanimité sans doute, leurs membres avaient été attachés, plutôt que cloués, aux branches sinueuses qui les retenaient. Leur tête, inerte, reposait sur leur torse tandis que celui-ci se soulevait péniblement au rythme d'une respiration anémique.

Le chaton démoniaque qui se trouvait dans ma sacoche se mit à miauler énergiquement. Il anticipait manifestement le carnage à venir.

— *T'es prêt pour ce qui va nous tomber dessus ?* demandai-je à Pal.

— Prêt à subir une mort lente, douloureuse et sanguinolente, suivie d'une damnation éternelle ? *Bien entendu*. Quelle joie.

Ignorant ses sarcasmes, je dégainai mon fusil à pompe Mossberg 590 et glissai une cartouche dans le chargeur.

— Rends-les moi, Miko !

Ma voix était fébrile et tremblante. On aurait dit les protestations outrées d'une souris à un lion. Miko m'adressa un sourire ; sa beauté et sa puissance me frappèrent soudain comme une masse dans une gaine de velours. Si j'avais été debout, je serais tombée à genou. J'espérai que ma vessie n'allait pas lâcher. Pal s'en rendrait compte et, vu la catastrophe dont j'étais déjà responsable, je pouvais largement me passer de cet embarras supplémentaire.

— Tu sais ce que je veux, susurra-t-elle, sa voix portant sans effort jusqu'à moi. Donne-toi à moi, et tes hommes pourront repartir libres.

Une minuscule partie de moi-même - celle qui était épuisée, qui n'en pouvait plus de lutter ni de courir - se demanda si finalement, la meilleure chose à faire ne serait pas de se livrer à Miko corps et âme.

Tu vas la fermer, oui, répondit une autre voix en moi. *Ferme ta gueule ou je te la défonce.*

Mais attendez voir une minute.

Je suis en train de sauter les étapes... comme d'habitude.

* * *

J'AURAIS DÛ ME douter que la merde allait continuer à me coller aux pompes. Le vendredi précédent, j'en avais bavé plus qu'une limace qui overdose. J'avais enfoncé des barrages de police, affronté des dragons et poursuivi mon petit ami, Cooper, jusqu'au fin fond de l'enfer pour le sauver (lui et ses petits frères) d'un sort bien pire que la mort. Je souffrais de tous les muscles de mon corps, et n'attendais qu'une chose : pouvoir me reposer un peu, même si je ne parviendrais sans doute pas à m'endormir vraiment. Il y avait fort à parier que ce que je venais de vivre me flanquerait des insomnies pendant, disons, encore une dizaine d'années. Entre autres petits détails, j'avais plongé le chef des sorciers de la ville dans le coma et trucidé un esprit gardien majeur. Tous les deux méritaient largement leur sort, mais j'avais enfreint à peu près toutes les lois que je connaissais et les autorités allaient certainement me livrer une traque sans merci. Bref, j'allais sans doute finir emprisonnée, ou exécutée. Génial.

Cependant, dans l'immédiat, il semblait que je disposais de quelques instants de répit. J'avais hâte de profiter du dîner que Mère Karen, une amie sorcière, avait préparé pour moi ainsi que pour les quelques Talents qui avaient participé à mon opération de sauvetage. Une odeur délicieuse provenait de la cuisine. Pal, mon familier, avait d'ailleurs sérieusement les crocs.

Une assiette de jambon fumant dans une main et un seau d'eau dans l'autre, je descendis au clair de lune les marches de l'escalier qui donnait sur le jardin de derrière. Rien ne le distinguait vraiment de la plupart des autres jardins du coin : un barbecue en acier rutilant dans un patio en briques, quelques meubles en rotin, une table de pique-nique en bois installée sur la pelouse, une poignée de châtaigniers et de chênes plantés le long d'une barrière en vieilles planches éclairée par la douce lueur de lampes solaires. C'était pourtant le seul endroit de tout l'Ohio qui abritait un monstre-araignée velu de deux mètres de haut.

Qui, si l'on en croyait les cercles que ses pattes griffues avaient tracés dans le gazon, avait l'air d'avoir passé la dernière demi-heure à se pourchasser le postérieur.

— Hé, Pal, je t'ai trouvé de quoi dîner !

Pal arrêta de tourner en rond sur lui-même. Il me regarda en clignant de ses quatre yeux, et lécha ses babines moustachues d'un air penaud.

Ou bien d'un air impatient. Lorsque Palimpseste était incarné en furet, ses émotions n'étaient pas trop difficiles à deviner. Mais maintenant que sa dépouille de mammifère avait fusionné avec son corps arachnoïde d'origine… je ne savais plus trop comment discerner s'il avait l'air « content », « triste », ou encore, « perplexe. »

— Je me trompe ou tu as des soucis ? demandai-je en déposant l'assiette et le seau sur la table de pique-nique.

— Je… je souffre d'une vilaine démangeaison, répondit-il sur un ton grave. (Sa voix résonna d'une façon étrangement étouffée dans mon esprit. Notre communication télépathique se montrait de plus en plus fluide, mais pour l'heure ses signaux restaient eux aussi difficiles à déchiffrer.) Dans mon enveloppe de Quamo, j'étais capable d'atteindre toutes les parties de mon corps sans problème… comme dans mon enveloppe de furet, d'ailleurs. Mais ces nouvelles pattes bizarres ne sont pas très flexibles. J'arrive à atteindre le dessous de mon abdomen, mais pas mon dos.

— Peut-être qu'il faudrait que tu te mettes au yoga.

Une bruyante suite d'accords dissonants s'échappa des boyaux percés d'alvéoles qui se trouvaient sous l'abdomen de Pal, comme si un enfant avait tapé au hasard sur les touches d'un orgue. S'agissait-il d'un éclat de rire ? Ou de protestations indignées ? Cela faisait seulement une semaine que je le connaissais, et je devais déjà réapprendre à communiquer avec lui.

— J'ai besoin d'une solution plus rapide, dit-il.

— Les chevaux se grattent le dos contre des troncs d'arbre ou des poteaux, répondis-je. Tu es assez grand pour te servir des branches basses du châtaignier là-bas, si tu te dresses sur tes doigts de pied.

— Quelle humiliation.

— Tu pourrais aussi te rouler dans l'herbe, tout simplement.

— Parce que tu trouves cela moins humiliant ?

— Oh, tais-toi. De toute façon, personne ne te verra. Si les voisins pouvaient t'apercevoir, ils auraient sans doute déjà paniqué et appelé les flics.

Mère Karen avait depuis longtemps placé un enchantement de camouflage sur sa maison et son jardin, pour dissimuler aux voisins les séances d'entraînement à la magie auxquelles se livraient ses nombreux enfants adoptifs. Aucun citadin terrorisé ne risquait donc de composer le 911 pour prévenir les autorités qu'un monstre rôdait dans les rues de Worthington.

Je levai les yeux vers le ciel, m'attendant presque à apercevoir un Virtus s'abattre silencieusement sur moi telle une malédiction divine. L'un de ces esprits gardien avait déjà essayé de me faire la peau ce soir-là. M. Jordan, le chef des sorciers précédemment cité, qui était maintenant dans le coma, avait convaincu ce Virtus que je m'étais livrée à des actes de haute nécromancie plutôt qu'à une simple opération de sauvetage. Je m'étais défendue, sans véritable espoir de remporter le combat, mais je l'avais finalement vaincu.

Incroyable mais vrai : j'avais bel et bien tué un Virtus. *Personne* n'était censé pouvoir faire cela. Ni avec de la chance, ni avec de la magie noire, ni avec des armes nucléaires ou *quoi que ce soit* d'autre. C'était comme si je m'étais jetée nue devant un train de marchandises, avec l'espoir fou de parvenir à arrêter net des milliers de tonnes d'acier lancées à pleine vitesse… et que j'avais réussi.

Les miracles n'avaient pas manqué au cours de cette soirée. Mais à présent, le Virtus Regnum me considérait certainement comme une menace. Ils allaient me pourchasser, et de toute évidence, la pitié et le sens du pardon n'étaient pas leurs points forts.

Je plissai les yeux pour contempler les ténèbres, me demandant ce qui pouvait bien se dissimuler entre les étoiles.

— À propos de choses que les gens Ordinaires ne sont pas censés voir : ton nouveau bidule marche bien ? me demanda Pal.

— Hein ?

Je lui lançai un regard perplexe. Il désigna d'un hochement de tête le long gant d'opéra en satin gris qui recouvrait mon avant-bras gauche.

— Ton gantelet. Il arrive à contenir les flammes comme il faut ?

— À merveille, oui. Le sorcier et Mère Karen ont fait un véritable travail d'orfèvre en l'enchantant, répondis-je.

Je contemplai les minuscules volutes de fumée qui s'échappaient du haut du gant ; on aurait dit que j'avais écrasé un mégot de cigarette à l'intérieur. Seules ces fumerolles indiquaient que mon avant-bras s'était transformé en brasier incandescent après que je l'eus plongé au plus profond du cœur brûlant d'un Goad. Ce démon, qui se nourrissait de la souffrance des autres, avait emprisonné Cooper et sa famille dans un enfer pour mieux se repaître de leurs tourments.

— Il glisse un peu quelquefois : il va peut-être falloir que je me procure du scotch double-face ou de la superglu pour qu'il reste en place.

Grâce au gant enchanté qui l'enveloppait, j'arrivais à faire fonctionner mon bras de façon à peu près normale, même s'il était encore trop inconsistant pour m'être vraiment utile. J'avais, en particulier, du mal à bouger mes doigts avec précision. Ce qui n'avait rien de surprenant, vu que ma main n'était qu'une flamme diabolique, privée de chair et d'os. Seul un talent naturel pour la projection spirituelle me permettait de conférer à ma main un semblant de consistance. Pal avait appelé ce don la « parakinésie réflexive. »

Il est vrai que ce don fonctionnait presque comme un réflexe. Mon ocularis en chrysobéryl (un œil artificiel remplaçant mon œil gauche, que j'avais perdu la semaine précédente lors d'une bataille contre un démon) me faisait encore un peu souffrir, et j'avais en permanence conscience d'avoir une pierre polie logée dans le crâne. À l'inverse, j'avais plusieurs fois oublié au cours de la soirée que mon bras gauche n'était plus entièrement constitué de chair et d'os. Heureusement que, malgré cet oubli, je n'avais pas lâché quelque chose d'important.

— Avec un peu de chance, on finira par trouver quelqu'un qui saura te débarrasser de cette grave malédiction, et tu pourras à nouveau utiliser ton bras, dit Pal.

Je fronçai les sourcils. Tout le monde semblait considérer ma main enflammée, et son pouvoir, comme une malédiction. Si j'avais été une personne malveillante, animée par un désir de domination et de destruction, j'aurais accueilli un tel don comme un véritable cadeau des dieux. Vu la puissance que j'avais littéralement sous la main, peu m'importaient les petits problèmes pratiques liés au fait d'avoir un membre enflammé. Autant se plaindre de devoir dégager quelques cartons de son garage pour y garer sa nouvelle Porsche. Ou plutôt, dans mon cas, un tank armé d'une quantité apparemment illimitée de missiles antiaériens.

Je ne croyais pas être quelqu'un de malveillant. Il m'était sans doute arrivé de prendre quelques décisions malheureuses, comme, par exemple, écraser deux des hommes de Jordan sous la Land Rover du Sorcier, néanmoins, j'avais toujours été mue par de bonnes intentions. Loin de moi l'idée de faire l'apologie du Mal, mais c'était aussi grâce au pouvoir de ma main que j'avais pu nous sauver du Virtus, non ? Tout le monde semblait croire qu'il fallait que je me débarrasse au plus vite de cette puissance nouvelle ; cela commençait sérieusement à me taper sur les nerfs.

— Je ferais mieux de rentrer avant que les autres ne se mettent à table sans moi, dis-je. De toute façon, ton jambon est en train de refroidir… Tu veux autre chose, pour ton dîner ? Karen a fait de la tarte.

— Laisse-moi d'abord avaler ce jambon, que je voie comment réagit mon estomac, répondit Pal. Il a beau avoir l'air alléchant, rien ne dit que je serai capable de le digérer.

Je levai les yeux vers lui ; il allait certainement s'ennuyer, tout seul dehors.

— Je peux demander aux autres s'ils connaissent un sort de rétrécissement, pour que tu puisses te joindre à nous à l'intérieur.

— Merci, mais ne t'inquiète pas pour moi.

— T'es sûr ? L'un d'entre eux doit certainement connaître le sort qu'il te faut.

Il trompeta un nouvel accord et se cabra sur ses pattes arrière. À l'époque où il occupait son enveloppe de furet, j'aurais interprété ce geste comme la marque d'une légère indignation mais, dans son enveloppe actuelle, cette posture était proprement terrifiante. Je pris sur moi pour ne pas céder à mon instinct de survie et détaler comme un vulgaire lapin.

— Je connais moi-même un sort approprié, en fait, me dit Pal. Mais ma seule consolation dans cette histoire, c'est d'avoir retrouvé ma taille habituelle. Je préfère éviter d'être de nouveau… *diminué*, à moins que cela ne soit absolument nécessaire.

— Comme tu voudras. Fais-moi signe si tu changes d'avis.

Je laissai Pal se restaurer et regagnai la chambre d'ami. Cooper était allongé sur le lit, maigre et livide sous ses couvertures, comme coupé du reste du monde. De longues mèches de cheveux bouclés lui retombaient dans les yeux. Il avait perdu beaucoup de poids pendant son séjour forcé en enfer ; il n'avait jamais été bien gras, mais à présent, le relief de ses côtes et de son sternum se distinguait nettement sous sa peau.

— Réveille-toi, le dîner est prêt, dis-je en secouant doucement son épaule décharnée.

Il grogna et repoussa ma main.

— Pas envie. Envie de dormir.

— Sois raisonnable. Les potions, ça ne suffit pas : il faut que tu te nourrisses. On pourra dormir après.

— Où est Smoky ? murmura-t-il. Je ne perçois plus sa présence.

Je sentis mon estomac se nouer. Je n'avais pas encore avoué à Cooper que son familier, un fox-terrier blanc, était mort le soir même où il s'était retrouvé en enfer. Smoky avait été son fidèle compagnon pendant de longues années. Mais la perte d'un familier ne signifiait pas seulement la disparition d'un être cher, le pouvoir magique de Cooper en avait aussi pris un coup. Même si mon compagnon se montrait particulièrement insensible, et qu'il courait se retrouver un familier sur le champ, il ne dénicherait au mieux qu'un chaton muet ou un crapaud imbécile. Un tel familier permettait à son maître de regarder à travers ses yeux, mais c'était tout : pas de conseils avisés, pas d'amitié possible, pas de Talent amplifié. Le Regnum maintenait sous contrôle tous les familiers modernes et intelligents. Et nous étions des hors-la-loi, à présent.

Je ne savais pas comment lui annoncer la nouvelle.

— Il… euh, il n'est plus avec nous.

Cooper me regarda d'un air perplexe.

— Tu l'as laissé à l'appartement ?

J'inspirai profondément.

— Il n'a pas survécu. La nuit où tu as disparu… il a été tué. Il est mort rapidement. Je ne crois pas qu'il ait beaucoup souffert.

Cette dernière affirmation était un pieux mensonge : se faire déchiqueter par un démon était certes rapide, mais ce n'était pas une partie de plaisir. Je me sentais terriblement coupable de ne pas avoir su quoi faire pour le sauver.

Grimaçant de douleur et de tristesse, Cooper plongea son visage dans ses mains, pressant ses paumes contre ses yeux afin d'empêcher les larmes de couler.

— Bordel. Pauvre petit gars.

J'avais moi aussi envie de pleurer, mais si on s'y mettait tous les deux, on risquait d'en avoir pour longtemps.

— Tu sais quoi, les autres doivent nous attendre : on ferait mieux de filer dans la salle à manger.

Je l'aidai à s'asseoir, puis à enfiler un T-shirt noir des Deathmobile.

— Ça n'est pas à moi, dit Cooper, contemplant le logo du groupe (un crâne enflammé) imprimé sur son vêtement.

— Il est à Jimmy, répondis-je, en parlant du fils aîné adoptif de Mère Karen. (Il existe bien des sorts pour se refaire une garde-robe, mais depuis la révolution industrielle et l'abondance d'habits bon marché, rares sont les Talents qui se fatiguent à les apprendre.) Le pyjama que tu portes lui appartient aussi. J'ai rétréci toutes nos affaires et je les ai planquées dans un coffre à la banque, donc tu risques de devoir porter des fringues de seconde main pendant encore quelques jours.

Il cligna des yeux ; ceux-ci étaient injectés de sang.

— Pourquoi est-ce que tu as mis nos affaires à la banque ?

— Les fermiers refusaient de me payer pour l'orage, donc je n'ai pas pu payer le loyer, et on était menacé d'expulsion. En plus, ce bâtard de Jordan avait placé des sorts de détection dans tout l'appartement, j'ai donc décidé qu'il valait mieux que je me barre pour disparaître quelque temps.

— Benedict Jordan nous a placés sous surveillance ? Mais pourquoi ?

Ses paupières se mirent à retomber. Les potions de guérison de Mère Karen avaient tendance à assommer leur patient tant qu'elles faisaient effet.

— Il voulait que tu restes prisonnier de l'enfer. Tu es son demi-frère caché : il était terrorisé que quelqu'un apprenne ton existence un jour. Parce qu'ensuite les gens auraient découvert que son père était un meurtrier complètement cinglé, ce qui risquait de saper l'autorité de sa famille, ou une connerie comme ça.

— Quoi ? Tu dis que je suis le *frère* de Jordan ?

— Absolument. Vous avez la même mère, mais pas le même père. Dieu merci. Le Sorcier, quant à lui, a les deux mêmes parents que Jordan.

— Ah. (Cooper fixa ses genoux d'un air lugubre ; son regard se brouilla, comme s'il se plongeait dans de très anciens souvenirs.) Benny... est donc Benedict Jordan. En voilà une sacrée nouvelle. (Son visage s'assombrit brusquement : on aurait dit qu'un événement particulièrement sordide lui était revenu en mémoire.) Quel *salaud*. (Il se leva d'un coup et se mit à faire les cent pas dans la chambre d'un air furieux et agité.) Génial. Vraiment génial. Ce bon vieux Benny était au courant de toute l'histoire depuis le début. Il aurait pu éviter, ou au moins essayer, que je ne me retrouve pas prisonnier dans cet enfer. Il aurait pu vous prêter un coup de main, à toi et au Sorcier, pour me sauver. Mais à la place, il a tenté de dissimuler toute l'affaire. Il nous a abandonnés à notre sort comme une ordure, mes frères et moi, pour protéger la réputation de sa famille. Comme si on n'en faisait pas partie, nous aussi.

J'avançai d'un pas vers lui, inquiète.

— Calme-toi, mon chéri... tu vas te rendre malade. Tu as besoin de te reposer.

Cooper me regarda.

— Dis-moi que tu lui as botté le cul, je t'en supplie. Sinon, c'est moi qui vais devoir le faire, et je risque de le buter ainsi que tous ceux qui essaieraient de le défendre.

J'attirai doucement le visage de Cooper vers le mien pour déposer un petit baiser sur son nez. Sa colère sembla s'apaiser, et son énergie retomber.

— Ne t'inquiète pas. Jordan a eu le châtiment qu'il méritait. Je lui ai foutu une telle raclée que je risque d'être envoyée en prison.

L'image me vint soudain de Jordan affalé sur son bureau, brisé, sa main atrocement calcinée. Mon estomac se noua à nouveau, mais je refusais de me sentir coupable. Je n'avais fait qu'infliger à cette crapule un aperçu de ses propres crimes ; il était hors de question que je le regrette.

J'aidai Cooper à se traîner le long du couloir jusqu'à la salle à manger. Une odeur de steaks à l'ail, de légumes sautés et de tarte à la patate douce nous chatouilla délicieusement les narines. L'estomac de Cooper se mit à gronder bruyamment.

Les Talents qui avaient aidé Mère Karen à ramener les nourrissons jusqu'à chez elle étaient déjà tous réunis autour de la grande table en bois de cerisier. Oakbrown et Mariette étaient installés en face de Paulie, à l'une des extrémités. Mère Karen et Jimmy faisaient le service. Le Sorcier et Ginger étaient installés l'un en face de l'autre au milieu ; ils avaient l'air en pleine dispute.

— Bien sûr que je suis tolérante, protesta Ginger, enroulant une mèche de ses cheveux roux autour de son index. Mais les fondamentalistes me tapent sur les nerfs. On dirait qu'ils pensent que la libération sexuelle des femmes va provoquer l'Apocalypse. La vérité, c'est qu'ils se sentent menacés par cette liberté. Ce qui est stupide. Et je hais les gens stupides.

— Ginger, ma chérie, on s'en fiche de ce que pensent les gens Ordinaires, non ? répondit le Sorcier. Leurs croyances ne nous affectent en rien. Voilà des siècles qu'ils ne constituent plus une menace pour nous. Rien ne nous oblige à entrer en contact avec eux, si on n'en a pas envie.

— Que fais-tu des enfants Talentueux qui naissent dans des familles Ordinaires, alors ? demanda Ginger. Tu les oublies, peut-être ? On est censé laisser faire quand des parents cinglés font brûler leur gosse parce qu'ils le croient possédé par Satan ?

— Nous devons d'abord prendre soin des nôtres, répondit le Sorcier, levant les yeux vers moi tandis que j'aidais Cooper à s'asseoir à côté de Ginger.

— Le sens du devoir n'étouffe pas tout le monde, parmi les Talents, dis-je, incapable de dissimuler l'amertume dans ma voix. Même lorsqu'il s'agit de s'occuper de ses enfants.

Je fis le tour de la table pour aller m'asseoir à la gauche du Sorcier, en face de Cooper.

— Tout n'était pas rose, dans ta famille Ordinaire au Texas, n'est-ce pas ? dit le Sorcier. Et les membres Talentueux de ta famille t'ont sortie de là, pas vrai ?

— Ouais. Mon beau-père voulait m'envoyer à l'asile, mais ma tante Vicky l'a appris et m'a fait venir chez elle, à Columbus. Elle a vraiment assuré, dis-je, assaillie par une vague de tristesse et de culpabilité. (J'avais beau me répéter que le suicide de Vicky n'était pas de ma faute, en mon for intérieur, j'avais du mal à m'en persuader.) Mais je dois dire que mon beau-père n'est pas croyant.

Du moins ne l'était-il pas quand il m'a chassé de chez lui. Sauf que ma belle-mère est bien capable de l'avoir converti.

— Tu vois ? dit le Sorcier à Ginger. Il y a des crétins partout.

Mère Karen déposa un plat rempli de steaks grillés juteux à souhait sur la table juste devant Cooper, qui reprit immédiatement du poil de la bête.

— Waouh ! Ça a l'air *délicieux* ! Merci, Mère Karen ! (Il planta sa fourchette dans l'un des steaks, attendit que Ginger ait pris le sien, puis nous passa le plat.) Vous en voulez ?

— Évidemment !

Je me servis à mon tour, découpai un morceau de viande grillée à point, puis le glissai dans ma bouche.

Soudain, je me retrouvai en train de me débattre de toutes mes forces sur un sol froid et humide, l'âme envahie par la terreur et par le désir de fuir. Une corde épaisse me retenait la patte. Un homme se pencha vers moi et inséra de force mon museau à l'intérieur d'un anneau en acier fixé dans le béton… j'étais clouée au sol. Il régnait une odeur insoutenable de sang chaud et d'abats. Oh, mon Dieu, il fallait que je me relève, il fallait que je m'en aille, mais un deuxième homme se saisit d'un immense couteau, s'approcha de moi, et me trancha la gorge. Je fus assaillie par une douleur inouïe; mes artères se vidèrent à gros bouillon de leur sang chaud. Les hommes qui tenaient la corde attachée à ma patte se mirent à tirer dessus en poussant des grognements, me soulevant en l'air tandis que l'homme au couteau plongeait de nouveau son arme dans ma chair…

Je recrachai le morceau de viande dans mon assiette, la main sur le front, l'esprit encore sous le choc de la mise à mort de ce bœuf. Mon crâne me lançait terriblement; j'avais l'impression d'avoir reçu un coup de sabot pile entre les yeux.

Le Sorcier me dévisagea.

— Eh, qu'est-ce qui te prend… Bon sang, ça ne devrait pas se faire, une chose pareille !

Je baissai les yeux vers mon assiette. Le morceau de viande que j'avais recraché frétillait, telle une limace épileptique. Il me rappelait les animaux morts qu'une espèce de démon, un Wutganger, avait ranimés.

Ginger jeta un coup d'œil circonspect au morceau de viande.

— Eh ben. Un bout de barbaque zombifié. Comment t'as fait ça ?

— Au… aucune idée, bredouillai-je, en jetant un regard vers Cooper. Lui aussi avait recraché son morceau de steak, mais le sien ne se tortillait pas; il s'agissait toujours de viande grillée au barbecue. Un frisson me parcourut le dos. Je ramassai avec précaution mon morceau de viande secoué de convulsions et le dissimulai sous ma serviette de table.

— Tu les as sentis, toi aussi ? Les hommes, et le couteau ?

— Ouais, répondit Cooper d'une voix éraillée. Quelqu'un veut ma part ?

— Mais qu'est-ce que tu racontes ? demanda le Sorcier, qui n'avait même pas entamé son assiette.

— Goûte ton steak, répondis-je. (Je me tournai ensuite vers Ginger.) Toi aussi, s'il te plaît.

Ils découpèrent tous les deux un morceau de steak qu'ils goûtèrent avec appréhension.

— Le mien m'a l'air parfait. Bien meilleur que ceux de Peter Luger, d'ailleurs, dit le Sorcier.

— Le mien aussi, ajouta Ginger.

— Essaie le mien, dis-je en poussant mon assiette vers le Sorcier.

Il découpa un morceau, renifla prudemment celui-ci, puis l'avala.

— Ton steak est pareil que le mien. Tout aussi succulent. Quel est le problème ?

— J'ai… j'ai revécu la mort de la vache, répondis-je. Cooper aussi, j'ai l'impression.

Cooper hocha la tête en faisant grise mine.

— Vous avez *quoi* ? demanda mère Karen, qui revenait de la cuisine avec un saladier rempli de brocolis.

— Tu achètes ta viande chez un boucher casher ? demandai-je.

Karen hocha la tête.

— Oui, sur North High Street. Pourquoi ?

— Leur abattoir craint un max… et leurs employés sont des amateurs, répondis-je sombrement. Pas vraiment drôle pour les bêtes. Celle-ci a sacrément morflé avant de crever.

Mère Karen parut aussi impuissante qu'horrifiée.

— Pourtant, les abattoirs casher sont censés garantir aux bêtes une mort clémente et rapide. Il suffit de quelques secondes à peine pour que…

— Trois secondes, c'est long, quand on est en train de se faire trancher la gorge, l'interrompis-je. Qu'est-ce qui les empêche de se servir de magie ? Ce ne sont pas les sorciers de confession juive qui manquent. N'importe quel Talent pourrait endormir les bêtes avant leur exécution : comme ça, elles ne souffriraient même pas.

— Plutôt merdique, comme boulot, dit le Sorcier, l'air mal à l'aise. Je ne vois pas qui en voudrait…

— La belle affaire ! Il suffirait d'enchanter les cordes, les couteaux, ou même l'abattoir tout entier ! m'exclamai-je. (Ma douleur au crâne ne diminuait pas ; j'avais l'impression qu'une guêpe enragée me piquait entre les yeux.) Ces conneries ne devraient pas exister dans un monde où il y a de la magie. Point barre. Que cette vache ne soit que de la viande sur pattes, soit. Mais rien ne justifie une mort aussi atroce.

— La mort n'est une expérience agréable pour personne, dit Cooper en se frottant les tempes. La naissance non plus, d'ailleurs.

— Tu comprends ce qui nous arrive ? lui demandai-je. Que se passe-t-il ?

— Quand on ressuscite quelqu'un, il y a toujours des effets secondaires, au moins temporaires, répondit-il.

— Quand on re… (Ma voix s'éteignit lorsque je compris le sens de ses paroles.) Non. Ce n'est pas ce que nous avons fait. Tes frères… ils étaient vivants, on n'a fait que les ramener de l'enfer…

— Ils étaient vivants quand ils y sont entrés, oui, dit Cooper d'une voix basse. Mais regarde-moi. Je n'y suis resté qu'une dizaine de jours… alors qu'ils y ont passé des années entières…

Il se tut soudain.

Oh, mon Dieu, qu'avions-nous fait ? La résurrection est l'un des actes de sorcellerie les plus tabous. Elle suppose des rituels de magie noire qui laissent sur l'âme une trace indélébile ; en tout cas, c'est toujours ce que j'avais entendu dire. Oh, *mon Dieu*.

— Mais ils vont bien, maintenant, non ? (Le cœur tambourinant, je tournai un regard anxieux vers Mère Karen.) Les bébés vont bien, hein ?

— Oh, je dirais que oui. Plus ou moins.

— Plus ou moins ? Ce qui signifie ?

— Eh bien, qu'ils souffrent manifestement de plusieurs complications dont il va falloir s'occuper, à commencer par de terribles cauchemars.

— Mais ce ne sont pas des démons, n'est-ce pas ? (Je jetai un coup d'œil à la bouchée de viande qui frétillait encore sous le joli motif à fleurs de ma serviette.) Il ne s'agit pas de… de morts vivants, ou d'un truc dans le genre ?

— Non, non, bien sûr que non, me rassura Mère Karen. Si tu veux mon avis, ils sont même en excellente santé.

— On a eu raison de sortir les gamins de là, affirma Cooper d'un ton décidé. Et tous ceux qui pensent le contraire peuvent aller se faire voir.

Le Sorcier se racla la gorge d'un air mal à l'aise, comme s'il voulait qu'on change de sujet.

— En tout cas, rien ne dit que cet effet secondaire ne soit pas temporaire. Peut-être qu'il suffit d'attendre un peu pour que ça passe. Goûte de nouveau ton steak, Jessie.

— Sans façon, vraiment, je…

— Allez, essaye encore un morceau. *Si tu ne finis pas ta viande, tu n'auras pas de dessert*… chantonna-t-il d'une voix moqueuse.

Peut-être qu'il avait raison, après tout. Je découpai cette fois-ci un morceau de gras, me disant que, même réanimé, le gras ne se montrerait pas trop remuant. Puis, je pressai doucement le morceau fumant contre mes lèvres et ma langue.

Immédiatement, je fus frappée de plein fouet par la même terreur et la même douleur que la première fois. Bizarrement, c'était une expérience atroce… et excitante à la fois. Un peu comme descendre des montagnes russes, ou un verre de whisky cul sec.

Non, non, *non*. Il était hors de question que la mort de cette pauvre bête me procure du plaisir. Je recrachai précipitamment le morceau dans ma main, et le déposai sur la serviette. Il se mit à gigoter sans conviction.

Je plantai ma fourchette dans le reste de mon steak et déposai la viande dans l'assiette du Sorcier.

— Finis-le. Je ne retenterai pas l'expérience.

— Tu sais, dit Ginger, tu devrais voir les choses du bon côté. Tu vas pouvoir aider les millions d'enfants dont le poisson rouge est mort.

Le ton insouciant de Ginger me piqua les nerfs à vif. Je la fusillai du regard.

— Très drôle. Je suis ravie que la situation t'amuse.

Ginger eut un mouvement de recul, avant de prononcer la phrase fatidique :

— Tu finiras peut-être par t'y habituer ?

La fureur m'emporta. Je me relevai, arrachai le gant d'opéra, et brandis ma main enflammée en direction de Ginger.

— Tu dormais, tout à l'heure ? Tu n'as pas vu de quoi j'étais capable ?

Les autres me dévisagèrent en silence.

— Tu as vu, oui ou non ? grondai-je.

— J'ai vu, répondit enfin Ginger d'une petite voix effrayée, les yeux rivés sur les flammes qui virevoltaient à quelques centimètres de son visage.

— Et tu penses que ce serait *hilarant* que je m'habitue à cette horreur, et que je prenne goût à la mort ? Vraiment ? (Ma colère aidant, ma main commençait à se transformer en une boule de feu menaçante. Je me figurai soudain le joli visage de Ginger calciné jusqu'à l'os.) Je crois même que je vais me mettre à *bouffer* les gens qui m'emmerdent vraiment.

Ginger tremblait sur sa chaise ; on aurait dit qu'elle allait se mettre à pleurer.

— Jessie, arrête, nom de Dieu ! s'exclama Cooper en se levant.

Les flammes redoublèrent d'intensité, tout comme ma fureur. Ma main devint violette. Je lui avais sauvé la vie, et voilà qu'il refusait de me soutenir lors d'une altercation ?

— Repose tes petites fesses sur ta chaise, *chéri*, susurrai-je avec l'accent traînant de mon Texas natal.

Le Sorcier agrippa mon bras en chair et en os, qui frissonnait.

— Sois raisonnable. Ginger ne voulait pas se moquer de toi. Tu n'as que des amis ici.

— Calme-toi, s'il te plaît, dit Mère Karen, serrant le saladier si fort qu'il semblait sur le point de voler en éclats.

L'effroi que j'aperçus dans les yeux de Mère Karen me ramena brusquement à la réalité.

Mais qu'est-ce que je suis en train de faire, bordel ? Je me rassis immédiatement, le cœur battant la chamade, les joues cramoisies.

— Désolé, je ne sais pas ce qui m'a pris, marmonnai-je en remettant mon gant.

Ginger quitta soudain la table pour se précipiter vers la salle de bain. Cooper me lança un regard inquiet et irrité à la fois, avant de se lancer avec Mariette à la poursuite de la jeune femme terrifiée.

Les autres Talents restèrent assis en silence.

Cette fois, j'ai complètement déconné, songeai-je abattue. *J'ai grave pété les plombs.* Je n'avais rien à dire pour ma défense. Peut-être valait-il mieux que je me retire pour continuer mon dîner en tête à tête avec Pal dans le jardin.

— Bon, passons à autre chose, déclara finalement le Sorcier. (Il me donna un petit coup de coude.) Tu veux des patates ?

— Oui, merci, répondis-je en me saisissant du bol de pommes de terre légèrement beurrées et saupoudrées de persil.

Je plaçai quelques patates dans mon assiette, puis en soulevai soigneusement une avec ma fourchette et y plantai les dents. Plutôt qu'une décharge d'angoisse et de douleur, je ressentis une espèce de malaise diffus : la détresse des jeunes racines qu'on sort de terre, la mutilation sourde du couteau qui découpe la chair tendre, la chaleur du four qui arrache au tubercule ses dernières traces de vie.

— Alors, c'est comment ? dit Cooper, en sortant du couloir et en se rasseyant comme si de rien n'était.

Mariette et Ginger n'étaient pas avec lui.

— Pas très agréable. Supportable, disons, répondis-je. Qui aurait cru que les pommes de terre souffraient autant ? En tout cas, mes repas risquent d'être assez pénibles un bout de temps, on dirait.

— Il te reste toujours les fruits, dit Cooper. En principe, ils sont produits par les plantes pour être mangés, justement.

— Avec le bol qu'on a, on a probablement hérité d'une allergie mortelle aux fraises des bois, maugréai-je.

— Alors laisse-moi t'ouvrir grand les portes du monde merveilleux du tofu, dit le Sorcier. Les graines de soja sont également des fruits, je te signale.

— Du tofu. Génial. (Je glissai un regard plein de regrets sur le plat de steaks défendus.) Passez-moi le brocoli, s'il vous plaît…

II

MAUDITE

GINGER NE REVINT pas à table. Une fois le dîner terminé, je partis à sa recherche avec l'intention de m'excuser, mais elle avait disparu, tout comme Mariette. Paulie et Oakbrown nous firent rapidement leurs adieux avant de s'éclipser à leur tour. Mère Karen envoya Jimmy vérifier que les bébés allaient bien ; puis, se tournant vers moi avec un grand sourire, elle inventa un prétexte pour entraîner Cooper et le Sorcier dans son bureau à l'étage afin de s'entretenir avec eux en privé.

Fatiguée et crispée, je me dirigeai vers la chambre d'ami où je me jetai avec soulagement sur la couette accueillante. Mère Karen était sûrement en train d'expliquer à Cooper qu'elle voulait que l'on débarrasse le plancher. Encore une bonne nouvelle. Le problème, c'est que nous n'avions nulle part où aller, sauf peut-être le bar du Sorcier, où les autorités nous attendaient sans doute de pied ferme.

De toute évidence, les agents du conseil dirigeant savaient que nous nous trouvions chez Mère Karen, pourtant ils n'avaient pas jugé utile de nous expédier une de leurs escouades. Que signifiait ce délai ? Ce qui était sûr, c'est qu'ils n'allaient pas se contenter de nous envoyer une poignée de gugusses en short. Il fallait s'attendre à un débarquement en force de troupes lourdement armées.

— Bordel de bordel de bordel, grommelai-je, fourrant ma tête sous l'un des oreillers moelleux.

— Tu m'as l'air tendue, dit Cooper depuis le pas de la porte.

— Laisse-moi deviner… Mère Karen veut qu'on se barre, pas vrai ? dis-je, la tête toujours enfoncée sous l'oreiller.

— Désolé, mais t'as tout faux, répondit-il. Mère Karen vient de recevoir un message de la part de Riviera Jordan. Riviera est responsable du conseil dirigeant, maintenant que son neveu Benedict s'est retiré.

— Qu'est-ce qu'elle veut ? Ma tête sur un plateau, j'imagine.

— En fait, apparemment pas. Mère Karen est censée ouvrir un miroir jusqu'à son bureau demain à midi pour que l'on choisisse ensemble un endroit neutre où parlementer tranquillement.

— Parlementer ?

— Il nous faut de l'aide pour nous occuper des bébés. Et n'oublie pas les dégâts que vous avez provoqués, le Sorcier, Pal et toi, en volant à notre secours. Karen a l'air de penser que Riviera est prête à se montrer raisonnable, même si tu as détruit l'esprit de Benedict, semble-t-il.

Je poussai l'oreiller de côté et m'assis sur le bord du lit.

— Alors Karen ne nous vire pas ?

Cooper m'adressa un large sourire ; il semblait revivre depuis qu'il s'était restauré.

— Bien sûr que non. Mes frères ne sont pas en état de voyager, de toute façon, donc elle a besoin de nous ; ne serait-ce que pour s'occuper de leurs couches. (Il ferma la porte derrière lui et s'assit à côté de moi en arquant un sourcil.) Je pensais que cette nouvelle te réjouirait un peu plus. Qu'est-ce qui ne va pas ?

— Ce qui ne va *pas* ? répétai-je, incrédule. Je zombifie tout ce que j'avale. La mort m'habite. J'ai sauvagement agressé Ginger sans aucune raison valable et, pendant un court instant, j'ai même songé à la tuer. Pour de vrai.

Cooper se gratta le bouc d'un air pensif.

— Mais imagine que tu la tues : il suffirait que tu la lèches pour qu'elle se relève. D'ailleurs, je suis sûr que les gens paieraient grassement pour voir un tel spectacle.

Je lui donnai une tape sur le bras.

— Je parle sérieusement !

— Ma chérie, je t'en prie, il ne s'agit que d'une banale bouffée de nécromancie. Vu la quantité d'énergie spirituelle que tu as absorbée du Goad, sans parler du Virtus, il n'est pas très étonnant que quelques fuites étranges se produisent. On trouvera la solution, ne t'en fais pas. Quant à Ginger, elle finira bien par te pardonner, du moins lorsqu'elle ne sera plus prostrée dans un coin en train de marmonner des propos sans queue ni tête, du genre « Qui est en première base ? ».

J'éclatai de rire malgré mon sentiment d'inquiétude.

— Tu crois ?

— Mais oui, rassure-toi. Ginger est quelqu'un de chouette. Elle sait que tu viens de traverser des moments difficiles, et que tu n'es pas complètement toi-même ces jours-ci.

— Non, je parlais du caractère banal de ces accès de nécromancie. Parce que…

Je ne terminai pas ma phrase.

— Parce que quoi ? (Il poussa mon épaule de la tête comme un gros chat d'humeur joueuse.) Allez, parle-moi !

J'inspirai profondément.

— Ce n'est pas dans ton enfer que j'ai perdu ma main. C'est là-bas qu'elle s'est transformée en brasier magique, mais je l'ai perdue le soir où tu as été aspiré par le portail dimensionnel. Ton petit frère, Bleu, s'est débarrassé de ses émotions négatives en les emprisonnant dans une partie de son âme, qu'il a ensuite expulsée de lui-même. Ce morceau d'âme s'est échappé de l'enfer grâce au portail… et s'est transformé en démon quand il est arrivé sur Terre…

— Tu veux dire que Bleu a généré un Wutganger ? Eh ben. Il faut vraiment qu'il consulte, ce petit.

— Ah oui, tu crois ? Bref, je me suis occupée du Wutganger, mais il m'a déchiqueté la main gauche et carbonisé un œil. Il m'a infecté avec une espèce de poison. Le morceau de viande que j'ai zombifié tout à l'heure… le Wutganger avait le pouvoir de ranimer et de contrôler la chair morte. Constater que j'ai hérité de certains de ses pouvoirs me donne la chair de poule. Je… je crains que ma condition n'empire. J'ai peur d'être en train de me transformer en monstre.

Cooper me serra dans ses bras.

— C'est vrai que tu as de quoi t'inquiéter. *Mais*. Rien ne sert de passer ton temps à te morfondre, n'est-ce pas ? Tu es bien plus résistante que… moi, par exemple. Je ne sais pas comment tu as réussi à tuer le Virtus… la manière dont tu t'en es débarrassé aurait dû t'achever aussi. Je n'arrive pas à croire qu'un humain ait pu absorber autant d'énergie sans être anéanti, et pourtant te voilà.

Je lui jetai un regard incertain.

— En fait, ce que tu es en train de me dire, c'est que je suis une espèce de bizarrerie de la nature ? Et c'est censé me réconforter ?

Cooper poussa un soupir exaspéré.

— Tout ce que je dis, c'est que tu survivras à ce problème comme tu as surmonté les autres. *Nous* y survivrons, ensemble. Il faut simplement que nous sachions rester sereins et positifs. (Il me toucha la main gauche.) Je peux y jeter un coup d'œil ?

— Bien sûr.

J'enlevai mon gant en satin et lui révélai mon avant-bras enflammé. Il attrapa mon coude et examina les flammes en fronçant les sourcils.

— Je… waouh. Jamais vu un truc aussi saugrenu. D'après les ondes qui en émanent, on dirait une malédiction, mais j'en doute. J'espérais pouvoir te débarrasser de tes flammes, mais là, j'avoue que je sèche complètement. Quelle douche froide. C'est peut-être ce qu'il te faudrait, d'ailleurs.

— Hilarant.

Je remis le gant avec un grognement outré.

— Eh ! Qu'est-ce que tu as fait à ton autre main ?

Je baissai le regard : ma main droite était couverte de bleus… plus effrayants que douloureux, d'ailleurs.

— Ah, euh… Je me suis mise un peu en colère, tout à l'heure. Et j'ai gratifié le Sorcier de quelques coups de poing.

— Je vois. C'est vrai qu'il a le don d'être énervant, parfois. (Il attrapa ma main tuméfiée et murmura un mot ancien qui signifiait « guérison ».) Voilà, c'est mieux, non ?

— Beaucoup mieux, oui. Merci, mon chéri.

Il déposa un petit baiser sur le dos de ma main puis s'installa derrière moi. Je sentis ses deux mains chaudes commencer à me masser doucement les épaules.

— Tu es encore beaucoup trop tendue. Tes muscles sont de vrais nœuds de marin.

— Hardi, moussaillon !

Il glissa ses mains sous le T-shirt Hello Kitty que j'avais emprunté à l'une des adolescentes de Mère Karen. Ses doigts étaient doux comme du velours. Je sentis mes tétons se raidir.

— J'ai la permission d'aller plus loin ?

— Oui, mais… ne m'embrasse pas. Sur les lèvres, je veux dire. Je sais qu'on s'est embrassé avant le dîner, mais ça me mettrait mal à l'aise de recommencer, dis-je. N'enlève pas mon T-shirt, non plus. J'ai peur que mon gant ne parte avec, et Mère Karen serait sûrement furieuse que l'on crame sa jolie couette.

— Reçu cinq sur cinq, mon capitaine.

Remontant délicatement mon T-shirt et mon soutien-gorge, Cooper me couvrit le dos de petits baisers qui me firent frissonner de plaisir. Je sentis ses mains glisser le long de mes hanches ; il saisit mes seins et attrapa mes tétons entre ses doigts. Dégageant ma nuque, il se mit à embrasser l'endroit sensible derrière mon oreille gauche. Son bouc me chatouillait le cou. De la chair de poule apparut le long de ma colonne.

— J'ai l'impression qu'on n'a pas fait l'amour depuis des années.

Je m'allongeai un instant pour me débarrasser de mon treillis et de ma petite culotte. J'étais très impatiente de sentir Cooper en moi, mais une petite voix me dit que cette culotte ne m'appartenait pas, et que je n'en avais aucune de rechange. Moins je l'imprégnais de mes fluides corporels, mieux je me sentirais une fois remise de mes émotions.

— La semaine dernière, ce n'était que du boulot, répliqua Cooper, en référence aux actes d'érotomancie grâce auxquels nous avions invoqué un orage. (Il écarta mes mains de mon pantalon afin de finir de me l'enlever.) Laisse-moi te remercier de m'avoir sauvé comme tu le mérites.

J'éclatai de rire tandis qu'il faisait glisser le treillis le long de mes jambes.

— À t'entendre, on dirait qu'il s'agit encore de travail, mon chéri.

Cooper balança mon treillis dans un coin et arracha ma culotte.

— Je crois que tu vas rapidement te rendre compte de la différence.

— Alors je m'abandonne à tes mains expertes…

Je fermai les yeux ; Cooper m'écarta doucement les jambes et se mit à l'œuvre avec toute l'application d'un boy-scout qui passe son badge de premier secours.

Je sentis fondre mes inquiétudes, remplacées par une délicieuse tension dans mon bas-ventre qui s'accumulait si vite que j'en avais le vertige. Mon Dieu, comme j'étais prête… Mes cuisses se refermèrent malgré moi sur le visage de Cooper tandis que l'orgasme m'emportait, le souffle court, le dos cambré, tous les muscles de mon corps contractés au maximum… Dans un recoin de ma conscience, je sentis mon avant-bras se rafraîchir d'un coup ; il me sembla entendre un *plaf !* sourd qui ressemblait fort au bruit d'un gant en satin qui s'écrase contre un mur…

— Mmmpfff. Eh stop, stop !

De sa main libre, Cooper me frappa les fesses frénétiquement.

Je lâchai mon amant et ouvris les yeux. Ma main enflammée vomissait une espèce de gelée violette incendiaire qui s'étalait sur les murs, sur la commode, sur le plafond… dissolvant et embrasant tout sur son passage. On aurait dit du napalm sorti d'un enfer particulièrement épouvantable, au parfum de sexe et de soufre. La peinture flambait spectaculairement, tout comme le plâtre, les clous et même les briques ; les murs se transformaient en cendres toxiques et noires à une vitesse stupéfiante.

Cooper murmura un mot ancien qui signifiait « blizzard ». Un jet de neige et de glace jaillit de ses doigts, mais s'évapora au contact des flammes enchantées. Des pans de mur entiers avaient à présent disparu, et j'arrivais à apercevoir la maison du voisin à travers l'épaisse fumée.

— Contrôle-toi, bordel ! hurla-t-il.

Mon orgasme était bel et bien terminé, mais le jet de flammes ne se tarissait pas. Je ne le sentais même pas : il semblait complètement indépendant de moi. Je secouai la tête, effrayée et perplexe.

— Mais je n'y suis pour rien !

— CONTRÔLE-TOI !

Je fermai les yeux, me concentrant de toutes mes forces sur les flammes afin de les maîtriser. J'entendis la porte s'ouvrir d'un coup.

— Seigneur, mais *qu'est-ce* que vous faites, là-dedans ? cria Mère Karen.

À en juger par le ton de sa voix, elle semblait prête à assassiner quelqu'un.

— Pourquoi cette baraque n'est-elle pas protégée contre les incendies ? répondit Cooper en hurlant lui aussi.

— Mais elle l'est ! protesta Karen. C'est incroyable, je n'ai jamais…

— Waouh. De l'ectoplasme incendiaire, entendis-je le Sorcier commenter depuis le couloir. Ce n'est pas tous les jours qu'on en voit, en dehors d'un enfer.

Je parvins enfin à interrompre le jet de fluide démoniaque. Quelques gouttes s'étaient malgré tout répandues sur le lit désormais en feu : après avoir percé de vastes trous dans le matelas, l'ectoplasme s'attaquait maintenant aux ressorts du sommier. Tant pis pour la couette. Je me précipitai pour me mettre à l'abri, puis enfilai à nouveau mon soutien-gorge et ma chemise… avant de réaliser à quel point ce geste était futile, vu que sous la taille, j'étais complètement nue.

— Je… je ne l'ai pas fait exprès, bredouillai-je. Je ne comprends pas ce qui s'est passé.

Le visage de Mère Karen était livide.

— La maison entière va brûler, il faut sortir les enfants d'ici…

— Essayez avec de l'eau salée. Tous ensemble, avec beaucoup d'eau salée, dit le Sorcier.

Nous suivîmes ses instructions et, après quelques tentatives malheureuses, nous parvînmes à invoquer suffisamment d'eau de mer pour éteindre le brasier maléfique. Il ne restait quasiment rien de la chambre d'ami ; tout ce qui n'avait pas été réduit en cendres était gorgé d'eau boueuse et puante. Personne ne parla pendant un long moment.

— Bien, dit le Sorcier en brisant enfin le silence. Je regrette beaucoup que Ginger ne soit pas là pour voir ça.

— Pourquoi ? demanda Mère Karen.

— Parce que je crois que cet événement illustre parfaitement pourquoi nos ancêtres se méfiaient autant de la libido féminine.

III
INDISCRÉTIONS JUVÉNILES

DEBOUT DANS LE jardin, un sac de couchage kaki et un oreiller sous le bras droit, je portais un habit que j'avais immédiatement baptisé la Jupe-Moche-en-Laine-qui-Gratte-de-la-Honte-Absolue. Les flammes de ma main gauche dansaient à l'air libre : le jet d'ectoplasme avait déchiré les coutures de mon gant, mais Mère Karen et le Sorcier étaient trop occupés par la chambre d'ami pour le rafistoler.

— Tu penses qu'ils vont réussir à réparer la maison ? demanda Pal en avançant vers moi sur ses pattes en forme d'échasses.

Je hochai la tête, puis balançai mon barda sur la table de pique-nique.

— Mais je crois que nous allons devoir faire chambre commune, ce soir. Il vaut mieux que je passe la nuit à l'extérieur, où mes talents de pyromane ne risquent pas de faire autant de dégâts, dis-je.

Il me regarda en clignant des yeux.

— Ne me dis pas que vous êtes complètement incapables, Cooper et toi, de contrôler vos envies charnelles…

— Tu oublies les pollutions nocturnes.

— Ah. Au temps pour moi.

— En plus, le moindre cauchemar risque de tourner au désastre. (Je me raclai la gorge.) Les autres voudraient que tu me surveilles, et que tu me réveilles si j'ai l'air de faire un mauvais rêve. Tu… tu n'es plus vraiment mon familier, il me semble. Donc libre à toi de faire ce qui te chante, mais nous te serions très reconnaissants si tu pouvais m'éviter de mettre le feu aux alentours.

— Sans problème, compte sur moi : quelle cause plus noble que de protéger la maison de Karen d'une catastrophe ?

Je me mordis la lèvre.

— Qu'est-ce qui va t'arriver, maintenant ? Moi, on dirait que mes ennuis vont se tasser, finalement, mais je ne sais pas si Riviera est en mesure de négocier avec tes geôliers.

Pal gratta son thorax velu d'un air songeur avec l'une de ses pattes du milieu.

— Honnêtement, je n'ai aucune idée de ce qui m'attend. J'ai réussi à briser les liens enchantés grâce auxquels mes surveillants me contrôlaient… Donc j'imagine qu'ils vont tenter de m'attraper directement afin de me remettre entre quatre murs. Mais rien n'indique pour l'instant qu'ils en aient la moindre intention. De toute façon, même si on me gracie pour tout ce qui s'est passé au cours de ces dernières semaines, il me reste encore plusieurs décennies à tirer.

— Pour quelle raison t'a-t-on condamné, exactement ?

Le visage de Pal était parfaitement indéchiffrable, mais sa voix semblait peinée.

— J'étais très jeune, passionné par la démonologie, des individus malfaisants se sont rendu compte de mon enthousiasme et de ma naïveté, et…

Je mourais d'envie de savoir dans quel genre d'ennuis Pal s'était fourré.

— Et quoi ?

— De fil en aiguille, ils m'ont persuadé d'invoquer le dieu ancien que tu connais peut-être sous le nom d'Abraxas en plein cœur de la plus grande cité de ma planète natale.

Le chaos de ces derniers jours m'avait sérieusement embrouillé le cerveau; autant dire que ma mémoire n'était pas très vive.

— Abraxas… J'ai peur que tu ne me prennes pour une idiote, mais la seule chose que ce nom m'évoque est le titre d'un vieil album de Santana qui trône parmi la collection de vinyles de Cooper.

Pal me dévisagea d'un air incrédule.

— Cette entité est parfois aussi connue sous le nom d'Abrasax. Le « Démon de la Longue Année », ça ne te dit rien ?

Des bribes de mes études sur l'Égypte antique me revinrent en tête.

— Une tête de coq, des serpents à la place des jambes, un fouet dans une main et un bouclier dans l'autre ?

— C'est en effet l'une de ses incarnations habituelles. Mais Abraxas se manifeste sous une multitude de formes.

— Il ne s'agit pas vraiment d'un démon, je crois. La représentation monstrueuse que je viens d'évoquer provient d'une confusion typique chez les gens Ordinaires entre démons, diables et dieux, n'est-ce pas ?

— Tu as raison. Abraxas est plus qu'un simple démon, répondit Pal.

Les démons ne sont en gros que des serviteurs surnaturels. Seuls les dieux, les diables et les Talents puissants sont capables d'en créer, parfois de façon involontaire. Les démons sont la plupart du temps fabriqués à partir de morceaux d'âme, quoique certains démons-golems soient dépourvus de tout élément spirituel (grâce à quoi ils ont à peu près la personnalité d'un aspirateur électrique).

Quant à leur nature morale, les démons peuvent être soit bons, soit mauvais ; les diables, au contraire, sont au mieux des combinards égoïstes, au pire des monstres de sadisme et de cruauté. Ils poussent les humains à la faute pour se nourrir de l'énergie psychique ainsi libérée ; les plus sympathiques d'entre eux sont les Muses, mais même celles-ci n'hésitent pas une seconde à faire perdre la raison aux artistes qui tombent sous leur charme pour satisfaire leur voracité.

Les serviteurs démoniaques de qualité, ou « daemons », comme les plus intelligents d'entre eux préfèrent qu'on les appelle, se consacrent en général à leurs tâches avec efficacité et discrétion ; les personnes auxquelles ils n'ont pas directement affaire ne les rencontrent que rarement. Les démons créés par accident, en revanche, incarnent le plus souvent des émotions destructrices et incontrôlées comme la haine ou la colère. Ils sèment la mort sur leur passage, et sont responsables de la mauvaise réputation de la race démoniaque dans son ensemble. Même moi, j'ai le réflexe de sortir mon arme dès que j'aperçois un démon, alors que je devrais savoir que c'est ridicule.

— Ce n'est pourtant pas par hasard qu'on prend Abraxas pour un démon, enchaîna Pal. Il s'agissait autrefois du dieu de la création et de la destruction ; il n'était alors ni bon, ni mauvais. Mais au cours des millénaires, l'équilibre des pouvoirs entre les dieux créateurs s'est modifié : certains, comme Jéhovah, ont commencé à avoir de plus en plus de disciples, tandis que d'autres, comme Abraxas, se sont repliés de plus en plus sur leur côté obscur. Il s'agit maintenant d'une entité fantasque, qui vit recluse, et dont personne ne connaît les véritables intentions.

— J'imagine que votre petite opération ne s'est pas très bien passée.

— C'est le moins que l'on puisse dire. J'ai de la chance d'avoir été condamné à servir de familier pendant seulement quelques siècles. Je ne crois pas que j'aurais assez de toute ma vie pour oublier la honte que je ressens d'avoir été berné aussi facilement.

— Mais pourquoi avoir aidé ces crétins ?

— Ils ont su me captiver, me tenir un discours séduisant. En y repensant, j'étais sûrement une proie facile ; malgré mon côté « dans la lune », j'avais désespérément besoin de reconnaissance. Ils ont profité de ma conviction juvénile selon laquelle la démocratie était vouée à l'échec à cause de l'imbécillité et du manque de courage des masses. Ils m'ont persuadé qu'un dieu-empereur résoudrait tous les maux de notre société. Sans oublier de me promettre un rôle important dans le nouvel ordre planétaire que mon maître allait instaurer.

— Qu'est-ce qui est arrivé ensuite ?

— Ils ont invoqué Abraxas, ou du moins, une entité qu'ils prétendaient être Abraxas, en plein milieu de notre capitale. J'ignore aujourd'hui encore de quoi il s'agissait exactement, mais la principale préoccupation de cette chose semblait être de dévorer le plus grand nombre possible de mes concitoyens. Comprenant mon erreur, je me suis immédiatement livré aux autorités, en leur avouant tout ce que je savais. Ceux qui m'avaient trompé avaient cependant depuis longtemps effectué un raid meurtrier sur le trésor de la ville, emportant avec eux plusieurs artefacts d'une valeur incalculable. Heureusement, les autorités parvinrent tout de même à bannir l'entité hors de la cité avant que celle-ci ne soit complètement réduite en cendres. J'ai appris plus tard que ces bandits avaient recruté une douzaine d'autres jeunes Talents comme moi pour mener à bien leurs noirs desseins.

— Eh ben. (Les paroles me manquèrent pendant un instant.) Tu crois que tu pourras y retourner un jour ?

— Avec une bobine pareille, aucune chance. (Pal désigna son corps hybride.) Les furets n'existent pas sur ma planète, et même si c'était le cas, j'aurais probablement l'air aussi repoussant pour les miens que pour les humains.

— Peut-être que Riviera pourra t'aider à retrouver ton corps d'origine, ou bien connaîtra quelqu'un capable de le faire.

— C'est possible. (La voix de Pal était empreinte de tristesse et de scepticisme.) Peut-être aussi que le destin a tout simplement décidé que telle serait mon enveloppe naturelle, désormais.

Je ne croyais nullement au destin, ou plutôt, je n'avais pas envie d'y croire, mais je ne souhaitais pas en débattre tout de suite avec Pal. Tandis que je ruminais mes arguments contre l'idée de prédestination, je laissai mon bras enflammé s'approcher trop près de ma jambe. Les flammes percèrent un trou dans la jupe en laine et se mirent à lécher ma chair.

— Aïe ! (J'éloignai brusquement ma main de ma cuisse brûlante.) Nom de Dieu, on dirait que je vais devoir être obligée de me trimballer un orbe de guérison, comme le Sorcier. Bordel. Aïe.

— Riviera Jordan devrait en priorité te débarrasser de cette malédiction, dit Pal. Malgré ma triste condition, je ne suis pas un danger pour moi-même.

J'étais maintenant convaincue que ma main enflammée était bel et bien une calamité. Je ne pouvais plus manger grand-chose, le sexe était exclu, et il me serait en plus impossible de dormir correctement.

— Oui, j'espère que Riviera est suffisamment puissante pour pouvoir remédier à ce mal. J'espère qu'elle n'a pas menti à Mère Karen quand elle a affirmé qu'elle était prête à discuter calmement.

J'avais sur la cuisse une brûlure de la taille d'une carte de visite qui me piquait terriblement. Je plaçai la paume de ma main valide sur la blessure et prononçai un mot ancien qui signifiait « guérir ». Le sort soulagea quelque peu ma douleur, mais moins que je ne l'avais espéré. Inquiète de la faiblesse manifeste de mes pouvoirs de magie blanche, je me mis à faire les cent pas dans le jardin en tenant ma main enflammée soigneusement éloignée du reste de mon corps.

— Tu devrais tenter de te reposer, dit Pal.

— Je te promets que j'essaierai dans quelques minutes.

J'étais absolument épuisée, et n'avais qu'une envie : passer les douze ou seize prochaines heures à dormir à poings fermés. Mais j'étais terrifiée à l'idée de ce qui pouvait se passer quand je m'abandonnerai aux bras de Morphée… si toutefois j'y parvenais.

Ma main enflammée sembla heurter quelque chose. Je baissai les yeux, perplexe : j'étais au beau milieu de la pelouse, et il n'y avait pas même un pissenlit. Promenant ma main dans l'air nocturne, je sentis à nouveau une espèce de couture invisible.

— Hé, il y a un truc pas net par ici, dis-je à Pal. Tu ne perçois pas quelque chose de bizarre ?

Il avança vers moi, l'air curieux.

— Non, je ne sens rien… De quoi s'agit-il ?

— Je ne sais pas trop.

Je clignai mon œil de gemme pour faire défiler plusieurs modes de vision. L'un de ceux-ci me révéla un rectangle bleuté, à peine visible, qui flottait en l'air. À l'instinct, je plongeai mes doigts dans la couture et tirai. Une petite porte s'ouvrit devant moi ; elle donnait sur l'intérieur d'un caisson en bois à peine plus grand qu'un casier de vestiaire : environ un mètre de haut, cinquante centimètres de large et autant en profondeur. À l'intérieur, empilées les unes sur les autres, se trouvaient des briques de poudre blanche et de matière organique compressée, méticuleusement enveloppées dans des sacs en plastique. L'air qui sortit du caisson était chargé d'une douce odeur familière de substances interdites.

La porte de la véranda s'ouvrit tout à coup.

— Nous avons réparé ton gant, annonça Mère Karen qui avait retrouvé sa joie de vivre habituelle.

— Hé, tu savais qu'il y avait une planque de drogue extradimensionnelle dans ton jardin ? criai-je en retour.

— Une *quoi* ? (Karen se précipita pour me rejoindre et examina le caisson avec une mine d'abord surprise, puis furieuse.) Je *savais* que ce bon à rien mijotait quelque chose derrière mon dos.

— Quel bon à rien ?

J'attrapai le gant d'opéra réparé que Mère Karen me tendait et l'enfilai à nouveau. J'espérai que Jimmy n'avait rien à voir avec cette sombre histoire ; je le trouvais plutôt chouette, ce gosse.

— Il y a environ cinq ans, j'ai adopté un ado du nom de Rick Wisecroft. Il était très doué pour la magie, mais ne se servait de son Talent que pour vendre de la drogue aux élèves des lycées du coin. Personnellement, je n'ai rien contre le fait que des adultes consomment les substances psychotropes qui leur chantent, mais ce que faisait ce gamin était inacceptable. Ni les autorités ni moi-même n'avons jamais été capables de trouver quoi que ce soit sur lui, évidemment. Il m'a juré des dizaines de fois qu'il n'avait jamais ramené de substances illicites à la maison. (Elle poussa un long soupir.) Je pensais bien faire en lui accordant le bénéfice du doute, mais il y a certains gosses qu'il est presque impossible de remettre dans le droit chemin.

— Qu'est-ce qui lui est arrivé ? demandai-je.

— Il est resté ici jusqu'à la soirée organisée pour célébrer son dix-huitième anniversaire, puis il s'est carapaté avec ses cadeaux et tout le liquide qu'il a pu trouver dans mon porte-monnaie. (Elle s'arrêta, la mine chagrinée.) Il ne m'a pas donné signe de vie depuis. Je suis étonnée qu'il ait laissé tout ce bazar sur place.

— Peut-être qu'il s'est fait des ennemis et qu'il a dû s'enfuir à la hâte. Ou peut-être qu'il a tellement fumé de sa propre marchandise qu'il a oublié où il l'entreposait, répondis-je. Elle était plutôt bien dissimulée.

— Comment l'as-tu trouvée ?

— Complètement par hasard, je crois. J'ai senti la porte avec ma main enchantée. (Je fis bouger mes doigts de feu avec toute la dextérité dont j'étais capable.) Apparemment, cette terrible main-des-ténèbres ne sert pas qu'à semer la panique et la destruction.

— Enfin une bonne nouvelle. (Karen mit la main dans le caisson et attrapa les briques de poudre blanche, qu'elle empila sur le gazon.) Il me semble que ces paquets contiennent de la cocaïne ou de la méthamphétamine. Sois gentille, brûle-moi toutes ces cochonneries, tu veux ? Fais simplement attention à ne pas inspirer la fumée. (Karen retira les briques de marijuana du caisson invisible.) Quant à celles-ci, je vais vérifier qu'elles n'ont pas été contaminées par de la phencyclidine ou par une autre camelote du même genre, et si ce n'est pas le cas… eh bien, inutile de gaspiller des ingrédients végétaux parfaitement consommables.

— Il doit y avoir d'autres caches, dis-je. Si j'étais un jeune dealer, personnellement, je m'assurerais de disposer de plusieurs planques, au cas où.

Mère Karen hocha la tête.

— Tu veux bien faire le tour du jardin pour vérifier si tu trouves autre chose ?

— Sans problème.

J'employai l'heure suivante à passer le jardin au peigne fin avec ma main enflammée. Une deuxième cache extra-dimensionnelle était dissimulée le long de la barrière ; elle ne contenait qu'une poignée de manuels de chimie organique. C'est dans les arbres que je fis ma plus belle découverte : des portails qui menaient aux vestiaires des gymnases des lycées les plus huppés de la ville : Thomas Worthington High, Saint Charles Preparatory School, Bishop Hartley High, et Upper Arlington High. Aucune porte ne menait au lycée de banlieue destiné à accueillir les Talents, Dublin Alternative High. Certainement que les gardiens du lieu se méfiaient des enchantements de ce genre comme de la peste.

— Ce gamin était un vrai pro.

Je refermai le dernier portail avec précaution.

— Il semble qu'il dirigeait bien toute l'opération, répondit Pal.

Je soulevai l'un des paquets de poudre blanche non identifiée.

— Peut-être qu'il ne se contentait pas des drogues habituelles. Peut-être qu'il fabriquait aussi des potions de mémoire ou des élixirs d'amour. Je suis sûre que les lycéens se saigneraient aux quatre veines pour des produits pareils.

— C'est possible, dit Pal. Mais je me garderais bien de goûter à quoi que ce soit pour en avoir le cœur net. Ces substances sont à présent si vieilles qu'elles doivent être hautement instables, à supposer qu'elles aient jamais été stables.

— Je ne comptais pas y goûter une seule seconde.

Je transférai le paquet dans la paume de ma main enflammée et refermai mes doigts autour. La poudre se consuma presque instantanément, en produisant une brillante flamme bleue ; je détournai le visage pour éviter d'inhaler les volutes de fumée âcre qui s'en échappaient.

— Tu sais ce qui me réjouit le plus, dans toute cette histoire ?

Je toussai violemment, dissipant la fumée tant bien que mal avec de grands gestes de la main.

— Non, quoi ?

— Je suis tout simplement soulagée de ne pas être tombée nez à nez avec le cadavre de Ricky planqué quelque part dans le jardin. Parce que vu la semaine que je viens de vivre, un macchabée supplémentaire ne m'aurait nullement surprise.

IV
SOUS LA TENTE

— Hé, je t'ai trouvé une tente dans le grenier, cria Cooper depuis le patio.

Un baluchon en nylon vert sur l'épaule gauche et un maillet en bois dans la main droite, il m'adressa un grand sourire qui me fit fondre sur place.

Pour la première fois depuis que je l'avais ramené de son enfer, mon homme semblait vraiment heureux. Ce type avait décidément un sourire dévastateur. Exhiber une belle rangée de dents blanches est à la portée de tout le monde, de nos jours ; ce qui compte, c'est le message que le sourire transmet. Le sourire de Cooper me disait que malgré la semaine apocalyptique que l'on venait de traverser, tout allait s'arranger, et qu'il comptait me faire profiter au maximum de nos retrouvailles.

— Oh, t'es un ange !

Je n'avais même pas songé à me prévoir un abri. Sans doute y aurais-je pensé, mais seulement une fois trop fatiguée pour faire autre chose que me fourrer dans le duvet et m'allonger dans l'herbe, en espérant que Mère Karen ait placé un enchantement anti-moustique sur sa pelouse.

— Je ne voudrais pas que tu dormes mal, ma chérie. (Cooper jeta un coup d'œil à Pal en mordillant le bout de sa moustache.) Tu veux une tente, toi aussi ? Je crois que j'en ai aperçu une autre, là-haut. Je pourrais facilement l'agrandir à ta taille avec un sort.

Pal dévisagea Cooper en clignant des quatre yeux ; geste que j'interprétai, sans que j'en sois vraiment sûre, comme l'expression d'une légère indignation.

— Remercie-le, s'il te plaît, pour son offre généreuse, mais dis-lui que je préfère rester à l'air libre. Et que je suis tout à fait capable de lancer mes propres sorts.

— Pal dit que tout va bien, merci, transmis-je à Cooper.

Cooper me rejoint, puis ouvrit le baluchon qui contenait la tente en tirant sur le cordon qui lui servait de fermeture. Il m'aida à en sortir des arceaux en fibre de verre, diverses cordelettes, un habitacle en nylon kaki et une épaisse bâche imperméable. Après avoir étendu la bâche sur un endroit bien plat de la pelouse, nous enfilâmes les arceaux dans les gaines longeant les coutures de l'habitacle, puis nous déployâmes la tente.

— Elle m'a l'air plutôt stable, déclarai-je tandis que nous achevions d'installer mon gîte pour la nuit en tournant l'ouverture vers le patio. (Il s'agissait d'un modèle une place, mais deux personnes pouvaient s'y serrer pourvu qu'elles acceptent de partager une certaine intimité.) Je ne crois pas qu'il faille la fixer au sol avec des piquets. À moins que la météo n'ait prévu un orage ou des vents violents.

Cooper me contempla avec un air lourd de reproche.

— Vu les récents événements, tu trouves cela raisonnable de compter sur notre bonne fortune ?

— T'as raison. Accrochons-la solidement. Au boulot.

Tandis que j'enfilai les cordelettes dans leurs œillets respectifs, Cooper enleva son T-shirt, attrapa le maillet, puis se mit à enfoncer les piquets dans le sol humide. Mon regard s'attarda sur les contours de ses abdominaux parfaitement dessinés. Je m'imaginai soudain en train de faire glisser ma langue le long des sillons de chair tracés par ses muscles, embrassant son nombril, mordillant l'os de ses hanches si délicieusement masculines.

Pal renifla l'air autour de moi.

— Je ne sais pas à quoi tu penses exactement, Jessie, mais je te conseille vivement de chasser ces images de ton esprit, dit-il.

Je ne répondis pas, préférant me concentrer sur l'installation de la moustiquaire. Que j'eus terminée au bout de deux minutes. Impossible de ne pas remarquer ensuite, désœuvrée comme je l'étais, que Cooper n'avait pas fini sa tâche. Il continuait à enfoncer des piquets durs et épais dans la pelouse fraîche et molle. Une fine goutte de sueur perlait sur la peau luisante de son épaule droite. J'en avais des papillons dans le ventre.

— Jessie… m'avertit Pal.

Cooper se releva enfin.

— L'herbe m'a l'air assez douce, mais si tu as besoin d'un matelas gonflable… Qu'est-ce qui t'arrives ? Tu as le visage rouge vif… et une mine dépitée, dit-il en me contemplant d'un air inquiet.

Il me fallut un effort de volonté surhumain pour ne pas lui sauter dessus et lui dévorer les lèvres.

J'ai… j'ai besoin d'un câlin, répondis-je. Tu veux bien me serrer dans tes bras pendant quelques minutes à l'intérieur de la tente ?

— Jessie ! s'exclama Pal.

Cooper parut soudain se rendre compte que quelque chose ne tournait pas rond. Il se gratta le bouc d'un air hésitant.

— En fait, chérie, je ne sais pas si c'est vraiment une bonne idée de…

— *Je t'en prie,* suppliai-je, m'adressant aussi bien à Pal qu'à Cooper. J'ai failli te perdre, et j'ai l'impression que je ne t'ai pas serré contre moi depuis une éternité. Si ça se trouve, demain je serai jetée en prison, et je ne te reverrai plus jamais. Sois gentil. Je te promets qu'il n'y aura ni orgasme, ni projection de flammes corrosives. Juste un petit câlin de rien du tout.

— Bon, alors je suppose que ça ne peut pas faire de mal.

Cooper se tourna vers Pal d'un air blasé, comme pour le mettre au défi de le contredire.

Mon familier gratta le sol avec une patte et nous fusilla du regard.

— Je vous préviens que j'ai ici un seau d'eau glacée dont je n'hésiterai pas une seule seconde à me servir.

Cooper contempla l'entrée de notre abri en mordillant son sempiternel bout de moustache.

— Elle n'est pas bien grande, cette tente, hein ? Il n'y a de place que pour une seule personne. En plus, on ne peut pas dire qu'elle soit vraiment luxueuse.

Il ferma les yeux, leva les bras au ciel, et entonna un enchantement. Je reconnus des mots anciens qui signifiaient « taille » et « dimension ». La tente et la bâche s'agrandirent soudain, tandis que la terre en dessous tremblait. Bientôt, notre gîte eut la taille d'une petite chambre à coucher. À la fin de l'incantation, Cooper ferma les yeux et tomba à genou, manifestement à bout. Il en faisait trop, trop vite.

— Tout va bien ? demandai-je.

Il se redressa et me sourit.

— Pas de souci. Regarde-moi ça !

En ouvrant la fermeture éclair de la porte, je vis que Cooper avait prévu une partie surélevée au milieu de la tente. À cet endroit, l'herbe sous la bâche était si drue qu'elle formait un matelas accueillant.

Cooper m'aida à sortir mon duvet de son sac et à l'étendre sur le matelas végétal. Nous nous allongeâmes dessus dans l'obscurité, partageant mon oreiller, mon dos serré contre le ventre de Cooper. Je sentis se dresser une espèce de semi-érection molle à travers le tissu de mes habits.

— Le Sorcier et moi, on a prévu d'aller nous ravitailler au Costco de Polaris demain, murmura-t-il. Mes cinq petits frères mangent comme des ogres. Sans parler des couches. Ni de tout le reste. Oh, quelle galère.

— Tu l'as dit, bouffi, répondis-je.

Je me demandai s'il parlait des bébés parce qu'il s'inquiétait vraiment, ou pour calmer ses ardeurs naissantes. Probablement les deux.

— Je flippe pour les gosses, enchaîna-t-il. J'ai toujours souhaité avoir une grande famille, donc je suis ravi que mon vœu se réalise enfin, mais... du diable si je sais m'occuper d'un nourrisson. Alors cinq à la fois, c'est un peu brutal.

— Tu n'as qu'à suivre les conseils avisés de Mère Karen. Et consulter des manuels sur la petite enfance.

— Je sais bien, mais... mes frères ont tellement souffert que je voudrais qu'à partir de maintenant la vie ne leur réserve que du bonheur. Je refuse qu'ils vivent dans l'ombre de leur passé, comme le Sorcier et moi avons été obligés de le faire. Je veux qu'ils grandissent l'âme légère. (Cooper se frotta le visage et glissa son bras autour de moi en effleurant doucement l'un de mes tétons. Impossible de savoir s'il l'avait fait exprès ou non.) Or, pour s'en occuper comme ils le méritent, il faudra qu'on attende.

— Qu'on attende quoi ?

— Avant de faire un bébé à nous.

— Ah, dis-je, avec un rire peut-être un peu trop appuyé. Pas de souci, il n'y a pas le feu.

Il marqua une pause.

— Tu n'as pas renoncé à l'idée d'avoir un enfant avec moi... n'est-ce pas ?

— Non, je ne crois pas.

Je m'arrêtai à mon tour, interloquée par son ton sérieux. Nous n'avions jamais abordé ce sujet de manière aussi directe auparavant, et je ne savais pas très bien quoi lui dire. Faire un bébé était à peu près la dernière de mes préoccupations ; si mon horloge biologique s'était mise en marche, elle avait oublié de me prévenir.

Mais rien de tel que de passer du temps en enfer pour faire réfléchir un homme sur sa dure condition de mortel. Cooper avait sûrement dû songer à sa descendance, et à ce qu'il léguerait au monde en termes de pouvoirs magiques, entre autres choses.

— Je dois avouer que je ne suis pas pressée de subir les douleurs de l'accouchement, répondis-je enfin. Quant à être enceinte, l'idée m'effraie un peu. Même protégée par des enchantements, on doit se sentir si… vulnérable. Mais je suis en faveur de tout ce qui précède la conception. Cette partie-là m'enchante positivement.

J'aurais dû m'en tenir là, et revenir sagement à la discussion concernant les petits frères de Cooper et les problèmes logistiques qu'ils posaient. Au lieu de cela, je remontai ma jupe rêche au-dessus de mes hanches, afin de presser mes fesses nues contre l'entrejambe de mon petit ami. Son érection réagit immédiatement en finissant de se mettre au garde-à-vous. J'entrepris de tortiller doucement mon arrière-train contre son pantalon.

Il resserra son emprise.

— Mais qu'est-ce que tu fabriques ? murmura-t-il.

— Je te fais un câlin, répliquai-je sur un ton innocent.

Je me mordis les lèvres pour éviter d'ajouter, *et mes fesses sont toutes prêtes à recevoir un gros câlin de ta bite.* Je savais que Pal nous avait à l'œil. Par tous les saints, j'étais dévorée par l'envie que Cooper me baise. Je m'en fichai éperdument d'avoir mal ou de faire du grabuge ou même de mettre le feu à la planète entière. C'était comme si mon orgasme de tout à l'heure n'avait pas eu lieu ; mes hormones semblaient aussi déchaînées que si j'avais passé les dix dernières années chez des nonnes octogénaires. Dans une camisole de force. Avec une ceinture de chasteté. Dont la clé était brisée à l'intérieur de la serrure.

Conserver mes habits en présence de mon homme n'a jamais été l'un de mes points forts. Mais je n'ai jamais non plus trompé aucun de mes amoureux. Pour être parfaitement honnête, cependant, mon premier et mon seul véritable petit ami avait été Cooper.

J'étais toutefois loin d'être une vierge innocente lorsque nous nous sommes rencontrés. J'avais eu ma dose de sexe sans âme au lycée, en réussissant toujours à éviter le pire : je n'oubliais jamais d'utiliser un préservatif ainsi qu'un sort de silence pour empêcher (autant que possible) mes amants d'un soir de se vanter de leur exploit devant leurs potes. Quand j'y repense, la plupart du lycée devait croire que j'étais lesbienne. Je ne dissimulais pas mon mépris pour la frivolité imbécile des numéros de majorettes, occupais avec rudesse le poste de défenseur central dans l'équipe de hockey sur gazon de l'école et ne portais que rarement une jupe ou du rouge à lèvres. Tous les garçons avec lesquels j'avais couché m'étaient au minimum sympathiques, et il y en avait même certains dont je m'étais franchement entichée, mais Cooper était le seul dont j'avais jamais été vraiment amoureuse.

J'ai perdu ma virginité à quatorze ans, treize si on compte le sexe oral (Moi, non.) Ouais, je devine ce que vous êtes en train de vous dire, et au point où j'en suis dans ma vie, je dois vous avouer que je pense la même chose. Mais à quoi ça me servirait de renier mon passé ? Que je le veuille ou non, ces événements font intimement partie de la personne que je suis aujourd'hui.

J'avais onze ans quand ma mère est décédée ; son corps était à peine froid quand mon beau-père (à ce moment-là, tout le monde croyait qu'il s'agissait de mon père biologique) se mit à fréquenter ma future belle-mère, Deborah. Dès le départ, je vouai à Deb une haine têtue, qui ne fit que s'intensifier lorsqu'elle épousa mon père tout juste quarante-huit heures après le jour de mes treize ans. Cerise sur mon gâteau d'anniversaire, ma famille déménagea à Plano, au Texas, loin du quartier de Dallas (du nom de Lakewood) où j'avais grandi, et des amis que je m'y étais faits.

Notre nouveau quartier était une zone résidentielle maussade, constituée de rangées de maisons individuelles en béton bon marché, égayées par une poignée d'arbres souffreteux dans le jardin. Mon principal souci était de passer le moins de temps possible à l'intérieur de notre nouvelle demeure, ce qui ne semblait pas déranger mes beaux-parents outre mesure. Deb tomba enceinte des jumeaux presque immédiatement ; elle était bien la dernière à vouloir supporter une ado bizarre et capricieuse.

Quelques jours après notre déménagement, j'étais tranquillement installée sous la véranda devant la maison, en train de dévorer le dernier numéro du comics *Sandman*, quand un garçon d'environ seize ans gara sa Coccinelle Volkswagen dans l'allée devant chez notre voisin. Je me souviens qu'il était un tantinet trop habillé pour la saison et plutôt propre sur lui, à part un œil au beurre noir tout frais. Mais ce qui attira vraiment mon attention, c'était la tour d'ordinateur qu'il avait attrapé sur son siège arrière et qu'il trimballait vers la maison.

J'avançai jusqu'à lui et l'interpellai en disant sûrement quelque chose de très profond, du genre : « Waouh, quelle magnifique bécane ! » Il me contempla en clignant des yeux derrière les verres épais de ses montures ringardes, et l'on échangea quelques amabilités maladroites avant qu'il ne me propose de venir chez lui pour l'aider à installer son matériel.

Edwin Chong (car c'est ainsi qu'il s'appelait) habitait avec sa grand-mère depuis que ses deux parents avaient trouvé la mort dans un accident de voiture, non loin du quartier général de la firme Texas Instruments où ils travaillaient tous les deux. Malgré son âge, il était maigre comme un clou et à peine plus grand que moi. Il était premier violon dans l'orchestre symphonique du lycée de Plano et bossait comme projectionniste dans un cinéma pendant le week-end… D'où l'achat de ce nouvel ordinateur. Il passait son temps à se faire tabasser par de fins spécimens de ploucs baptistes parce qu'il était moitié chinois, moitié juif, et cent pour cent binoclard chétif. Pire encore, tout le monde était persuadé qu'il était gay, sauf les gays eux-mêmes.

Quand j'ai demandé à mon beau-père si je pouvais traîner chez Eddie, un simple coup d'œil a dû lui suffire pour classer ce garçon comme « parfaitement inoffensif ». La grand-mère de mon ami, en revanche, semblait comprendre que, sous son torse maigrichon, le cœur d'Eddie brûlait avec une ardeur identique à celle de tous les jeunes de son âge. Mémé Goldstein hissait donc sa vénérable carcasse jusqu'à la chambre de son petit-fils environ une fois par heure… pour nous surprendre en train de construire un vaisseau spatial en Lego, ou de jouer aux jeux vidéos, ou de regarder le nouveau film d'épouvante ou de science-fiction qu'il avait piraté à son boulot. Elle finissait inévitablement par secouer la tête avec un soupir, désespérée devant tant de geekitude, avant de retourner s'installer dans son fauteuil au salon.

Ces inspections cessèrent au bout de quelques mois. C'est alors que nous nous mîmes à regarder du porno pixelisé par satellite. Si j'avais réagi comme une vierge effarouchée ou même exprimé du dégoût quand j'ai pour la première fois aperçu des seins nus à l'écran, les choses se seraient probablement arrêtées là ; sans doute aurions-nous repris nos jeux innocents et notre relation platonique.

Je pourrais vous raconter que nous avons commencé à fricoter ensemble parce que je me sentais désespérément seule et que j'avais cruellement besoin de contacts humains. Ou parce que ma belle-mère était conservatrice et ultra-féminine, et que j'étais en pleine phase de rébellion contre elle et contre tout ce qu'elle représentait, que ce soit le maquillage, le christianisme ou la chasteté. Rien de tout cela ne serait faux. Mais la vérité, c'était que je me touchais deux à trois fois par jour depuis l'âge de douze ans et que j'étais assaillie par un véritable tsunami hormonal. Aussi, quand Eddie finit par prendre son courage à deux mains pour faire le premier pas, je répondis à ses avances maladroites avec enthousiasme.

Au début, il ne s'agissait que d'attouchements patauds ; pour ne rien arranger, Eddie avait une sainte horreur des fluides corporels. C'était compliqué de coucher avec un ado maniaque de la propreté, mais au moins j'étais sûre qu'il se servait à chaque fois d'un préservatif. Eddie finit par décider de se renseigner sur le sujet et emprunta un exemplaire des *Joies du Sexe*, grâce auquel il parvint à me faire jouir très efficacement. En bons petits geeks, on essaya toutes les positions recommandées par le manuel les unes après les autres. Le sexe devint mon hobby préféré, avec Eddie comme collaborateur zélé. Dès que j'avais passé une journée merdique à l'école (c'est-à-dire presque tous les jours) je faisais le mur pendant la nuit pour aller faire la bête à deux dos chez mon voisin.

Nous continuâmes à coucher ensemble en douce jusqu'à ce que mes pouvoirs magiques commencent à se manifester. Mes sautes d'humeur se firent plus extrêmes, comme si une deuxième couche de puberté s'était ajoutée à la première. Une nuit où j'étais en colère contre lui (je ne me rappelle même plus pourquoi), sa précieuse PlayStation 2 explosa. Rien de plus typique que ce genre de manifestation pyrokinésique lorsque le Talent se développe chez un individu, mais à l'époque je l'ignorais, évidemment. Eddie refusa de m'adresser la parole après cet incident; je passai un mois d'angoisse à me morfondre toute seule avant de découvrir ma chambre en flammes un beau matin.

Mon beau-père m'envoya alors vivre avec ma tante Vicky à Columbus. Il n'y avait plus de place pour moi à l'école pour Talents locale, donc ma tante m'inscrivit au lycée d'Upper Arlington, où je pus suivre des leçons de magie en cachette en compagnie d'une poignée d'autres étudiants (Je crois qu'officiellement, nous étions inscrits à un cours d'Espéranto.) Une fois retrouvé un semblant d'équilibre émotionnel (et appris un charme de silence), je me mis à la recherche de garçons timides avec des yeux doux et des mains fines. Puis, j'entrepris de les dépuceler un par un.

Au milieu de ma première année, mon charme de silence faillit me laisser sérieusement tomber. Je m'étais tapé les deux garçons de la section basson de l'orchestre de la fac, et chacun des deux était convaincu qu'il s'agissait de ma première fois. Ils s'en étaient persuadés sans aucune suggestion de ma part, mais comme j'avais l'habitude de garder pour moi les détails de ma vie amoureuse, je n'avais rien fait pour les détromper. J'étais jeune et stupide ; dans ma tête, je me disais que comme je n'avais jamais couché sans préservatif, ils ne couraient aucun danger, donc mes histoires ne les concernaient pas.

À l'époque, je ne m'étais pas encore rendu compte de la faille fatale propre au charme de silence rudimentaire dont je me servais : il cesse de fonctionner si la personne qu'il enchante se trouve en présence de quelqu'un qui est au courant du sujet tabou (en l'occurrence, le fait de coucher avec moi). Sachant que ces deux garçons étaient puceaux avant que je m'en occupe et qu'ils passaient tous leurs après-midi ensemble dans la même pièce… il était inconcevable d'espérer qu'ils ne se vantent pas un minimum de leur conquête.

Bien entendu, celui à qui l'autre raconta son histoire se fâcha tout rouge. Avant que qui que ce soit ait le temps de comprendre ce qui se passait, une méchante bagarre avait éclaté dans la salle de répétition entre mes deux amants, qui hurlaient à tue-tête en faisant des moulinets avec leurs petits poings délicats. La dispute se termina même dans le sang lorsque l'un des garçons décida de poignarder l'autre avec l'embout métallique de son basson. Il ne s'agissait que d'une blessure superficielle, mais le gosse blessé dut se rendre aux urgences avec une pièce de métal plaquée d'argent d'une valeur de trois cents dollars plantée dans le torse, comme une espèce d'embouchure de fontaine. Heureusement, le proviseur du lycée parvint à convaincre les parents des deux jeunes hommes de déclarer qu'il s'agissait d'un « accident », et la presse ignora l'événement.

J'avais essayé de rendre visite au garçon poignardé à l'hôpital, puis de l'appeler, mais il refusait de m'adresser la parole. Quelques semaines plus tard, il m'avait envoyé un texto bizarre dans lequel il m'appelait « Jézabel » et « fille du Diable », en disant que je l'avais « séduit pour le pervertir et l'éloigner de l'amour du Christ. » Je ne savais pas trop quoi penser de son message ; d'un côté, je l'avais bien mérité, mais de l'autre, *quoi* ? En guise de « séduction », je n'avais fait que lui dire quelque chose comme : « Eh, tu n'aurais pas envie de… ». Il ne m'avait pas semblé particulièrement touché par « l'amour du Christ » au moment de me connaître bibliquement. Quant à la « perversion »… nos ébats avaient été aussi conventionnels que les vœux de bonne année d'un supermarché.

Je lui répondis donc en expliquant que je regrettai profondément ce qui lui était arrivé, mais que si Jésus était capable de tendre l'autre joue, moi pas ; et que s'il s'avisait de révéler les détails de notre petite aventure, je n'hésiterais pas à lui enfoncer un deuxième embout dans le corps, mais ailleurs que dans le torse. Il ne me donna plus jamais de nouvelles.

Je m'étais soigneusement gardé de raconter le moindre détail de cette histoire à ma tante Vicky, ce qui ne l'empêcha pas de deviner assez vite de quoi il retournait. Cependant, au lieu de me soumettre à un interrogatoire en règle ou de me sermonner, elle m'encouragea à m'inscrire à un grand nombre d'activités extrascolaires, comme de jouer dans l'équipe de hockey sur gazon de l'école, malgré mon mépris affiché pour le sport, afin que je n'aie plus aucun temps libre. Plus stratégique encore, elle m'offrit un masseur électrique Hitachi flambant neuf (« Quelqu'un du boulot me l'a donné pour Noël, mais comme j'ai déjà un appareil à masser le dos, je me suis dit que tu en ferais bon usage. ») ; ce qui me permit en grande partie de soulager mes ardeurs.

J'avais cependant eu le temps de développer une certaine compulsion pour le sexe, qui me saisissait à chaque fois que je partageais un peu d'intimité avec un garçon. Comme à l'instant, avec Cooper, que je gratifiai d'un frottement du postérieur extrêmement imprudent.

— Je ne suis pas certain que l'on puisse qualifier ça de câlin, murmura Cooper. Qu'est-ce qui te prends, aujourd'hui ?

— Chut, murmurai-je en retour. Ne dis rien. Ne bouge pas. Et ne fais. Aucun. Bruit.

Je me tournai vers lui et le poussai contre le duvet, le dos à plat sur le lit. Posant un doigt sur mes lèvres, j'en pointai un autre en direction de Pal ; Cooper hocha la tête en silence. Je baissai son pantalon jusqu'aux genoux, faisant surgir sa bite comme un diable de sa boîte.

— Par la Déesse, j'ai déjà vu des élans en chaleur faire preuve de plus de retenue que vous deux ! s'exclama Pal à l'intérieur de mon esprit. Je vais chercher le seau.

— Je te signale que j'ai gardé mes habits, répliquai-je, furieuse. Alors t'es gentil, mais tire-toi, à moins que quelque chose ne se mette à cramer. Et par « tire-toi », je veux dire sors de ma tête et éloigne-toi de la tente jusqu'à ce que j'aie terminé mon affaire.

Pal produisit une suite d'accords irrités, mais je l'entendis traverser la pelouse en direction du patio. Je me concentrai à nouveau sur Cooper : même si le plaisir charnel m'était interdit, rien ne m'empêchait de lui offrir une petite gâterie. Parfois, c'est vraiment aussi agréable de donner que de recevoir. Je me mis donc consciencieusement à l'ouvrage, astiquant avec énergie son membre tumescent de mes doigts trempés de salive. De le voir jouir sous mes yeux, son visage innocent à l'abandon, me procura une intense satisfaction.

Après son orgasme, il me contempla en clignant des yeux, avant de baisser le regard vers son torse couvert de liquide gluant :

— Beurk, j'en ai aussi dans la barbe.

— Quel romantisme.

Il claqua des doigts, ouvrit sa main droite et murmura « Kleenex ! ». Une boîte de mouchoirs en papier apparut dans la paume de sa main, dérobée (grâce à un enchantement) à une boutique Giant Eagle du côté de notre ancien appartement… dont le propriétaire avait refusé de nous rembourser une carte-cadeau démagnétisée. Il s'agissait d'une basse vengeance sans doute, mais très pratique dans les cas comme celui-ci. Je l'aidai à finir de se nettoyer, puis emportai les mouchoirs spongieux hors de la tente pour les brûler.

Pal se contenta de secouer son immense caboche velue d'un air désapprobateur.

Quand je rouvris la porte de la tente, je découvris Cooper en plein sommeil, recroquevillé sur le duvet.

V
DIMENSION INFERNALE

Quant à moi, excitée comme je l'étais, je fus incapable de trouver le sommeil. Pour briser mon ennui, je retirai mon gant enchanté afin de contempler ma main en feu, impatiente de percer le mystère de ces flammes orange et violettes qui virevoltaient devant mes yeux.

J'eus tout à coup l'impression que le lit végétal sur lequel je n'arrivais pas à m'endormir glissait sur le côté. Soudain plongée dans l'obscurité, j'éprouvai une sensation d'étouffement… avant de me retrouver debout sur un sol en béton, à l'intérieur d'une cave que je ne connaissais que trop bien, baignée par la lumière crue d'une ampoule solitaire. J'étais enfermée dans un enclos grillagé situé dans un coin de la cave ; ma main gauche était de nouveau en chair et en os. Sous la planche de bois qui servait de lit, fixée à mi-hauteur le long du mur en parpaings gris, s'entassaient des bocaux remplis de souvenirs luminescents que j'avais arrachés au Goad.

Cet endroit était l'enfer de Cooper, ou du moins, ce qu'il en restait. Cette dimension infernale était liée au feu qui se consumait à la place de ma main gauche. Il y a quelques heures, j'avais traîné Jordan jusqu'ici pour lui apprendre les bonnes manières. Il s'agissait d'un acte irréfléchi ; je n'avais aucune idée de la manière dont j'étais parvenue à me transférer depuis le bureau de Jordan jusque dans cette cave… et encore moins de la façon dont j'avais pu y atterrir à l'instant.

Qu'arriverait-il à mon corps pendant que j'étais coincée ici ? Est-ce que je me trouvais physiquement dans cette cave, ou ne s'agissait-il que d'une projection psychique ? Si j'avais abandonné mon corps matériel là où il était, n'y avait-il pas un risque que ma main enflammée embrase la tente, et Cooper avec ? Je me sentis gagnée par une inquiétude grandissante.

— D'accord, ça suffit, laissez-moi sortir d'ici, dis-je en m'adressant au grillage et aux parpaings. Je veux m'en aller, bordel.

Rien ne bougea.

J'inspirai un grand coup pour éviter de céder à la panique. Après tout, la dernière fois, j'avais réussi à m'échapper de cet endroit sans problème : il avait suffi que je souhaite revenir dans le bureau de Jordan pour que je m'y retrouve sur le champ. Plus simple que d'enfiler une paire de chaussures en rubis et de taper mes talons en l'air trois fois, comme dans certains contes. Mais… à présent que j'étais écrasée par un sentiment d'angoisse suffoquant au lieu d'être animée par une rage justicière, l'opération me semblait beaucoup plus difficile.

J'inspirai de nouveau profondément en fermant les yeux pour me reconcentrer. Si je m'étais fabriqué un petit coin d'enfer personnel, j'avais certainement prévu d'y inclure une entrée et une sortie. Mais à quoi ressemblaient-elles ? Il devait probablement s'agir d'un portail comme celui que Cooper avait installé dans notre appartement et qui menait à sa cabane d'entraînement dans les bois.

J'ouvris les yeux.

Devant moi se trouvait une large porte en métal rouge, identique à celle qu'il y avait chez nous. Je posai la main sur la poignée en inox, tournai celle-ci avec appréhension et ouvris la porte.

Et me retrouvai allongée sur le dos dans la tente, en train de contempler fixement ma main enflammée.

Plus de peur que de mal, songeai-je. Mon sentiment de soulagement céda bientôt la place à une intense curiosité : que pouvais-je faire d'autre, dans la dimension infernale ? Qu'y avait-il d'autre là-bas, à part les souvenirs des victimes du Goad en bocal ?

Je rampai hors de la tente, me dirigeai vers un endroit bien dégagé de la pelouse, et m'assis dans l'herbe en relevant les pans de ma jupe de façon à ne pas être dérangée par d'éventuelles fourmis en vadrouille.

— *Hé, Pal !*

— Oui ?

— *Je vais tenter un truc. Tu veux bien garder un œil sur moi pour surveiller que je ne me brûle pas ?*

— Permets-moi de te rappeler que c'est précisément ce que j'essaie de faire depuis le début de la soirée. Et quel est ce « truc » dont tu parles ?

— *Un morceau de l'enfer de Cooper existe encore malgré la disparition du Goad. Ma main enflammée est liée à cet endroit, et je voudrais explorer celui-ci un peu plus.*

— Il n'abrite plus aucun démon ? Il est stable ?

— *On dirait que oui… mais il faut que je vérifie. D'où mon envie d'y retourner, tu comprends ?*

— Tu crois que tu peux limiter ton temps d'exploration à une heure ?

— *Je pense que oui.*

— Alors d'accord. Je veillerai à ce que rien ne prenne feu, et j'appellerai les secours si tu n'es pas revenue au bout de l'heure impartie.

Je me concentrai à nouveau sur les flammes de ma main ; la sensation connue d'étouffement me saisit un instant, puis je ressurgis dans la cave au même endroit que la dernière fois. Rien n'avait changé. La porte rouge se trouvait à présent dans mon dos.

Le portail avait donc bel et bien subsisté après mon départ. Je pris cette information comme la preuve décisive de mon contrôle absolu sur cette petite dimension parallèle. Rien ne m'assurait d'ailleurs qu'elle était aussi petite que je l'avais d'abord cru. Comment le découvrir ?

Au moment où je posai la main sur les chaînes qui fermaient l'enclos, elles se transformèrent en grains de poussière qui tombèrent à mes pieds. Je n'aurais apparemment besoin d'aucun sort pour me débrouiller ici. Peut-être cette dimension se nourrissait-elle de la puissance de mon Talent naturel ? Les sorts ne sont après tout qu'une façon de détourner l'énergie.

Si seulement je comprenais mieux ce qui m'était arrivé quand j'avais plongé ma main dans le cœur du Goad ! songeai-je en tournant la poignée de la porte de l'enclos. J'avançai ensuite de quelques pas dans la cave où régnait une obscurité complète.

Une lampe électrique serait bien pratique, pensai-je, et l'instant d'après, une Maglite noire rutilante munie d'une puissante ampoule halogène se matérialisa dans ma main gauche. Le métal froid et dense de la lampe semblait authentique, et l'appareil bien réel.

Je balayai la cave du faisceau lumineux, éclairant tour à tour les symboles sacrificiels tracés à la craie sur le sol, la boîte à musique, diverses caisses en bois et quelques vieux meubles décrépits… avant d'être éblouie soudain par un reflet, lorsque le rai de lumière tomba sur une imposante lame en acier trempé. Il s'agissait de l'épée qui avait surgi du pendentif que m'avait confié le Sorcier. Sa mère lui avait donné ce talisman en guise de protection ; mais il avait fallu attendre d'être dans l'enfer de Cooper pour que le véritable pouvoir de ce pendentif protecteur se manifeste. J'avançai vers l'épée pour la ramasser. La lame était encore maculée de venin de démon séché, mais à part ça, toute trace du Goad avait disparu.

Bien qu'apparemment tranquille, l'endroit commençait à me peser. Je n'avais aucune intention de tenir un musée des atrocités commises par le beau-père de Cooper et le Goad. Si vraiment j'exerçais un contrôle total sur cette dimension, ne pouvais-je la modifier selon mes désirs ? Je fermai les yeux en essayant d'imaginer un environnement plus accueillant. J'adorais la plage, mais je n'y avais été qu'une fois ou deux, quand j'étais gamine ; difficile de me représenter un bord de mer avec suffisamment de précision. En revanche, je connaissais l'*Auberge du Panda* comme ma poche… mais pourquoi recréer à l'identique un endroit que je pouvais visiter à chaque fois que l'envie me prenait de faire une petite balade en voiture ? De toute façon, le seul intérêt de l'*Auberge du Panda* était que Cooper et le Sorcier s'y retrouvaient. Je ne savais pas (et ne souhaitais pas savoir) si j'étais capable de reproduire ces deux larrons dans cette dimension.

Quel endroit m'était à la fois parfaitement familier et à jamais interdit ? Une fois la question formulée, la réponse me vint immédiatement : je me remémorai le vieux bungalow Craftsman où j'avais grandi, depuis ma naissance jusqu'à ce que mon beau-père épouse Deb. Je me figurai en train de traverser la porte d'entrée à mon retour de l'école, balançant mon cartable sur la chaise longue La-Z-Boy dans le salon avant de me précipiter le long du couloir entre les étagères de la bibliothèque pour arriver jusqu'à mon petit coin de paradis personnel.

J'ouvris les yeux ; la cave obscure avait disparu, remplacée par ma chambre d'enfant. Une douce lumière rasante de fin d'après-midi filtrait à travers les stores mi-clos. La chambre était identique à mon souvenir : mes peluches alignées en rang d'oignon sur la commode, mon ordinateur Power 80 ainsi qu'une poignée de comics posés sur la table rouge en bois dans un coin, ma couette Buzz l'Éclair étendue sur le lit, si fidèlement reproduite que j'apercevais une tache mauve là où j'avais un jour renversé du jus de raisin. La grosse porte rouge qui permettait de quitter cette dimension était incrustée dans le mur à côté de la penderie ; le poster de *Mon Voisin Totoro* que ma mère m'avait donné y était fièrement placardé. La seule autre différence avec ma chambre d'origine était le faible éclat que renvoyaient les bocaux remplis de souvenirs, dissimulés sous le lit parmi les moutons de poussière.

Je déposai la lampe électrique sur le lit, calai l'épée contre la commode, et quittai la chambre pour continuer d'explorer la maison. Le moindre détail de mon habitation d'enfance semblait avoir été reproduit à la perfection. Je fus surprise de retrouver une multitude de petites choses que je pensais avoir oubliées à jamais, comme le cendrier Six Flags en forme d'État du Texas que ma mère aimait exposer sur la cheminée. Même l'odeur de l'endroit était familière : une combinaison de poussière, de cire pour meubles et de pot-pourri. D'un autre côté, si certains de mes souvenirs avaient vraiment disparu de ma mémoire pour de bon, je ne vois pas comment je m'en serais aperçue.

Le silence qui régnait dans l'endroit n'avait cependant rien de particulièrement rassurant. On entendait le frémissement des feuillages caressés par la brise, mais aucun cri d'oiseau, ni aucun bruit de moteur. Les carlins du voisin, qui d'habitude aboyaient pour un rien, semblaient aux abonnés absents. Je sortis sur le porche dans l'espoir que d'autres sons me parviennent. J'aperçus alors le large bouclier qui provenait (comme l'épée) du pendentif du Sorcier. La surface en bronze de l'objet était recouverte de venin de démon séché, ultimes traces des larves de Goad que j'avais combattues. L'odeur âcre et métallique du poison me fit frissonner ; soudain, ce porche silencieux, ainsi que les grands chênes taciturnes et les rangées de maisons vides qui s'étendaient sous mes yeux, me parurent tout aussi glaçants que la cave où Cooper avait croupi. Manifestement, un simple changement de décor ne suffirait pas à rendre cet enfer hospitalier.

J'attrapai le bouclier, le ramenai dans la chambre pour le déposer contre la commode à côté de l'épée, puis empruntai la porte de sortie rouge…

Et me retrouvai debout sur la pelouse, les yeux rivés sur ma main enflammée. J'étais pourtant persuadée de m'être assise avant mon départ…

— Hé, Pal, mon corps est resté immobile ici pendant toute la durée de mon petit voyage ? dis-je.

— Tout à fait. Ça te surprend ?

— Je me demandai si mon enveloppe physique pouvait pénétrer dans la dimension infernale. (Je m'imaginai tout à coup en train de disparaître tout entière à l'intérieur de ma main enflammée, sorte d'Ouroboros au féminin. Il valait sans doute mieux que la réalité soit différente.) J'ai l'impression qu'il s'agit d'une forme de projection astrale. Bizarre. (Je me rendis compte qu'à part les brûlures subies par la main de Benedict Jordan, rien ne prouvait que la dimension infernale existe ailleurs que dans mon imagination.) Quand est-ce que je me suis relevée ?

— Il y a quelques instants, pourquoi ? Il y a un problème ?

— Non, tout va bien. C'est simplement que je ne me souviens pas de m'être remise debout.

J'enfilai à nouveau le gant d'opéra, secouai ma jupe pour la débarrasser des brins d'herbes qui parsemaient ses poils rêches, et retournai dans la tente m'allonger à côté de Cooper.

VI
LES FILS DE SIOBHAN

Cooper continua à dormir à poings fermés pendant le reste de la nuit ; quant à moi, je ne profitai au mieux que d'un sommeil agité. Il faut dire que Pal me réveilla deux ou trois fois sous prétexte que je rêvais, ou que j'avais *l'air* de rêver. Dès les premières lueurs de l'aube, je me faufilai hors de la tente pour me diriger en titubant vers la maison, en quête d'un bon bain et d'une grande tasse de café fumant.

Je tombai sur Bleu dans la cuisine, l'un des bambins blond comme les blés qu'on avait ramenés de l'enfer. Revêtu d'un pyjama Superman qui semblait avoir beaucoup servi, il déambulait au hasard, la mine déconfite.

— Qu'est-ce qui se passe ? demandai-je. Pourquoi es-tu sorti de ton lit ?

Le gosse me dévisagea de ses yeux bleus immenses. Comme le venin du Wutganger coulait encore dans mes veines, Bleu était capable de communiquer avec moi par télépathie, un peu comme un familier. Jusqu'ici le gamin s'était montré parfaitement silencieux : pas un cri, pas un rire, pas même un hoquet n'était sorti de sa bouche. Selon Mère Karen, Bleu avait perdu la faculté de parler suite à ses traumatismes. Mais à mon avis, c'est parce qu'il préférait communiquer par télépathie avec moi qu'il se taisait le reste du temps ; vu les lèvres maladroites et les cordes vocales juvéniles dont il disposait, transmettre des informations complexes n'était pas toujours commode.

— Tertius et Quartus m'ont réveillé, répondit Bleu sans cesser de me dévisager. Je crois qu'ils ont sali leurs couches. Ils ont l'air très contrariés.

Je fis la grimace : changer des couches avant même d'avaler ma première dose de caféine tenait du cauchemar. Quel dommage, songeai-je, que Mère Karen ait abandonné l'usage des couches dites perpétuelles (car elles étaient autonettoyantes). Un débat faisait rage entre parents Talentueux quant à savoir où exactement les déjections absorbées par ces couches atterrissaient. Personne ne savait si l'enchantement placé sur les couches faisait carrément disparaître les matières indésirables ou s'il les envoyait dans une dimension fécalo-urinaire spéciale, où elles s'amoncelaient peu à peu. Sans parler du risque éthique et environnemental que quelqu'un reçoive un paquet de merde sur le crâne, il y avait le danger que les déjections stockées puissent servir plus tard à localiser ou à identifier les nourrissons.

— Bon, allons régler cette histoire, déclarai-je en prenant Bleu par la main.

Je le laissai me guider jusqu'à la chambre des enfants au premier étage. Bleu ignorait vraisemblablement le nom de ses frères (de toute façon, Lake, le mari sadique de leur mère, ne s'était sans doute pas fatigué à leur en trouver) ; et il ne connaissait certainement pas le latin. C'était mon esprit qui, lorsque Bleu se référait à ses frères dans ses messages télépathiques, affublait ceux-ci de prénoms latins : Tertius, Quartus, Quintus, Sextus.

Bleu appelait parfois le Sorcier Septimus. Pour Lake, ces gamins n'avaient d'autre fonction que d'être sacrifiés lors d'un rituel sanguinaire grâce auquel son fils aîné, Benedict, aurait dû acquérir une puissance magique formidable. Si la mère des garçons était parvenue à baptiser ses fils avant de perdre complètement la raison, je n'avais trouvé trace nulle part de ces prénoms éventuels dans la dimension infernale.

Dans le monde de la magie, les noms *comptent*. Connaître le nom véritable, le nom secret d'un diable ou d'une quelconque créature surnaturelle permet de la soumettre à son contrôle. Pour un Talent, porter un nom décerné de manière irréfléchie est un problème sérieux ; en être complètement privé est un vrai handicap. Un Talent sans nom n'aura jamais accès à toute sa puissance, ne développera jamais tout son potentiel, car il sera coupé de sa lignée et du pouvoir que celle-ci aurait pu lui transmettre. Il parviendra rarement à une maîtrise aboutie de la magie ailleurs que dans son domaine de spécialité.

Songeant à ma mère disparue, je baissai le regard et fixai les yeux sur mon gant. Qu'on le veuille ou non, nos parents impriment à la naissance une marque indélébile sur nous, pour le meilleur comme pour le pire. Il arrive que leurs erreurs nous pèsent longtemps, telle une lourde chaîne autour du cou.

Nous parvînmes enfin jusqu'à la chambre des bébés. Je n'entendis aucun braillement ; Mère Karen y avait certainement placé des enchantements antibruit pour épargner les oreilles de ses autres enfants. Sans doute avait-elle également installé une alarme magique. J'ouvris la porte avec précaution.

Le chaos le plus total régnait dans la pièce. Mère Karen flottait au milieu d'un tourbillon de peluches en folie et de jouets multicolores. S'agrippant désespérément à la table à langer d'une main, elle tenait une couche sale soigneusement repliée dans l'autre. Ses cheveux bruns grisonnants formaient une espèce de crinière autour de son visage. Sous elle, un petit garçon tout nu allongé sur la table gigotait dans tous les sens en riant aux éclats.

— Karen… commençai-je à dire, en me baissant pour éviter un ours en peluche volant.

— J'ai la situation sous contrôle ! Ferme la porte ! me répondit joyeusement Mère Karen en hurlant.

— Mais…

— *RemmèneBleusecoucheretfermelaporte !*

J'obéis sans discuter, me sentant rejetée et inutile. Et pour être honnête, un peu effrayée. La plupart des gosses Talentueux ne découvrent leur don pour la magie qu'à partir de la puberté. Ce qui est une très bonne chose. Un bébé heureux avec des pouvoirs magiques pleinement développés est bien plus dangereux qu'un bébé en colère avec un sac plein de grenades.

Or, nous avions une pièce remplie de ces dangers publics. Bon sang de bonsoir.

— J'ai ordre de te remettre au lit, dis-je à Bleu en avançant, sa main toujours dans la mienne, le long du couloir jusqu'à la porte de sa chambre.

— Mais je ne suis pas fatigué, répliqua-t-il.

— Quand les adultes disent qu'ils veulent que tu te couches, en fait, ils souhaitent simplement que tu joues dans ta chambre sans faire de bruit.

— Ah.

J'ouvris la porte de sa chambre. C'était l'une des plus exiguës de la maison ; elle devait mesurer tout au plus deux mètres sur trois. Un lit pour enfant était installé dans un coin de la pièce, tandis qu'un pouf vert, un coffre à jouet, une table basse et une petite chaise rouge se partageaient le reste de l'espace. Au milieu de la moquette beige se trouvaient les restes soigneusement empilés d'un radio-réveil Batman disséqué par le menu. Bleu avait même détaché les transistors du circuit électrique pour les ranger en piles différentes selon leur couleur.

— Pourquoi as-tu fait ça ? demandai-je en désignant les vestiges du réveil.

— Je voulais découvrir comment fonctionnait cet objet, répondit-il.

— La seule façon de comprendre comment marche ce bidule est de se farcir des manuels d'électronique, dis-je. Mettre cet appareil en morceaux ne t'apprendra rien : tout ce que t'as gagné, c'est de le casser.

— Ah. Pourquoi cela ?

— Parce qu'il est impossible de recoller les parties que tu as séparées, donc ce réveil est foutu.

Bleu contempla la pile de pièces détachées d'un air légèrement indigné.

— Je parie que je me rappelle exactement l'emplacement de chacune de ces parties, dit-il d'un ton résolu.

Je ramassai l'un des transistors en métal.

— Tu te souviens que ce morceau-là se fixe sur ce bout de métal ici ?

— Oui.

— Le problème, c'est que pour le remettre, il faut le souder. La colle ne marchera pas. Mais il est hors de question que je te laisse te lancer dans une telle opération : c'est bien trop dangereux.

À ce moment-là de notre conversation, tout autre enfant prodige se serait énervé ; je mettais Bleu à l'épreuve pour vérifier s'il avait réellement réussi à expulser de lui-même tous ses sentiments négatifs. Mais le garçon n'avait pas l'air le moins du monde contrarié. Il faut dire que son esprit était plus âgé que le mien, presque autant que celui de Cooper.

— Pourquoi la colle ne suffira-t-elle pas ? demanda-t-il.

— Elle ne conduit pas l'électricité.

Bleu se pencha vers la moquette pour attraper un trombone à papier tordu dont il s'était apparemment servi pour disséquer le réveil.

— Cet objet conduit-il l'électricité ?

— Oui. Et toi aussi. Ne va pas fourrer ce machin dans une prise, tu pourrais te faire mal.

— Je ne ressens pas la douleur, répondit Bleu en jouant avec le trombone. (Je remarquai pour la première fois qu'il avait les ongles fendus par endroits, et le bout des doigts couverts de coupures et d'ampoules. Il s'était vraisemblablement tailladé les mains de la sorte en ouvrant le boîtier du réveil.) Tu penses que je pourrais fondre cet objet et m'en servir ensuite pour rattacher le transistor à la carte de circuit électrique ?

— Comment comptes-tu le ramollir ?

Il leva les yeux vers moi.

— Avec mon esprit.

Aïe aïe aïe.

— Il te faudra beaucoup de chaleur pour réussir ton coup.

Il haussa les épaules.

— Pas de problème.

— Si, en fait. Tu ferais fondre aussi le circuit et le transistor. Il y a également des chances pour que tu mettes le feu à la maison. Je crois que Mère Karen préférerait que tu n'essayes pas.

— Je peux faire très attention, dit-il en haussant de nouveau les épaules. Et elle n'a pas besoin d'être au courant.

— Nous sommes ici chez elle. Elle a le *droit* de savoir. De toute façon, tu serais incapable de lui cacher.

— Détrompe-toi. J'excelle dans l'art de la dissimulation.

Je ne pouvais pas lui donner tort. Dans la dimension infernale, il avait réussi à construire un passage secret sans que le Goad ne s'en rende compte. Mère Karen disposait de mécanismes de surveillance assez sophistiqués afin de ne jamais perdre de vue ses nombreux enfants adoptifs, mais elle ne pouvait rivaliser avec un démon affamé qui scrutait en permanence les moindres recoins de son domaine.

Flûte. Je me creusai les méninges pour essayer de trouver une solution qui permettrait à Bleu d'investir son énergie dans un projet potentiellement moins dévastateur que celui de ressouder le réveil à main nue.

— Faire dans son dos des choses qui lui déplaisent serait très mal élevé, dis-je. Non seulement mal élevé, mais irrespectueux… et méchant, tout simplement. Tu n'as pas envie d'être méchant, hein ?

— Je crois que non, dit-il d'une voix incertaine.

Manifestement, Bleu n'avait pas eu le temps de développer un sentiment de respect pour autrui ; il fallait que je change de stratégie. Je me dirigeai vers le placard en espérant y trouver de quoi m'inspirer. À l'intérieur, coincé entre de vieilles boîtes remplies de décorations de Noël et de Hanoukka, j'aperçus un iMac blanc à pois bleus, la souris en forme de palet de hockey sur glace calée dans la poignée.

— J'ai une meilleure idée, dis-je en extrayant l'iMac hors du fourbi général. Les ordinateurs, c'est chouette. On peut s'en servir pour apprendre plein de choses sans rien mettre en pièces.

Je déposai l'iMac sur la table pour enfant, puis retournai vers le placard pour démêler le clavier USB et le câble d'alimentation d'une guirlande kitsch.

— Comme quoi ? demanda Bleu.

— Tu verras. (Je libérai enfin le clavier, que je tapotai pour le débarrasser des bouts de guirlande et des miettes qui s'y logeaient.) En plus, il y a des jeux.

Bleu m'observa avec attention brancher le clavier et la souris au moniteur, puis souffler sur les aérations pour enlever la poussière. J'insérai l'alimentation dans une prise, et m'arrêtai un instant avant d'allumer l'ordinateur, le doigt sur le bouton.

— Bon, avant que je ne démarre cette bécane, il faut que tu me promettes une chose.

— Quoi ? demanda Bleu.

— Je veux être sûre que tu ne disséqueras pas cette machine comme tu l'as fait pour le radio-réveil. Si vraiment tu en meurs d'envie, je t'expliquerai plus tard comment elle fonctionne. Mais il faut que tu arrêtes de démonter tout et n'importe quoi. (Je marquai une pause.) Et en particulier, ne touche pas aux chats.

Bleu jeta un coup d'œil aux morceaux de réveil disposés sur le sol.

— Tu veux bien m'aider à le réparer ?

— Oui, mais pas tout de suite.

— D'accord. Je te promets que je ne démonterais plus rien.

— Je t'en félicite, répondis-je avec un grand soupir de soulagement.

J'appuyai sur le bouton d'allumage du Mac ; pendant quelques secondes, d'inquiétants bruits de raclement au niveau du disque dur laissèrent présager le pire, mais bientôt Bleu et moi contemplions un bon vieux bureau de Mac OS9 qui fourmillait de jeux éducatifs. Je montrai à l'enfant comment se servir de la souris et du clavier, puis lançai un programme qui s'appelait LectureFacile.

— Il faut que j'y aille, mais quelqu'un d'autre passera bientôt voir où tu en es, déclarai-je en rangeant le réveil disséqué dans une boîte à chaussures dénichée dans le placard.

— D'accord, marmonna Bleu, déjà immergé dans sa partie.

Je plaçai la boîte à chaussures en hauteur, puis abandonnai Bleu à son univers virtuel en fermant doucement la porte derrière moi.

Dans le couloir, je croisai Mère Karen qui avait l'air complètement survoltée.

— Tu as réussi à recoucher Bleu ?

— Plus ou moins… Il n'avait pas sommeil, alors je lui ai trouvé un vieil iMac dans le placard, et je l'ai mis devant un jeu.

— Tant qu'il est occupé, ça me va !

Mère Karen se frotta les yeux.

— Tu as quand même réussi à dormir un peu, cette nuit ? demandai-je.

— Oh, une heure ou deux, je dirais.

— Tu veux que je mette une cafetière en route ?

— C'est déjà fait ! N'hésite pas à te servir, d'ailleurs. (Elle tira une montre de la poche de son blouson en jean ; sans doute l'avait-elle enlevée de son poignet avant d'incarner avec brio le premier rôle dans *La Mère invincible : le Retour des couches immondes*.) On a rendez-vous par miroir avec Riviera dans trois heures. Ce que je souhaiterais par-dessus tout, c'est pouvoir me laver. Tu veux bien monter la garde dans la cuisine, au cas où l'un des enfants descendrait et aurait besoin de quelque chose ?

J'étais réjouie qu'elle me trouve enfin une utilité.

— Pas de souci.

Je descendis tranquillement les escaliers pour me poster dans la cuisine. Je venais de rajouter goulûment trois morceaux de sucre dans mon café au lait quand le Sorcier débarqua dans la pièce, un panier rempli de courses à la main.

— Eh, je croyais que Cooper devait t'accompagner au supermarché, dis-je en désignant le panier d'un hochement de tête.

Je bus prudemment une petite gorgée de café, mais reposai la tasse aussitôt sur le comptoir. Trop chaud pour l'instant.

— Je n'arrivais plus à dormir, donc je suis sorti pour vérifier si Opal allait bien. Je me suis dit que j'en profiterais pour attraper un ou deux packs de bières sur le chemin du retour. Ne t'en fais pas, je ressortirai avec Coop plus tard.

— Alors, quelles nouvelles du côté d'Opal ?

— Les enfoirés du conseil lui ont posé quelques pépins après notre départ, mais la situation s'est plus ou moins calmée pour l'instant. Les gamins vont bien. Il a fallu qu'on répare la porte d'entrée et l'une des fenêtres du premier étage, mais à part ça, il n'y a pas eu trop de dégâts. On dirait que les enfoirés lui ont lâché la grappe pour le moment. (Le Sorcier déposa le panier sur la table de la cuisine et plongea le bras à l'intérieur.) J'ai aussi acheté quelque chose dont Cooper m'avait dit que tu avais besoin de façon assez pressante.

Il me lança un paquet de six petites culottes en coton. Elles étaient de la bonne taille, et les couleurs n'étaient pas trop hideuses. J'explosai de joie de façon un peu ridicule.

— Youpi ! Pas besoin de me balader à poil sous ma jupe aujourd'hui !

Remplie d'allégresse, je me dressai sur la pointe des pieds pour déposer un petit baiser sur la joue barbue du Sorcier.

Soudain, je me retrouvai allongée par terre sur un sol en béton, les yeux bandés par un morceau de tissu. Non loin de moi, une boîte à musique se mit à égrener la mélodie des « Douze Jours de Noël ». Un homme intima gravement un ordre que j'étais trop jeune pour comprendre, et la lame d'un couteau trancha ma gorge tendre, une douleur glacée m'envahissant soudain…

— Hé, Jessie, ça va ? demanda le Sorcier.

J'étais à genou sur le sol de la cuisine. Ma gorge me lançait encore à cause de l'empreinte psychique laissée sur moi par la mort du Sorcier au cours du sacrifice rituel que j'avais revécu. Il me fallut quelques instants avant d'être capable de prendre la parole.

— Tu as perdu la vie.

Le Sorcier me contempla d'un air perplexe.

— Hein ?

Je toussai pour essayer de me débarrasser de la douleur fantôme qui me brûlait la gorge ; heureusement, elle diminuait petit à petit.

— Ton père a obligé Cooper… à te sacrifier. Pour te voler ta puissance magique. Quand tu étais bébé. Tu es hanté par la mort. Tu ne t'en souviens pas ?

Il secoua la tête, sa perplexité se transformant en inquiétude.

— Non, je n'ai jamais réussi à me souvenir de ce qui s'était passé à cette époque de ma vie.

Je ramassai mon paquet de petites culottes tombé par terre et me relevai lentement.

— Tant mieux.

Mère Karen descendit les escaliers drapée dans un antique peignoir violet, une large serviette verte nouée autour des cheveux.

— À qui le tour d'utiliser la salle de bain des grands ?

— Au mien, répondis-je. J'ai sérieusement besoin de prendre une douche.

VII
RIVIERA

PRENDRE UNE DOUCHE avec une main en feu est plus difficile qu'on pourrait le croire : de l'eau s'infiltra presque immédiatement dans mon gant d'opéra et, malgré les bruyants efforts du système de ventilation électrique, la salle de bain s'emplit d'une épaisse fumée noire qui puait le soufre. Respirer devint rapidement pénible. Je me débarbouillai en vitesse avant de sortir de la douche pour me sécher et me rhabiller.

En quittant la salle de bain, j'aperçus le Sorcier ; il semblait guetter ma sortie. Reniflant l'odeur d'œuf pourri qui inondait la salle de bain, il se boucha le nez d'une main et agita violemment l'autre devant son visage.

— Par Zeus, mais que viens-tu de manger ?

— Quel humour.

— Très féminin, comme parfum, en tout cas. Je te félicite.

Je lâchai un juron et tentai de lui cingler les mollets d'un coup de serviette mouillée ; évitant de justesse mon attaque grâce à un habile mouvement du bassin, il s'engouffra dans la salle de bain et referma aussitôt la porte derrière lui.

En bas, Mère Karen préparait le petit-déjeuner avec sa troupe d'adolescents ; au menu ce matin-là, du pain perdu et des fruits en tranches. L'odeur du pain fit gronder mon estomac. Pourvu que je sois capable d'en avaler sans revivre d'épisode traumatique, songeai-je.

Sortant dans le jardin pour servir Pal (Il avait commandé un seau de melons pelés et trois douzaines d'œufs durs.), j'en profitai pour réveiller Cooper qui dormait encore comme un loir dans la tente. Une fois levé, il m'accompagna dans la maison pour m'aider à mettre le couvert.

Les dix-huit enfants autour de la table faisaient un boucan du diable ; pourtant, le petit-déjeuner fut infiniment plus agréable que le dîner. Je ressentis un léger pincement au cœur en avalant le pain perdu, bref témoignage des souffrances endurées par les quelques charançons pris dans le broyeur à grains ; la délicieuse salade d'ambroisie passa quant à elle sans problème. Après le repas, j'aidai les autres à ranger la cuisine avant de jouer avec Cooper à la boxe et au snowboard sur la Wii, en attendant l'heure du rendez-vous avec Riviera.

Le moment venu, Mère Karen emmena Cooper, le Sorcier et moi jusqu'à son bureau au premier étage. Coincée entre la salle de bain principale et la chambre des adolescentes, cette pièce constituait l'une des plus étonnantes particularités architecturales de la maison. De l'extérieur, j'imaginai une espèce de cave sans fenêtre d'au maximum trois mètres sur quatre ; une fois à l'intérieur cependant, je découvris un vaste hall de la taille de plusieurs salons. Le long des murs, d'immenses fenêtres aux rideaux transparents alternaient avec des étagères qui s'élevaient jusqu'au plafond, où s'entassaient des livres de sorts, des livres de cuisine et des bocaux remplis d'ingrédients magiques. Les fenêtres à l'ouest donnaient sur une plage rocailleuse de l'océan Pacifique; celles à l'est, sur le sable éclatant et les vaguelettes nonchalantes d'un bord de mer aux Caraïbes. Près de la porte, un canapé et un fauteuil bleu marine étaient disposés autour d'une table à café en verre et en bois flotté. Le bureau de Mère Karen était coincé dans une petite alcôve au milieu de la pièce; en face se trouvait un bar américain, sur lequel reposaient une machine à café et un sucrier. Au fond de la pièce, je distinguai une vaste cheminée en marbre où se consumait un feu enchanté du même vert émeraude que le papier peint. Au-dessus de la cheminée, dans un cadre en bois doré, trônait un antique miroir en argent de quatre mètres de large.

— Je n'ai jamais assisté à l'ouverture d'un miroir, déclarai-je. (Il y avait encore beaucoup de sorts que Cooper ne m'avait pas montrés.) C'est compliqué?

— Plus que d'ouvrir une fenêtre de dialogue sur iChat, répondit Mère Karen en désignant le Mac d'un hochement de tête. Mais je trouve que la situation manquerait un peu de solennité si l'on devait tous se presser comme des sardines devant une webcam. (Mère Karen nous guida jusqu'à la cheminée, puis sortit de sa poche une carte de visite au dos de laquelle était agrafée une boucle de cheveux argentés.) Riviera a envoyé un coursier déposer cette balise: elle nous indiquera le chemin vers son bureau. Il faut que je la coince sous le bord du miroir avant de réciter l'incantation qui la déclenchera.

— Tu serais capable de joindre Riviera sans balise ni miroir? demandai-je.

— Je suppose qu'un ubiquomancien comme vous aurait de meilleures chances d'y parvenir que moi, mais je n'ai aucune idée de la manière dont il s'y prendrait, répondit-elle.

— En théorie, c'est possible, intervint le Sorcier. On peut se servir de n'importe quel miroir, à condition de connaître l'individu que l'on souhaite contacter: il faut conserver à l'esprit une image nette du destinataire pendant toute la durée de l'incantation, ainsi que de la pièce où il se trouve… en espérant qu'il soit chez lui, ou que son miroir dispose d'un enchantement enregistreur de messages.

— Plutôt hasardeux, comme système, dit Cooper. En plus, sans balise, impossible de savoir avec certitude à qui l'on s'adresse. Nombreux sont les diables et les sorciers qui s'amusent à détourner les miroirs. Or, si tu connais ton destinataire assez bien pour qu'il te confie une balise… c'est aussi simple de lui demander son numéro de portable. Donc il suffit de lui passer un coup de fil. Quel est l'intérêt de gaspiller de l'énergie magique quand on peut obtenir le même résultat à peu de frais grâce à la technologie ?

— Les sorciers de la vieille école trouvent cela paresseux et malpoli de faire appel à la technique, répliqua Mère Karen. Alors on se tient à carreaux, s'il vous plaît, et on suit gentiment le protocole voulu par Riviera. (Elle glissa la carte sous un coin du cadre doré qui sertissait le miroir.) Dernière chance pour ceux ou celles qui voudraient se brosser les cheveux, arranger leurs habits ou se débarrasser des pépins de fraises coincés entre leurs dents. C'est à toi que je m'adresse, Jessica.

— Ah. Ouais. (Plusieurs boutons de mon chemisier étaient défaits ; je m'étais investie dans le jeu de boxe avec un certain enthousiasme. Je refermai prestement tous les boutons, et me passai une main dans les cheveux.) Et comme ça, c'est mieux ?

— Acceptable, disons, répondit Karen. (Elle posa les mains à plat contre le miroir, ferma les yeux, et prononça les mots destinés à déclencher le mécanisme.) *Speculus, speculus*.

Le miroir scintilla brièvement avant de s'éclairer ; nos reflets furent remplacés par l'image d'une femme élégamment vêtue assise dans un fauteuil d'époque. Avec son tailleur mauve de femme d'affaires, Riviera paraissait plus impériale que la reine Victoria elle-même. Malgré son abondante chevelure argentée (enroulée en un chignon très chic), son visage n'affichait pas la moindre ride. Les Talents puissants disposent de nombreux moyens pour lutter contre le vieillissement ; à moins d'être victime d'un accident ou de violence, il est possible de traîner sa carcasse pendant des siècles. Certains se lassent de se prêter à des rituels de rajeunissement de plus en plus longs et pénibles à mesure que le temps passe, et décident de laisser la nature suivre son cours. Mais le regard pénétrant de Riviera suffit à me convaincre qu'elle n'abandonnerait jamais la vie de son plein gré.

— Bien, vous êtes à l'heure. (Riviera avait un accent de la haute bourgeoisie du Sud, version coloniale de l'accent de la noblesse britannique.) Je constate que vous êtes tous réunis, comme je l'avais demandé. Mais il nous en manque un. (Elle se tourna vers moi, avec la même intensité dans les yeux mais sans hostilité aucune.) Où se trouve votre familier, mademoiselle Shimmer ?

Je me sentis obligée de faire une révérence ; au lieu de cela, j'effectuai un maladroit petit hochement de tête.

— Il est trop gros pour entrer dans la maison, madame.

— Ah, je vois, dit-elle en se penchant légèrement vers l'avant. Je sais qu'un certain manque de confiance persiste entre nous, de mon côté comme du vôtre, mais il y a plusieurs affaires dont nous devons à tout prix discuter en tête à tête. Je me suis donc permise d'organiser un rendez-vous demain après-midi, en terrain neutre : la taverne de Seelie, à l'ouest de Winesburg.

Mon cœur se mit à battre plus fort. J'avais déjà entendu parler d'un royaume féerique situé non loin de chez les Amiches… L'endroit était, paraît-il, impossible à déceler, à moins d'être explicitement invité à y pénétrer. Toutes sortes d'histoires effrayantes circulaient concernant les terribles périls que couraient les mortels qui osaient s'y aventurer : les visiteurs jugés trop disgracieux étaient transformés en cochons, les plus arrogants en souris (jetées ensuite à des chats) ; les personnes belles, au contraire, se voyaient persuadés de passer la nuit dans le royaume, découvrant le lendemain avec stupeur qu'ils avaient dormi pendant un siècle, et vieilli d'autant. Trop silencieux, et l'on devenait un arbre ; trop bruyant, et l'on se métamorphosait en corbeau. Dans quelle galère venait-on de s'embarquer ?

— Je vous demande d'y être à seize heures précises. Je vous enverrai par coursier un passe féerique pour que les gardes vous laissent rentrer. Je suis sûre que la taille de votre familier ne posera aucun problème, enchaîna Riviera. Mais je vous conseille vivement d'éviter de fâcher nos hôtes, car vous risqueriez de le payer cher : veillez donc à vous comporter et à vous habiller le plus correctement possible. Des tenues de soirée classiques feront l'affaire. J'estime qu'il vous faudra environ deux heures pour vous rendre jusqu'à la taverne… Aussi, jusqu'à treize heures trente demain, vous avez ma permission de circuler librement à l'intérieur du comté de Franklin, pourvu que ce soit par des moyens Ordinaires. Une fois cette heure passée, vous serez en sécurité du moment que vous vous trouverez sur l'autoroute en chemin vers l'endroit convenu. Si vous quittez le comté, ou si vous décidez d'utiliser une quelconque forme de téléportation, notre trêve prendra fin ; je serai forcée de vous faire arrêter et de vous livrer au Virtus Regnum. Suis-je claire ? Vous avez peut-être des questions ?

— Non, madame, nous répondîmes en chœur.

— Parfait, dit-elle. Je suis impatiente de vous rencontrer demain.

Sur ces mots, le miroir scintilla à nouveau, et nos reflets inquiets réapparurent.

— Waouh, dit Cooper en brisant le silence. Ne me dis pas qu'on vient de faire une réunion à propos d'une réunion.

— Bien vu, mon pote, répliqua le Sorcier. Bienvenue dans le Royaume de la Bureaucratie. Population : seulement nous.

***

Pal me rejoignit dans le patio.

— Qu'est-ce qu'elle vous a dit ?

— On a rendez-vous avec elle demain à seize heures, à la taverne de Seelie, du côté de Winesburg.

— Aïe, aïe, aïe, répondit-il. C'est un endroit fort périlleux. Pourquoi avoir choisi le royaume des Fées ?

— Elle veut que l'on dialogue en terrain neutre, répondis-je en haussant les épaules.

— Mais pourquoi ne pas se rencontrer dans l'une des enclaves féeriques de la ville ?

— J'imagine qu'en plus d'être neutre, elle souhaite que notre lieu de rendez-vous se trouve au milieu de nulle part, dis-je. Vu les dégâts que Cooper a accidentellement provoqués au centre-ville, je comprends que Riviera préfère nous éloigner de bâtiments qui coûtent une fortune… J'espère juste que sa requête ne dissimule pas une sinistre manœuvre.

Soudain, une brise glaciale me souffla dans les cheveux tandis qu'une voix me chuchotait à l'oreille : « Lève les yeux vers le ciel, ma fille. »

— Quoi ?

Je tournai la tête pour vérifier qu'il n'y avait personne autour de moi, puis regardai en l'air.

Un petit objet tombait à pic dans le ciel d'un bleu impeccable. Je fis un pas de côté ; l'objet s'écrasa sur la pelouse à côté de moi, rebondit deux fois, puis s'arrêta. Il s'agissait d'un vieil ours en peluche brun ; une carte de visite couleur crème était attachée à son ventre à l'aide d'un fil de cerf-volant. J'hésitai un instant avant de le ramasser. Cet ours me rappelait quelque chose… En le reniflant, je me souvins d'avoir joué avec dans ma chambre à Lakewood ; c'était l'une des nombreuses peluches qui avaient peuplé mon enfance mais que Deb, ma belle-mère, avait jugé bon de confier à l'Armée du Salut avant notre déménagement à Plano.

Les mains légèrement tremblantes, je défis le nœud et ouvris la carte. À l'intérieur se trouvait une boucle de cheveux cuivrés à laquelle était attachée une note manuscrite :

Tu m'as beaucoup manqué. J'ai tant de chose à te dire. Ton père.

— De quoi s'agit-il ? s'enquit Pal.

Une envie soudaine me prit de dissimuler la carte à mon familier ; mais si je perdais la confiance de Pal, il me faudrait longtemps pour la regagner.

— C'est une balise, répondis-je. De la part de mon père, d'après ce mot.

— De ton père ? répéta Pal en clignant des yeux d'un air étonné. Mais les registres de police indiquent qu'il est, enfin…

— Mort, oui. Je sais. (Je fixai mon regard sur la carte et la boucle de cheveux qu'elle renfermait.) Il m'a déjà parlé hier, dans le jardin de devant ; et chez le Sorcier aussi, il y a quelques jours. Mais je n'étais pas sûre qu'il s'agisse de lui.

— Parce que tu l'es, maintenant ?

— Ce jouet m'appartenait quand j'étais petite, dis-je en brandissant l'ours en peluche. Ma mère me l'a donné quand j'étais bébé ; je crois que mon père l'avait achetée avant ma naissance.

— Tu ne penses pas qu'il pourrait s'agir d'une ruse machiavélique de la part d'une entité maléfique ?

— C'est possible.

Je fermai les yeux et reniflai à nouveau la peluche pleine de poussière ; immédiatement, je fus replongée dans la période la plus heureuse de mon enfance. Mon esprit fut assailli par des milliers de questions concernant mon enfance et ma famille… des questions auxquelles seul Ian Shimmer était en mesure de répondre.

— Mais si ce message provient réellement de mon père, il faut que je lui parle, repris-je.

VIII
MIROIR, MON BEAU MIROIR

Une fois Cooper et le Sorcier en route pour le supermarché à bord de la Land Rover, je rejoignis Mère Karen dans la salle de jeu. Elle réglait une dispute entre deux gamins à propos d'un robot Transformer ; les gosses réconciliés, je m'approchai d'elle et l'entraînai dans un coin de la pièce.

— Je peux emprunter le miroir dans ton bureau ? demandai-je.

— Bien sûr.

Elle plongea la main dans l'une des poches de sa veste pour en sortir la clé de la pièce, qu'elle me tendit avec un sourire.

— Merci, euh… bredouillai-je en contemplant fixement l'objet. Est-ce que ton miroir dispose d'enchantements… de protection ? Pour empêcher l'espionnage ou le détournement d'identité, par exemple…

— Mon miroir est immunisé contre les démons et les maléfices, répondit-elle en haussant les sourcils. Qui ou que comptes-tu contacter, exactement ?

— Mon père. Le vrai, je veux dire, pas mon père adoptif. Enfin je crois, du moins. Je ne l'ai jamais rencontré, et toute cette histoire est incroyablement bizarre et compliquée à expliquer. Mais si c'est lui, il faut que je lui parle.

— Admettons, dit-elle en faisant une moue dubitative. Ne divulgue aucune information personnelle à moins d'être absolument certaine de l'identité de ton interlocuteur. Il te suffira de dire « oblitero » pour interrompre la connexion, si besoin ; si jamais tu es incapable de parler, claquer dans tes mains ou taper du pied deux fois produira le même effet.

Je la remerciai de nouveau avant de filer dans le bureau en refermant le loquet derrière moi. Mère Karen n'avait sans doute pas besoin de la clé pour entrer dans la pièce, et je ne voulais pas que l'un des gamins ne débarque sans crier gare : il risquait d'y avoir du grabuge. Quel adversaire devrais-je affronter si celui qui prétendait être mon père m'avait menti ? Impossible de le savoir, mais grâce à ma riche expérience des dimensions infernales, je m'imaginai très facilement et très précisément le pire. Plusieurs scénarios cauchemardesques passèrent dans mon esprit, où figuraient notamment un croc de boucher, des lames de rasoir rouillées ou une télé montrant en boucle le *Jerry Springer Show*.

Je m'affalai sur le canapé de Karen et contemplai fixement la carte, rongée par l'hésitation. Mieux valait essayer d'obtenir des réponses à mes questions plutôt que de passer le reste de ma vie à me demander qui m'avait envoyé ce message. Me relevant, j'avançai d'un pas résolu vers le miroir, glissai la boucle de cheveux sous le cadre et récitai les mots déclencheurs.

Au début, rien ne se passa ; pendant quelques instants, je craignis de m'être trompée dans la procédure. Puis, mon reflet fut remplacé par l'image d'une grande chaise en bois. Derrière, on apercevait un atelier rempli d'objets mystérieux, qui semblait installé dans le dôme d'un ancien observatoire. En plus d'un gros télescope, il y avait là plusieurs systèmes solaires artisanaux en cuivre, un attirail d'alchimiste (composé de tubes à essai et de fioles de distillation disposés sur une longue table) et, au mur, des tableaux noirs recouverts de glyphes magiques et d'équations mathématiques complexes… écrits de la même main précise que la note que j'avais reçue.

— Allô ? Il y a quelqu'un ? appelai-je.

— Oh ! C'est toi, Jessie ?

Mon interlocuteur avait une douce voix de baryton, rien à voir avec le murmure plutôt sinistre que j'avais entendu auparavant. Il se trouvait quelque part dans la pièce, mais hors de mon champ de vision. Il semblait avoir un accent étranger, allemand, peut-être. Je l'entendis traîner une chaise le long du sol.

— Oui, c'est bien moi, répondis-je.

J'entendis alors des bruits de pas ; la personne semblait porter des claquettes de plage. Je finis par voir un homme grand et bien bâti pénétrer dans le champ du miroir, puis s'asseoir sur la chaise. Il avait le visage très bronzé, de longs cheveux lisses et bruns, et une barbe touffue. Il portait un pantalon orange de pêcheur thaïlandais, ainsi qu'une veste à carreaux informe sur un T-shirt noir où était inscrit en caractères d'imprimerie : « J'annule les Garanties. » Mon aversion pour la mode était manifestement héréditaire.

— Je suis vraiment heureux de te voir.

Il semblait rayonner de joie. Avec quelques kilos, une vingtaine d'années, une paire de petites lunettes et un costume rouge en plus, il ressemblerait à s'y méprendre au Père Noël.

— Je… suis ravie de te rencontrer aussi.

J'hésitai un peu sur la marche à suivre… Quelle discussion tenir avec son père décédé ?

— J'imagine que tu te poses beaucoup de questions, dit-il d'un ton détendu en s'enfonçant dans sa chaise. N'hésite pas ! Demande-moi tout ce que tu veux !

— D'accord. (Je marquai une pause, me demandant s'il fallait que je le prenne au mot, en posant *vraiment* toutes les questions qui me venaient à l'esprit. De toute façon, songeai-je, je n'avais rien à perdre à me montrer franche… et puis j'étais incapable de faire autrement.) On m'a dit que tu étais mort en prison. C'est vrai ?

Il éclata d'un rire un peu embarrassé, en tirant doucement sur sa barbe. Ses mains ridées et couvertes de taches brunes paraissaient bien plus vieilles que son visage.

— Quand on est condamné à la prison à vie, mieux vaut mourir tout de suite, non ?

— Alors tu es… décédé, mais maintenant t'es guéri, c'est ça ?

— Oh, je t'en prie. Ce n'est pas à toi que je vais apprendre qu'il est parfaitement possible de ressusciter quelqu'un par la magie, même si les autorités en place veulent nous faire croire le contraire. La mort n'a jamais arrêté un Shimmer. (Il marqua une pause.) Même si la mienne m'a forcé à disparaître de la circulation pendant plus de temps que je ne l'espérais. Quand mes amis ont finalement réussi à récupérer mon cadavre, il était trop tard pour que je sauve ta mère. Heureusement, elle a eu le temps de te sauver avant que les créatures des Virtii ne nous la prennent.

De te sauver. D'après Benedict Jordan, on m'avait diagnostiqué un cancer incurable lorsque j'étais enfant, et ma mère avait volé l'énergie vitale d'un jeune garçon en attente d'une transplantation du cœur pour m'éviter une mort certaine. Toujours selon Benedict, comme à cette époque ma mère n'avait plus le droit de se servir de magie, encore moins de se livrer à des actes de nécromancie majeure, elle fut exécutée peu après m'avoir guérie. Je me souvenais d'avoir trouvé ma mère allongée par terre dans la cuisine ; le médecin attribua le décès à un anévrisme non diagnostiqué. Mais l'histoire de Jordan n'était certainement qu'un tissu de mensonges : jamais ma mère n'aurait pu faire une chose pareille... à moins que ? Il fallait que j'en aie le cœur net.

— Benedict Jordan m'a dit qu'elle avait assassiné un petit garçon pour me sauver, dis-je.

— À cause de sa maladie, ce gamin allait connaître une longue et terrible agonie avant de mourir, répondit Shimmer d'une voix douce. Ta mère n'a fait qu'abréger ses souffrances ; c'était un acte charitable.

— Mais elle aurait pu le sauver. (Je ne m'attendais pas à me montrer aussi têtue avec lui, ni à me sentir aussi bouleversée et furieuse à cause d'un événement survenu il y a si longtemps.) Elle en avait le pouvoir, non ?

— Elle avait le choix de sauver un enfant, et un seul, avant qu'on ne l'exécute pour le simple fait d'avoir utilisé ses dons naturels. Tu trouves normal pour une mère de sauver l'enfant agonisant d'un inconnu plutôt que sa propre fille ? Tu aurais préféré qu'elle te trahisse et te condamne à une mort lente et douloureuse en épargnant ce petit garçon malade ? Tu préférerais être morte, à l'heure qu'il est ?

— Non, tu as raison, je lui suis reconnaissante d'être en vie. (Je me sentis salie par cet aveu, comme si j'avais assassiné le jeune garçon de mes propres mains.) Alors, dis-moi, il y en a eu encore beaucoup, des « actes charitables » dans ce genre ? C'est à cause d'un acte pareil que tu as atterri en prison ?

— Si tu te renseignes auprès des autorités, elles te diront que j'ai été condamné pour meurtre et haute nécromancie. Mais selon moi, j'ai été emprisonné parce que j'étudiais la magie du temps et des probabilités, que les Virtii considèrent comme leur domaine réservé. Si j'avais été un bon petit sorcier qui accepte d'aller s'asseoir au fond du bus quand on le lui dit, personne ne m'aurait traîné devant un tribunal.

— Mais tu as assassiné quelqu'un, oui ou non ?

— J'ai tué deux cafards qui ressemblaient à des hommes vus de l'extérieur. Quand je les ai abattus, ils essayaient de violer ta mère. Dans les mêmes circonstances, je le referai sans hésiter. Agir de la sorte était mon droit en tant qu'homme, et mon devoir en tant que mari. Si j'avais utilisé une arme à feu ou une épée plutôt qu'une parole mortelle… bref. Malheureusement, comme je ne possède pas d'arme, j'ai dû prendre des risques.

Je procédai à une rapide opération de calcul mental.

— Si je comprends bien, tu as été libéré et ressuscité… quand j'avais onze ans ?

— Exactement. Et je veille sur toi depuis.

Il se mit à rayonner à nouveau, avec un grand sourire béat qui semblait dire : *comme je suis fier de ma petite fifille qui a tellement grandi !*

Je me souvins des terribles mois d'angoisse et de souffrance que j'avais vécus lorsque mes pouvoirs magiques avaient commencé à se manifester sans que je comprenne ce qui m'arrive. Le sang me monta au visage. J'avais envie de lui coller une baffe pour lui faire ravaler son expression d'imbécile heureux.

— C'était il y a douze ans, dis-je, d'une voix tremblante de rage. Si vraiment tu m'aimes autant, pourquoi as-tu attendu aussi longtemps avant de me contacter ?

Il cligna des yeux, apparemment surpris par mon ton plus agressif.

— La raison n'est pas évidente ?

— Pas vraiment, non.

— Je suis un hors-la-loi, dit-il. Si les autorités soupçonnaient que nous communiquions, elles se seraient servies de toi pour m'atteindre et auraient transformé ta vie en enfer…

— En enfer ? Comme de grandir élevée par des gens qui te traitent comme un fardeau dont il faut se débarrasser au plus vite ? Comme de découvrir ton Talent sans personne pour t'expliquer ce dont il s'agit, ni comment t'en servir… te conduisant inévitablement à provoquer un incendie, ce qui persuade tout le monde que tu n'es qu'une sociopathe à enfermer d'urgence ? Ce genre d'enfer-là ?

— Je ne pourrais jamais me faire pardonner pour ce qui t'est arrivé à cette époque… J'ai contacté Victoria aussi vite que possible pour l'informer de ce qui se passait…

— C'est toi qui as demandé à Vicky d'appeler mon père ?

Shimmer leva une main devant son visage.

— Elle n'avait pas de Talent, donc aucun autre moyen de prendre connaissance de ta situation. Tu croyais qu'elle avait miraculeusement appelé ton père juste avant ton internement ?

Je me grattai la nuque un instant avec ma main de chair.

— J'avoue que oui.

Il secoua la tête avec un sourire en coin malicieux.

— Pour quelqu'un qui ne croit pas au Destin, je trouve qu'il y a certaines coïncidences que tu acceptes avec une facilité déconcertante.

Sa plaisanterie me resta en travers de la gorge. Je sentis à nouveau le sang bouillir dans mes veines.

— Cela ne m'explique toujours pas pourquoi tu as décidé de me rencontrer maintenant, après toutes ces années.

— Pour la bonne et simple raison que tu t'es fourrée dans une situation si désespérée que tu n'as plus rien à perdre à ce que je me révèle.

— Tu en es sûr ?

— Je pense même que tu aurais tort de te passer de mon aide : personne d'autre que moi n'a une connaissance aussi approfondie du Destin, des probabilités et de la magie du chaos… Avant que les Virtii ne te remarquent, il valait mieux que tu ignores mon existence. Mais maintenant que tu as tué l'un d'entre eux – félicitations, à propos – la donne est complètement nouvelle. Si tu es d'accord, je voudrais te donner un coup de main pour la suite de tes aventures.

— Attends une petite minute, répondis-je. (Je me livrai à une deuxième opération de calcul mental, dont le résultat accrut ma fureur. Je passai mes doigts sur la peau balafrée autour de mon œil de gemme.) Cet ocularis, c'était ton idée, pas vrai ?

Il hocha la tête.

— J'ai en effet placé dessus un enchantement de compulsion avant de m'arranger pour qu'il parvienne en la possession du Sorcier.

— Tu t'es arrangé pour qu'il l'achète… quand j'avais onze ans.

Il cligna des yeux.

— Quand j'ai compris qu'il me serait impossible de venir en aide à ta mère, je me suis lancé dans une série de divinations très poussées pour découvrir les chemins que ta vie serait susceptible d'emprunter. J'ai alors repéré le fil de Cooper Marron ; comme l'occasion s'est présentée de remettre l'ocularis entre les mains de son frère, j'en ai profité. La prudence a dicté ma conduite.

— La prudence… (Ma voix s'étrangla un instant dans ma gorge. Je bouillonnais tellement qu'on aurait facilement pu faire cuire un œuf sur mon visage. Si Shimmer avait prévu que cet ocularis me serait utile, c'est qu'il savait à l'avance que j'allais me faire amocher au point d'en perdre un œil.) *Tu étais au courant depuis longtemps que toute cette merde allait me tomber sur la gueule et tu ne m'as même pas avertie ?*

— Les probabilités n'étaient que de quarante pour cent…

— C'était compliqué de m'envoyer un message pour me dire : « Tu ferais mieux d'éviter d'invoquer un orage ce soir, parce qu'il y a quarante pour cent de chance que tu *perdes ton putain d'œil* » ?

— Les fils étaient extrêmement complexes, je ne pouvais pas prendre un tel risque…

— *Tu ne pouvais pas prendre un tel risque…* ? Donc tu n'en as pris aucun ! Cinq personnes sont mortes, au cours de cette soirée, espèce de crétin ! hurlai-je. (Enlevant mon gant, je brandis mon poing enflammé devant le miroir.) J'ai failli y rester, moi aussi. Tout comme Cooper. On a manqué de tout perdre. Sans que tu lèves le petit doigt ! (De grosses larmes se mirent à couler le long de mes joues.) Tu ne vaux pas mieux que ce rat de Jordan ! T'es même pire que lui !

— Jessie, laisse-moi t'expliquer…

— Pas la peine de te fatiguer. *Oblitero.*

J'attrapai prestement la carte-balise glissée sous le cadre du miroir et la balançai dans la cheminée sans même la regarder se consumer.

Le reflet de mon visage enragé apparut à nouveau dans le miroir. Les écailles rugueuses qui entouraient mon œil gauche me semblaient plus sinistres et contre-nature que jamais, tandis que mon ocularis brillait d'une lueur triste et froide. J'appuyai mon front contre le marbre frais de la cheminée et laissai mes larmes couler à flots.

IX
COOPER

En redescendant les escaliers, j'aperçus Cooper et le Sorcier traverser la porte d'entrée ; ils titubaient. Lourdement appuyé sur l'épaule du Sorcier, Cooper avait les yeux encore plus rouges que le soir précédent, lorsque je l'avais tiré du sommeil induit par la potion de guérison. La colère me gagna à nouveau.

Cooper m'aperçut le premier ; d'abord l'air honteux de se faire prendre la main dans le sac, il se rendit compte que je venais de pleurer à chaudes larmes, et son visage devint inquiet. J'étais trop furieuse pour que son accès de sympathie me touche. Il savait *très bien* que je détestais qu'il aille se pinter avec le Sorcier. Ces tristes sires n'avaient même pas pris la peine de se dessaouler magiquement avant de rentrer, ni de faire semblant (au moins) d'être passés au supermarché. Sans doute était-ce trop d'efforts que de ménager ma susceptibilité.

— Quessisspasse, Jessie ? dit-il d'une voix traînante.

— T'es bourré alors qu'il n'est même pas trois heures de l'après-midi. Vous êtes tellement prévisibles, vous deux…

— Jessie, on a juste…

Je levai une main pour le faire taire et m'éloignai en direction du patio.

— Garde ta salive. Tout ce que je vous demande, c'est de me foutre la paix.

Quand Pal me vit débarquer furieuse dans le jardin, il se précipita vers moi.

— Comment s'est passé ton entretien avec ton père, alors ?

— Je préfère ne pas en parler, répondis-je en pénétrant dans la tente pour m'allonger sur le sac de couchage.

J'entendis Pal dégager la moustiquaire et mettre une patte sous l'auvent.

— C'était un imposteur ?

— Non, il s'agissait bien de lui, c'est juste que… aah ! (À nouveau envahie par un sentiment de rage et de frustration, je rouai de coups de poing mon oreiller de ma main valide.) Pourquoi faut-il toujours que les gens craignent à ce point ? Pourquoi ?

— Ah. (J'entendis Pal trépigner d'un air gêné devant la tente.) En tout cas, je suis là si t'as envie d'en discuter.

Pendant plusieurs minutes, je restai allongée dans le noir, écumante de rage. Finalement, j'entendis la porte qui donnait sur le patio s'ouvrir, et de lourds pas masculins s'approcher de la tente.

— Jessie… je… commença Cooper.

— Si t'es toujours bourré, *va-t'en* !

Il battit en retraite ; presque aussitôt, ma colère s'évanouit, remplacée par un sentiment de regret et de tristesse. Je me mis à sangloter silencieusement, le visage blotti dans l'oreiller que j'avais maltraité, jusqu'à ce que je sombre dans le sommeil.

— Jessie…

J'ouvris les yeux, complètement groggy.

— Quoi ?

L'instant d'après, une délicieuse odeur de hamburgers grillés me chatouilla les narines, faisant bruyamment gronder mon estomac. Nos stupides voisins égoïstes cuisinaient l'un de mes plats préférés mais que je n'avais plus le droit d'avaler. Les salauds.

— Je peux rentrer ? demanda Cooper. (Il parlait d'un ton gai, et avait l'air sobre ; je décelai malgré tout une certaine tension dans sa voix.) Je me suis dit que t'aurais peut-être faim, donc je nous ai préparé un casse-dalle.

À en juger par la lumière rasante qui perçait les ouvertures latérales de la tente, le soleil devait être en train de se coucher : j'avais dormi pendant plusieurs heures.

— Bien sûr, entre, répondis-je en m'asseyant sur le bord du matelas herbeux.

Je frottai mes yeux encore lourds de sommeil ; la peau autour de mon ocularis me brûlait.

Cooper pénétra dans la tente avec un plateau rempli de petits hamburgers généreusement garnis de tranches d'oignons caramélisées, de fromage fondu et de bacon croustillant.

— Ne t'inquiète pas, ces petits régals sont cent pour cent végétaliens, y compris le fromage. Et je te garantis qu'ils n'ont pas un goût de caleçon sale.

— Entre « bon » et « goût de caleçon », il y a quand même de la marge, maugréai-je tandis qu'il déposait le plateau à côté de moi.

— Fais-moi confiance : goûte-les.

Je ne me fis pas prier plus longtemps, et mordis avec appétit dans l'un des burgers. Le pâté de légumes hachés qui remplaçait le bœuf était aussi juteux et succulent que de la véritable viande, tandis que le simili-bacon était parfaitement doré et craquant. Quant au fromage, tendre et légèrement acidulé, il était à se rouler par terre. Mes papilles gustatives étaient en plein orgasme.

— J'ai atteint le nirvana gastronomique, dis-je sans même prendre le temps d'avaler ma bouchée.

— Femme de peu de foi, répondit Cooper avec un grand sourire. Prends-en un deuxième.

— Qui t'as appris à cuisiner des hamburgers pareils ?

— L'une de mes ex a été victime d'un effet secondaire à la suite d'un acte de nécromancie, et elle a dû comme toi renoncer à la consommation de toute viande animale. Ce cas de figure arrive plus souvent que les chapeaux-pointus ne veulent l'admettre. Bref, elle a fini par inventer une excellente recette de cheeseburger sans viande, qu'elle m'a apprise. Ces burgers ne sont pas très nutritifs, donc on ne peut pas se nourrir que de ça. D'un autre côté, ils sont nettement moins mauvais pour la santé que les vrais.

Je terminai d'avaler ma bouchée, puis jetai un coup d'œil autour de moi pour trouver de quoi faire glisser les miettes qui me collaient encore au palais.

— Tu n'aurais pas amené à boire, par hasard ?

— Si, bien sûr, répondit Cooper. Mais j'ai oublié les verres sur le banc où je les avais posés pendant que je faisais griller les burgers.

Il claqua des doigts : deux grandes chopes de bière brune volèrent à travers le jardin jusque dans ses mains.

Il m'en offrit une. Je bus une longue gorgée avec avidité : c'était de la Guinness, de la Guinness *fraîche*. Pas le jus de caniveau complètement éventé que l'on trouve dans les épiceries de chez nous.

— Délicieux.

Après que nous eûmes terminé les burgers et vidé nos chopes, Cooper s'allongea à côté de moi sur le lit en herbe.

— Tu sais, je suis désolé pour ce qui s'est passé tout à l'heure. Le Sorcier et moi, on avait vraiment l'intention d'aller faire des courses au supermarché, mais j'ai commencé à lui raconter que j'étais triste que Smoky soit mort, et il a dit qu'il fallait que je me remonte le moral, et on a décidé de s'arrêter chez *Hooter's*…

— Vous êtes allé chez *Hooter's* ? Les autres strip-clubs du coin étaient fermés, ou quoi ?

— Leurs ailes de poulets grillées sont tout à fait respectables.

— Je parie que leurs cuisses se défendent pas mal non plus, dis-je sur un ton glacial.

Il leva ses mains devant lui.

— Écoute, je suis *désolé*. Je ne sais pas à quoi je pensais… les choses se sont enchaînées les unes après les autres sans que je m'en rende vraiment compte. Je m'en veux de t'avoir énervée.

— J'étais déjà en colère quand on s'est croisé. Tu n'as fait que me rendre encore plus furieuse.

À la fois comique et attendrissant, il me regarda avec de grands yeux tristes de chiot accablé. Je lâchai un soupir.

— Je crois que je suis obligée de te pardonner, vu que tu viens de me cuisiner les meilleurs burgers de l'année.

— J'ai le droit à un câlin ?

Je le serrai dans mes bras; il se pressa durement contre moi. Son corps me sembla parcouru d'une étrange tension.

— Tu sais que je t'aime, hein ?

— Euh, ouais, répondis-je lentement.

Il n'abordait *jamais* ce genre de sujet. Tout d'abord il se comportait comme un gros bébé, maintenant il parlait de ses sentiments… Que lui arrivait-il ? Sans doute que passer du temps dans un enfer doit transformer un homme, mais de là à imaginer qu'en sortant, Cooper se mettrait à vouloir discuter de notre Relation avec un R majuscule… Il y avait de quoi s'inquiéter.

Il inspira profondément.

— Tu n'as jamais eu l'impression que je te forçais un peu la main ? Sexuellement, je veux dire ?

Je me redressai et le dévisageai d'un air incrédule.

— Bien sûr que non. Pourquoi crois-tu une chose pareille ?

— C'est juste que… (Il se frotta le visage.) On est maintenant ensemble depuis plus de cinq ans, et…

— Et ? le pressai-je.

— Je veux dire que… certaines personnes pourraient se demander pourquoi on n'est toujours pas mariés, depuis le temps. Mais tu n'as aucune envie de te marier, non ? Je me disais qu'on n'en avait jamais vraiment parlé.

Il avait tout à fait raison : je ne me souvenais pas qu'on ait jamais abordé ce sujet. La vérité, c'est que je m'en fichais. Je n'avais jamais rêvé, comme beaucoup de jeunes filles, de parader un jour dans une robe blanche étincelante. Le seul mariage auquel j'avais assisté était celui de mon père adoptif, petite sauterie synonyme pour moi de stress superflu et de gaspillage d'argent. Jusqu'à ce week-end, de toute façon, ni Cooper ni moi n'avions de famille à qui déclarer officiellement notre amour… Quant à nos amis Talentueux, un mariage n'était pour eux rien d'autre que l'occasion d'organiser une gigantesque fiesta.

En ce qui me concerne, nul besoin de prêtre, d'anneau, ni de feuille de papier pour construire une relation stable. Pourquoi signer un contrat religieux, ou porter l'équivalent symbolique d'une chaîne au pied pour affirmer son amour et sa fidélité ? J'ai toujours pensé que la confiance ne pouvait provenir que du respect mutuel, et non de la promesse d'une gratification après la mort.

— Je crois que j'ai toujours considéré qu'on était *déjà* mariés, répondis-je. Tu m'aimes, je t'aime : je ne vois pas ce qu'une célébration officielle changerait à la situation.

— Une cérémonie changerait tout, au contraire, répliqua Cooper, une espèce de tension bizarre de nouveau perceptible dans la voix.

— Que veux-tu dire ? (Je me demandai où il voulait en venir. Avait-il soudain des doutes sur notre relation, à cause de ma crise pendant le dîner, des flammes incontrôlables de ma main ou de mon manque d'enthousiasme lorsqu'il avait parlé d'un enfant ? Peut-être que mes cicatrices au visage le dégoûtaient ? C'était pourtant en le sauvant que j'en avais hérité, bordel. Je sentis mon estomac se nouer.) Attends, tu essaies de m'expliquer subtilement que tu veux que l'on se sépare ?

— Non ! s'exclama Cooper sur un ton alarmé. Non, non, tu n'y es pas du tout. (Il marqua une pause, son visage se décrispant lentement.) C'est simplement… que je voudrais que tu sois heureuse, c'est tout.

— Mais je le suis, dis-je. Je suis ravie de t'avoir récupéré ; en un seul morceau, en plus.

— D'accord, dit-il, visiblement plus détendu. C'est cool. (Il me lança un grand sourire.) Que dirais-tu d'aller préparer des brownies et d'enchaîner sur une partie de Halo ?

X

LE ROYAUME FÊERIQUE

Le matin suivant, Mère Karen me plâtra le visage avec un onguent de guérison de sa confection. Je passai ensuite une heure dans la salle de jeu à regarder des dessins animés avec les plus petits... La boue verte et moite qui me collait au visage empestait le Vics Vaporub et les anchois, mais l'inflammation cutanée autour de mon ocularis semblait effectivement diminuer.

— Si l'on ne commence pas à se préparer, on risque d'être en retard, entendis-je Mère Karen déclarer depuis la cuisine sur les coups de dix heures. Suis-moi, je vais m'occuper de toi.

Je l'accompagnai jusque dans la salle de bain exiguë qui jouxtait la chambre d'ami du rez-de-chaussée. Elle me demanda de m'asseoir sur le couvercle de la cuvette des toilettes, puis me débarbouilla à l'aide d'une serviette trempée dans de l'eau chaude avant de m'examiner le visage en fronçant les sourcils.

— Il y a du progrès, mais rien de formidable, dit-elle en me touchant la joue. Les cicatrices s'estompent, mais les zones écailleuses n'ont pas disparu.

— Tu crois qu'il s'agit d'une malédiction ? demandai-je.

— C'est fort possible, répondit-elle en essorant la serviette. Pour être honnête, cette affection ne ressemble à aucune de celles que j'ai pu rencontrer au cours de ma carrière de guérisseuse. (Elle jeta un coup d'œil à sa montre.) On ferait mieux de s'habiller. Finis de t'essuyer le visage et rejoins-moi en vitesse dans le grenier : je crois que je t'ai déniché une robe de soirée acceptable.

Je terminai ma toilette à la hâte avant de retrouver Mère Karen dans l'immense soupente en bois de cèdre située tout en haut de la maison.

— Hmmm, marmonna-t-elle en fouillant parmi une série de robes suspendues à un portant. (Elle se saisit d'une robe bustier en satin vert foncé, doublée d'un jupon bouffant en crinoline noire.) Je crois que celle-ci t'ira à ravir. Essaie-la, je t'en prie.

J'enlevai rapidement mon jean, mon T-shirt et mon soutien-gorge avant de me tortiller à l'intérieur de la robe. Karen remonta la fermeture éclair dans mon dos avec une mine amusée. Il me fallut un certain nombre de contorsions maladroites pour me sentir à l'aise dans ce nouveau vêtement, mais au final, la robe m'allait effectivement pas mal. La seule et unique fois où j'avais porté une robe de ce genre était en classe de terminale : ma tante Vicky m'avait convaincue d'accompagner des amis à la soirée de fin d'année. Comme le DJ n'avait pas arrêté de passer des chansons d'amour à la con sur lesquelles il était à peu près impossible de danser, on s'était barré pour continuer la fête chez l'un d'entre nous. Une fois sur place, on s'était lancé dans une partie endiablée de Texas Hold'em en se bourrant la gueule au schnaps à la pêche. J'avais perdu tout mon argent de poche sur un mauvais coup de bluff, et je ne sais plus bien comment ni pourquoi, mais pour finir j'avais dû embrasser une majorette du nom de Brittany. Elle était trop jolie, prétentieuse et riche pour que j'aie la moindre envie de faire quoi que ce soit avec elle en temps normal, mais j'étais dans un tel état d'ébriété que j'éprouvais une intense sympathie pour tous ceux qui se trouvaient autour de moi. Je crus d'abord que Brittany voulait offrir un petit spectacle aux garçons, mais son entrain alcoolisé se transforma rapidement en fougue passionnée. On aurait dit que j'avais le sujet de maths du bac logé au fond de la gorge.

Les semaines suivantes, elle m'avait bombardée de textos m'invitant à aller boire un verre. Je lui avais répondu plusieurs fois aussi gentiment que je le pouvais que j'étais hétéro, mais elle avait continué à me harceler. J'avais commencé à soupçonner qu'il s'agissait d'un piège. Vous voyez le genre : elle m'aurait attiré dans un coin paumé, m'aurait demandé de me mettre à poil, et à ce moment-là un individu aurait surgi d'un buisson pour me mitrailler avec une caméra... Cinq minutes plus tard, les photos auraient été sur internet, visibles par tous. Une bonne blague, en somme. Je finis par répondre à ses textos en lui envoyant une animation pornographique montrant l'éruption d'une énorme bite en forme de volcan. Elle finit par comprendre le message et lâcher l'affaire.

Bref, j'associe inévitablement les robes de soirée avec la liqueur de fruits et les majorettes délurées. Vous me direz qu'il y a pire.

— Tu crois que le corsage tiendra ? demanda Mère Karen

— Si un troll se jette sur moi et tire dessus en hurlant « Nichons ! », alors non. Mais sinon, pas de souci, les brioches sont confortablement calées dans le four.

Mère Karen éclata de rire.

— Aucun risque, à mon avis. Les extérieurs n'ont pas le droit de pénétrer dans la taverne, en général. (Elle examina un instant ma tenue.) Je vais te donner un deuxième gant d'opéra assorti au premier. Je crois que j'ai des chaussures à talons à ta taille, aussi...

— Des talons ? Jamais de la vie.

Mère Karen fronça les sourcils.

— Ne pas mettre de talons serait faire injure à ta robe.

— Je refuse d'enfiler quoi que ce soit qui m'empêcherait de courir. On ne m'enlèvera pas de la tête que ce rendez-vous fleure bon le traquenard : je veux pouvoir m'éclipser en vitesse.

Mère Karen passa ses chaussures en revue avec un soupir.

— Mes chaussures à talons plats sont toutes trop petites pour toi, à moins que tu ne demandes à Cooper de te les agrandir ; il est évidemment hors de question que tu portes des baskets.

— Je n'ai qu'à mettre les bottes en peau de dragon. Elles valent bien plus cher que des pompes de luxe.

Mère Karen fit la grimace. C'est vrai que personne n'avait encore eu le courage de nettoyer les grosses taches de venin démoniaque qui recouvraient les bottes ; elles devaient traîner quelque part sur le palier.

— Tu tiens vraiment à enfiler ces bottines dégoûtantes ? En plus, leur couleur jurera avec celle de la robe.

— Je vais demander à Cooper de les nettoyer, puis de les assombrir avec du cirage. De toute façon, elles seront en grande partie dissimulées par ma robe… Et puis, tu crois vraiment que quelqu'un va m'inspecter les pieds ?

Les baby-sitters appelées d'urgence ne tardèrent pas à arriver ; deux heures plus tard, on se retrouvait tous les quatre à bord de la Land Rover du Sorcier, en route vers Winesburg. Pal survolait le véhicule, dissimulé par un charme d'invisibilité. Malgré le ronronnement du moteur, l'étrange mélodie enchantée grâce à laquelle il se maintenait en vol parvenait jusqu'à mes oreilles. On aurait dit l'œuvre d'un organiste… atypique. Cooper avait parfaitement nettoyé les bottes en peau de dragon, ainsi que le reste de mon armure, que j'avais fourrée à l'intérieur d'un sac à dos JanSport noir emprunté à l'un des ados. J'en avais profité pour y glisser aussi une tenue de ville, un couteau suisse, une bouteille d'eau, un paquet de barres vitaminées aux céréales, un petit kit de premiers soins, du gel nettoyant et divers ingrédients magiques, logés chacun dans une boîte de pellicule transparente Fuji.

Mère Karen m'avait maquillée en faisant du mieux qu'elle pouvait pour dissimuler mes cicatrices. En guise de coiffure, elle avait natté mes cheveux en une longue tresse qu'elle avait enroulée autour de ma tête comme une sorte de couronne : lorsque j'étais redescendue, Cooper et le Sorcier m'avaient accueillie avec des sifflements admiratifs. Les épaules nues cependant, je me sentais vulnérable et j'avais l'impression d'être déguisée. J'enviais les hommes, qui avaient le droit de porter un pantalon. Le Sorcier était passé chez lui et avait dégoté deux costumes trois-pièces : un pour Cooper et un pour lui-même. Le Sorcier semblait avoir été bien plus mince dans sa jeunesse, mais les costards n'avaient pas trop vieilli, y compris en termes de mode. De toute façon, les fées devaient se soucier comme d'une guigne des goûts vestimentaires chez les humains ; elles souhaitaient simplement qu'on leur fasse preuve de respect.

Je croisai les doigts pour qu'aucun des habitants de Seelie ne tombe sous le charme de Cooper. Dans son costume d'emprunt, il était tout simplement à croquer. La veste satinée accentuait la largeur de ses épaules et la minceur de sa taille ; le pantalon était juste assez serré pour que l'on distingue ses fesses et son attirail entre ses jambes. La Vieille Mabel (c'est ainsi que j'ai nommé la mégère en moi) se répandait souvent en injures sur l'affreuse mode du pantalon baggy qui avait régné sur le genre masculin depuis ma naissance.

Peu après, le Sorcier quitta l'autoroute et s'engouffra le long d'un chemin en terre bordée par des champs de maïs.

— Je crois que nous sommes arrivés, dit-il en jetant un coup d'œil au compas enchanté qu'il tenait en main. Tu as les laissez-passer de Riviera, Karen ?

— Ils sont ici, bien au chaud, répondit Mère Karen en tapotant un petit porte-monnaie de perles posé sur ses genoux. Elle portait une robe en soie turquoise à manches longues et plusieurs longs colliers de perles. La tenue devait dater des années 1930, mais elle convenait parfaitement à la vieille magicienne.

Nous sortîmes tous les quatre de la Land Rover. Le sol était humide et instable : j'étais contente de ne pas avoir enfilé de chaussures à talons. La mélodie de Pal s'entendait assez fort, à présent. J'enfilai le sac à dos sur mes épaules et emboîtai le pas à Mère Karen et au Sorcier, qui s'étaient déjà faufilés entre deux rangées de maïs.

— T'aurais pu laisser ce machin dans la voiture, tu sais, me dit Cooper en indiquant mon sac à dos.

— En cas de pépin, je préfère avoir le sac avec moi plutôt qu'il soit enfermé dans la bagnole à des kilomètres.

— Les habitants de Seelie vont sûrement te le confisquer à l'entrée.

Je haussai les épaules.

— Il sera toujours plus près que dans la voiture.

Nous débouchâmes sur une clairière où se trouvait un vieil épouvantail, soutenu par deux fourches entrecroisées. Un léger nuage de poussière m'indiqua que Pal venait d'atterrir devant moi ; Cooper prononça un mot ancien qui annula le charme d'invisibilité.

Un minuscule gobelet en étain était attaché à la gerbe de paille qui servait de main gauche à l'épouvantail. Lorsque je fus à moins de trois mètres du pantin, mon ocularis se mit à me démanger. Je clignai de l'œil pour retrouver le mode de vision grâce auquel j'avais aperçu la planque de drogue. Derrière l'épouvantail (que je voyais bizarrement en double), j'aperçus un immense portail en chêne plaqué de bronze, assez large pour laisser passer un éléphant adulte.

Mère Karen attrapa le laissez-passer dans sa poche (Il s'agissait d'une piécette en or.) et s'avança jusqu'à l'épouvantail. Elle déposa la piécette dans le gobelet. Le pantin frissonna, puis son vieux costume dépenaillé se mit à enfler tandis que, peu à peu, un corps en chair et en os le remplissait pour former un ogre. La créature brisa les manches de fourche qui la soutenaient comme s'il s'agissait de simples allumettes puis bondit jusqu'au sol, ses yeux scintillants noirs comme du charbon rivés sur nous. Elle versa la piécette dans la paume de sa main calleuse.

— Qui cherche à pénétrer dans notre royaume ? dit-elle d'une voix qui évoquait un grondement de tonnerre.

Mère Karen fit un pas en avant.

— Karen Mercedes Sebastián, fille de Maître Carlos Sebastián et de Madame Beatrice Brumecroft. Et ses associés. Maîtresse Riviera Jordan nous a invités à dîner à la taverne.

Il me regarda d'un œil torve et tendit l'une de ses longues griffes noires vers mon ocularis.

— On n'aime pas les mouchards, par ici, grommela-t-il.

— Quoi ? Mais je ne suis pas un espion, répondis-je d'une voix tremblante.

— Vous feriez mieux d'arrêter de jouer avec votre ocularis, ma jolie, sinon quelqu'un va vous l'arracher de la tête.

Je clignai précipitamment mon œil gauche pour faire coïncider à nouveau sa perception du monde avec celle de mon œil droit.

— Ça ira, comme cela ?

— C'est acceptable.

Tout en continuant de maugréer, l'épouvantail tendit le bras et se saisit de quelque chose en l'air à l'endroit où j'avais aperçu les poignées en bronze du portail. Il tira, et soudain les deux battants devinrent visibles, révélant derrière eux une forêt dense et noire baignée par la lumière de la pleine lune. Un chemin constitué de pièces en argent d'un autre âge enfoncées dans la terre brune brillait devant nous. Une douce brise soufflait dans les arbres tandis que des nuées d'insectes luminescents virevoltaient entre leurs branches.

L'air de la forêt était imprégné de l'odeur des créatures sauvages et de la terre fertile des sous-bois, ainsi que du parfum si particulier des floraisons nocturnes.

— Suivez le chemin en pièces d'argent jusqu'à la taverne, ordonna l'ogre gardien. Si vous choisissez de vous en écarter, cela sera à vos risques et périls.

— Il vaut mieux qu'on se tienne par la main, dit Cooper. Les choses ont tôt fait de déraper, dans le royaume féerique.

Mère Karen et le Sorcier ouvrirent la marche, suivis par Cooper, puis moi, et enfin par Pal. À l'instant où Pal franchit le seuil du royaume, le gardien referma le portail : aussitôt, l'obscurité sembla se solidifier autour de nous, comme si des milliers de corps invisibles avaient décidé de nous broyer silencieusement. Je sentis la brise glacée me caresser la nuque et les épaules. Cooper serra plus fort ma main ; il ressentait manifestement la même chose que moi.

— Jeune fille… murmura une voix.

Je tournai la tête vers elle, mystérieusement incapable de me retenir de regarder en sa direction. Un jeune homme aux cheveux dorés se tenait debout parmi les arbres, mince et pâle, avec pour seul vêtement un kilt aux mailles très lâches qui ne laissait pas grand-chose à mon imagination. Je me sentis gagnée par une envie de sexe primale, étourdissante ; le garçon incarnait à la perfection tout ce qui m'excitait chez Cooper, mais amplifié et intensifié des dizaines de fois.

— Rejoins-moi, susurra Boucle d'Or avec un sourire qui me liquéfia sur place. (Il se baissa pour cueillir un pissenlit, puis en souffla les graines aériennes vers moi.) J'ai quelque chose à te montrer.

La main de Cooper était à présent trempée de sueur. Je jetai un coup d'œil à son visage : il rougissait à vue d'œil, le regard braqué sur Boucle d'Or, l'air aussi mal à l'aise et en colère que moi.

— Ne le fais pas. N'écoute pas cette sorcière, me dit-il en me tirant en avant.

— Ne le fais pas, répéta Boucle d'Or de sa voix cristalline, surgissant brusquement de derrière un arbre situé à quelques mètres devant nous. Ne t'éloigne pas ainsi. Tu n'as pas envie de voir à quoi ressemble la vision de Cooper ? Tu n'as pas envie de découvrir à quels jeux merveilleux on pourrait se livrer, tous les trois ? Il te suffit juste de jeter un tout petit coup d'œil par ici…

— N'écoute pas cette entité, m'avertit Pal par télépathie. C'est une ruse. Reste sur le chemin, quoi qu'il arrive.

— *Qu'est-ce que tu vois quand tu la regardes ?* demandai-je à Pal.

— Je préfère ne pas répondre à cette question, dit-il laconiquement.

Boucle d'Or réapparut soudain à quelques mètres devant moi, assis, les jambes croisées au milieu d'une étendue de fleurs sauvages.

— Quelle vilaine paire de bottes, dis donc ! ricana-t-il. Qui a bien pu t'habiller ce matin ? Ton père, c'est ça ? En tout cas, il aurait aussi bien fait de t'attacher une cloche autour du cou, parce que t'as la dégaine d'une vache attardée. Je parie que ta mère était une bête de somme stupide que ton père a transformé en femme quand il en a eu assez de devoir se planquer dans la grange pour lui labourer tranquillement l'arrière-train. Je parie qu'après l'avoir mise à mort, le Virtus Regnum a découpé ta mère en steaks et l'a mangée. (Il marqua une pause, observant avec attention les volutes de fumée qui s'échappaient de mon gant d'opéra. Malgré tous mes efforts pour rester calme et respirer lentement, je sentais mon pouls battre furieusement sous mes tempes.) *Aïe aïe aïe,* planquez-vous ! La vachère est en colère ! Ne rumine pas comme ça, ma grosse, viens plutôt par ici me flanquer une bonne raclée ! T'as pas envie de me fermer la gueule une bonne fois pour toutes ?

Pendant une très longue seconde, je faillis répondre à son invitation. Mon ocularis me démangeait comme jamais, mais l'avertissement de l'épouvantail m'avait suffisamment effrayée pour que je résiste au désir de voir la scène sous un autre angle, comme à l'envie de m'écarter du chemin. Nous n'étions pas arrivés jusqu'ici pour que je saborde tout en me jetant dans une bagarre stupide.

Tantôt séducteur, tantôt narquois, Boucle d'Or continua de me poursuivre tout le long du chemin. Je gardai les yeux rivés sur les trésors oubliés incrustés dans le sol sous mes pieds : des drachmes anciennes de l'époque d'Hermès et de Ménandre, des sesterces en argent rutilants, des akçes ottomans, des roupies indiennes, des dollars apocryphes de l'époque coloniale, ainsi que des dizaines d'autres pièces de monnaie exotiques gravées à l'effigie de rois disparus que je n'avais jamais vues dans aucun livre.

Le chemin déboucha enfin sur ce que je pris au premier abord pour des murs recouverts de vigne vierge, avant de me rendre compte qu'ils étaient *constitués* par la plante même. Des lianes de clématites aux fleurs pourpres faisaient office de porte d'entrée ; elles semblaient douées d'une volonté propre, et s'ouvrirent devant nous avec un bruissement de feuilles et un craquement de bois vert ; nous pénétrâmes enfin à l'intérieur de la taverne, soulagés d'être débarrassés de Boucle d'Or.

Je compris rapidement que l'édifice tout entier était construit à partir de plantes enchantées, ou subtilement taillées, mais bel et bien vivantes. Les divers végétaux utilisés formaient un bâtiment et des meubles à la fois solides et fonctionnels, quoique sans angles droits ni surfaces planes. Les murs intérieurs et le sol étaient constitués par un dense tapis de branches de figuiers étrangleurs tressées. Des arbres à l'écorce d'ivoire servaient de piliers soutenant les feuillages qui composaient le plafond ; disposés à intervalles irréguliers le long de ces troncs d'albâtre, des champignons luminescents projetaient une lumière douce à travers toute la taverne. En guise de table, il y avait des souches de séquoias géants autour desquelles des branches de figuier étrangleur sortaient du sol pour former bancs et tabourets.

Près de nous, les clients attablés arboraient des parures sophistiquées datant d'époques diverses ; ils ne se fatiguèrent même pas à nous jeter un coup d'œil. Vus de face, ils paraissaient tout à fait humains. Mais du coin de mon œil valide, certains ressemblaient à de gros insectes, d'autres à des squelettes montés à l'envers, ou encore à des amas de champignons. C'était un rien stressant pour les nerfs.

Une femme de grande taille s'avança vers nous, habillée d'un chiton bleu ciel diaphane. On aurait dit qu'elle flottait ; je n'arrivais pas à apercevoir ses pieds. Elle ressemblait à s'y méprendre aux nymphes de la mythologie grecque : sa chevelure noire et luisante formait des bouclettes autour de son visage cuivré. Ses yeux avaient la couleur des nuages au-dessus de l'océan avant un orage. Toujours aussi impassible, elle jeta un bref coup d'œil à mon sac à dos.

— Suivez-moi, je vous prie, susurra-t-elle d'une voix qui évoquait le souffle d'une brise marine dans les feuillages d'une oliveraie. Vos amis vous attendent.

Elle nous guida le long d'un couloir tortueux jusqu'à une énorme souche aménagée en forme de table. Vêtue d'une robe et d'un châle argentés, Riviera Jordan était assise en face de nous, flanquée de chaque côté par trois agents du conseil habillés chacun d'un costume noir tiré à quatre épingles.

— Asseyez-vous donc, dit Riviera en se levant de son banc en figuier étrangleur. Nous avons de nombreuses choses à discuter

Nous prîmes place autour de la table. Devant chaque convive se trouvait une assiette ronde d'une blancheur immaculée ; il n'y avait en revanche ni verre, ni couverts, ni serviette. Je crus d'abord que mon assiette scintillante était en porcelaine, avant de remarquer les cercles concentriques qui se laissaient encore deviner dans la texture du plat malgré le travail de polissage.

— Tu penses que c'est du bois ? demandai-je à Cooper.

— Probablement, répondit-il. Ou sinon, il s'agit d'une espèce de calebasse, ou de tubercule.

Comme Riviera était occupée à fouiller parmi les documents qu'elle avait sortis sur ses genoux, j'en profitai pour me saisir de mon assiette et en lécher le bord aussi rapidement et discrètement que possible.

Soudain, je me retrouvai perché en haut d'une colline battue par les vents, en train d'essayer de me débarrasser des horribles singes de prairie jacassant autour de moi. Lâchant un barrissement de rage et de frustration, je me cabrai brusquement, quand l'un d'entre eux se faufila entre mes pattes et enfonça un bâton pointu entre mes côtes…

…Je parvins à m'extraire de ce souvenir macabre en me retenant de hurler.

— C'est de la défense de mammouth, annonçai-je à Cooper. Très, très ancienne.

— Waouh, dit-il en contemplant son assiette avec des yeux ronds. Je promets d'y faire très attention.

— Excusez-moi, mais je ne vois pas très bien l'intérêt de me donner un coup de langue alors que rien n'a encore été servi.

Je faillis laisser tomber mon assiette : elle venait de m'adresser la parole.

Un visage elfique amusé me dévisagea depuis la surface polie de l'assiette, que je reposai immédiatement sur la table.

— Je… je suis désolée, bredouillai-je. J'essayai simplement de découvrir en quel matériau vous étiez fabriquée, et…

— Plutôt sans-gêne, à ce que je vois.

— Désolée, vraiment. Je ne m'attendais pas à tomber sur une assiette dotée d'intelligence.

Face d'assiette poussa un soupir théâtral et roula ses yeux d'ivoire.

— Bon, admettons que j'accepte vos excuses. Vous désirez boire quelque chose ?

— Quoi ?

— Une boisson ? Vous savez, un liquide qui permet de faire passer la nourriture et d'éviter les scènes d'étouffement embarrassantes ?

— Ah. Euh... de l'eau m'ira très bien.

Il roula des yeux de nouveau.

— Ennuyeux et vague à la fois. Votre eau, vous la voulez bouillante ? Glacée ? À température ambiante ? Pétillante ? Française en bouteille ? Américaine du robinet ? Récupérée dans une auge à chevaux mongole et filtrée à travers une chaussette de laine ?

Je fronçai les sourcils.

— Je vais prendre une bouteille d'eau de source naturelle Évian, sans glaçons, à quatre degrés Celsius.

La souche émit un craquement sourd ; une tige verte se mit à pousser à la verticale depuis sa surface polie. La tige se transforma en un gros bourgeon, qui s'ouvrit : une spirale violette de pétales cireux en surgit, qui s'allongèrent puis se soudèrent les uns aux autres pour former une espèce de vase cylindrique. Le reste du bourgeon durcit, offrant à la fleur un socle solide et stable qui se remplit peu à peu d'un liquide transparent.

— Votre eau, mademoiselle, dit Face d'Assiette. Et que puis-je vous servir à manger ?

Je répondis en donnant la première idée qui me passait par la tête. Autant que le désir de retrouver mes sensations gastronomiques du petit-déjeuner, mon choix exprima sans doute un besoin d'évasion.

— Un sandwich Monte Cristo, s'il vous plaît.

Face d'Assiette soupira.

— On nage toujours dans le vague. Préférez-vous que le sandwich entier soit frit, ou simplement le pain ? Et quel genre de fromage désirez-vous ?

— Simplement le pain... et du cheddar. Non, attendez, du gruyère.

— Puisque vous semblez hésiter, vous aurez les deux. Avec les condiments habituels.

Face d'Assiette disparut ; je me retrouvai à contempler bêtement la surface lisse de l'ivoire poli.

Avec un nouveau craquement sourd, une deuxième tige sortit de la table, à côté de l'assiette. En l'espace de quelques secondes, la tige se métamorphosa en un buisson miniature, d'où surgirent un gros bourgeon rouge et trois bourgeons violets plus petits. Ceux-ci fleurirent, puis noircirent et se ratatinèrent pour céder la place à des fruits rebondis à la surface striée de veines épaisses. Le gros fruit rouge enfla comme un ballon de baudruche, des nuages de vapeur s'échappant de ses veines vertes, avant d'éclater avec un *pop !* réjouissant. Un Monte Cristo fumant, la croûte saupoudrée de sucre, tomba pile dans mon assiette. Les autres fruits, plus petits, se détachèrent du buisson et atterrirent autour du sandwich. Ils s'ouvrirent ensemble ; je vis apparaître de la confiture de fraise, de la moutarde au miel et de la crème caillée. Une branche fine (que je n'avais jusqu'alors pas remarquée) se sépara du buisson et tomba à côté de mon assiette. À une extrémité de la brindille se trouvait une longue feuille aiguisée : je compris qu'il s'agissait d'un couteau. Une grande feuille douce comme du velours germa ensuite sur le buisson puis s'en détacha, atterrissant à côté de la brindille-couteau : sans doute une serviette.

J'étais tellement concentrée sur mon étrange conversation avec Face d'Assiette que je n'avais même pas pensé à regarder comment les autres se débrouillaient. À côté de moi, Cooper était en train de peler une énorme baie mauve pleine de gambas à la carbonara ; sa fleur en forme de verre était remplie de vin rouge. Le Sorcier s'attaquait à une solide côte de bœuf servie avec une patate au four, tandis que Mère Karen contemplait sa plante garnir méthodiquement son assiette de petits sandwichs apéritifs au concombre et au saumon fumé. Pal dévorait avidement la jambe rôtie d'une créature inconnue. En face de nous, la plante de Riviera Jordan remplissait son assiette de feuilles de salade et de petits légumes ; ses gardes du corps avaient, quant à eux, commandé des hamburgers et des frites.

Je donnai un petit coup de coude à Cooper et désignai l'un des morceaux de bacon grillé éparpillés dans son assiette parmi les gambas et les fettucine.

— Tu n'as pas peur de la vision de mort que ces morceaux de viande risquent de t'infliger ?

— Pas plus que toi, on dirait.

— Quoi ?

Il désigna mon sandwich d'un hochement de tête.

— Tu as commandé un Monte Cristo ?

— Oui. Et ?

— Il y a du jambon dedans. Et de la dinde.

Je contemplai fixement mon sandwich.

— Oh, merde, j'avais oublié. J'étais persuadée qu'il n'y avait que du fromage.

Cooper éclata de rire.

— De toute façon, il s'agit de nourriture féerique… Je ne m'inquiéterais pas, si j'étais toi.

Je coupai mon sandwich en deux à l'aide du couteau-brindille, puis soufflai dessus pour le refroidir. Bourré à ras bord de fromage onctueux, de blanc de dinde et de fines tranches de jambon, le pain de mie pané était à la fois tendre et croustillant. Je mordis dans le sandwich, m'attendant à une nouvelle vision de cauchemar, mais absolument rien ne se produisit. La barbaque que je venais d'avaler avait l'aspect et le goût authentique de la viande, mais à peu près autant de résidus spirituels qu'une serviette en papier.

Nous terminâmes notre déjeuner en silence, ou presque. Lorsque la plupart d'entre nous eurent terminé leur repas, un beau jeune homme habillé d'un kilt en feuilles de vigne entra dans la pièce. Chacun de ses yeux était recouvert par une fleur rouge vif, tandis que ses lèvres arboraient un sourire figé. Il se mit à déraciner les plantes utilisées et à les mettre sur les assiettes sales empilées pour débarrasser la table. Ses gestes semblaient tantôt fluides, tantôt saccadés.

Mère Karen se retint de manifester ouvertement sa surprise lorsque le jeune lui prit son assiette. Je la regardai d'un air interrogateur.

— C'est Rick Wisecroft, me dit-elle en articulant sans bruit.

Son fils prodigue adoptif? Pas étonnant qu'il ait disparu sans crier gare : clairement, il avait cherché des embrouilles à des entités trop puissantes pour lui. Je l'observai plus attentivement tandis qu'il débarrassait les assiettes : il semblait bouger comme une marionnette. J'aperçus d'ailleurs de fines chaînes en argent autour de ses poignets.

Mère Karen contemplait Rick le visage rouge vif et les yeux gonflés de larmes. Elle aurait manifestement souhaité l'aider à s'échapper de son esclavage, mais elle ne pouvait rien tenter sans risquer de perdre sa propre liberté, sans parler de la nôtre. Je sentis la colère me gagner à nouveau. Vu l'accueil chaleureux qui nous avait été réservé dans les bois, il y avait fort à parier que la présence de Rick comme garçon à notre table n'avait rien d'un accident. Les habitants de Seelie semblaient vraiment vouloir nous provoquer. Une partie de moi-même se demanda s'ils goûteraient une petite décharge d'ectoplasme incendiaire ; mais vu le sort que subissait Rick, le reste de moi-même décida que répondre à leur provocation serait une très, très mauvaise idée.

Riviera Jordan se leva de sa chaise et frappa quelques coups secs sur la table pour attirer notre attention. Ses yeux passèrent plusieurs fois de Rick à Mère Karen : elle avait clairement compris qu'il se passait quelque chose, mais je lus dans son regard qu'il était exclu qu'elle laisse ce petit contretemps faire dérailler la réunion.

— Bien, il semble que nous ayons tous terminé le délicieux repas que nos hôtes nous ont préparé ; il est donc l'heure d'en venir aux raisons de notre rencontre. (Elle marqua une pause.) En tant que chef du conseil dirigeant, mon premier devoir est de veiller au bien-être des familles Talentueuses sous ma juridiction. Cette tâche revient le plus souvent à faire appliquer les lois que le Virtus Regnum nous impose, ce qui est relativement facile. Parfois, cependant, ces lois et le bien-être de notre communauté entrent en conflit : c'est alors que les affaires se compliquent.

» J'ai passé cinquante ans à la tête du conseil et, après un demi-siècle à m'occuper des problèmes de personnes pour la plupart ingrates, j'avais décidé de me retirer pour me consacrer tranquillement à mon jardin. Mon neveu Benedict avait l'air de vouloir me remplacer et d'avoir toutes les compétences nécessaires pour le faire. Nous avons soumis cette décision à un vote et, il y a douze ans, c'est lui qui a pris les commandes. Tout semblait bien se passer sous sa direction jusqu'à la semaine dernière, quand certains choix bien intentionnés mais désastreux de sa part nous ont explosé à la figure. (Riviera me jeta un regard.) Quand je suis rentré chez mon neveu vendredi soir et que j'ai vu ce que vous aviez fait à Benny, j'étais prête à vous tuer, ma chère. Et quand j'ai vu ce que vous aviez fait à Angus et à Eugene dans l'allée, je voulais vous couler les pieds dans du béton et vous balancer au fond de la mer. Mais le majordome m'a raconté ce qu'il avait entendu et j'ai appris pour les bébés… J'ai compris alors qu'il fallait que je tire cette affaire au clair avant de vous incriminer. Vous avez de la chance, jeune fille, de ne pas avoir complètement détruit l'esprit de mon neveu, sans quoi nous aurions été incapables de recouvrer ses souvenirs, grâce auxquels vos actes nous sont apparus sous un angle différent…

— Je ne voulais pas… dis-je, mais Riviera leva la main pour que je me taise.

— Laissez-moi finir, je vous en prie. Vous aurez amplement le temps de vous exprimer ensuite. Les affaires dont j'ai à vous parler me peinent terriblement, aussi souhaiterais-je me décharger de cette tâche en une seule fois. (Elle inspira profondément.) Je vous ai affirmé que j'avais démissionné parce que j'étais lasse de mon poste. Ce n'est qu'en partie vrai. Mon fils Reggie… vous savez qu'il s'est tué, Jessie. Vous connaissez même mieux que moi les raisons qui l'ont poussé au suicide. J'ignorais tout de l'enfer dans lequel mon frère Lake s'était emmuré avec sa famille, ce qui est une faute grave en tant que sœur, en tant que mère et en tant que dirigeante. C'est un péché mortel, que je porterai avec moi jusqu'à la mort.

» Le jour de la mort de Reggie… J'espère qu'aucun d'entre vous n'aura un jour à éprouver une douleur aussi grande que la mienne à ce moment-là. J'ai songé que si je n'étais pas capable de protéger mon propre fils, je ne l'étais pas non plus de veiller sur ma ville. Je me suis écroulée, tout simplement. Benny m'a dit qu'il s'occuperait de tout, et je l'ai cru sur parole. Mais au lieu de s'occuper de l'enfer de Lake, il a préféré étouffer l'affaire.

— Vous ignoriez donc que mes frères s'y trouvaient prisonniers ? demanda Cooper d'une voix lourde de suspicion.

Elle hocha la tête.

— Avant que vous ne les rameniez ici, je n'étais même pas au courant de leur naissance, répondit-elle. Lorsque Reggie a emmené Benedict à la ferme et qu'il a découvert les cadavres ensanglantés de Lake et de Siobhan au milieu du cercle rituel… il n'a pas vraiment compris ce qui venait de se passer. Il n'a pas vu les autres enfants, à moins qu'il n'ait jamais eu le courage de me l'avouer… mais le diable les avait sans doute déjà emportés dans son royaume. Cooper et son petit frère étaient entre les mains des autorités Ordinaires. Jusqu'à hier soir, je croyais que les seules victimes du sacrifice avaient été Siobhan et le Sorcier. Nous avons découvert que Benny savait tout depuis le début, mais il ne m'a jamais rien révélé.

» J'aurais dû tout laisser tomber pour investiguer moi-même les atrocités de mon frère… Cependant, une crise terrible secouait le conseil : plusieurs des familles fondatrices exigeaient que l'on fasse sécession du Regnum et que l'on se retire de l'univers des gens Ordinaires. Le conflit risquait de dégénérer dans la violence, dit Riviera, avant de se tourner vers Mère Karen. Vous habitiez la ville à cette époque, n'est-ce pas ?

— C'est vrai qu'il s'agissait d'une période difficile, acquiesça Mère Karen. De nombreux enfants sont devenus orphelins. Alors j'ai raccroché ma baguette et je suis devenue mère adoptive à plein-temps.

— Nous apprécions grandement le service que vous rendez à notre communauté, répondit Riviera, avant de se tourner vers Cooper et moi. J'étais convaincue que si la nouvelle de la folie de Lake se répandait, les sécessionnistes s'en serviraient pour insinuer que ma famille n'était qu'un ramassis de nécromanciens clandestins. (Elle marqua une pause.) C'est pourquoi j'ai demandé à mon neveu d'incendier la bâtisse et de ne parler de cette histoire à personne.

— Que serait-il arrivé si le conseil dirigeant avait voté la sécession ? demandai-je.

— Nous aurions déclaré la guerre au Virtus Regnum, répondit-elle. Et nous aurions été battus. Sévèrement. Des douzaines, peut-être des centaines de gens seraient morts. Si j'en crois certaines de mes visions, des familles entières auraient été anéanties.

— Que va-t-il se passer, à présent ? demandai-je. Est-ce que Pal, le Sorcier ou bien Mère Karen vont avoir des ennuis pour m'avoir aidé ? Et moi, je vais aller en prison ?

— Nous pourrions effectivement invoquer plusieurs chefs d'accusation contre vous, répondit Riviera. Toutefois, après avoir passé en revue les souvenirs de mon frère, j'en ai conclu qu'il avait abusé de son pouvoir de manière honteuse à de nombreuses reprises. Il a manifestement commissionné un tiers pour dresser un profil psychologique de vous qui l'a convaincu que vous céderiez sous la pression : plus vous lui résistiez, plus il croyait nécessaire d'augmenter les violences d'un cran… Je suis convaincue qu'il est autant responsable que vous des événements.

Aussi, pour l'instant, je n'ai aucune intention de vous incriminer pour quoi que ce soit, pourvu que vous continuiez à travailler de bonne foi avec le conseil dirigeant et moi-même afin de réparer les dégâts provoqués par cette affaire. Comme vous avez gardé votre sang-froid tout au long du chemin en pièces d'argent malgré les provocations répétées de nos hôtes, j'estime que nous pourrons collaborer de façon fructueuse, Jessie.

Je fronçai les sourcils : était-ce Riviera qui avait demandé à Boucle d'Or de nous harceler en guise de test ? Mon changement d'expression ne sembla pas lui échapper.

— Je n'ai rien à voir avec les tourments que vous avez subis à votre arrivée, dit Riviera. Simplement, je suis déjà venue de nombreuses fois au Royaume Féerique, et je connais la façon dont ils accueillent les nouveaux. Il fallait que je sache, Jessie, que vous étiez capables de faire preuve de retenue et de discipline quand la situation l'exigeait, plutôt que de céder à vos tendances pyromanes.

— Mais si j'avais failli, on aurait sûrement tous été réduits en esclavage, protestai-je. Que serait-il arrivé aux enfants de Mère Karen ? Vous avez mis leur vie dans la balance juste pour voir si j'étais assez zen pour ne pas me ruer sur la première Fée qui me cherche ? C'est ça ?

Riviera leva une main devant son visage.

— Mes gens surveillent la maison de Karen de très près, dit-elle. Les enfants sont en parfaite sécurité. Nous avons dressé une liste de parents prêts à les adopter en cas d'urgence… Mais si les choses avaient dégénéré à ce point, j'aurais d'abord tout fait pour négocier votre libération.

— Néanmoins sans garantie de succès, n'est-ce pas ? répondis-je.

— À qui comptiez-vous confier mes petits frères, exactement ? demanda Cooper sur un ton vif. Il ne s'agit pas franchement d'un cadeau : leur pouvoir magique est pleinement développé.

Je me penchai vers Riviera.

— Mon petit doigt me dit que ce bon vieux Benny les aurait enfermés comme s'il s'agissait d'une quelconque bande de diables. Et vous, qu'aviez-vous prévu pour ces chers petits trésors ?

— Le sort des frères Marron est le principal objet de cette réunion, acquiesça Riviera en hochant la tête. Ils doivent bien entendu être confiés à des familles aimantes et équilibrées, où ils pourront apprendre à domestiquer leur pouvoir en toute sécurité. Il est également évident qu'il faudra leur fournir une certaine assistance psychologique pour se débarrasser des éventuelles tendances maléfiques qu'ils auraient pu contracter en enfer…

— Je refuse qu'on leur administre de la magebane, l'interrompit Cooper, sa voix lourde d'une menace qui me fit frissonner. Ils sont beaucoup trop jeunes ; cela risquerait d'inhiber le développement de leur cerveau.

— Personne ne souhaite en venir à de telles extrémités, bien sûr, mais je ne peux rien vous promettre, répliqua Riviera d'un ton ferme.

— S'il arrive quoi que ce soit à mes frères…

— Vous savez comme moi que notre priorité doit être d'assurer la sécurité des familles d'accueil, le coupa Riviera en haussant la voix pour la première fois. Si jamais vos frères deviennent violents, il vaut mieux inhiber leur pouvoir que les envoyer en prison… Vous en conviendrez avec moi.

— *Non.* (Cooper avait le visage rouge vif et les mains blanches à force de serrer le bord de la table. Je ne l'avais pas vu en colère à ce point depuis longtemps ; pas depuis l'époque où, réveillé par ses cauchemars au milieu de la nuit, il partait boire et chercher la bagarre dans le premier bistrot ouvert qu'il rencontrait.) Je m'interposerai à la moindre *suggestion* qu'on leur inocule ce putain de poison. (Il se leva de sa chaise, fusillant Riviera du regard.) Je refuse de vous laisser transformer mes frères en petits zombies obéissants à moitié Ordinaires pour ne pas briser le confort d'un couple de Talents bon chic bon genre ! Je peux très bien m'en occuper tout seul !

— Je t'en prie, Cooper, intervint Mère Karen. Je suis contre la magebane aussi, mais nous ne sommes pas assez nombreux pour nous occuper correctement de tes frères. J'ai à peine dormi depuis que nous les avons sur les bras, et mes autres enfants se demandent où j'ai disparu. Je ne veux pas te vexer, mais c'est moi qui me suis coltinée le gros du travail jusqu'ici, et je ne vais pas pouvoir continuer à ce rythme pendant très longtemps. Tes intentions sont honorables, mais je ne pense pas que tu puisses t'en sortir tout seul. (Karen se tourna vers le Sorcier.) Sauf si tu as une meilleure idée ?

Le Sorcier secoua la tête d'un air mal à l'aise.

— Je voudrais bien aider mes frères, mais ma maison n'est pas adaptée à l'hébergement de nourrissons, dit-il. Sans parler d'Opal, qui n'est pas prête à jouer à la maman.

Riviera soutint le regard furieux de Cooper avec un calme olympien.

— Je vous donne ma parole que vos frères seront traités avec le plus grand soin, dit-elle. En tant que chef du conseil dirigeant, je dois ajouter que malgré votre louable désir de protéger votre famille et d'élever vous-mêmes vos frères, je suis convaincue que l'expérience de parents plus âgés bénéficiera grandement à ces garçons, au moins le temps qu'ils vieillissent un peu et que votre situation financière se stabilise.

Cooper se rassit, concédant ce point à Riviera avec un hochement de tête crispé.

— Quelles familles d'accueil avez-vous envisagées, alors ? demanda-t-il.

— Ma cousine Sylvia et son mari Nikolaï ont proposé de prendre l'un des enfants chez eux, répondit Riviera. Ils ont des adolescentes qui pourront les aider à s'occuper du petit. Rowland Nachtcroft, un membre du conseil dirigeant, a accepté d'en prendre un autre : il a deux fils atteints de lycanthropie héréditaire, donc il dispose déjà chez lui d'une nourrice spécialisée pour enfants à problèmes. Chione Gastaphar et ses sœurs ont également offert d'en accueillir un, ainsi que Horatio Fox et sa femme, Acacia.

— Horatio n'est-il pas un peu vieux pour jouer au père adoptif ? demanda Mère Karen. Il vient de souffler sa cent-cinquantième bougie, non ?

— Cent soixante-dixième, répondit Riviera. Il passe encore ses week-ends à faire du camping et à cavaler en rase campagne en rejouant des batailles de la Guerre Civile, donc je pense qu'il lui reste suffisamment d'énergie. Acacia est beaucoup plus jeune que lui, et c'est une guérisseuse hors pair... Pour ma part, je suis prête à leur faire confiance, si vous êtes d'accord.

— Quelle forme de suivi psychologique avez-vous prévu pour les garçons ? demanda Karen.

— Tous les parents adoptifs éventuels ont accepté que l'enfant consulte régulièrement un psychologue ; nous pensons confier la tâche à un seul praticien, mais notre choix ne s'est encore porté sur aucun nom.

— Je vous recommande le docteur Aboab Hopkinson, dit Karen. Il m'a été d'une aide précieuse lorsque certains de mes enfants ont traversé des passages difficiles.

— Le docteur Hopkinson figure bien sûr en tête de notre liste, mais il n'est pas certain de pouvoir s'occuper des frères Marron sans réduire les soins qu'il prodigue à ses autres patients, répondit Riviera. Les autres candidats sont d'ailleurs tout aussi qualifiés que lui. Quelle que soit leur famille d'accueil, les garçons seront fréquemment réunis pour qu'ils jouent ensemble ; si ces rencontres se passent bien, on pourra même envisager de les élever sous un même toit de manière permanente.

— J'exige un droit de visite sans condition, dit Cooper. Si l'envie me prend de voir l'un de mes frères à trois heures du matin, je veux pouvoir le faire sans que ni vous, ni ses parents adoptifs, ni *qui que ce soit* puisse y opposer la moindre objection.

Riviera fit une moue contrariée.

— Je ne vous laisserai pas violer impunément le droit à la vie privée des parents d'accueil. Donc je ne vous accorde votre demande qu'à la condition expresse que vous n'abusiez pas du privilège qui vous reviendra.

Cooper acquiesça d'un hochement de tête. Riviera déposa une plume sur une pile de papiers et poussa l'ensemble vers lui.

— Même s'il reste encore quelques détails à régler, voici les grandes lignes de notre proposition concernant l'adoption de vos frères, y compris une liste complète de psychologues éventuels. Si ce dispositif vous semble raisonnable, je vous prie de signer le contrat. Nous pourrons présenter aux garçons leur nouvelle demeure dès cette réunion terminée.

Cooper étudia la proposition de Riviera en fronçant les sourcils, avant de passer les documents à Mère Karen pour qu'elle y jette un coup d'œil. Ils échangèrent un regard ; Karen rendit la pile de documents à Cooper avec un hochement de tête encourageant.

— Votre offre me paraît acceptable, dit enfin Cooper.

— J'imagine que personne ne s'est précipité pour se proposer comme parent d'accueil, commenta Mère Karen.

— En effet, les volontaires n'étaient pas légion, répondit Riviera.

— Mais n'est-ce pas toujours le cas dans les situations critiques ?

Karen secoua la tête d'un air amer tandis que Cooper apposait sa signature au bas du contrat.

— Bien, reprit Riviera, en s'adressant au Sorcier et à moi. Vous acceptez aussi les termes de notre offre ?

— Si Coop est d'accord, alors je le suis itou, déclara le Sorcier.

— Je ne connais personne parmi les parents adoptifs, mais si Mère Karen estime qu'ils feront de bons parents, je suis moi aussi prête à leur faire confiance, ajoutai-je.

— Avez-vous d'autres questions à me poser ? demanda Riviera.

— En fait, j'en ai une, répondis-je. Simple détail sans doute, mais votre neveu a incendié la cabane de Cooper et a volé tous nos livres de sorts, ainsi que nos armes…

— La maison dans le comté d'Athens est en cours de reconstruction. Quant aux ouvrages et aux armes qui vous ont été confisqués, ils seront remis dans la bâtisse dès que celle-ci sera achevée. Bien entendu, vous serez, de surcroît, dédommagés pour tous les autres dégâts que vous auriez pu subir. (Elle tira un papier de son tas de documents et le fit glisser vers Cooper et moi : il s'agissait d'une liste de tout ce que les agents de Jordan nous avaient pris ou détruit.) Ce compte rendu vous semble-t-il exhaustif ?

— On dirait bien, répondis-je. Le comptable du conseil dirigeant avait estimé le total des préjudices subis à dix mille dollars, en partie pour compenser la perte de mon emploi et de mon dernier mois de salaire, que mon patron avait refusé de me verser parce qu'il croyait que j'avais piqué dans la caisse.

— Est-ce qu'un virement bancaire vous conviendrait ? demanda Riviera.

— Je crois que je préférerais du liquide, répondis-je.

— Du liquide, c'est sûr et certain, renchérit Cooper.

Riviera nous regarda d'un air bizarre.

— Êtes-vous véritablement certains, vu les récents événements, d'avoir envie de vous balader par monts et par vaux les poches pleines à craquer de gros billets ? S'il vous arrivait de les perdre, les règles m'interdisent de remplacer l'argent papier ; par contre, si une transaction électronique est piratée, ou bien échoue, il est de notre responsabilité d'y remédier. (Elle glissa la main dans son sac et en retira un iPhone.) Je peux effectuer la transaction ici, devant vous.

Je jetai un regard à Cooper.

— Qu'en penses-tu ?

— Que l'argent virtuel se dépense aussi facilement que les vrais dollars, dit-il en haussant les épaules.

Je signai le document avant de le passer à Cooper. Après qu'il eut signé, Riviera accéda au compte du Conseil à l'Ohioana Bank, puis nous montra qu'elle avait bien transféré la somme sur le compte courant de Cooper.

— Qu'en est-il de mon casier judiciaire surprise, ainsi que de notre expulsion ? demandai-je.

— L'ordre d'expulsion a été annulé, et votre casier a été expurgé des archives judiciaires Ordinaires, répondit-elle.

— Et vous ne sauriez pas comment régler ce petit problème ? demandai-je en levant ma main gauche, toujours gantée.

Des volutes de fumées grisâtres s'échappèrent de ma manche.

— Je n'ai pas l'expertise nécessaire pour vous aider à vous débarrasser de cette malédiction. C'est pourquoi j'ai demandé à Madame Robichaud de vous recevoir dans son salon mercredi prochain.

Je connaissais Madame Robichaud de réputation. Il s'agissait d'une princesse Santeria accomplie qui avait quitté la Nouvelle-Orléans pour venir s'occuper ici de ses petits-enfants.

— Cette solution me convient, répliquai-je. Mais comment comptez-vous neutraliser le surveillant de Pal, et le Virtus Regnum ?

— Depuis vendredi dernier, nous avons envoyé plusieurs messages au Regnum vous concernant ainsi que votre familier, dit Riviera sur un ton solennel. Ils n'ont pas daigné nous répondre, ni même accuser réception de nos envois. Si j'en ai l'occasion, je leur glisserai un mot ou deux en votre faveur, mais rien n'assure que le cas se présente.

Voilà qui ne présageait rien de bon. J'avais toutes les raisons de croire en la bonne foi de Riviera : les Virtii avaient donc purement et simplement cessé de communiquer avec elle. J'allais devoir patienter encore avant de découvrir exactement ce qu'ils mijotaient contre moi.

XI
TROU DANS LE CIEL

SENTIR À NOUVEAU la terre humide du champ sous mes pieds et les rayons chauds du soleil sur ma peau avait quelque chose de merveilleux. J'inspirai à fond, laissant l'air estival m'emplir les poumons, avant de me retourner une dernière fois. L'épouvantail était redevenu un bricolage de fermier : deux manches de pioches entrecroisés, un vieux costume noir défraîchi et, en guise de tête, un sac en toile de jute rempli de paille.

— C'est fini, Dieu merci, dis-je à Pal.

Une brise bien trop fraîche pour la saison souffla sur mes épaules ; un frisson me parcourut le dos. Je levai les yeux vers le ciel qui s'assombrissait. Allait-on avoir droit à un orage d'été ?

— Je suis désolé, mon pote, dit le Sorcier à Cooper. Je… je ne savais vraiment pas quoi dire, là-bas. Je suis à peine capable d'élever des créatures d'aquarium, alors un bébé humain…

— Ne t'en fais pas, répliqua Cooper en collant une tape amicale dans le dos de son frère. Tout va bien se passer. Les gosses s'en sortiront sans problème. Et toi, tu te sentiras plus à l'aise dans ton rôle de grand frère quand ils auront grandi un peu.

— Les personnes que Riviera a mentionnées feront toutes d'excellents parents adoptifs, ajouta Mère Karen. Pas d'inquiétude de ce côté-là.

Les poils sur mes bras et sur ma nuque se dressèrent subitement tandis qu'un vent glacé se levait, faisant bruisser les plants de maïs. Un essaim de nuages sombres obscurcit le soleil ; ma gorge se noua lorsque j'aperçus quatre spirales argentées descendre vers nous depuis les cieux.

— Vous avez vu, les gars ? m'exclamai-je.

— Des tornades ? dit le Sorcier. À cette époque de l'année ?

— Je ne crois pas, non, répondit Cooper.

À l'extrémité des spirales, des fissures apparurent avec un bruyant éclair dans le firmament, s'ouvrant peu à peu comme les yeux incandescents d'une antique divinité. De ces brèches surgirent des créatures d'une brillance aveuglante ; elles se mirent à descendre vers nous. Chacune ressemblait à un planétaire en cristal qui tourbillonnait autour d'un cœur palpitant de magma en fusion.

— Bordel, les Virtii ! hurlai-je. Grimpez tous dans la voiture et barrez-vous en vitesse !

J'enfilai le sac à dos, remontai ma jupe et me ruai le long d'un rang de plants de maïs pour m'éloigner aussi vite que possible de la Land Rover.

— Qu'est-ce que tu fabriques ? me demanda Pal par télépathie.

— *Je les attire aussi loin que possible de vous*, répondis-je, en levant le bras pour protéger mon visage fouetté par les feuilles. *Du moins, je l'espère.*

— Mais tu es capable de tuer ces créatures !

— *J'en ai tué une. Avec beaucoup de chance, si tu te souviens bien. Alors si je tente de m'en coltiner quatre, je suis cuite.*

— Mais cette fois, tu peux compter sur l'aide du Sorcier et de Cooper.

— *S'il n'y avait que deux Virtii, on pourrait s'en sortir. Mais en affronter quatre en même temps nous condamne à finir carbonisés sans autre forme de procès. Montez tous dans la voiture, et déguerpissez.*

— Que comptes-tu faire, dans ce champ toute seule ? demanda Pal, qui semblait authentiquement vexé.

— *D'abord, je vais tenter de rester en vie. J'aperçois d'ici un bosquet derrière lequel je crois que je peux me planquer pendant quelques minutes. Je parie qu'il y a une porte cachée dans le coin qui mène à la Taverne Féerique.*

— Ils te réduiront en esclavage si tu y retournes sans invitation !

— *Mieux vaut être esclave que morte, non ? Mais au cas où cela m'arrive, dis à Cooper qu'il a intérêt à venir me tirer du pétrin.*

Je quittai le champ de maïs pour emprunter un chemin de terre ; quelques instants plus tard, je tombai à la renverse en trébuchant dans une ornière. La fermeture éclair de ma robe craqua brusquement sous le choc. Je me relevai en lâchant un juron, attrapai mes jupons souillés avec ma main en chair et repris ma course vers le bosquet. Mon bustier glissait dangereusement.

Un Virtus surgit au-dessus de moi comme une raie Manta prête à fondre sur une crevette.

— Rendez-vous, ou vous serez anéantie, dit-il d'une voix qui résonna comme un coup de tonnerre dans le ciel.

Je vais crever, bordel, songeai-je sans arrêter de cavaler. *Je vais crever dans une robe de soirée au beau milieu d'un stupide champ de maïs perdu en rase campagne.*

Un air d'orgue retentit derrière moi ; soudain, Pal m'attrapa par les épaules et me souleva dans les airs.

— Bouge, Coop, tu m'écrases les burnes, nom de Dieu, maugréa le Sorcier, perché sur le dos de Pal.

— Navré, mais la place manque, mon pote… répondit Cooper.

— Pourquoi vous n'avez pas foutu le camp comme je vous l'avais demandé ? leur hurlai-je.

— Tu croyais vraiment que j'allais t'abandonner à ton sort ? répondit Cooper d'un ton indigné. Jamais !

— Je n'avais aucune intention de te laisser tomber non plus, ajouta Pal.

— Et toi, le Sorcier, c'est quoi, ton excuse ? criai-je.

— Je ne voulais pas me retrouver seul à changer des couches chez Mère Karen !

Les griffes de Pal me rentraient dans la peau, et mon sac à dos écrasé contre ma nuque m'empêchait de tourner la tête pour voir si nos poursuivants gagnaient du terrain, ou si nous leur échappions.

— Où sont les Virtii ? hurlai-je, le vent dans la figure.

— Le plus proche est environ à deux cents mètres derrière nous, répondit le Sorcier, une légère tension dans la voix. Il brille de plus en plus fort… c'est mauvais signe, non ?

— Très mauvais, oui ! (J'enlevai le gant qui recouvrait ma main enflammée au cas où il faudrait livrer bataille.) Pal, si tu peux accélérer pour mettre un peu de distance entre lui et nous, n'hésite pas !

— Je connais une incantation de téléportation… répondit mon familier.

— Super ! Se téléporter serait parfait !

— Mais je ne peux pas entonner plus d'une incantation à la fois. Il faudrait que l'on se pose, et ils nous rattraperaient en un clin d'œil.

Je lâchai un juron à rallonge.

— Alors accélère !

— J'essaie !

Nous gagnâmes de l'altitude ; mes jupes furent prises dans une bourrasque. Je sentis soudain la fermeture éclair de ma robe céder... et mon bustier glissa jusqu'à mes hanches. Impossible de l'attraper à cause de la manière dont Pal m'agrippait. Je tentai de me rappeler un sort approprié, mais mon cerveau gavé d'adrénaline semblait aux abonnés absents.

— Ma robe ! À l'aide, les gars !

J'écartai mes jambes pour empêcher la robe de s'envoler ; le tissu épais se gonfla comme une voile, rabattant mes jambes contre le thorax de Pal. Un vent tonifiant traversa la mince épaisseur de coton de ma petite culotte.

— Ta robe nous freine ! exclama Pal. On ralentit : débarrasse-t'en !

— Mais je serai toute nue ! gémis-je.

— Et on sera morts s'ils nous rattrapent !

L'argument de Pal était imparable. Je fermai les jambes et sentis ma merveilleuse robe de soirée verte en satin et crinoline glisser jusqu'à mes pieds, puis être emportée vers d'autres horizons par le vent. Stupide robe à la con. Au moins j'avais encore mes bottes aux pieds.

— On prend de l'avance sur eux, ou ils nous rattrapent ? demandai-je.

— Ils gagnent sur nous ! hurla Cooper. Eh, où est ta robe ?

Dieu tout-puissant. J'inspirai profondément et fermai les yeux pour éviter de céder à mon exaspération. Soudain, je me rendis compte que mon ocularis me démangeait comme si l'on venait de me frotter l'œil avec du jus d'ortie. J'ouvris les yeux, clignai mon œil gauche jusqu'à sélectionner le mode de vue qui m'avait permis d'apercevoir la porte du Royaume Féerique, et balayai les cieux du regard. À quelques centaines de mètres devant nous, je discernai les contours à peine visibles d'une espèce d'ovale assez large pour laisser passer, disons, un petit avion de ligne, mais probablement trop étroit pour qu'un Virtus s'y aventure.

— Eh ! J'aperçois un portail ! Remonte vers la gauche ! hurlai-je.

Pal s'exécuta sans discuter.

— Qu'est-ce qu'un portail fout ici ? demanda le Sorcier.

— Aucune idée, mais il est gros, en tout cas, répondis-je. Arrête-toi, Pal, on est juste au-dessus.

— Ils arrivent à toute allure, on ne pourra pas stationner très longtemps, prévint Cooper.

Je regrettai amèrement de ne pouvoir tourner la tête pour apercevoir nos poursuivants.

— Laissez-moi essayer quelque chose, dis-je.

Je tendis ma main enflammée et touchai le mince filament éthéré qui délimitait le bord du portail. Dès que mes doigts entrèrent en contact avec lui, le portail s'ouvrit avec un bruit de bulle qui éclate, formant un vaste cercle bleu clair qui contrastait avec la grisaille du ciel nuageux. Une soudaine différence de pression provoqua un violent coup de vent qui menaça de nous aspirer à travers le passage enchanté… mais Pal parvint tant bien que mal à y résister. Trop basse pour distinguer l'univers qui s'étendait derrière le portail, j'apercevais maintenant deux soleils dans le ciel, ce qui ajoutait à ma confusion.

— Quelque chose ne tourne pas rond… dit Pal.

Le Sorcier et Cooper se mirent à crier des jurons. Un tentacule de plasma fendit l'air juste à côté de ma tête.

— Tant pis, vas-y, vas-y ! hurlai-je.

Pal traversa le portail…

…et nous nous retrouvâmes soudain en chute libre.

DEUXIÈME PARTIE

LE DIABLE EN MADEMOISELLE SHIMMER

XII
TÊTE DANS LE FOIN

PAL CONTINUA D'ENTONNER son incantation de vol tandis que l'on dégringolait dans le vide. Je tentai de crier un mot ancien qui signifiait « ralentir »... mais mon pouvoir magique semblait s'être évanoui. Cooper était lui aussi en train de hurler un enchantement, sans plus de succès. Plus inquiétant encore, je remarquai que ma main enflammée s'était éteinte ; à sa place se trouvait un moignon carbonisé aussi noir que du charbon.

— On va s'écraser sur un tas de paille ! dit Pal en me relâchant. Saute vers la gauche pour éviter que je ne t'aplatisse !

J'effectuai un tour sur moi-même et me propulsai de côté en m'appuyant sur le corps velu de mon familier. J'atterris sur mon sac à dos dans une botte de foin, que je dévalai en roulant sur moi-même jusqu'à ce que de gros ballots de paille rêche arrêtent ma course. Par miracle, le sac à dos était resté accroché à mes épaules. Un morceau de fil de fer me rentra douloureusement dans les côtes; j'inspirai vivement. Une odeur de charogne pestilentielle m'agressa les narines.

M'écartant de ce maudit fil de fer, je me retrouvai nez à nez avec un cadavre desséché aux orbites vides. Ses lèvres brunâtres figées en un horrible rictus dévoilaient une rangée de dents couvertes de taches de nicotine. Son visage grimaçant grouillait de vers blancs.

— Eh, il y a un macchabée, par ici! hurlai-je, me relevant précipitamment avant de bondir par-dessus les ballots jusque sur le sol sablonneux. Beurk, beurk, trop dégueu!

Je lâchai les gants d'opéra que je tenais encore serrés dans ma main droite et me frottai vigoureusement le corps pour me débarrasser des vers imaginaires qui se tortillaient sur ma peau. Pal se trouvait à une douzaine de mètres de moi; il se relevait tant bien que mal sur ses longues pattes en forme d'échasse.

— Bonté divine, j'ai aussi un cadavre devant moi, dit-il en se penchant pour examiner ce qu'il avait d'abord pris pour un tas de chiffons sales. Le pauvre, on dirait qu'il est tombé à côté de la botte de foin.

Des frissons d'inquiétude me parcoururent la nuque; j'inspirai profondément pour retrouver mon sang-froid. L'air était aussi moite que les tempes d'un homme crevant de fièvre. À chaque inspiration, une puanteur insoutenable m'assaillait les narines, mélange de la senteur rance des plantes épineuses du coin, du parfum âcre des cadavres en décomposition et d'une odeur d'essence ou de gasoil.

La botte de foin sur laquelle nous avions atterri était une vraie colline. À vue de nez, elle devait faire plus d'une trentaine de mètres de haut; au sol, elle était aussi grande qu'un terrain de football. Cooper et le Sorcier étaient restés coincés bien plus haut que moi dans ce prodigieux amas de paille. Ils se démenaient tant bien que mal pour descendre, s'enfonçant dans le foin jusqu'au genou à chaque pas. Ni l'un ni l'autre ne semblait blessé. Le ciel vide de nuages était bleu comme une flamme de gaz naturel, et un soleil flamboyant brûlait mes épaules et mes seins nus. D'ici une demi-heure, je serais couverte de cloques rouges. Si j'en croyais son odeur, le maquillage dont Mère Karen m'avait barbouillé le visage contenait de la crème solaire : au moins serait-il relativement épargné. Le haut de mes oreilles ainsi que mes tétons risquaient de souffrir davantage.

Où étions-nous ? Je balayai le paysage autour de nous d'un regard circulaire. À première vue, on aurait pu se croire dans une décharge sauvage perdue au milieu d'une vaste étendue de buissons secs. Je ne tardai pas à me rendre compte cependant que les carcasses cabossées que j'apercevais autour de nous étaient les vestiges de divers appareils volants de petite taille : ULM, avions épandeurs, jets privés… il y avait même un squelette de dragon. Plus loin, je distinguai plusieurs appareils intacts ; leur pilote avait sans doute réussi à se poser sans trop de heurts.

Mais tous ne s'étaient pas montrés aussi habiles : certains appareils, une aile cassée ou le cockpit fracturé, gisaient dans de grosses flaques de carburant sombres et boueuses. Pourquoi n'avaient-ils pas explosé, ou brûlé ? Et pourquoi s'étaient-ils écrasés ? Nous étions manifestement dans une zone d'anti-magie, mais les avions n'ont pas besoin de magie pour voler. Sauf si les compagnies aériennes nous cachent des choses.

Un chant de cigales monocorde provenait des rares acacias qui poussaient parmi les carcasses en acier. Le sol était composé d'un mélange de calcaire poudreux et de salpêtre ; des touffes rachitiques d'herbe jaunâtre, une poignée de pousses d'ambroisie rabougries, un saupoudrage de fleurs mauves de belladone et quelques cactus colonnaires complétaient le paysage.

— J'ai l'impression qu'on est au Texas, les amis, dis-je en sortant un briquet jetable de mon sac à dos.

— Au Texas ? Pourquoi tu dis ça ? demanda le Sorcier.

Tout en avançant cahin-caha vers moi, il appliquait son cristal de guérison sur une vilaine balafre qui lui striait le visage. La blessure se refermait, signifiant que le cristal marchait bel et bien. Le regard du Sorcier se posa l'espace d'un instant sur mes seins, avant qu'il ne décide de contempler plutôt les carcasses d'aéronef au loin.

— Ces herbes sèches sont typiques de la région. Comme le reste du paysage, en fait.

Je tentai à plusieurs reprises d'allumer le briquet, sans parvenir à produire la moindre étincelle. Hmmm. Les avions n'avaient certes pas besoin de magie pour voler, mais sans combustion, pas étonnant qu'ils s'écrasent au sol. Quelqu'un, ou quelque chose, avait banni de cet endroit non seulement la magie verbale, mais aussi le feu. Je fis défiler tous les modes de vision magiques de mon ocularis ; celui-ci semblait fonctionner correctement. Les objets magiques ne paraissaient pas affectés par la force inconnue qui étouffait le pouvoir de nos sorts.

Le Sorcier passa une main dans ses cheveux ruisselants de sueur, puis se gratta le crâne.

— Si on est au Texas… alors pourquoi c'est si plat ? Où sont les hauts plateaux ?

J'éclatai de rire en sortant mes habits de ville du sac à dos.

— T'as trop vu de westerns, mon pote. C'est au Montana que tu penses. Les nababs d'Hollywood estiment que le décor là-bas se prête mieux aux histoires de cow-boys solitaires qu'ici. À moins que ce soit moins cher d'y tourner, tout simplement.

— Non pas que discuter de cinéma m'ennuie, mais peut-être qu'on ferait mieux de parler du terrible guêpier dans lequel le hasard vient de nous précipiter, intervint Cooper.

— Je suis d'accord que l'on est tombé dans un piège, dis-je en enfilant mon soutien-gorge et mon T-shirt Hello Kitty. Mais je doute fortement que le hasard y soit pour quelque chose.

— Que veux-tu dire ? demanda le Sorcier en fronçant les sourcils.

— Il s'agit de toute évidence d'une espèce de guet-apens, répondis-je en indiquant le gigantesque tas de paille. À moins que l'on ne soit tombé sur le parc d'attractions le plus merdique que j'aie jamais vu.

— Tu savais que l'on se jetait tête baissée dans un traquenard quand tu as demandé à Pal de traverser le portail ? demanda Cooper.

— Ouais, je m'en doutais un peu.

J'enlevai mes bottes afin d'enfiler le pantalon en peau de dragon. Il faisait beaucoup trop chaud pour le porter, mais au moins m'offrirait-il un minimum de protection. Quant à la veste en peau de dragon, je ne songeai même pas à me glisser dedans, malgré mes bras qui rosissaient à vue d'œil sous le soleil ardent. Dire que malgré tout mon barda, j'avais oublié de prendre de la crème solaire.

— Tu étais *au courant* qu'il s'agissait d'un piège, mais tu n'as rien dit ? demanda le Sorcier qui semblait prêt à me faire payer la fois où je lui avais cassé le nez.

— Je te rappelle qu'on était sur le point de se faire carboniser vivants. (J'enfilai le pantalon ; sous le cuir, mes jambes se mirent immédiatement à suer de manière inconfortable.) Comme le portail ne semblait pas donner sur le vide infini de l'espace intergalactique, ni sur un volcan en éruption, ni sur le slip de Rush Limbaugh, je me suis dit que la moins pire des solutions était de le traverser.

À cause de ma peau moite qui collait au cuir du pantalon, je me mis à percevoir des images de la mort du dragon par intermittence. Si je fermais les yeux, je sentais une lame mauresque me trancher la gorge et le ventre tandis que je vomissais un torrent de flammes sur les téméraires intrus. L'empreinte spirituelle laissée par la mort de la bête était cependant résiduelle et très ancienne ; je la percevais à peine. Je parviendrais certainement à m'y habituer, voire à l'oublier complètement, comme une légère gueule de bois après une soirée en boîte.

— Peut-être qu'ils voulaient simplement nous enfermer, suggéra Cooper.

— Écoutez, les gars, contrairement à la rumeur, je ne suis pas tout à fait idiote. (Je sortis mon T-shirt de mon pantalon et enfilai à nouveau mes bottes.) J'ai jeté un coup d'œil à l'esprit du Virtus que j'ai tué : ils veulent ma mort, un point, c'est tout. La vôtre aussi, d'ailleurs, histoire de ne prendre aucun risque. L'aversion des Virtii pour le hasard est légendaire : leur moindre geste est minutieusement calculé en fonction d'une quantité astronomique de variables, de manière à en contrôler le plus précisément possible les conséquences. Le Virtus qui m'a manqué l'a probablement fait exprès : sans doute qu'il voulait nous pousser à traverser le portail. Il s'agissait d'un piège bien ficelé depuis le début. Et maintenant, il faut qu'on se débrouille.

— Mais pourquoi ici ? demanda le Sorcier. Si les Virtii souhaitent t'éliminer, alors comment expliquer la botte de foin ? Je ne sais pas qui dirige ce cirque, mais il a fait en sorte que les gens survivent à leur chute initiale. Ce qui veut sans doute dire que les Virtii nous réservent un sort pire que la mort ; une forme de torture prolongée, peut-être ?

— Non, ce ne sont pas des sadiques. (Je secouai les gants pour les débarrasser de la poussière qui les recouvrait avant de les ranger dans le sac à dos. Essayer d'expliquer en détail ce que j'avais aperçu et ressenti lorsque je m'étais plongée dans l'esprit du Virtus me semblait quasiment impossible. Les mots me manquaient, tout simplement.) J'ai tué l'un d'entre eux. Ce qui signifie que je constitue une menace physique pour eux. Mais mon geste a également une valeur prophétique, ce qui les effraie bien davantage. Le Virtus que j'ai abattu ne s'attendait manifestement pas à perdre la vie, ce qui veut dire que j'ai bouleversé leurs plans soigneusement établis : c'est cela qu'ils ne peuvent pas supporter. Ils ne souhaitent pas me tuer par vengeance, mais plutôt pour réparer un bug dans leur programme. Je crois que c'est la meilleure façon de décrire la manière dont ils voient la situation. (Je rentrai les extrémités de mon pantalon dans mes bottes.) Ils espèrent sans doute que je crève ici sans qu'ils aient à risquer la vie de l'un des leurs. Ce qui ne présage rien de bon. Il y a cependant une chance pour qu'ils nous aient piégés dans cet endroit parce que leurs calculs leur ont indiqué que je pouvais résoudre un problème auquel ils préféraient ne pas s'attaquer directement. (Je me relevai et me tournai vers les autres.) Auquel cas, nous avons une chance de nous en sortir vivants.

XIII
TEXAS HOLD'EM

— De quel problème pourrais-tu bien les aider à se débarrasser ? demanda le Sorcier.

— Mon Dieu, je n'en ai pas la moindre idée, répondis-je. Ce n'est pas comme s'ils m'avaient envoyé des instructions par e-mail. Si certaines personnes avaient eu la courtoisie de partager certaines informations avec moi, rien de tout cela ne serait arrivé.

Je fronçai les sourcils, à nouveau en colère contre Benedict Jordan et contre mon père.

— Alors, qu'est-ce qu'on fait maintenant? dit le Sorcier en tirant sur la braguette de son pantalon, l'air dépité.

— On pourrait se mettre à l'ombre de l'une des carcasses d'avion, mais je crois qu'il vaut mieux qu'on cherche à entrer en contact avec le monde civilisé, proposai-je en enfilant mon sac à dos. Je n'ai qu'une seule bouteille d'eau, ce qui ne nous permettra même pas de tenir jusqu'à la tombée de la nuit. Avec un soleil pareil, on ne va pas pouvoir s'aventurer très loin ; est-ce que quelqu'un aperçoit quelque chose dans les environs ?

Cooper contempla l'horizon en plissant les yeux.

— Je crois qu'il y a une espèce de station-service, là-bas, dit-il.

Je suivis son regard et aperçus au loin un panneau rouge et blanc miroitant sous les rayons du soleil. Impossible à cette distance de déchiffrer l'inscription dessus. À côté du panneau se trouvait un petit bâtiment, et derrière, un réservoir gris aux contours indéfinis.

Cooper desserra sa cravate et enleva sa veste ; sa chemise de soirée, déjà trempée de sueur, moulait ses abdos impeccablement dessinés. Le Sorcier suivit son exemple ; je fourrai les deux vestes à l'intérieur de mon sac à dos.

— Je pense qu'avant de se lancer à la découverte de l'Inconnu, on devrait faire le tour des carcasses pour voir si on ne peut pas récupérer quelque chose d'utile, dit Cooper en remontant les manches de sa chemise. Au cas où des survivants auraient laissé de l'eau, ou des vivres. Je ne sais pas vous, mais moi, je ne cracherais pas sur un chapeau.

Nous inspectâmes d'abord les avions les plus proches de nous, qui étaient aussi les plus endommagés. Les carcasses étaient remplies de cadavres : aucun d'entre nous n'eut le courage de les déplacer pour approfondir notre exploration. Au bout d'un certain temps, nous finîmes par tomber sur un petit avion régional American Airlines qui avait labouré la terre rocailleuse en s'écrasant, brisant l'une de ses roues au passage. L'équipage ainsi que les passagers étaient parvenus à ouvrir les portes de l'appareil, d'où pendaient encore des toboggans de secours dégonflés.

— Je parie qu'il y a encore quelque chose dans celui-là, dit Cooper. Si l'équipage a respecté les consignes d'urgence, ils ont dû empêcher les passagers de descendre avec leurs bagages.

— Tu penses qu'on devrait tenter de pénétrer dans la soute ? demanda le Sorcier.

Cooper secoua la tête.

— L'eau en bouteille se trouve certainement dans la section passager, dit-il. (Il se tourna vers moi, puis contempla l'un des toboggans jaunes et aplatis.) Plutôt compliqué à escalader, à mon avis. Tu crois que si on te soulève, tu serais capable d'attraper le bord de la porte et de te hisser d'une main à l'intérieur de l'appareil ?

J'acquiesçai d'un hochement de tête. Mon avant-bras estropié ne me faisait plus souffrir du tout ; une fois n'est pas coutume, il était même un peu engourdi. Je songeai que, si nécessaire, je pourrais m'en servir comme levier.

— Tu veux bien qu'on te monte dessus ? demanda Cooper à Pal. On a besoin de ta hauteur sur pattes.

Mon familier claironna un accord que j'interprétai comme un soupir.

— De toute façon, je crois que vous n'avez pas le choix, me dit-il par télépathie. Mais faites attention à ne pas poser les pieds sur les crêtes de mes vertèbres : c'est douloureux.

— Il accepte, transmis-je à Cooper. Évite si possible de lui marcher sur les vertèbres.

Pal plia les pattes afin de laisser Cooper et moi grimper sur son dos. Une fois relevé, il alla se poster directement sous la porte principale de l'avion. Après quelques tentatives infructueuses, Cooper parvint à se tenir debout sur le thorax de Pal ; quant à moi, je m'assis tant bien que mal sur les épaules de mon homme.

— O.K, fais gaffe, dit Cooper. Pose tes pieds sur mes mains, et je te soulèverai jusqu'à la porte.

Serrant sa tête pour me maintenir en équilibre, je réussis à placer un pied, puis l'autre, sur les paumes de Cooper. Il me souleva avec un grognement ; Cooper est peut-être fin, mais il est vachement costaud. J'attrapai le rebord de la porte ouverte avec ma main de chair et me hissai à l'intérieur de l'appareil en m'appuyant sur le coude de mon bras mutilé.

La moquette bleue qui recouvrait le sol en aluminium sentait la poussière, le produit nettoyant et le vieux café. Je me relevai rapidement et inspectai la section passager. Pas de cadavres, ce qui était réjouissant ; la plupart des compartiments à bagages étaient ouverts et garnis de sacs et d'objets.

— Je crois qu'on a touché le gros lot, les gars ! m'écriai-je.

Je fouillai d'abord la partie cuisine. De toute évidence, elle avait déjà été pillée, mais je parvins à trouver quatre bouteilles d'eau fermée dans une poubelle qui avait échappé aux précédentes razzias, ainsi que des paquets de bretzels et de cookies. Quelqu'un avait laissé un sac rempli de serviettes de plage sur l'un des sièges ; je le vidai, en ne gardant que la bouteille de crème solaire indice 45 qui était au fond, puis y fourrai les bouteilles et les biscuits. Dans les autres compartiments, je dénichai un chapeau de cow-boy en paille blanche que je gardai pour moi-même, un galurin en feutre gris que je destinai au Sorcier et une casquette militaire pour Cooper.

Je retournai à la porte et balançai le sac de butin à Cooper.

— Je crois que je suis capable de redescendre toute seule en me servant du toboggan.

Je m'assis sur le rebord, fis basculer mes jambes, puis me baissai maladroitement de façon à attraper le toboggan. Je faillis lâcher prise, et tombai autant que je glissai le long des cinq mètres qui me séparaient du sol sablonneux, atterrissant sur le dos.

— Ça va ? demanda Cooper d'un air inquiet, en avançant vers moi.

— Oui, tout va bien.

De mon année passée à suivre des cours d'hapkido avec Mère Karen, j'avais au moins appris comment me réceptionner lors d'une chute. Nous fîmes circuler le flacon de crème solaire, et chacun s'enduit d'une généreuse couche de produit. Cooper et le Sorcier se disputèrent un court instant pour savoir qui aurait le droit de porter le chapeau de feutre gris, mais refusèrent tous les deux que je retourne dans l'avion pour en chercher un autre.

— Bon, allons-y, dit Cooper en forçant à peine son ton enjoué. Peut-être qu'on pourra trouver de l'aide là-bas. (Il prononça une suite de mots anciens pour tenter de lancer quelques charmes simples au hasard, mais sans succès.) J'avoue que ce blocage de la magie m'inquiète. Quelqu'un s'est donné un mal fou pour le mettre en place. Il suppose une grosse dépense d'énergie, mais je n'arrive pas à déterminer d'où il vient.

— La seule solution, c'est de découvrir ce qui s'est passé ici, dit le Sorcier.

Nous avançâmes à travers la plaine buissonneuse en direction du panneau rouge et blanc.

— Il faut qu'on trouve un téléphone pour prévenir Mère Karen de ce qui nous est arrivé, dis-je.

— Si quelqu'un a pris soin de supprimer la magie, tu penses vraiment que les téléphones seront en état de marche ? demanda le Sorcier.

Nous continuâmes de marcher en silence. Bientôt, il devint possible de déchiffrer le panneau : celui-ci montrait un dessin de cow-boy en chemise à carreaux rouges et blancs qui inclinait son immense chapeau. À côté de lui étaient inscrits les mots suivants : « Bonjour à Tous ! Bienvenue au Relais Routier de Rudy Ray. » Devant le bâtiment se trouvaient quelques pompes à gasoil et à essence, protégées par un auvent en tôle ondulée assez haut pour abriter un semi-remorque ; sur le côté, il y avait une pompe à kérosène, ainsi qu'une pompe à air. Derrière, une structure plate et basse reflétait vivement la lumière du soleil : une verrière, peut-être. Le relais consistait en un bâtiment en briques sans étage, avec un toit plat recouvert de graviers. Il s'agissait d'une épicerie assez standard, agrémentée par quelques décorations du cru, comme les dessins de cow-boy qui ornaient la vitrine et signalaient la vente de glaces, de bière, de vin et de tartes aux noix de pécan faites maison. Le parking était désert à part une Toyota Prius orange avec un autocollant des Texas Longhorns. Recouverte d'une épaisse couche de poussière, la voiture ne semblait pas avoir bougé de tout l'été.

Un panneau sur la porte d'entrée en verre annonçait : « Entrez, nous sommes ouverts ! ». Lorsque nous fûmes assez proches, je pus jeter un coup d'œil à l'intérieur de la boutique sans être gênée par le reflet des vitrines.

— Hé, venez voir, les lumières sont allumées. Il y a vraiment quelqu'un.

— Je crains d'être trop grand pour passer par la porte, me dit Pal. Je vais vous attendre à l'ombre, près des pompes.

J'avançais en premier vers l'entrée ; j'ouvris avec précaution la porte de quelques centimètres avant de passer la tête à l'intérieur. L'air était frais ; même si la pièce sentait un peu le renfermé, la climatisation semblait fonctionner. J'entendis un bruit que je pris d'abord pour le vacarme d'un broyeur à glace. L'avant du relais avait été transformé en café, avec une demi-douzaine de petites tables rondes et blanches entourées de chaises sur la droite, et un comptoir avec une grande vitrine le long du mur sur la gauche. Juste derrière la porte se trouvaient plusieurs bacs à glaces réfrigérés (tous vides et propres), sans doute pour attirer l'attention des voyageurs en sueur. Plus loin, il y avait une zone destinée à la vente de tartes et de pâtisseries (Il ne restait plus que quelques brownies rances.), derrière laquelle se trouvait un espace cuisine proposant autrefois des hot-dogs à la sauce piquante, des *tamales* et d'autres mets du même genre. Derrière les tables, j'aperçus une partie épicerie essentiellement occupée par des réfrigérateurs remplis de bière et de vin. La plupart des étagères étaient vides, tout comme les frigos destinés aux boissons fraîches qui longeaient le mur de derrière. Au fond à gauche, une porte en verre donnait sur une pièce obscure ; un panneau au-dessus indiquait : « Dépôt d'Alcool – Interdit aux moins de 21 ans ».

En face de cette porte, de l'autre côté de la pièce, se trouvait un comptoir qui vendait des T-shirts, des casquettes, des cartes postales et d'autres souvenirs du Texas. Entre le présentoir à cartes postales et un vieux tiroir-caisse manuel, je vis une paire de bottes posées sur la surface vitrée du comptoir.

— Bonjour, il y a quelqu'un ? appelai-je.

Le bruit de glace broyée s'arrêta net ; j'entendis un craquement de chaise, et les bottes disparurent du comptoir. Je compris que le vacarme était dû à des ronflements. Un homme maigre avec une épaisse moustache grise apparut derrière le tiroir-caisse, passant nerveusement sa main dans ses cheveux blancs épars.

— Désolé, messieurs-dames, j'ai dû m'endormir quelques instants. Entrez ! Je m'appelle Rudy, et *mi hacienda es su hacienda* !

Je haussai les épaules en direction de Cooper et du Sorcier. Ils haussèrent leurs épaules en retour. Nous entrâmes prudemment.

— Voilà un bout de temps que je n'ai pas été réapprovisionné, donc mille excuses, j'suis un peu à court de snacks. (L'homme passa ses mains sur sa chemise rouge de cow-boy, vraisemblablement pour lisser les plis.) Mais j'ai des cocas et des bières en stock, si vous avez soif. Du bon coca mexicain, en plus. Pas de glucose de maïs chez moi, tant que possible ! J'sais pas si cette saloperie donne le diabète – c'te satanée maladie qui a emporté ma Yolande, qu'elle repose en paix – mais moi, je trouve que le vrai sucre a ben meilleur goût.

J'avais plutôt soif, mais j'ignorais si l'on pouvait faire confiance à ce bonhomme.

— Ça va pour l'instant, merci… Mais vous pourriez nous dire où nous sommes ?

— Vous êtes à Cuchillo, au Texas, répondit l'homme. (Le ton de sa voix trahissait un étrange mélange de fierté et d'abattement.) En vérité, vous êtes environ à cent mètres des limites de la ville : l'alcool y est interdit, ou du moins, y était. À mon avis, plus personne ne s'inquiète des turpitudes des amateurs de whisky.

— Que s'est-il passé ici ? demanda Cooper en enlevant son chapeau et en le posant sur l'une des tables.

Le vieux gaillard se gratta le crâne d'un air soucieux.

— J'pourrais pas trop vous dire. On a eu droit à un ouragan Katrina ben d'chez nous, et depuis, rien ne va plus. (Il tourna son regard vers moi.) Vous êtes passés par le trou dans le ciel, vous aut', ou bien vous vous êtes trompés d'embranchement sur l'autoroute ?

Rudy prononça le mot « autoroute » sur le même ton que les malades du cancer prononcent le mot « remède ».

— On est tombé sur la grosse botte de foin qui se trouve dans le champ, répondis-je. J'imagine que vous n'avez aucune idée de ce qu'elle fait là ?

L'homme avait l'air profondément mal à l'aise.

— J'pourrais pas vous dire. J'comprends pas vraiment ce qui se passe, mais… de nos jours, la plupart des gens qui passent ici arrivent du ciel. Je prie sans arrêt pour qu'ils rouvrent les autoroutes et qu'ils viennent nous aider, mais je crois que not' Seigneur nous refait le coup du mystère insondable.

— Qui bloque les autoroutes ? demanda le Sorcier. La police ou la garde nationale a installé des barrages routiers ?

— Pas de barrage, dit Rudy en secouant la tête. Rien de visible, en tout cas. Mais imaginons que vous voulez prendre l'autoroute pour aller à Lometa : au bout d'un ou deux kilomètres, vous aurez envie de vous arrêter pour faire demi-tour ; un kilomètre de plus, et votre cœur se mettra à battre la chamade et vos mains à trembler, et vous aurez si peur que vous serez obligé de rebrousser chemin. Si par miracle vous parvenez quand même à garder vos mains sur le volant et vos pieds sur les pédales... vous vous retrouverez bientôt à conduire en sens inverse, sans comprendre ce qui vous est arrivé. (Il marqua une pause pour se gratter le menton.) De toute façon, à moins d'avoir une voiture électrique, vous ne seriez même pas au courant de tout ça parce qu'il est impossible d'allumer ne serait-ce qu'une allumette, par ici. Alors un moteur à essence ou un générateur...

Je levai les yeux vers les lumières fluorescentes.

— C'est la compagnie d'électricité qui vous fournit ? demandai-je.

— Non, mam'zelle, il y a des années que je suis coupé du réseau de la ville. Et la compagnie d'électricité a disparu en même temps que tout le reste.

— Alors comment faites-vous marcher les lumières et les frigos ?

Rudy sourit d'un air à la fois fier et profondément triste.

— V'nez donc voir derrière. J'vous promets qu'il n'y a ni tronçonneuse, ni crocs de boucher sordides.

Nous le suivîmes à travers une porte située à côté du tiroir-caisse. Il nous mena le long d'un couloir ; nous passâmes devant les toilettes du personnel, une pièce de stockage, et ce qui semblait être les quartiers personnels de Rudy lui-même, avant de déboucher sur une zone de chargement à l'arrière du bâtiment.

Devant nous se trouvait un are entier de panneaux solaires bleu gris qui brillaient sous le soleil de l'après-midi.

— Magnifique, non ? demanda Rudy. C'est ma fille, Sofia, qui a voulu qu'on se mette à l'énergie verte. S'il y a bien une chose qui ne manque jamais, par ici, c'est le soleil ! Les panneaux sont hors de prix si on les achète montés, mais Sofia savait où se procurer des pièces détachées. Elle et moi, on a passé six mois à les fabriquer avec l'aide de quelques copains. Ma petite fille est aussi intelligente que l'était mon père ; il avait contribué à la construction du Hoover Dam, à l'époque. Elle enseigne la physique à l'université de Cuchillo. Enfin, enseignait. (Une immense tristesse se devina sur son visage.) En tout cas, voilà d'où je tire mon électricité.

Je voulais demander ce qui était arrivé à Sofia, mais je sentis qu'il préférait ne pas en parler. Il nous ramena en silence dans la partie café du bâtiment.

— Vous n'auriez pas un téléphone ou une cibie en état de marche, par hasard ? demanda Cooper à Rudy.

— Non, m'sieur, répondit le vieil homme en secouant la tête. J'ai bien une radio, mais il est impossible de contacter qui que ce soit avec ailleurs qu'à Cuchillo. Le téléphone fixe est en panne, et mon portable ne reçoit aucun signal depuis ce qui nous est arrivé.

— C'est-à-dire depuis quand ? demandai-je.

— Environ un an, à un ou deux mois près. J'ai un peu perdu la notion du temps. (Rudy jeta un coup d'œil par la fenêtre, en direction de l'autoroute. Je trouvais qu'il avait l'air nerveux.) Il y a une vraie trotte jusqu'à la ville, mais d'habitude, quelqu'un passe toujours chercher les nouveaux venus. Asseyez-vous, je vous en prie ; si vous avez soif, c'est la maison qui offre.

— Je croyais que les voitures ne pouvaient pas arriver jusqu'ici, dit Cooper en fronçant légèrement les sourcils.

Le visage de Rudy était impossible à déchiffrer.

— Certains en ville possèdent toujours des chevaux et des mules, répondit-il. Ceux qui n'ont pas encore été obligés de les manger.

— On reviendra peut-être boire un verre tout à l'heure, déclara Cooper. (Il nous fit signe de sortir avec lui rejoindre Pal, qui se reposait à côté des pompes.) Je n'aime pas du tout ça, dit-il une fois sous l'auvent.

Il parlait à voix basse malgré la distance qui nous séparait de Rudy.

— Tu m'étonnes ! répondis-je. Une espèce d'apocalypse locale s'est abattue sur cet endroit, aucun des téléphones ne marche et on est coincé ici.

— *Dit-il*, répliqua le Sorcier en croisant les bras.

— T'as envie d'assommer ce vieux bonhomme et de fouiller sa baraque pour trouver son portable ? demandai-je. Parce que moi, non.

— Le cristal de guérison fonctionne, dit Cooper. Donc il est manifestement toujours possible de se servir de magie. Je pense qu'on devrait essayer d'ouvrir un miroir pour appeler au secours.

— Comment ? demandai-je. Vous n'avez jamais été très doué pour ce genre de magie, vous deux. Je pourrais essayer, moi, mais je n'ai pas de balise.

— Moi j'en ai une, dit Cooper l'air soudain embarrassé.

Il tira son portefeuille de sa poche arrière et en sortit la carte qui contenait une mèche de cheveux de mon père.

Je contemplai fixement la balise.

— Où as-tu trouvé ça ?

Cooper se racla la gorge.

— Par terre, dans le bureau de Mère Karen, près de la cheminée.

Je fusillai mon compagnon du regard.

— Et pourquoi étais-tu dans son bureau ?

— Tu étais bouleversée, et je ne savais pas pourquoi ; alors j'ai décidé de me renseigner.

— Tu as contacté mon père via le miroir pendant que je dormais ?

Il marqua une pause.

— En effet.

L'aveu de Cooper me jeta dans une rage folle.

— Allez tous au diable…

— Jessie, c'est peut-être un crétin, mais je crois qu'il est bien intentionné…

— Je *refuse* d'appeler ce connard au secours !

— Il avait l'air très inquiet pour toi, et il voulait que tu le rappelles. De toute façon, je crois qu'on n'a pas d'autre choix. (Cooper me tendit la carte.) On est complètement dépassés par les événements. Et à mon avis, en tant que mage, Shimmer a le pouvoir de nous tirer de ce pétrin.

— Jamais de la vie, répondis-je, excédée.

Pal déplia ses grandes pattes et se releva ; il se tourna vers moi, sa figure imposante surplombant le goudron couvert de taches d'huile.

— Je crois que j'ai mal entendu. Ne me dis pas que tu refuses de faire le nécessaire pour nous extirper de ce trou à rat poussiéreux, torride et infesté de mouches dans le seul but d'éviter de blesser ton amour-propre ?

Je me mordis la lèvre. Pal avait raison. Et il semblait vraiment en rogne contre moi. La main tremblante, je saisis la carte que me tendait Cooper.

— D'accord. Je veux bien tenter le coup. Mais je vous signale que je vais d'abord essayer de contacter Mère Karen. Qu'est-ce qu'on fera si l'enchantement qui bloque la magie empêche le miroir de fonctionner ?

— On finira bien par trouver une solution, dit Cooper.

— Es-tu capable de créer des choses à volonté dans ta dimension infernale ? me demanda Pal.

— Oui, j'en suis capable.

— Tente de lancer le sort là-bas. Je pense qu'il est possible de communiquer via un miroir magique depuis un enfer, dit Pal.

— Rentrons, dis-je. Je vais demander à utiliser les toilettes pour dames, et j'essaierai d'y ouvrir un miroir. Si ça ne marche pas, je ferai un tour dans ma dimension infernale.

— Ta dimension infernale ? demanda Cooper. Quelle dimension infernale ?

— C'est une longue histoire, répondis-je. Je vous expliquerai plus tard, quand j'aurais compris moi-même de quoi il s'agit.

XIV
RÊFLEXION FAITE

Les toilettes pour femmes étaient d'une blancheur immaculée : Rudy avait manifestement du temps libre et le besoin d'évacuer son anxiété. Je fermai la porte à clé derrière moi, puis me tournai vers le miroir au-dessus du lavabo. Le sort fonctionnerait-il ? Je glissai la balise de mon père dans l'une des poches latérales de mon sac à dos. Je fouillai ensuite pendant quelques minutes dans la poche principale du sac, le temps de trouver une mèche de cheveux de Mère Karen. Puis, je coinçai celle-ci sous un coin du cadre et touchai la surface du miroir… mais l'enchantement semblait impossible à lancer. À chaque fois que j'essayai de me concentrer sur le bureau de Mère Karen, j'avais l'impression qu'une main invisible se refermait autour de ma gorge, et autour de mon esprit.

Il était temps de passer au plan B. Je pénétrai dans l'une des cabines, accrochai le sac derrière la porte, et m'assis sur la cuvette. Serai-je capable de rallier ma dimension infernale à partir d'ici ? Je fixai mon regard sur mon avant-bras calciné.

Malgré l'absence de flammes pour me concentrer, je rejoignis mon enfer encore plus facilement que depuis le jardin de Mère Karen. Je me retrouvai à l'intérieur de ma chambre d'enfant, devant la porte rouge. Rien ne semblait avoir changé. J'avançai vers le miroir installé au-dessus de ma commode et époussetai le haut du cadre. Le sort fonctionnerait-il ici ? J'avais le nom et l'adresse de Mère Karen, après tout, ce qui était le plus important.

Je touchai la surface lisse et me concentrai pour me représenter l'intérieur du bureau de Mère Karen tel qu'il apparaîtrait vu du miroir.

— Je souhaite parler à Karen Mercedes Sebastián, fille de Maître Carlos Sebastián et de Maîtresse Beatrice Brumecroft, qui réside à 776, Antrim Lane, Worthington, Ohio, 43085.

Je prononçai un mot ancien qui signifiait « ouvrir ».

Le miroir s'obscurcit, puis s'éclaircit à nouveau. Pendant un bref instant, j'aperçus une image floue du bureau de Mère Karen. Oui ! J'avais réussi !

Puis, le miroir s'assombrit complètement. Un chevalier médiéval en armure de plate espagnole apparut dans le cadre.

— Arrière, fille du démon ! hurla-t-il.

Il m'adressa un coup avec son épée longue en acier. La lame traversa le miroir, menaçant de me fendre le crâne. Je parvins à l'éviter de justesse, attrapant ma propre arme qui était posée contre la commode pour parer le coup dans un fracas métallique.

Le chevalier sauta au travers du miroir, brandissant son épée et renversant tout ce qu'il y avait sur la commode. Il était rapide et fort, et ses coups difficiles à parer.

— Je ne peux pas simplement lui laisser un message ? lui criai-je tandis qu'il me projetait en arrière sur le lit.

— Pas de pitié pour les diables !

Il souleva son épée des deux mains, prêt à m'embrocher.

Ses bras levés révélèrent une ouverture dans son armure, et j'y plongeai mon arme. L'épée s'enfonça profondément dans son aisselle. Le chevalier poussa un grognement sourd et disparut dans un nuage de fumée âcre et bleutée.

Allongée sur le visage brodé de Buzz L'Éclair, la main crispée sur mon épée, je repris péniblement mon souffle, le cœur tambourinant.

Sacrément efficace, comme sort de protection, songeai-je. *Mère Karen ne rigole pas avec la sécurité.*

Une fois remise de mes émotions, je me relevai pour examiner mon corps. Soixante petites secondes de combat à l'épée suffisent à provoquer de méchantes blessures, même si l'on survit. Profitant d'un geste défensif maladroit, le chevalier de Karen m'avait esquinté la main droite et tailladé l'avant-bras gauche. J'empruntai le couloir jusqu'à la salle de bain afin de panser mes plaies avec un rouleau de gaze pioché dans le placard à pharmacie, avant de retourner dans la chambre pour tenter à nouveau ma chance. La seule solution qui me restait était de contacter mon père.

Je touchai le miroir, imaginant l'atelier de mon père tel que je l'avais aperçu la première fois.

— Je souhaite parler avec Maître Ian Shimmer.

Je prononçai un autre mot ancien qui signifiait « ouverture ». Rien ne se passa. Pas la moindre lueur dans le miroir.

Je me sentis gagnée par le désespoir. Il me fallait des informations supplémentaires, ou sinon une balise, mais je n'avais ni l'un, ni l'autre. Dommage que je n'aie pu emmener la carte dans la dimension infernale. Je ne savais même pas si Ian Shimmer était son vrai nom, et je n'avais certainement pas son adresse.

À ce moment-là, je fus soudain frappée par une évidence : Shimmer était mon père biologique. Nous avions la moitié de notre ADN en commun. Sûrement que mon sang pourrait servir de balise pour le retrouver ?

Je glissai l'index de ma main droite sous le pansement qui recouvrait ma blessure au bras et tartinai un peu de sang poisseux sur la surface du miroir. Puis, je me concentrai.

— Je dois parler à mon père. *Dvaaramud-dhaaTaya !*

Le miroir se brouilla, puis redevint net. L'atelier de mon père apparut devant mes yeux.

— Euh, allô ? appelai-je. Tu es là ?

Je faillis dire : « Tu es là, papa ? » mais le dernier mot me resta en travers de la gorge.

J'entendis un bruit de claquettes résonner sur le plancher, et mon père se présenta devant le miroir, toujours habillé de sa veste à carreaux et de son pantalon orange. Il s'assit dans la chaise en bois en face du miroir, et me contempla d'un air à la fois profondément soulagé et inquiet.

— Jessie, je suis tellement heureux que tu aies réussi à me recontacter, dit-il. Tu te trouves à Cuchillo ?

Sa question me surprit. Comment pouvait-il savoir où nous étions ? Mais c'était plutôt ma réaction de surprise qui était surprenante. Après tout, comment avait-il fait pour savoir que j'étais dans le jardin de Karen au moment de recevoir le message de l'ours en peluche ? Mon père suivait manifestement mes aventures avec attention.

— Oui, on est dans une boutique à l'orée de la ville.

— Je vois que tu me contactes depuis une dimension infernale. Tout le monde va bien ?

— Pas trop mal. Tu es au courant de ce qui se passe ici ?

— Je sais seulement ce que Randall m'a dit avant de se rendre sur place avec l'équipe de Défense Paranormale de Dallas. Un rapport avertissait qu'une petite bourgade avait été prise en otage par un puissant démon ; il semblait croire qu'il s'agissait seulement d'une opération de routine, mais on n'a plus eu de nouvelles de son équipe depuis cette nuit-là. Ensuite, le Regnum a décidé de condamner l'endroit grâce à une barrière isolante, que je n'ai pas réussi à traverser…

— Attends une minute, qui est ce Randall ?

Shimmer cligna des yeux.

— C'est ton grand frère.

Lorsque j'entendis le mot « frère », je faillis tomber à la renverse ; l'instant d'après, j'étais sûre d'avoir halluciné.

— Quoi ? demandai-je.

— Randall est ton grand frère, répéta Shimmer.

— J'ai… j'ai un frère ? répliquai-je bêtement, soudain surexcitée.

J'avais toujours souhaité un grand frère avec qui jouer quand j'étais petite ; adolescente, j'aurais voulu partager mes malheurs avec quelqu'un. Comme mes autres désirs d'enfant, je n'y songeai plus guère maintenant que j'étais adulte, même si un personnage de grand frère apparaissait encore de temps en temps dans mes rêves. Le Sorcier était un peu trop queutard pour faire office de substitut, mais il lui arrivait de remplir ce rôle.

— Tu as un frère, en effet, dit Shimmer avec une mine réjouie qui me mit hors de moi.

— Mais pourquoi tu ne me l'as jamais dit, bordel ? demandai-je d'un air furieux.

Mon père arqua un sourcil.

— Tu ne m'en as pas vraiment donné l'occasion, lors de notre dernière conversation.

— Et Vicky ? Elle était au courant, non ? Pourquoi ne m'a-t-elle rien dit ?

Je me sentais trahie. J'étais outrée que personne de ma famille n'ait jugé utile de m'informer de l'existence de mon frère ; la nouvelle me semblait pourtant d'importance.

— Elle pensait qu'il était mort, répondit mon père sereinement. C'est ce que lui ont affirmé les autorités quand, à la mort de ta mère, elle s'est lancée à la recherche de ton frère. Donc elle a gardé ce secret pour elle, de peur que la nouvelle ne te perturbe pendant cette période troublée de ton existence.

— Et tu ne l'as pas détrompée ?

— Nous n'avons pu discuter que quelques instants à l'abri du regard du Regnum, et franchement, j'étais trop inquiet à ton propos pour évoquer ton frère, répliqua Shimmer en secouant la tête.

Je marquai une pause pour tenter de reprendre mes esprits.

— Parle-moi de lui, dis-je.

— Randall a cinq ans de plus que toi, répondit Shimmer. Pendant notre procès, les autorités l'ont retiré à ta mère et placé dans un foyer d'accueil. Elle n'a pas pu le reprendre après cela ; selon eux, nous l'avions exposé à des actes de nécromancie, et ils voulaient que Randall fasse table rase de son passé. Ils lui ont dit que nous étions morts bien avant que l'on ne décède pour de vrai…

Shimmer secoua la tête, l'air furieux et dégoûté.

— Comment l'as-tu retrouvé ? À moins que ça ne soit lui qui ait repris contact avec toi ? demandai-je.

— Je voulais voir mon fils recevoir son diplôme de fin de lycée, alors je me suis déguisé pour y assister. Mais il n'a pas fallu bien longtemps à Randall pour me démasquer. (Shimmer sourit avec fierté.) Il a le sens de l'observation et une bonne mémoire, ce gaillard. Il m'a suivi jusqu'à mon hôtel, et nous sommes restés en contact depuis. Il est costaud, bien entraîné… Tous mes sorts de divination m'indiquent qu'il est encore en vie, mais ce qui se passe actuellement à Cuchillo est extrêmement grave et dangereux.

— Je le retrouverai, dis-je sans réfléchir. Je le tirerai de là. À quoi ressemble-t-il. ?

— Je crois que l'air de famille ne t'échappera pas. Il fait quelques centimètres de plus que toi, à peine au-dessus d'un mètre quatre-vingt ; il a comme toi les yeux noisette de ta mère, mais il est blond, comme ma mère. Les filles le trouvent plutôt attirant, comme les garçons d'ailleurs. Mais je lui pardonnerai volontiers ses flirts si, le moment venu, il n'oublie pas de me fabriquer des petits-enfants.

Je ne savais pas trop quoi dire ; il me semblait évident que seul Randall était en mesure de décider s'il voulait des enfants. Je changeai donc de sujet.

— Pour en revenir à Cuchillo… tu dis qu'on ne peut ni rejoindre ni quitter la ville ?

— Il semble en effet que ce soit le cas, répondit Shimmer en hochant la tête. Quelque temps après la disparition de Randall et de son équipe, les autorités ont bouclé la ville. Apparemment, le démon a installé des pièges aériens transpatiaux pour attraper des avions, mais d'après mes sources, les autorités en ont localisé la plupart et les ont fermés. J'imagine que vous vous êtes engouffrés par hasard dans l'un de ceux qui restaient ?

— Plutôt par nécessité que par hasard ; on avait le choix entre traverser le portail et affronter les Virtii lancés à notre poursuite.

— Ces créatures sont incapables de pitié, donc vous avez opté pour la bonne solution, dit mon père.

Je réfléchis un instant à ce qu'il venait de m'apprendre à propos du démon.

— Placer une barrière d'isolation autour d'une ville entière est un acte assez grave, dis-je. Ce démon doit vraiment les faire flipper. Tu crois que les Virtii nous ont coincés ici parce qu'ils pensent qu'on est assez forts pour les débarrasser du démon ?

— C'est probable, répondit mon père. Ils espèrent au moins que vous l'affaiblissiez assez pour leur rendre la tâche de l'éliminer plus facile.

— Alors on peut tuer le démon et libérer les pauvres gens retenus dans la ville ?

— Ton héroïsme t'honore, Jessie, mais je crois que les Virtii ont calculé que tu y laisserais ta peau. Donc tu devrais trouver le moyen de te tirer au plus vite de cet endroit avec ton frère. Tu penses que tu peux retraverser le portail par lequel vous êtes arrivés ? Peut-être que tu pourras le rouvrir.

— La plupart des sorts ne fonctionnent pas, ici, répondis-je en secouant la tête. Le démon a lancé un enchantement d'anti-magie. Impossible également de faire du feu : pas de moteur à combustion, donc pas de voitures, ni d'avions. Aussi, à moins de tomber sur un dragon apprivoisé, je ne pourrais même pas atteindre le portail. Et une fois devant, je ne suis pas sûre d'être capable de passer outre la chape d'anti-magie pour l'ouvrir à nouveau.

Shimmer tira sur sa barbe d'un air pensif.

— Ton frère est, comme toi, très doué pour la magie des portails… Je crains que le démon ne l'ait forcé à l'aider à créer certains des pièges aériens. Mais si tu peux le retrouver et le libérer, je suis certain qu'à vous deux vous seriez capables d'ouvrir un portail pour vous échapper de la ville malgré la barrière isolante.

— Tu veux bien informer Mère Karen de ce qui s'est passé ? Je ne voudrais pas qu'elle pense qu'on est mort, ou qu'on a voulu se débarrasser d'elle.

— Je pense pouvoir la contacter, dit Shimmer en hochant la tête.

Nous nous dîmes au revoir et je fermai le miroir. Je m'assis sur le lit. La nouvelle était dure à digérer : j'avais un grand frère dont j'ignorais tout. Qui, d'après son papa chéri, était beau, brillant et bourré de talent… et qu'il fallait que je retrouve si je voulais que l'on sorte d'ici.

Pourvu que ce ne soit pas un connard.

XV
CADEAU EMPOISONNÉ

J'OUVRIS LA PORTE rouge et me retrouvai soudain dans mon corps de chair. Mais j'étais complètement nue, debout sur du goudron chaud, le soleil brûlant ma peau couverte d'une substance poisseuse et tiède, avec un goût métallique dans la bouche…

…quand je fus assaillie par des souvenirs de mort.

La femme élégante aux cheveux noirs et aux yeux émeraude me sourit et murmura : « Viens rejoindre ta femme » ; je tombai à genou devant elle sur la moquette du funérarium. Elle me toucha la tête et je sentis une onde de choc me parcourir… l'impression d'être tiraillé, écartelé de l'intérieur… puis tout devint noir…

La fille nue aux cheveux auburn s'approcha de moi sur le parking, un sourire maniaque aux lèvres. Elle me trancha la gorge avec sa main gauche en forme de faucille… Sous les rayons du soleil, mes gouttes de sang luirent comme des rubis…

Retenu par deux hommes aux yeux morts, je me débattais en vain… La femme aux yeux verts avança vers moi le long de l'allée centrale de l'église… Mes prières s'étranglèrent dans ma gorge… Elle tendit la main et me toucha le front…

La fille nue m'asséna un coup fatal; je m'effondrai au sol… Elle se jeta sur moi pour m'arracher des lambeaux de chair avec les dents…

Je tombai en avant sur le goudron; j'avais quelque chose dans la bouche. Je recrachai un bout de doigt humain. Mes sens furent envahis par d'autres souvenirs de double exécution : une mort spirituelle aux mains de la femme élégante aux yeux verts, suivie d'une brutale mort physique délivrée par moi-même. Je me mis à vomir du sang qui n'était sûrement pas le mien. Je m'aperçus alors que je m'appuyais sur les deux mains, pas simplement sur ma main de chair; au bout de mon bras gauche, raclant contre le bitume, se trouvait une griffe noire comme du charbon.

— Oh mon Dieu, que s'est-il passé ? dis-je, abasourdie. Mon regard se posa sur le cadavre d'un homme étendu non loin de là dans une mare de sang épais. Il avait la gorge ouverte, et la mâchoire inférieure arrachée. Je me souvenais parfaitement de son exécution; c'était moi qui l'avais tué. Ou plutôt, une entité qui avait pris possession de mon corps pour faire de moi une meurtrière psychopathe pendant que j'étais dans la dimension infernale.

— Jessie, c'est vraiment toi ? demanda Cooper.

Je hochai la tête avant de vomir de nouveau; cette fois-ci, presque rien. Le sang qui recouvrait ma bouche et mes entrailles me torturait. Mon corps tremblait d'épuisement; j'avais les muscles éreintés comme après une journée de triathlon. Je tentai de me relever, mais mes jambes se dérobèrent sous moi. Je sentis soudain mes os se glacer malgré la chaleur; je me mis à frissonner. Mes yeux se brouillèrent…

— Videz… videz-moi. De ce sang. Vite, bredouillai-je.

— Elle est en état de choc, entendis-je le Sorcier dire. Qu'est-il arrivé à sa main ?

Quelqu'un donna une grande serviette à Cooper, qui m'enveloppa dedans et me transporta jusqu'à la boutique.

— Vous avez une douche ? demanda-t-il à Rudy. Et du sirop d'ipéca ?

— Pour sûr, M'sieur, il y a une douche derrière, dans mon appartement, répondit Rudy. Pour l'ipéca, je crois que j'en ai dans mon armoire à pharmacie.

Les souvenirs de morts me submergèrent : l'effroi et le désir suscités par la femme élégante ; le désespoir des âmes arrachées aux corps vivants ; la souffrance inouïe de griffes et de dents lacérant la peau, la chair, les os ; la panique et l'horreur de découvrir que mon enveloppe avait servi à commettre d'innombrables meurtres. J'avais exécuté mes victimes de pur sang-froid ; l'entité qui me possédait était parfaitement indifférente au sort de ces dépouilles sans âme. En voyant la jouissance sadique sur mon visage à travers les yeux des suppliciés, je fus prise d'une envie de me couper la gorge, pour éviter qu'une telle abomination ne se reproduise. Je préférais mourir que de collaborer à un tel carnage. Oui, mieux valait mourir.

Cooper me plongea, à peine consciente et les yeux aveuglés par les larmes, dans une baignoire remplie d'eau chaude.

— Bois ça, dit-il en pressant un petit gobelet en plastique contre mes lèvres. (J'ouvris la bouche et avalai la gorgée de sirop douceâtre.) Et maintenant, ça, continua Cooper en remplaçant le gobelet par une bouteille d'Évian. Bois-la en entier, si tu y arrives. (Je renversai ma tête en arrière et laissai le liquide délicieusement frais couler le long de ma gorge. Quelques secondes plus tard, mon estomac se mit à gargouiller et à se contracter.) Penche ta tête par-dessus le bord ! Il y a une poubelle de ce côté !

Je passai la demi-heure suivante à vomir misérablement dans un seau en acier galvanisé qui sentait la javel et le savon bon marché, tandis que Cooper me contemplait, assis sur la commode.

— Jessie, tu m'entends ? Ça va ?

La voix télépathique de Pal résonna faiblement dans ma tête.

— *Vraiment pas*, répondis-je par la pensée.

— La Déesse soit louée, j'ai cru que l'on avait perdu notre connexion télépathique pour de bon. J'essaie d'entrer en contact avec toi depuis un certain temps.

— *Que s'est-il passé, bordel ?*

— Tu ne te rappelles rien ?

— *Des images, des fragments. Des souvenirs de morts. Je… je me vois en train d'assassiner ces pauvres types.*

— Tu n'as pas à te sentir coupable pour la mort de ces hommes, dit Pal sur un ton dont la sévérité apparente masquait mal l'inquiétude. Il ne s'agissait que de zombies sous le contrôle d'une maîtresse malveillante.

— *Comment sais-tu qu'ils n'avaient pas d'âme ?*

— C'était plutôt évident : des yeux sans vie, une démarche raide, exactement comme le jeune homme qui nous a servi le déjeuner, le teint frais et les jolies fleurs en moins.

— *Raconte-moi ce que tu as vu !*

— Peu de temps après que tu sois partie ouvrir le miroir, deux véhicules sont arrivés avec les zombies à bord. Ils ont exigé que l'on se rende. Cooper et le Sorcier ont ouvert les hostilités ; un instant plus tard, tu as surgi de la boutique et tu t'es ruée sur l'homme le plus proche. Cooper a vite compris que tu n'étais plus toi-même, heureusement pour lui.

Je songeai au vieil homme qui tenait la station-service. Je n'avais aucun souvenir de sa mort, mais si je n'avais fait que l'égorger au passage, ma mémoire n'en avait sans doute pas gardé trace.

— *Rudy… Je ne l'ai pas… hein ?*

— Non, il est indemne. Il était en train de s'occuper de ses installations solaires quand les voitures ont débarqué. Le Sorcier l'interroge là-bas depuis que Cooper t'a ramenée à l'intérieur.

— *Il ne lui cogne pas dessus, j'espère ?*

— Pas du tout. Rudy s'est mis à vider son sac après avoir vu les cadavres à bord du « Wagon de Bienvenue », comme il l'appelle. Apparemment, une démone ou une diablesse du nom de Miko a pris le contrôle de la ville. Personne ne sait ce qu'une entité japonaise fiche ici, mais en tout cas, elle a capturé un certain nombre de Talents locaux, ainsi que la fille de Rudy.

— *Ça colle avec ce que m'a raconté mon père.*

— Alors tu es parvenue à ouvrir un miroir ? Formidable. Il ne t'a pas indiqué un moyen pour que l'on quitte cette charmante bourgade ?

— *Non, désolée. Toute la zone est cernée par une barrière d'isolation.*

— Voilà qui est terriblement embêtant.

— *Tu l'as dit. T'as une idée de ce qui m'est arrivé ?*

— Si j'en crois les bribes de phrases en langue démoniaque qui sortaient de tes lèvres pendant que tu transformais les zombies en charpie, je dirais que tu as été possédée par un diable. Plutôt jeune, je pense.

Je songeai aux petits Goads que j'avais massacrés par dizaines dans l'enfer de Cooper. L'un d'entre eux avait manifestement survécu à mes assauts.

— *Merde. Il sort de la dimension infernale à chaque fois que je m'y rends.*

— L'hypothèse semble crédible, en effet.

Le monde autour de moi devenait de plus en plus net. Mon regard se focalisa d'abord sur l'excroissance effrayante qui avait poussé au bout de mon avant-bras. Deux lames noires prolongeaient mes os mutilés ; elles se rejoignaient pour former une articulation artificielle à l'endroit où aurait dû se trouver mon poignet. De cette jointure partaient cinq griffes plates : quatre servaient de doigts, et l'une de pouce. Je pouvais tout juste plier mes griffes ; assez pour simuler une espèce de râteau à l'air cruel, mais pas assez pour former un poing. Si je les raidissais, elles se resserraient pour se transformer en une lame unique de la taille d'une hachette.

— Waouh, plutôt sinistre, dis-je d'une voix pâteuse.

Cooper crut apparemment que je parlais du contenu du seau.

— Je suis d'accord avec toi. Tu crois que tu as fini de te vider les entrailles ?

Les souvenirs de morts avaient presque disparu. Je hochai la tête.

— Il faut que je me lave les dents.

Cooper se releva et fouilla les tiroirs sous le lavabo. Il trouva une brosse à dents Oral-B rose, un tube de dentifrice Crest et du fil dentaire.

— La brosse a l'air propre, mais elle a dû être utilisée une fois ou deux.

Je fis une grimace.

— Tu crois vraiment que ça va me dégoûter après ce qui vient de mariner dans ma bouche ?

— C'est vrai, t'as raison.

Cooper me tendit le dentifrice et la brosse, puis alla vider le seau dans la cuvette des toilettes. Après m'être rincée et avoir évacué l'eau du bain, je me lavai tant bien que mal les dents ; utiliser le fil dentaire semblait exclu, vu que j'arrivais à peine à tenir le savon avec la griffe. En nettoyant ma peau, je découvris des bosses et des coupures sur mon corps et le long de ma jambe gauche. Probablement infligées au moment où l'entité qui m'avait possédée s'était débarrassée de mes habits.

J'étais en train d'appliquer un bout de coton imbibé d'eau oxygénée sur mes blessures lorsque quelqu'un frappa à la porte.

— Ce n'est que moi, dit Cooper. J'ai tes habits et le cristal de guérison du Sorcier.

— Entre.

Cooper pénétra dans la pièce ; il tenait mon sac à dos, mes bottes et mes habits proprement pliés. Il me tendit le cristal.

— J'ai vu que tu t'étais coupée à plusieurs endroits.

— Merci, mon chéri.

Je passai le cristal sur mes blessures pour qu'elles se referment.

— Ton chapeau et ton T-shirt étaient complètement déchiquetés ; ton soutien-gorge et ta culotte étaient aussi en lambeaux, mais Rudy m'a prêté du fil et une aiguille, et je les ai recousus. Le pantalon et les bottes sont intacts.

Cooper me tendit mes habits. Il avait raccommodé ma culotte déchirée en faisant des points avec un fil bleu épais : du travail solide, a priori. Au lieu de mon haut Hello Kitty, je portais à présent un T-shirt souvenir couleur crème ; sur mon torse était imprimée une image stylisée du Texas entourée par les mots : « Cuchillo, Texas. » Une petite étoile rouge au milieu de l'état signalait sans doute la position de la ville.

— Tu te souviens de ce qui s'est passé ? me demanda Cooper tandis que je m'habillais.

— Un peu. J'ai des souvenirs de morts à cause du sang que j'ai ingurgité, et Pal m'a raconté quelques détails, mais il y a encore beaucoup de choses que j'ignore. (Je marquai une pause pour contempler le visage de Cooper. Il avait un œil au beurre noir et une cicatrice fraîche sur ses lèvres gonflées.) Je ne t'ai pas fait de mal, j'espère ?

Cooper secoua la tête.

— Les zombies que tu as tués ont déboulé dans des gros 4X4 et nous ont attaqués avec des battes de baseball et des pistolets électriques quand on a refusé de les suivre gentiment.

— Des pistolets électriques ?

— Enchantés, d'après les vibrations qu'ils émettaient. Les zombies semblaient vouloir nous prendre vivants, mais ils avaient clairement la permission de nous casser un bras ou de nous briser la mâchoire si besoin.

— Si j'ai bien compris, ils obéissent à cette Miko ? Rudy n'a pas d'informations sur elle ?

Je m'assis sur le couvercle des toilettes pour enfiler mes chaussettes et mes bottes.

— Il ne sait pas grand-chose, répondit Cooper. Juste qu'elle est d'une beauté foudroyante. S'il s'agit vraiment d'une *kuro miko*, je suis curieux de découvrir ce qu'elle fait si loin de son pays natal.

Je n'étais pas franchement une spécialiste des sorcières japonaises, donc je n'avais pas la moindre idée de ce qui avait pu l'amener à Cuchillo. J'inspirai profondément.

— Pal pense que j'ai été possédée par un démon. Je crois qu'il s'agit de l'une des larves du Goad qui régnait sur ton enfer.

Il me dévisagea comme si je venais de lui apprendre que le ciel était bleu.

— Ben, évidemment.

— Alors qu'est-ce qu'on va faire ?

— Les exorcismes, ça me connaît. Pas de souci.

Son ton nonchalant m'irrita.

— C'est quand même un problème si on ne peut pas lancer de sort !

— Écoute, Miko a besoin de magie pour exécuter ses plans. Donc le champ de force qui empêche de s'en servir ne peut pas couvrir toute la ville. Il suffit de trouver une zone vulnérable pour t'exorciser, apprendre à Miko les bonnes manières, sauver la ville, et se tirer d'ici.

Il ouvrit la fermeture éclair de mon sac à dos et en retira une longue manique pour barbecue en cuir usé.

— Couvre ta griffe avec ça. Rudy l'a trouvée dans sa remise.

J'enfilai la manique ; il fallait que je garde les doigts serrés, mais c'était sûrement mieux ainsi. Cette main ne pouvait servir qu'à semer la mort et la destruction. Au moins ce vieux gant m'empêcherait de m'entailler gravement en me grattant.

— Et s'il n'y a que la magie démoniaque qui fonctionne ? demandai-je. Le démon qui m'a possédée a fait pousser ma griffe sur-le-champ. Il est possible que Miko ne se serve pas de magie classique.

Cooper sortit une bouteille de Gatorade de mon sac à dos et me la tendit.

— Tout va bien se passer, dit-il. Bois et reprends des forces. Une bonne trotte nous attend si l'on ne réussit pas à redémarrer ces 4X4.

Je suivis Cooper jusqu'au parking en sirotant le liquide sucré. Le contenu de mon estomac menaçait de remonter à tout moment; mieux valait éviter que je ne recrache ces précieux glucides. La scène que j'aperçus dehors ne fit rien pour me faciliter la tâche. Le carnage sous mes yeux dépassait en atrocité les souvenirs de mort. Des mouches volaient d'un cadavre à l'autre. Au moins n'avais-je réanimé personne.

Rudy et Pal creusaient le sol avec une pelle dans le champ situé de l'autre côté de l'autoroute. Sans doute aménageaient-ils un charnier dans la roche sédimentaire pour que les corps se décomposent rapidement. Le vieil homme avait vu tellement de monstruosités incroyables depuis l'arrivée de Miko qu'il s'accommodait très bien de la présence d'une araignée géante.

Le Sorcier se tenait agenouillé à côté d'une tête tranchée; il la contemplait en fronçant les sourcils.

— Ces types ont plutôt mauvaise mine.

— Comme souvent les personnes décapitées, répliqua sèchement Cooper.

— Non, je veux dire qu'on dirait qu'ils étaient malades. Regarde leur peau. Celui-là souffre de jaunisse et d'eczéma. (Le Sorcier se releva et fouilla la poche de son pantalon. Il en tira une petite sculpture en forme de phallus d'environ douze centimètres de long, qui avait l'air d'être en quartz.) Jessie, viens ici et tends ta main. Ta bonne main, je veux dire.

J'obéis à sa demande. Il plaça le phallus contre ma paume et celui-ci brilla doucement de différentes couleurs. Il se racla la gorge d'un air embêté.

— Alors… tu préfères entendre d'abord les bonnes nouvelles, ou les mauvaises ?

— Euh…

J'avais peur de choisir.

— Les bonnes nouvelles, c'est que tu n'as ni des morpions, ni la gale, ni la gonorrhée, ni la syphilis, ni le sida, ni d'infection vaginale, ni la donovanose. Ni la lycanthropie virale.

Il remonta la visière de son chapeau de feutre gris.

— La lycanthropie virale ?

Le Sorcier prit un air sombre.

— Certains lycos se transforment en bête quand ils jouissent. Mieux vaut le découvrir tôt que tard. Donc mon examen couvre tout. En plus, c'est toujours bien de savoir qu'on peut se passer d'un préservatif.

— Tu ne détectes pas le vampirisme ? lui demandai-je en relevant un sourcil.

— Pas besoin. Les vampires se repèrent facilement grâce à leurs mains glacées, à leur peau luisante et au regard alléché qu'ils posent sur ton cou.

— Et les mauvaises nouvelles, alors ?

— Tu es fertile, ce qui veut dire que ton charme contraceptif a lâché. Et tu as attrapé une hépatite.

— Quoi ? Merde ! B ou C ?

— Euh… (Il plaça de nouveau le phallus dans ma paume.) Les deux.

— Bordel à queue ! Putain !

Je flanquai un coup de pied dans la tête qui s'envola puis rebondit sur le goudron.

— Les virus sont simplement présents dans ton sang ; il est possible que ton système immunitaire s'en débarrasse avant qu'ils ne se développent, dit le Sorcier.

— Mais si ce n'est pas le cas ?

Il marqua une pause.

— Alors on a peut-être un sérieux problème si l'on reste coincés ici longtemps. Guérir une hépatite est compliqué. Il nous faudrait un guérisseur expert.

— Meilleur que Mère Karen ? demandai-je.

— C'est possible, oui, répondit le Sorcier.

— Difficile de faire pire, comme mauvaises nouvelles.

— Les symptômes d'une hépatite peuvent mettre des semaines à se manifester, intervint Cooper. Des mois, même. Je ne comptais pas passer plusieurs mois ici, personnellement. Toi si ?

— Non, répondis-je.

Il m'adressa un large sourire.

— Alors suivons notre plan. La première étape, c'est d'essayer de redémarrer l'une de ses bagnoles…

XVI

SUR L'AUTOROUTE

Les pneus des deux 4X4 (des Cadillac Escalades blancs) étaient si neufs qu'ils étaient encore constellés de particules de caoutchouc. Cooper avança prudemment vers le véhicule le plus proche et attrapa la poignée de la porte du conducteur ; celle-ci s'ouvrit sans difficulté.

— Il n'y a personne à l'intérieur, annonça-t-il en étirant le cou pour jeter un coup d'œil à l'arrière du véhicule. Voyons voir si cet engin fonctionne.

Il mit la clé dans le contact en plissant les yeux comme s'il craignait que la voiture n'explose ; mais le moteur se mit en route en ronronnant.

— *Hip hip hourrah,* dit le Sorcier.

Cooper examina de plus près le tableau de bord.

— L'anti-magie brouille les signaux, mais je crois que quelqu'un a enchanté le démarreur et la bougie d'allumage.

— C'est sans danger ? demandai-je.

— On dirait que oui, répondit Cooper en haussant les épaules. (Il éteignit le moteur.) Allons aider Pal et Rudy à nettoyer ce qu'il reste du carnage.

Rudy nous indiqua où trouver des produits ménagers : après avoir enfilé des gants, nous nous attelâmes à la corvée de transporter les cadavres et les membres amputés jusqu'au charnier. Le soleil tapait dur ; au bout de quelques minutes, je commençai à me sentir mal et à trembler. Les hommes me renvoyèrent à l'intérieur pour que je me repose ; je décidai d'ouvrir un deuxième Gatorade.

— Tu te sens mieux ? demanda Cooper en entrant dans la boutique.

Il secouait ses mains pour les sécher. Rudy avait installé un lavabo de fortune sur le banc en béton devant le magasin : un seau d'eau savonneuse, et un seau d'eau claire. Le vieil homme était dehors en train de nettoyer les avant-pattes de Pal au tuyau d'arrosage.

— Un peu, répondis-je. C'est plutôt costaud, le sirop d'ipéca.

— Mais efficace. Même si c'est vrai que tu risques d'avoir la nausée pendant un certain temps. Tu crois que tu pourras supporter le voyage jusqu'en ville ?

Je hochai la tête.

— Que fera-t-on une fois qu'on y sera ?

— Rudy croit que quelques survivants ont monté un bivouac dans les locaux de l'université. Il a dit que l'un d'entre eux est venu jusqu'ici pour lui proposer de les rejoindre, mais qu'il ne voulait pas désobéir à Miko de peur qu'elle n'assassine sa fille.

— Donc elle l'oblige à rester ici pour qu'il garde les nouveaux arrivants dans le coin le temps qu'elle envoie ses sbires ?

— C'est plus ou moins ça.

— Tu crois à son histoire de campement à l'université ? demandai-je.

Cooper leva ses mains devant lui.

— Je crois que c'est un type sympathique pris dans une situation difficile, répondit-il. Je ne crois pas qu'il mente. C'est vrai qu'il se montre beaucoup plus bavard depuis que tu as massacré notre comité d'accueil, ce qui n'est probablement jamais arrivé, mais je le comprends. Il devait penser qu'on était cuits de toute façon, donc pourquoi risquer la vie de sa fille en nous vendant la mèche ?

— Quoi qu'il arrive, on ferait mieux de se barrer, dis-je en me levant. (Mes jambes flageolaient encore ; je contemplai les Escalades par la fenêtre.) Le problème, c'est que Pal ne tiendra jamais dans un 4X4.

— Il pourrait peut-être s'asseoir sur le toit en se tenant au porte-bagages ? suggéra Cooper.

— C'est possible, acquiesçai-je. Voyons ce qu'il en pense.

Pal fut d'accord pour tenter de voyager sur le toit, mais lorsqu'il monta sur la Cadillac, il sembla clair que même si mon familier s'aplatissait au maximum, le véhicule basculerait de côté au moindre virage.

— Je crois que je peux galoper le long de la voiture à une allure raisonnable, me dit-il. Il vous suffira de ne pas rouler trop vite.

— Pal pense qu'il est capable de courir à côté du 4X4, dis-je aux autres. Démarrons lentement, et il me dira si on peut accélérer.

— Bonne idée, dit Cooper.

Il s'installa derrière le volant, et moi sur le siège en cuir moelleux à côté du sien ; j'avais mon sac à dos sur les genoux. Quant au Sorcier, il s'assit derrière Cooper en tenant le sac que j'avais récupéré dans l'avion.

— Prenez garde, nous dit Rudy qui s'était rapproché de ma portière ouverte. (Il tendit au Sorcier un pack de bouteilles d'eau et un autre de Gatorade.) Miko est une bonne femme très dangereuse ; j'espère que vous ne m'en voulez pas de ne pas vous avoir tout raconté depuis le début…

— Ne vous en faites pas, dit Cooper. Soyez prudent, vous aussi.

Rudy me regarda avec des yeux brillants de larmes.

— Si vous rencontrez ma fille Sofia… vous pourrez lui dire que je l'aime ?

La tristesse et la solitude du vieil homme avaient de quoi briser le cœur. Je sentis mes doutes s'évanouir. Je tendis ma main de chair pour lui toucher le visage.

— Vous aurez bientôt l'occasion de lui dire vous-mêmes. Je vous le promets.

De sa main calleuse et tremblante, Rudy retint un instant mes doigts contre son visage.

— Merci, mademoiselle. Dieu vous garde.

Il relâcha ma main, s'essuya les yeux avec la manche de son T-shirt et fit demi-tour en direction de sa boutique.

Une fois les ceintures attachées et les portières fermées, Cooper démarra le moteur. Les serrures automatiques s'enclenchèrent, et le véhicule s'ébranla soudain en faisant crisser le gravier.

— Vous appelez ça lent ? grogna Pal par télépathie.

— Eh, mollo sur l'accélérateur, transmis-je à Cooper.

Il était livide ; je m'aperçus qu'il écrasait la pédale de frein, pas d'accélération. Le véhicule continuait à prendre de la vitesse.

— Merde, dit Cooper. Je n'arrive pas à ralentir.

— Quitte la route : si on emboutit la barrière là-bas, on peut espérer péter l'essieu, dis-je.

Cooper tira sur le volant de toutes ses forces, mais sans parvenir à le bouger. J'enlevai ma manique de barbecue et fourrai ma griffe dans le contact. J'en retirai une poignée de morceaux de plastique et de fils électriques, mais rien ne se passa.

— Vous voulez absolument que j'aie une crise cardiaque, ou quoi ? gémit Pal.

Il avait de plus en plus de mal à suivre le rythme du véhicule.

— *On a un problème,* répondis-je télépathiquement. *La voiture est ensorcelée : elle refuse de s'arrêter.*

— Tout le monde a sa ceinture bien attachée ? demanda Pal.

— *Oui.*

Une soudaine montée d'adrénaline me débarrassa de ma nausée et de ma fatigue.

— Gare aux secousses !

J'eus à peine le temps de hurler « Accrochez-vous ! » que Pal déséquilibra le 4X4. La voiture bascula sur ses deux roues gauches avant de retomber à plat ; au moment où il semblait qu'elle allait repartir, Pal la fit chavirer de nouveau. Cette fois, le véhicule effectua plusieurs tonneaux avant de s'immobiliser sur le toit dans un fossé, le moteur hurlant son indignation pendant que les roues accéléraient dans le vide. L'un des packs de bouteilles avait heurté l'arrière de mon crâne ; je voyais des étoiles. Une odeur d'essence se répandit à l'intérieur du véhicule.

— Sortez de là ! cria Pal d'une voix effrayée.

Levant mon bras de chair pour me protéger le visage, je brisai la vitre de ma portière avec ma griffe, puis tranchai ma ceinture de sécurité. Je chutai lourdement sur le toit de l'habitacle en écrasant mon sac à dos. Pal avait brisé la vitre arrière et s'employait à tirer le Sorcier de la voiture. Je tendis le bras pour couper la ceinture de Cooper. Enfilant mon sac à dos sur mon bras griffu, je pris la main de Cooper et le traînai avec moi hors du véhicule.

Le réservoir prit feu au moment où l'on sortait du fossé en titubant. L'intérieur du véhicule se transforma immédiatement en crématorium.

Je posai mon sac à dos sur le sol avant de m'agenouiller pour essayer de reprendre mon souffle et mes esprits. La mort nous avait frôlés d'un peu trop près. Les hommes avaient l'air sonnés, mais n'avaient rien perdu à part leurs chapeaux et leur sac. Je tournai la tête vers Pal, qui se frottait l'épaule gauche, enfin je crois.

— Merci, dis-je. On te doit une fière chandelle. Et sache que si jamais un jour on joue au football américain, je veux être dans ton équipe.

— De rien, répondit-il. Je suis soulagé d'avoir pu arrêter le véhicule sans vous blesser.

— Mais toi, ça va ? demandai-je.

— Je crois que oui. Je le sentirai sans doute un peu demain, mais ni ma carapace ni mes os ne sont cassés.

Le Sorcier passait son cristal de guérison sur ses lèvres sanglantes. Il fusilla Cooper du regard.

— Sans danger, hein ?

— Toi non plus, tu n'y as vu que du feu, rétorqua Cooper.

— Une voiture s'approche de nous, intervint Pal.

Je suivis son regard et me tournai vers l'autoroute. Une camionnette bleue défoncée roulait vers nous à toute allure, soulevant un nuage de poussière derrière elle. Les côtés et le pare-chocs avant du véhicule avaient été renforcés grâce à des pneus et des plaques en acier rouillé ; au-dessus du pare-brise, juste devant la lucarne du toit ouvrant, était installée une mitrailleuse de calibre .50. Il n'y avait nulle part où se cacher, à part derrière le 4X4 en feu qui était trop chaud et trop dangereux pour que l'on s'en approche.

La camionnette bleue s'arrêta devant nous dans un crissement de pneus ; au même instant, ma griffe explosa en une boule de flammes violettes.

— Bordel ! m'exclamai-je.

J'éloignai brusquement la griffe de mon corps en étouffant tant bien que mal les flammèches à l'aide de ma main de chair. Heureusement, ma peau était indemne ; seul le bord de mon pantalon en peau de dragon avait pris feu.

Une jeune femme brune d'environ dix-huit ou dix-neuf ans surgit de la camionnette. Elle avait des taches de rousseur, des lunettes, un porte-bébé bleu en bandoulière sur l'épaule gauche et un AK-47 dans la main droite. À sa hanche pendait une gourde militaire kaki. Elle tenait un papier dans la main gauche. Son avant-bras gauche était couvert de cicatrices effrayantes dont la blancheur contrastait avec sa peau bronzée. Des morsures de chien, peut-être ?

Le regard de la fille s'arrêta sur ma main enflammée, puis sur Pal, avant de se poser de nouveau sur son papier.

— Euh, je m'appelle Charlie, et je suis censée vous récupérer.

À cause de sa silhouette trapue, la jeune femme donnait l'impression d'être corpulente, alors qu'elle ne devait pas être bien épaisse sous son jean trop large et son T-shirt « CSU Tae Kwon Do Club ».

— Tu travailles pour Miko ? demanda Cooper d'un ton sévère. Il est hors de question qu'on te suive.

La fille prit un air horrifié.

— Jamais de la vie ! Je préférerais *mourir* que de travailler pour Miko ! C'est Sara qui m'envoie.

— Comment est-ce que cette Sara sait que nous sommes ici ? demanda Cooper.

Charlie se mordit les lèvres.

— Les chats lui ont dit. (Nous la dévisageâmes tous.) Vous pensez que je suis folle, hein ? (Elle abaissa le bord du porte-bébé pour nous montrer qu'elle transportait non pas un nourrisson, mais un gros matou orange.) On ne pouvait plus utiliser d'armes ni allumer de feu à cause de Miko, mais les chats ont réglé tous ces problèmes. Ils savent beaucoup de choses, mais ils ne parlent qu'à Sara. Nous aussi, on croyait qu'elle était cinglée, au début, mais elle n'arrêtait pas d'avoir raison. Comme maintenant, par exemple : elle a dit que vous vous trouveriez là, et vous voilà.

Je me tournai vers Cooper qui contemplait mon bras enflammé. Il ouvrit la paume de sa main et murmura un mot ancien qui signifiait « fleur de feu ». Une flamme violette en forme de rose apparut dans sa main. Il souffla rapidement dessus pour l'éteindre et jeta au chat un regard en biais. Celui-ci se contenta de cligner ses yeux verts en ronronnant.

— Cool, vous êtes carrément capables de faire de la magie ! s'exclama Charlie, visiblement impressionnée.

C'est pour *ça* que Sara était pressée que je vous ramène. Miko se dépêche d'attraper les gens comme vous.

— Où les emmène-t-elle ? demandai-je, songeant à mon frère Randall et à la fille de Rudy.

Je clignai de l'œil pour faire défiler les modes de vision enchantés. Plusieurs fois, le chat lové dans le sac en bandoulière de Charlie prit une forme bizarre, impossible à identifier. Cette créature n'était manifestement pas ce qu'elle semblait être.

Charlie haussa les épaules.

— Quelque part au centre-ville, répondit-elle. Mais je vous déconseille d'y aller. C'est bourré de zombies. Nous, on reste surtout à l'université, où on est plus en sécurité.

— Sara a-t-elle un plan pour s'attaquer à Miko ? demanda Cooper.

— Elle en avait un avant, mais comme les gens n'arrêtent pas de se rendre à Miko, il nous reste juste assez de gens pour surveiller les dortoirs, la verrière et le gymnase. (Charlie prit une mine déconfite.) Au début, on se débrouillait pas mal, parce que les zombies sont pas plus forts que nous et qu'on va plus vite qu'eux, mais Da… je veux dire, l'homme qui fabrique les zombies a commencé à les infecter avec des virus pour qu'on ait peur de se battre contre eux. De nombreuses personnes sont tombées très malades avant que Sara et Doc Ottaway ne comprennent ce qu'il avait fait. Certains d'entre eux ont attrapé le SIDA, ou pire, et se sont dit qu'il valait mieux rejoindre Miko que mourir à petit feu.

Je me souvins des dernières paroles de Miko à ses victimes.

— Elle promet aux gens une espèce de paradis après la mort, n'est-ce pas ?

Charlie hocha la tête ; un air de regret passa sur son visage.

— Mais je ne la crois pas, ajouta-t-elle rapidement. Il faut être idiot pour gober ça, pas vrai ? (La jeune femme tourna son regard vers l'autoroute d'un air mal à l'aise.)

Euh, je crois qu'on devrait se barrer. Elle va envoyer d'autres véhicules, c'est certain.

D'une main, je fouillai dans mon sac à dos pour trouver le gant d'opéra capable de contenir les flammes de mon avant-bras. Avant de me rendre compte que je ne pourrais jamais l'enfiler sur la griffe.

— Est-ce que vous pourriez m'agrandir ce vêtement ? demandai-je à Cooper et au Sorcier. Et le rendre résistant aux lames ?

Ils se regardèrent et Cooper secoua la tête.

— Non, désolé, répondit-il. C'est Mère Karen qui a fait le gros du travail pour enchanter le tissu. Je doute que l'on puisse modifier son sort sans le supprimer complètement.

— Merde, alors.

Je fourrai de nouveau le gant dans mon sac à dos.

— On pourrait probablement enchanter la manique que Rudy t'a donnée, dit Cooper.

— Malheureusement, elle n'a pas survécu à son dernier barbecue, répliquai-je avec un hochement de tête en direction du 4X4 en flammes.

— N'importe quel gant standard ferait l'affaire, dit le Sorcier. Protéger du cuir contre le feu est assez facile ; ce qui est compliqué, c'est de combiner plusieurs enchantements. Ça demande du temps.

— Pourquoi as-tu besoin d'un gant ? demanda Charlie.

— Pour ne pas embraser tout ce que je touche, répondis-je en agitant mon bras enflammé.

Lee's habits westerns et matériel pour rodéo se trouve à quelques kilomètres d'ici, dit la jeune femme en pointant son AK-47 dans la direction d'où elle était venue. Ils ont toutes sortes de gant là-bas. Le magasin est sur notre chemin ; on pourra s'y arrêter en route.

— D'accord, ça marche, répondis-je. (Je me tournai vers Pal.) Tu penses être capable de voler ?

Pal émit une suite d'accords étranges et s'éleva de quelques centimètres au-dessus du sol ; cessant sa mélodie, il retomba.

— Je crois que oui, pourvu que l'on reste à portée de la créature-chat.

Après une courte discussion pour régler les problèmes de logistique, Charlie accepta de me confier un talkie-walkie et un pistolet semi-automatique Glock 17 en cas de pépin. Elle ouvrit la porte arrière de la camionnette pour se saisir de l'arme. Le coffre du véhicule contenait un vaste choix de fusils à pompe et d'armes automatiques suspendus à des râteliers Rubbermaid aménagés. Cooper attrapa un fusil à pompe Beretta noir AL391 Urika calibre .12, puis vérifia que mon Glock était chargé et en bon état de marche. J'aurais préféré l'un des Mossberg 500 à crosse pistolet pendus au râtelier à l'extrême gauche, mais il fallait deux mains pour s'en servir. Je voulais pouvoir crever les pneus de la camionnette au cas où Charlie accélérerait tout à coup pour nous distancer. Idée dont, bien entendu, je n'informai pas Charlie.

— En avant la musique ! m'exclamai-je tandis que Cooper finissait d'attacher l'étui du pistolet autour de ma taille.

XVII
ZOMBIES ET COMPAGNIE

J'effectuai le trajet installée sur le dos de Pal, qui survolait la route quelques mètres derrière la camionnette. Charlie se montra digne de confiance, ne dépassant jamais quatre-vingts kilomètres à l'heure. Ce qui, comme je n'avais pas de casque, n'empêcha pas plusieurs bestioles de s'écraser contre mon visage.

Les champs furent bientôt remplacés par un paysage de ville en ruine : une station-service condamnée par des planches de bois ; un magasin d'armes aux fenêtres éclatées, les barreaux tordus comme par l'accident d'un gros camion ; les restes carbonisés d'un restaurant *Dairy Queen*, qui avait brûlé avant que Miko ne supprime le feu.

Le talkie-walkie crépita ; étouffée par le vent, la voix métallique de Charlie sortit de l'appareil.

— Le magasin se trouve sur la gauche. Je vais me garer sur le parking.

— D'accord, répondis-je.

J'aperçus le centre commercial ; la boutique d'habits westerns, de la taille d'un petit supermarché, était coincée entre un vendeur d'artisanat *Michaels* et une épicerie mexicaine. Les vitrines de l'établissement étaient toutes brisées, mais seule l'épicerie semblait avoir été véritablement pillée, en tout cas vu de l'extérieur. Ce qui n'avait rien d'étonnant, car la ville n'avait pas été ravitaillée depuis un an. Partout sur le parking, des voitures abandonnées et des caddies renversés rouillaient au soleil. À côté du range-caddie gisait le squelette blanchâtre d'un gros chien (dont les rongeurs avaient dû se régaler à en juger les marques de dents sur les os), non loin duquel se trouvaient des restes humains et des lambeaux de vêtements. Des herbes folles perçaient en de nombreux endroits à travers le goudron fatigué. Une odeur étouffante de poussière et de pourriture régnait sur le lieu.

Charlie gara sa camionnette à quelques mètres de l'entrée du magasin d'habits westerns ; Pal se posa à côté d'elle.

— Il ne faut pas traîner, dit Charlie. (Elle ouvrit sa portière et descendit du véhicule, l'air nerveuse.) Les bandes de chiens se font rares, mais des sbires de Miko peuvent nous tomber dessus à tout moment. Si ce n'est pire.

— Je pense qu'elle parle de lycanthropes, dit le Sorcier en sortant de la voiture. (Il portait une imposante mitraillette M249 sur l'épaule.) Quand une ville isolée comme celle-ci sombre dans les ténèbres, elle attire à elle toutes les horreurs du coin. Comme des rats enivrés par une odeur de poubelle.

— Le conseil dirigeant local n'avait-il pas prévu de système de défense ? demandai-je.

Je glissai le long des épaules de Pal jusqu'au sol, tenant ma main enflammée en l'air pour éviter de lui roussir les poils. Charlie me jeta un regard perplexe.

— Un conseil dirigeant ? Désolée, mais j'ai jamais entendu parler d'un truc pareil.

— Les Talents qui habitent ces bourgades de l'Ouest agissent en maîtres et seigneurs de leurs petits domaines privés, expliqua Cooper. (Il ferma la portière coulissante derrière lui et inspecta le canon de son fusil à pompe.) Pas de règles, pas de réunions du conseil interminables, personne qui ne se mêle des affaires des autres. Ça marche du tonnerre jusqu'à ce qu'une catastrophe comme celle-ci ne se produise.

— Waouh, m'exclamai-je en le contemplant avec un sourire en coin. Je viens bien de t'entendre défendre le *gouvernement* ?

— Les conseils dirigeants sont un mal nécessaire, répondit Cooper en haussant les épaules. Je n'ai pas à les aimer pour autant, pas plus que je ne suis obligé d'aimer le goût des yeux de dragon.

— On devrait se dépêcher de trouver ce gant, dit Charlie.

Elle ajusta son sac, enfila son AK-47 et se mit à traverser le parking en nous faisant signe de la suivre.

— Je vais rester ici pour monter la garde, me dit Pal. Au cas où d'autres 4X4 feraient leur apparition.

La porte d'entrée en verre de *Lee's habits westerns et matériel pour rodéo* pendait à ses gonds brisés. Charlie la poussa de côté et nous la suivîmes à l'intérieur de la boutique. Il y avait cinq caisses et un bureau de service clientèle. Les machines avaient toutes été forcées et pillées ; leurs tiroirs vides gisaient à la renverse sur le tapis roulant, ainsi que des chèques et de la petite monnaie. Le sol était jonché de piécettes et recouvert d'une épaisse couche de poussière provenant du dehors. Quelqu'un avait brisé la vitre d'un présentoir à couteaux et tout emporté, sauf les pièces les plus petites. Sous une étagère autrefois occupée par des paquets de bœuf séché à grignoter et des bonbons au cactus se trouvait un amas impressionnant de crottes de rat, de morceaux de papier et de plastique déchirés. Dans l'ensemble, cependant, le magasin avait l'air intact.

J'aperçus un panneau indiquant le rayon « Au Bonheur des amateurs de taureaux » vers le fond du magasin. Je me dis qu'un gant de rodéo serait sans doute assez long pour recouvrir mes flammes, et certainement assez costaud pour résister à mes lames.

— Hé, les gars, moi je vais voir par-là, dis-je en me dirigeant vers le rayon.

— Je t'accompagne, dit Cooper en trottinant pour me rattraper.

Le Sorcier leva la tête, cessant d'examiner un couteau de poche en acier de Damas laissé de côté par les pillards.

— Moi, je vais rester ici pour trouver les éléments nécessaires à l'enchantement, dit-il.

— Fais attention aux rats, prévint Charlie. Quand ils sont affamés, ils te sautent au visage pour essayer de t'aveugler.

— Je connais ça, murmurai-je.

Cooper et moi avançâmes prudemment au milieu des rayons, en surveillant les étagères pour repérer tout mouvement brusque. À cinquante mètres environ de Charlie et de son mystérieux matou orange, mes flammes s'éteignirent subitement. Nous passâmes devant une multitude de chapeaux, de casques, de sacs, de cordes et de vestes en cuir poussiéreux avant de trouver ce qui nous intéressait.

— Au moins tu as le choix, pour une fois, dit Cooper en fouillant dans le tas de gants gauches. Lequel te plaît ?

— Le modèle Heritage Pro en haut de l'étagère m'a l'air parfait, répondis-je.

Il s'agissait d'un vêtement noir en peau de daim, muni d'une lanière en Velcro réglable.

Cooper attrapa la boîte et en retira le gant. Quand ma main en sueur toucha le cuir, je perçus comme un écho de la mort de l'animal. J'enfilai avec précaution l'habit sur ma griffe ; le souvenir disparut aussi sec. J'avais choisi un modèle plusieurs fois trop grand pour mon ancienne main de chair, mais je voulais avoir suffisamment de place pour déplier mes griffes. La bande Velcro l'empêcherait de glisser. Le cuir rembourré résisterait sans doute bien à mes doigts tranchants, et la manchette en néoprène suffirait à contenir mes flammes.

— Tu crois qu'avec le Sorcier vous serez capables de le renforcer ? demandai-je à Cooper en lui tendant le gant. Il devrait faire l'affaire, mais mes griffes sont quand même assez aiguisées.

— Oui, j'avais remarqué. (Il ouvrit la manchette et jeta un coup d'œil au rembourrage intérieur.) On pourrait faire un tour dans la boutique d'à côté pour se procurer des dés à coudre. On les glissera au bout des doigts du gant : ça nous facilitera la tâche.

— Ah, ouais. Super idée.

Mais au lieu de bouger, Cooper mordilla le coin de sa moustache d'un air pensif. Jetant un coup d'œil vers l'entrée du magasin, il m'attira près de lui.

— J'essaie de décider de la marche à suivre, murmura-t-il. D'un côté, je souhaite venir en aide aux gens de la ville. Je suis triste pour Rudy, et Charlie m'a l'air d'être une jeune fille sympathique. Je suis curieux de rencontrer cette Sara. Mais d'un autre côté, je suis inquiet pour mes petits frères. J'ai peur qu'un membre du conseil nous trahisse, ou que Riviera ne revienne sur sa promesse et qu'elle les drogue ou les enferme. Mais d'un *autre* côté encore, Mère Karen est tout à fait capable de se défendre. Je plains le pauvre imbécile qui essaie de s'en prendre à un enfant sous sa protection.

Maintenant qu'il en parlait, j'étais moi aussi assez préoccupée par les bébés. Riviera m'avait semblé jouer franc-jeu pendant la réunion, mais je doutais de sa bonne foi depuis nous étions tombés dans le piège céleste.

— Je n'ai pas réussi à contacter Mère Karen, donc je ne sais pas ce qu'il en est, répondis-je.

— On pourrait facilement emmener Charlie avec nous, suggéra Cooper. Sans lui faire mal, bien sûr, mais en l'endormant avec un charme. Il suffit qu'on attrape son chat pour que Pal nous ramène jusqu'à la meule de foin et qu'on retrouve le portail.

— Euh, ce ne serait pas une mauvaise idée… Mais quand j'ai discuté avec mon père, il m'a dit que mon frère Randall était dans le coin.

— Attends, t'as un frère ? Je ne le savais pas.

— Moi non plus, jusqu'à aujourd'hui.

— Les grandes nouvelles n'arrivent jamais seules, on dirait.

Cooper tendit son poing vers moi.

— Et un garçon de plus dans la famille, un ! dis-je en tapant doucement mon poing contre le sien. Mon père a dit que Miko avait capturé Randall, et il veut qu'on aille le sauver.

Cooper se gratta le bouc.

— Voilà qui fait songer à rester ici au moins quelque temps, dit-il.

Nous retournâmes jusqu'à l'entrée de la boutique, où le Sorcier s'efforçait de récupérer les embouts en phosphore d'un paquet d'allumettes, qu'il broyait ensuite sur le guichet en verre du service clientèle. Cooper lui tendit le gant. Charlie tirait lentement sur une cigarette Virginia Slims en regardant Pal à travers la fenêtre ; Pal contemplait, quant à lui, l'autoroute déserte d'un air grave. La jeune fille manipulait la cigarette avec grande précaution, presque avec révérence. Quand elle l'approchait de ses lèvres, elle ressemblait à s'y méprendre à une pénitente recevant la communion.

— Hé, on file à côté pour trouver des dés à coudre, lui dis-je en levant ma main à nouveau enflammée en l'air.

Elle sursauta.

— Euh, je… faites attention aux…

— Rats. Merci du conseil.

Je lui fis au revoir de la main et rejoignis Cooper à l'extérieur.

La boutique d'artisanat avait été moins gravement pillée que le magasin d'habits westerns. À part les caisses défoncées, la plupart des dégâts provenaient d'un acte de vandalisme : quelqu'un avait renversé les étagères où se trouvaient les fleurs et les plantes en soie. Des monceaux de végétation artificielle gisaient sur le sol. Mes flammes s'éteignirent au moment où nous arrivâmes dans la section couture; cependant, je n'eus pas le temps de m'inquiéter car j'aperçus presque immédiatement un jeu de dés en acier rouges sur un présentoir à fond blanc. Cooper en attrapa une poignée, qu'il fourra dans la poche de son pantalon.

À ce moment-là, un soufflement rauque se fit entendre sur notre gauche. Je me tournai vers le bruit. Une vieille femme décharnée et rabougrie d'environ soixante-dix ans se tenait devant nous sur ses jambes tremblantes; ses mains noueuses et ridées s'appuyaient sur un déambulateur métallique en piteux état. Ses pieds nus étaient crasseux et couverts de morsures de rats. Elle dégageait une odeur âcre de sueur rance et d'urine fermentée, et portait un T-shirt rose « Meilleure Mamie du Monde » qui pendait jusqu'à ses genoux. Ses cheveux gris coiffés en permanente étaient raides de crasse; elle avait la bouche ouverte, les lèvres et la langue craquelées, les yeux torves.

J'avais l'impression de contempler une personne morte depuis quelques minutes, mais dont le corps n'avait pas été prévenu du décès.

Cooper jeta un coup d'œil à ma griffe qui refroidissait; il prit son fusil par le canon pour en faire un gourdin.

— Zombie. Fais gaffe, dit-il.

— À quoi? demandai-je. Je doute qu'elle soit même capable de nous cracher dessus. (Malgré ces paroles, j'étais inquiète de savoir que mon pistolet ne fonctionnerait pas. Si la vieille nous attaquait, j'avais peur de ne pas avoir les tripes nécessaires pour la découper en morceaux.) On ferait mieux de se barrer.

Je reculai d'un pas. La femme inspira en faisant la grimace et poussa un grognement; ses lèvres et sa langue tentaient de former des mots. Elle lâcha le déambulateur et fit un pas mal assuré vers nous.

L'instant d'après, la vieillarde avait disparu. Ses cheveux gris et courts s'étaient transformés en une épaisse chevelure noire et ondoyante. Elle avait grandi de trente centimètres, rajeuni de cinquante ans, et ses habits avaient disparu. Ses seins se dressaient devant mes yeux, nus, sublimes. Toute ma vie j'avais entendu les mecs parler avec exaltation de nichons, sans jamais comprendre pourquoi. Le monde ne manquait pas de jolis lolos, après tout. Le sujet m'intéressait encore moins depuis que les miens avaient poussé.

Mais les seins de cette femme étaient *parfaits*. Michel-Ange lui-même aurait été incapable de les reproduire. J'avais envie de les embrasser, d'y fourrer mon visage, de les enduire d'huile de luxe et de les baptiser de noms de muse. Pourtant, à part quelques attouchements maladroits avec des majorettes éméchées, je n'avais jamais été attirée par les nanas.

La femme éclata de rire. Sa voix chaude et sensuelle mit immédiatement mes hormones en alerte.

— Mon visage est plus haut, Jessie, susurra-t-elle.

Je clignai des yeux, avalai ma salive et contemplai le reste de la créature, le cœur tambourinant sous mon torse en sueur. Elle n'avait rien d'un mannequin frêle : son corps athlétique semblait pouvoir terrasser Zeus lui-même. De toute façon, celui-ci tomberait sans doute dans les pommes rien qu'en la voyant : le sang qui affluerait vers ses parties inférieures manquerait à son cerveau.

Quand je découvris son visage, je compris qu'il ne s'agissait pas d'une simple démone, mais d'une sorte de déesse. Lorsque j'aperçus ses yeux émeraude, je reconnus à qui nous avions affaire.

— Qu'est-ce que tu nous veux, Miko ? dis-je d'une voix mal assurée.

Elle m'adressa un large sourire.

— C'est *toi* que je veux, fillette. Ton petit ami aussi, mais surtout toi.

Je suivis son regard ; elle contemplait Cooper qui, songeai-je, devait être en transe avec une érection monumentale... Mais je m'aperçus qu'il grimaçait de rage, le visage écarlate et le sexe au repos. Son corps tremblant de fureur semblait paralysé.

— Que se passe-t-il ? demandai-je, ma voix dérapant dans les aigus comme celle d'un adolescent qui mue. Qu'est-ce que tu lui as fait ?

Miko sourit à nouveau.

— Oh, il imagine simplement les choses que je pourrais te faire, le plaisir que je pourrais te donner... une jouissance infiniment au-delà de tout ce qu'il peut t'offrir. Il comprend que si tu goûtes à mes caresses, chaque fois que tu te presseras contre lui en fermant les yeux, c'est mon corps que tu souhaiteras étreindre. Il ne t'aura plus jamais pour lui seul, parce qu'une partie de toi pensera toujours à moi.

— Tu mens, dis-je en articulant difficilement mes mots.

— Mais pas du tout, répondit-elle.

Elle tendit le bras et attrapa très légèrement mon poignet entre ses doigts. Au contact de sa peau, une décharge de volupté attisa mes zones érogènes et soudain, je jouis, *fort*... Je tombai à genoux, le souffle coupé... mais elle ne me lâcha pas et j'étais complètement à sa merci, emportée par la violence de mon orgasme...

...puis j'étais dans sa tête, dans sa mémoire. Je revivais ses souvenirs tels qu'elle les avait vécus elle-même, sauf qu'il s'agissait d'une suite de flashs sans logique apparente. Ils étaient particulièrement vifs ; Miko était une tueuse-née.

Étendue au milieu des ruines, fragile et minuscule, je hurlai de toutes mes forces ; ma mère venait de m'expulser de son utérus contaminé, m'abandonnant à mon sort. Le métal, les briques et les os carbonisés autour de moi étaient brûlants à cause des radiations. Ma chair se consumait puis se régénérait sans cesse ; une faim inouïe me dévorait l'estomac tandis qu'une épaisse fumée noire obscurcissait de plus en plus les cieux…

Je pénétrai dans la librairie, puis jetai un coup d'œil au propriétaire et à sa vieille bonne femme en faisant semblant de lire une bande dessinée. J'aurais pu les exécuter tout de suite, les démembrer et les dévorer séance tenante sans jamais me faire prendre. Il y avait si longtemps, Mère, que je n'avais rien eu à me mettre sous la dent, pas même un SDF grabataire. La faim faisait souffrir mes côtes et mes dents. Mais il fallait que j'attende encore un peu. Il était possible que cet homme si parfaitement Ordinaire soit celui que je cherchais. Après toutes ces années, je tenais peut-être enfin l'élu…

J'enfourchai le GI musclé étendu sur le lit rouillé du bordel, glissant son membre rigide entre mes cuisses. « Toi, si grosse, moi vouloir baiser longtemps ». Je maîtrisais parfaitement l'anglais, mais les soldats en permission tenaient à leurs fantasmes. Ce qui leur plaisait, c'était des filles maigres, prépubères et complètement idiotes ; je grognai donc des platitudes comme une quelconque pute tokyoïte. Pour faire taire mon militaire saoul qui se plaignait d'être en dessous, je le fis frissonner en travaillant des hanches, prenant moi aussi mon pied à chevaucher ce corps jeune et ferme. Au moment de jouir, je lui tordis le cou d'un geste expert qui lui brisa net la nuque. Son énergie vitale se répandit à travers moi, apaisant ma faim ; dévorer une âme engendrait une jouissance si intense que je dus me retenir de hurler en jetant ma tête en arrière…

— Lâche-la, espèce de salope ! entendis-je Cooper crier au loin.

Libéré de sa paralysie, il balança un coup de crosse dans la tête de Miko qui se fendit avec un craquement sourd.

Elle s'écroula, mais il ne s'agissait plus de la démone. Pris par sa rage, Cooper ne sembla pas remarquer que c'était la vieille femme dont il s'acharnait à écrabouiller le crâne. Du sang gicla sur ma chemise et sur mon pantalon.

— Arrête, Cooper ! criai-je en lui attrapant le bras. (Il me repoussa.) Elle a disparu, bordel !

Il s'immobilisa enfin, la respiration lourde et les mâchoires crispées, brandissant encore son arme. Je ne l'avais jamais vu si en colère, et ce spectacle m'effrayait.

— Putain, lâcha-t-il. (Il fit demi-tour et se dirigea vers un présentoir à tissu non loin où il se mit à frotter rageusement son fusil pour enlever le sang, les cheveux et les morceaux de chair collés au canon.) Putain.

J'avançai jusqu'à lui et posai une main tremblante sur son épaule.

— Tu vas bien ?

— Je suis en *pleine* forme. (Il essuya son arme une dernière fois et me jeta un regard froid.) Cassons-nous.

Attrapant mon poignet, il me traîna hors de la boutique ; nous nous réfugiâmes sans tarder dans le magasin d'habits westerns.

— J'ai les dés à coudre, annonça-t-il au Sorcier en les sortant de sa poche pour les poser sur le comptoir.

— Waouh, répondit le Sorcier en contemplant le visage écarlate de Cooper ainsi que les éclaboussures de sang sur nos habits. Que s'est-il passé ?

— Je préfère ne pas en parler, répondit Cooper.

Il arracha sa chemise de soirée (désormais foutue) et la balança furieusement sur le sol. Puis, il se dirigea vers Charlie, qui fumait encore des Virginia Slims près de la fenêtre.

— Je pourrais en avoir une ? demanda-t-il.

— Pas de problème, mais c'est plutôt une marque pour gonzesses…

— Ça m'est égal, faut que je me grille une clope.

Tandis que Charlie tendait une cigarette à mon homme, je me penchai vers l'oreille du Sorcier.

— Depuis quand est-ce que Cooper fume ? murmurai-je.

— Il n'a jamais commencé, répondit-il. Il taxe de temps en temps une clope aux clous de girofle à Opal quand on picole ensemble, mais c'est la première fois que je le vois fumer en dehors d'un bar. Qu'est-ce qui vous est arrivé, exactement ?

J'eus soudain honte de raconter ce que Miko m'avait fait subir ; les sensations que j'avais éprouvées en revivant ses souvenirs me troublaient profondément.

— On a croisé un zombie, et les choses ont dérapé, répondis-je.

— Dérapé comment ? demanda-t-il en arquant un sourcil.

— Disons que moi aussi je préfère ne pas en parler.

Cooper tira une longue bouffée de sa cigarette et se tourna vers nous, expulsant rageusement la fumée par ses narines.

— Je vais la buter, cette pute, dit-il. Comment a-t-elle pu *oser* te toucher ? Elle… elle t'a pratiquement violée ! Je vais la massacrer, puis la ressusciter pour la massacrer encore !

Cooper enfila son fusil à pompe sur son épaule nue et se dirigea vers la porte.

— Où vas-tu, mon chéri ? demandai-je. On ne sait même pas où elle se trouve !

Il me fusilla du regard, les traits crispés comme s'il m'avait surprise en train d'embrasser un mec dans un bar.

— J'ai besoin de prendre l'air, dit-il.

Charlie eut l'air inquiète.

— Tu ne devrais pas sortir tout seul. Tu risques de te faire attaquer par des zom…

— Mais j'espère bien. Je *rêve* de fracasser d'autres crânes !

Sous ses yeux ébahis, il déroba le paquet de Virginia Slims des mains de la jeune femme et sortit en coup de vent.

— *Pal, tu m'entends ?* demandai-je par télépathie à mon familier qui montait toujours la garde sur le parking.

— Que se passe-t-il ? répondit-il dans ma tête.

— *Cooper est furax ; il a pété un câble. J'ai peur qu'il ne se fasse mal. Tu veux bien garder un œil sur lui ?*

— Sans problème.

Le Sorcier me dévisageait, ses sourcils relevés.

— Le zombie t'a violée ? demanda-t-il. Raconte, je t'en prie.

— Ce n'était pas un zombie, dis-je. C'était Miko. Elle a pris possession du cadavre.

Gênée d'en dire plus, je me mis à sortir les dés à coudre de leur emballage en carton blanc.

— Qu'est-ce qu'elle t'a fait ?

— Elle m'a juste, euh, attrapé le poignet.

L'un des emballages se montrait plus difficile à ouvrir que les autres.

— Et ensuite ?

— J'ai joui, murmurai-je très doucement.

— Tu as *quoi* ?

Je m'éclaircis la gorge avant de le regarder droit dans les yeux, soudain très énervée.

— J'ai joui.

Le Sorcier redressa le torse en croisant les bras et me jeta un regard bizarre.

— Ah oui, vraiment ?

Je me sentis rougir et détournai les yeux.

— Tout à fait, oui.

Le Sorcier se mit à glousser.

— Ce n'est pas drôle du tout, protestai-je. Le zombie était une vieille femme, la grand-mère de quelqu'un, et Cooper lui a explosé la cervelle. Je ne l'ai jamais vu agir de cette façon.

Le Sorcier se gratta le menton à travers sa barbe.

— Coop se la joue toujours super relax, mais sous sa façade de marbre, il est encore plus irascible qu'Opal. Il faut un certain temps pour que sa fureur monte, mais ensuite elle ne le quitte pas de sitôt. Laisse couler, il va se calmer tout seul.

— T'es sûr ?

— Absolument. (Il me fit un clin d'œil.) Tu veux m'aider à enchanter ton gant ? Les flammes te vont à merveille, j'adore les allumeuses, comme tout le monde, mais même moi j'ai des limites.

Je m'étirai pour soulager mon dos de la tension qui s'y était accumulée. Mes vertèbres craquèrent.

— D'accord, occupons-nous du gant. Peut-être que Cooper sera rentré quand on aura fini.

Lorsque j'eus glissé les dés à coudre au fond des doigts du gant (comme j'avais les mains sèches, les souvenirs de mort me gênaient à peine), nous commençâmes l'enchantement. Je me contentai de passer au Sorcier les éléments qu'il réclamait au fur et à mesure car je n'avais pas la moindre idée de ce qu'il faisait. Il se mit à sentir bon, *irrésistiblement* bon, même. Un parfum de nirvana. Je me surpris en train de contempler son entrejambe pendant que j'attendais à côté de lui qu'il termine une incantation. Cette partie de son anatomie ne m'avait jamais intéressée avant… et j'étais parvenue à ne jamais l'apercevoir, malgré l'habitude du Sorcier et d'Opal de s'adonner aux joies du sexe quand bon leur semblait. Mais à présent, j'avais du mal à ne pas m'interroger sur la taille de son engin.

Je fermai les yeux en me répétant que tout finirait par bien se passer. Nous rejoindrions tranquillement l'endroit prévu pour passer la nuit, Cooper se calmerait, puis nous trouverions le moyen d'empêcher mon bras de cracher de l'ectoplasme incendiaire à tout bout de champ. Cooper m'exorciserait. Ensuite, je me procurerais un préservatif. Plusieurs préservatifs. Et une digue dentaire. Puis Cooper me ferait l'amour et j'aurais un gigantesque orgasme sans lui transmettre mes hépatites ni quoi que ce soit. Les pensées que j'avais eues pour Miko et pour le Sorcier disparaîtraient à tout jamais de mon cerveau. Point barre. J'allais m'envoyer en l'air très bientôt et tout rentrerait dans l'ordre.

Tout allait rentrer dans l'ordre… tout allait rentrer dans l'ordre…

— Jessie ? Tu m'entends ? demanda le Sorcier en claquant ses doigts devant mes oreilles.

— Pardon, quoi ? répondis-je en ouvrant les yeux.

— Tout va bien ? T'es rouge et toute transpirante.

— Je me sens bizarre à cause des flammes. De mon bras, répondis-je en mentant à moitié.

— En tout cas, ton gant est prêt, dit-il en me le tendant. Tu veux l'essayer pour voir ?

— D'accord. (J'attrapai le vêtement en cuir et l'enfilai avec précaution sur ma main enflammée ; mes griffes se glissèrent dans les dés à coudre avec un cliquetis métallique. L'extension de manchette en néoprène couvrait tout ce qu'il fallait, et la lanière Velcro tenait impeccablement autour de mon bras. De minces volutes de fumée s'échappaient du gant, mais à l'intérieur rien ne brûlait.) Du beau travail.

Charlie revint dans la boutique. Elle était partie à l'épicerie pour se réapprovisionner en cigarettes, et trimballait quelques paquets de Benson and Hedges.

— Il faudrait qu'on s'en aille bientôt, dit-elle.

— Pas avant le retour de Cooper, dis-je en secouant la tête.

— On ne peut pas passer la nuit ici ; cet endroit est impossible à défendre.

La jeune femme semblait inquiète.

— Ce n'est pas une demi-heure supplémentaire qui va nous tuer, quand même ? répliquai-je sur un ton sec.

Je me détournai de la jeune femme et fermai les yeux afin de me concentrer pour contacter mon familier.

— *Tu es là, Pal ? Que se passe-t-il ? Il faut qu'on se tire dans pas longtemps.* (Pas de réponse. J'essayai à nouveau.) *Pal, tu me reçois ?*

Toujours rien.

Il doit être hors de portée, tout simplement, songeai-je pour calmer mon angoisse grandissante. Je mordillai l'ongle de mon pouce.

— Ça va ? demanda le Sorcier.

— Oui, merci. (Je lui adressai un sourire visiblement peu convaincant vu la manière dont il me regarda. Malgré mon inquiétude, dès que je posai mes yeux sur lui, les portes de mon inconscient s'ouvrirent en grand et mon esprit fut envahi par un flot d'images inavouables.

— Je vais faire encore quelques emplettes, dis-je au Sorcier et à Charlie, en espérant que sans support visuel mes fantasmes s'évanouiraient. Promis, je ferai gaffe aux rats.

Je me dirigeai d'abord vers le rayon des chemises ; j'avais hâte de me débarrasser des traces sanguinolentes de la Meilleure Mamie du Monde. J'aperçus un T-shirt noir où figurait le pictogramme d'un homme tombant d'un cheval. En dessous, on pouvait lire : « Je fais mes cascades moi-même. » J'enlevai mon haut sale et m'en servis pour nettoyer le sang de mon pantalon en cuir de dragon avant d'enfiler mon nouveau vêtement.

Je fis ensuite un tour au rayon équitation. La taille actuelle de Pal facilitait les combats, donc il refuserait certainement de rétrécir pour se glisser dans la camionnette. J'allais sans doute effectuer le reste du trajet jusqu'à l'université sur son dos ; mais il ne devait pas beaucoup apprécier d'avoir mes fesses calées entre ses deux vertèbres. En plus, mes accès de libido le répugnaient manifestement (Je commençais moi-même à les trouver de mauvais goût.), or un simple coup de brise sur les tétons risquait de m'électriser. Mieux valait donc intercaler une épaisseur supplémentaire entre mon minou et sa fourrure pour nous permettre à tous les deux de conserver un semblant de dignité.

Comme aucune des selles n'était adaptée à sa morphologie extraterrestre, je jetai un œil aux tapis de selle. Je sélectionnai un modèle SMx longue durée confort aérien couleur mousse qui me semblait suffisamment flexible pour s'ajuster au dos de Pal. L'étiquette vantait sa capacité d'absorption des chocs et sa bonne ventilation cutanée. J'attrapai ensuite une sacoche en cuir luisant, aux poches assez profondes pour contenir un fusil. Le magasin proposait de nombreux types de fourreaux, mais comme je n'aurai pas de selle, je ne pourrais en attacher nulle part; à moins de me lancer dans une expérience périlleuse du genre tresser les poils de Pal. Me rappelant mes collisions à répétition avec des insectes, je me dirigeai vers le rayon des casques et sélectionnai un Troxel Cheyenne à visière large. Le rembourrage intérieur couleur chocolat était brodé; j'espérai que la fine couche de coton qui séparerait ma peau du cuir suffirait à étouffer les éventuels souvenirs déplaisants.

J'enfilai la sacoche sur une épaule, coinçai le tapis sous mon bras et me dirigeai vers l'entrée.

— Je vais faire un tour à la camionnette, dis-je au Sorcier et à Charlie en passant.

— Pourquoi ? demanda-t-elle.

— Je vais déposer tout ce barda à l'intérieur pour le garder en sécurité le temps que Pal se ramène, et me dénicher une arme avec un peu plus de répondant que ce Glock. Ensuite, je fermerai les yeux un moment, parce que je suis fatiguée.

Charlie eut l'air impatiente.

— Il faut vraiment qu'on…

— Parte. Je sais. Laisse-moi un quart d'heure pour me reposer, d'accord ? Après, je me mettrai à la recherche de Cooper et de Pal.

Je transportai mon équipement jusqu'à la camionnette. Mes flammes s'éteignirent à la moitié du chemin. J'entrai du côté passager et m'installai sur la banquette arrière. Malgré les grilles de ventilations fracassées, l'intérieur du véhicule était une véritable fournaise. Balançant mon sac à dos à côté de moi, je calai mon attirail par terre entre les sièges, attrapai l'un des fusils à pompe Mossberg qui m'avait tant fait envie et le déposai sur le tapis de selle.

Puis, assise les yeux fermés dans l'obscurité torride, je me concentrai pour entrer en contact avec Pal en espérant que les cinquante mètres que j'avais parcourus suffiraient à faire la différence.

— *Tu es là ?* pensai-je. *Réponds si tu m'entends, Pal.*

Toujours rien.

Sans ouvrir les yeux, je tentai de libérer mon esprit de la panique grandissante et des fantasmes malsains qui menaçaient de le submerger. J'inspirai puis expirai plusieurs fois lentement, comme mon moniteur d'hapkido m'avait appris à le faire pendant nos exercices de concentration. Je m'efforçai de visualiser une douce vague océane rejoignant le grand large… et me représentai soudain en train de tailler une pipe au Sorcier sur la plage, entre le sable chaud et l'écume. Bordel.

La seule solution était de prendre moi-même les choses en main. Enfin, à une main. Je défis la ceinture de mon pistolet et entrouvris la fermeture de mon pantalon pour glisser mes doigts dans ma culotte. Mon bas-ventre était brûlant et poisseux ; je regrettai de n'avoir emporté qu'une seule culotte de rechange. Nom d'une sorcière en sucre. Autant me faire tatouer « incapable de se contrôler » sur le front, que les choses soient claires.

Au début, la friction était difficile parce que tout était trempé ; cependant, à force d'insister, je finis par frémir, puis par jouir tellement fort que je dus me frapper la tête contre le siège devant moi pour éviter de hurler. Je m'affalai ensuite en arrière sur la banquette, ruisselante de sueur, le front douloureux, l'estomac crispé, les jambes écartées. Je me rendis alors compte que je puais le sexe, et qu'à l'instant où je rentrerais dans la boutique, le Sorcier saurait que je m'étais branlée de manière pathétique dans la camionnette. Charlie le comprendrait sans doute aussi. Ainsi que tous ceux que j'allais croiser aujourd'hui. Génial. J'allais vraiment faire une bonne première impression.

Je ramassai un vieux bandana qui avait récemment servi à jauger l'huile et l'utilisai pour m'essuyer les mains. Avec un peu de chance, les odeurs d'huile de moteur et de diesel masqueraient la mienne. Et ces produits tueraient les virus dont je venais de tartiner le chiffon. Bordel.

Il n'y avait aucune poubelle en vue. Je remontai mon pantalon et m'équipai à nouveau ; ensuite, je me mis debout sur la banquette pour passer ma tête par le toit ouvrant et coincer le chiffon sur le canon de la mitrailleuse. À défaut de le brûler, exposer le bandana aux rayons du soleil était le meilleur moyen de le stériliser. Et au moins, personne n'aurait l'idée de s'en servir pour se moucher en urgence.

— Jessie ! entendis-je Pal s'exclamer dans mon esprit.

— *Dieu merci,* répondis-je télépathiquement. *Où est-ce que vous étiez passés, Cooper et toi ?*

— J'ai bien peur qu'on ait eu quelques soucis… On arrive vers vous. Préparez-vous à utiliser la mitrailleuse. Toutes les autres armes aussi. Il nous faut une puissance de feu maximum.

— *Quoi ? Merde.*

Je déposai mon fusil à pompe sur le toit et grimpai par la lucarne pour me positionner derrière la mitrailleuse. Avant de me rendre compte que, même si je parvenais (comme je pensais pouvoir le faire) à comprendre le mécanisme de mise à feu de l'engin, je serais de toute façon incapable de tirer sans le chat de Charlie à proximité.

— Charlie ! Sorcier ! hurlai-je en sautant et en gesticulant sauvagement en direction du magasin d'habits westerns. (La camionnette tangua dangereusement sous moi.) Venez par ici ! Il me faut le matou !

Debout sur le toit, je surveillai l'autoroute tandis que Charlie et le Sorcier se précipitaient vers le véhicule.

— Que se passe-t-il ? demanda-t-il.

— Je ne sais pas encore vraiment, répondis-je. Pal m'a contactée. Cooper et lui arrivent ; ils ont de la compagnie, apparemment.

« De la compagnie » se révéla bientôt être l'euphémisme de l'année, juste avant « Ce piment *diablo habañero* est légèrement trop épicé ». J'aperçus Pal qui galopait à toute vitesse sur l'autoroute… Cooper s'accrochait à son cou avec l'énergie du désespoir. Six camions pick-up leur collaient au train ; à l'arrière des véhicules s'entassaient des zombies brandissant des battes de baseball et des haches. Certains portaient des habits autrefois élégants, d'autres étaient en pyjama ou en jogging. À vue de nez, il y en avait une quarantaine.

Pal fonça droit sur nous ; il chantait son sort de vol mais sans effet, car il était trop loin du chat de Charlie. Nous n'avions pas beaucoup de temps. Je m'accroupis sur le toit de la camionnette en essayant de choisir entre l'option A, commencer à arroser les poursuivants avec le fusil à pompe, et l'option B, tenter de mettre en route la mitrailleuse. Une bouffée de fumée s'échappa de mon gant, témoin de mes nerfs à fleur de peau. Je me prononçai soudain pour l'option C, c'est-à-dire dénuder ma main enflammée et la brandir rageusement.

L'enchantement de Pal se mit enfin à marcher, et il s'éleva rapidement dans les airs. Le camion de tête accéléra, avec apparemment l'intention de s'écraser contre la camionnette pour me renverser.

— Dégagez de là ! hurlai-je.

Dès que Pal et Cooper m'eurent dépassée, je lâchai la sauce. Un jet d'ectoplasme incendiaire violet jaillit de mon bras avec la puissance d'un nettoyeur haute pression ; je suivis du regard la boule de feu surnaturelle fondre sur les poursuivants. Celle-ci frappa le camion de tête, qui s'embrasa et quitta brutalement la route quand ses pneus s'enflammèrent. Le sort des zombies à l'arrière du véhicule était insoutenable à contempler. Ils restaient étrangement silencieux tandis que leur chair se consumait.

Cependant, je n'eus pas vraiment le temps de réfléchir à mes gestes ; les autres pick-up arrivaient droit sur nous. Je les carbonisai à leur tour, de manière tout aussi efficace et épouvantable. L'air était chargé d'une odeur de soufre, de métal fondu, de pneus brûlés et de chair calcinée.

Au moment où je fis flamber le troisième camion, je me rendis compte que le jet d'ectoplasme faiblissait et mincissait. Avais-je épuisé ma réserve d'énergie ? Bordel. Je n'avais pas intérêt à gaspiller mon pouvoir sur un petit convoi de zombies avant même d'affronter Miko. Sans parler des Virtii qui ne manqueraient pas de faire une apparition au dernier acte.

Je décidai donc de me servir de ma main enflammée avec plus de parcimonie. La bataille fut vite terminée ; bientôt, il ne restait plus que les zombies éjectés de leur véhicule avant que celui-ci ne flambe. Ils se tortillaient dans des mares de sang, en essayant d'attraper leur arme et de se relever malgré leurs corps et leurs membres mutilés. Prise par un intense sentiment de nausée, je détournai le regard.

Debout à côté de la camionnette, les yeux rivés sur le carnage, Charlie répétait sans cesse la même prière en serrant son AK-47 dans ses mains tremblantes.

J'enfilai mon gant et ramassai mon fusil à pompe avant de m'éclaircir la gorge.

— Charlie, tu crois que tu pourrais... régler leur compte à ceux qui restent ? S'il te plaît ? demandai-je.

— Euh, ouais, répondit-elle en enlevant le cran de sécurité de son arme. (Elle avança sur le parking d'un pas hésitant.) Occupe-toi des rescapés de droite, je prends ceux de gauche.

Je glissai le long d'un pneu servant à cuirasser la camionnette puis sautai sur le bitume.

J'étais persuadée que le matou orange de Charlie bondirait et s'enfuirait du sac au premier coup de feu tiré par sa maîtresse, mais il continua à se prélasser contre son torse, ronronnant avec satisfaction. Charlie se promena entre les corps, tirant une balle dans le crâne de tous les cadavres qui semblaient encore bouger. Bien qu'elle tremblât, les gestes de la jeune femme étaient précis et sans hésitation ; ce n'était sans doute pas la première fois qu'elle se livrait à un tel nettoyage.

Je soulevai mon fusil et m'attelai à la tâche déplaisante de faire voler en éclat le crâne des zombies qui s'agitaient encore ; l'une des besognes les plus répugnantes et déprimantes que j'aie jamais accomplies. Au moins était-ce rapide : je ne tardai donc pas à rejoindre les mecs.

Le Sorcier soignait Cooper grâce à son cristal de guérison. Si j'en croyais les énormes hématomes violets qui ornaient le visage et le corps de mon compagnon, il s'était pris un coup de batte dans l'œil et quelques-uns sur les épaules et les bras avant que Pal ne parvienne à le tirer du combat. Pal se trouvait non loin de moi ; il me contemplait avec un regard que je n'arrivais pas à déchiffrer.

— Beau travail, dit Cooper, apparemment sans ironie ni sarcasme.

Je rougis.

— « Beau travail ? » Non. Ce massacre n'a rien de « beau ». Ce qui vient de se passer est tout simplement abominable. Je vais continuer à voir ces cadavres en flammes dans mes cauchemars pendant le restant de mes jours. Je m'en fous qu'il s'agisse de dépouilles sans âme, et ne me dis pas que je leur ai rendu service. Je ne veux plus jamais devoir faire une chose pareille, tu m'entends ? Donc si tu pars à la recherche d'une baston, arrange-toi pour la terminer tout seul !

Cooper me dévisagea.

— D'accord, je suis désolé, dit-il.

Sa colère ne semblait pas l'avoir quitté, ce qui m'irritait profondément ; mais je me mordis la langue pour éviter de lui balancer une réplique cinglante. Ce n'était pas le moment de se lancer dans une dispute.

Je fis demi-tour et me dirigeai vers la camionnette pour récupérer mon sac à dos, mon fusil et le harnachement de Pal.

— On s'en va, annonçai-je.

XVIII
FOLLE DU LOGIS

Tandis que Pal et moi suivions la camionnette de Charlie vers l'université de Cuchillo, le soleil disparaissait à l'horizon. Au milieu du campus, les rescapés avaient érigé une haute palissade en grillage (surmonté de fil barbelé) autour d'un ensemble de bâtiments en briques. Le périmètre comprenait le local du syndicat étudiant, l'infirmerie et deux tours-dortoirs. Un mur de sac de sable matelassait l'intérieur de la palissade ; une vigie armée d'un fusil était postée tous les cinquante mètres environ.

Une bande de garçons à la gueule d'étudiants nous accueillit à la grille d'entrée. Ils étaient affublés d'un assortiment d'habits étonnant : treillis couleur sable pleins de taches de café, T-shirts de l'Air Force ROTC, uniformes de combat de l'armée de l'air, jeans crasseux. Ils pointèrent leurs fusils sur Pal et moi, mais Charlie leur fit signe de baisser leur arme par la fenêtre de la camionnette. Les jeunes miliciens ouvrirent la grille pour laisser passer le véhicule tandis que Pal volait par-dessus la palissade et se posait dans la cour. Tous les regards se braquèrent sur lui ; comme Rudy cependant, nos hôtes n'avaient pas l'air ébahis de voir un monstre-araignée velu débarquer chez eux. La foule comprenait de grands adolescents ainsi que quelques femmes de mon âge, ou un peu plus jeunes.

La cour était également remplie de chats : ils ronronnaient dans des sacs à dos et des besaces, se prélassaient sur des tables de pique-nique en béton, faisaient la sieste sur un sac de sable ou une branche de chêne. Sans que je comprenne pourquoi, ces chats me semblaient familiers. Il est vrai que tous les chats se ressemblent, et je finissais sans doute par les confondre. Mais l'air de famille que partageaient ceux-ci était plus que troublant.

Un homme trapu d'une trentaine d'années habillé d'un uniforme de l'armée de l'air à manches courtes s'approcha de nous. J'aperçus des feuilles de chêne dorées sur ses épaulettes.

— Enfin du soutien aérien… formidable. (Il me tendit la main tandis qu'il examinait Pal de haut en bas.) Je suis le Major Woodrow Rodriguez, de l'US Air Force, base aérienne de Fineman, responsable des opérations militaires ici. Vous avez d'autres exemplaires de ce modèle ?

Il me regarda droit dans les yeux en me serrant la main ; je discernai chez lui une absence totale d'intérêt pour moi en tant que femme. D'habitude, les mecs vous matent d'abord un peu, ou évitent de croiser votre regard trop longtemps pour faire semblant d'être indifférent. Mais le Major se comportait envers moi comme si j'étais un meuble doué de parole. Cependant, lorsqu'il aperçut le Sorcier et mon homme torse nu sortir de la camionnette, je devinai une lueur d'intérêt sur son visage. Légère, mais réelle.

— D'autres exemplaires de Pal ? demandai-je. Désolée, il est unique. Mais si vous êtes de l'armée de l'air, alors où sont vos hélicoptères et vos avions ? Et pourquoi est-ce que tout le monde se trouve ici plutôt que sur la base aérienne ?

Jetant un coup d'œil aux cadets militaires minces comme des asperges qui montaient la garde, réparaient leur arme ou remplissaient d'autres obligations dans la cour, je me rendis compte que j'aurais eu du mal à me trouver un amoureux parmi eux si j'avais été célibataire. C'était logique, finalement : je connaissais mieux que personne les talents de tentatrice de Miko, or ces jeunes hommes venaient de subir une année entière de ses assauts physiques et mentaux. Survivre en étant gay dans une famille de militaires de l'ouest du Texas supposait un sens de la discipline proprement monacal ; ceux qui craquaient finissaient le plus souvent battus jusqu'au sang et crucifiés sur un mur de barbelés avant leur vingt et unième anniversaire. Le plus important était de sauver les apparences.

Le major éclata d'un rire rauque et amer.

— La base de Fineman n'est plus qu'un vaste cratère fumant, à l'heure qu'il est. Miko a infiltré les esprits de plusieurs de nos hommes à des postes clés ; elle leur a retourné le cerveau en les convainquant de commettre des actes de haute trahison et de terrorisme contre la base et leurs camarades des forces armées. Seules quelques douzaines d'entre nous ont survécu à l'assaut. Nous sommes parvenus à récupérer des armes de petit et moyen calibre, mais la plupart des véhicules et des avions ont été détruits. Quand nous avons découvert l'existence et les intentions de Miko, nous avons décidé de mobiliser les cadets ROTC inscrits à l'université de Cuchillo pour établir notre QG dans les bâtiments centraux du campus.

Malgré son air austère, le major débordait d'une espèce de sensualité virile. C'était un homme, un vrai, avec une mâchoire carrée et des épaules rassurantes. L'odeur de sa sueur chargée en testostérone enflamma ma libido. Peu importait ma relation stable, ou que le major soit gay ;

seule comptait l'urgence de mon désir. Qui souhaitait manifestement me rendre folle de frustration.

Inconscient de ce qui se tramait dans mon bas-ventre, le major fit un geste pour indiquer les deux tours-dortoirs.

— Ce complexe n'est pas un banal campus, expliqua-t-il. En plus de posséder sa propre centrale énergétique au labo de physique, il dispose d'un système d'égouts et de traitement des eaux usées. Lorsque Miko a attaqué la base de Fineman, elle a déversé des substances psychotropes dans notre réservoir. L'une de nos priorités a donc été de soumettre à un contrôle sévère nos stocks de nourriture et de boisson. Mais depuis son premier assaut, elle semble se contenter de nous harceler en espérant qu'on se démoralise.

— Elle a formulé ses exigences ? demandai-je en défaisant la lanière sous mon menton pour enlever mon casque d'équitation étouffant.

Mes yeux croisèrent de nouveau le regard froidement indifférent du major.

— Elle affirme vouloir nos âmes, répondit-il. Je n'étais pas croyant avant les récents événements, et jamais je n'aurais pensé voir de la magie ou des araignées volantes. Mais ce que Miko vole à ses victimes est l'essence même de leur humanité. Ceux qu'elle touche deviennent différents, étrangers à eux-mêmes. Nous avons perdu beaucoup d'hommes de cette manière.

— De femmes, aussi, j'imagine, ajoutai-je.

Le major tourna son regard vers Cooper et le Sorcier qui déchargeaient des caisses de munitions du coffre de la camionnette pour les tendre aux cadets qui attendaient à la queue leu leu devant le véhicule. Il haussa légèrement les épaules.

— Oui, de femmes aussi, répéta-t-il. Nous sommes tout de même parvenus à évacuer un maximum de mères et d'enfants du centre-ville avant qu'il ne soit mis en quarantaine. Il était de notre devoir de les protéger en priorité.

Réajustant nerveusement son sac en bandoulière, Charlie s'approcha de nous en regardant le major.

— Il faut que je l'emmène voir Sara, dit-elle.

— Bien sûr, répondit-il en consultant sa montre. (Il se raidit soudain.) C'est l'heure de ma tournée du soir : pardonnez-moi, mais je dois inspecter nos dispositifs de sécurité.

Il m'adressa un hochement de tête courtois et fit promptement demi-tour avant de s'éloigner à grand pas.

— Je crois qu'elle se trouve dans la Tour Nord, me dit Charlie. Mais, euh, ton araignée ne passera jamais la porte d'entrée.

Je me tournai vers Pal et le débarrassai de son harnachement.

— Tu ne voudrais pas te rétrécir, juste pour une fois ? lui demandai-je. J'aimerais éviter qu'on se sépare dans ce monde sans queue ni tête.

Il produisit un accord qui ressemblait à un soupir.

— D'accord, dit-il. (Il se mit à jouer une autre mélodie, et son corps rapetissa jusqu'à la taille d'un dogue.) C'est mieux ainsi ?

— Parfait, les portes ne devraient plus te poser de problèmes, répondis-je.

Après avoir rejoint Cooper et le Sorcier, nous nous dirigeâmes ensemble vers l'entrée du dortoir. L'air conditionné du bâtiment était médiocre, mais agréable comparé à la chaleur oppressante du dehors. Quelques jeunes hommes jouaient à Team Fortress sur une X-box reliée à une télé dans un coin, tandis que d'autres lisaient des livres ou faisaient des parties de cartes. D'autres encore dormaient sur des canapés. On aurait cru un dortoir masculin dans une fac quelconque, n'étaient-ce les uniformes, la crasse omniprésente et l'ambiance générale de désespoir.

Sans parler des chats. Il y avait des chats absolument *partout* : affalés sur la télé, étendus sur des étagères, roulés en boule sur les étudiants endormis. Soudain, leurs yeux verts et jaunes s'ouvrirent et se braquèrent tous sur moi ; un frisson me parcourut le corps.

Charlie remit son AK-47 à la blonde aux traits tirés derrière le guichet à l'entrée.

— Les armes sont interdites au-delà du vestibule, sauf pour les préfets de section et les officiers.

Nous lui tendîmes nos armes sans faire d'histoires. La blonde étiqueta les fusils et nous donna un coupon rose numéroté en échange.

— Ne les perdez pas, prévint-elle.

— On fera attention, promit le Sorcier.

— Sara doit être en train de parcourir le compte rendu des éclaireurs dans le salon des préfets de section… dit Charlie.

Elle fut interrompue par un hurlement provenant du couloir sur notre gauche. Un gros chat noir déboula soudain à toute vitesse dans la pièce, poursuivi par un homme d'une quarantaine d'années revêtu d'une soutane. Le prêtre à moitié chauve brandissait une lourde masse et marmonnait des mots en latin entre deux respirations essoufflées.

Le chat s'arrêta net devant Pal ; il hérissa ses poils en crachant. Le prêtre en profita pour rattraper le félin figé sur place et l'écrabouiller sans ménagement d'un puissant coup de masse. L'homme se mit à hurler une prière en latin (un exorcisme vieillot relativement inefficace) avant de fracasser le crâne de l'animal.

Une femme d'une trentaine d'années surgit alors des bureaux du fond. Elle portait un T-shirt bleu clair sur lequel quelqu'un avait écrit « Maire Suppléant » au marqueur bleu, un jean informe et un chapeau de cow-boy rouge pour enfant. Ses cheveux semblaient avoir blanchi prématurément. À sa hanche pendait un impressionnant revolver Ruger Super Redhawk de calibre .45.

Au moment où le prêtre levait sa masse pour asséner un nouveau coup au cadavre de la bête, la femme dégaina le Redhawk des deux mains, plaça le baril de neuf pouces contre sa nuque et appuya sur la gâchette. Le crâne de l'exorciste éclata comme une pastèque trop mûre en nous éclaboussant tous généreusement.

La femme essuya un morceau d'os sanguinolent de sa joue et contempla le corps sans tête de sa victime en fronçant les sourcils.

— Je t'ai averti trois fois de *laisser les minets tranquilles, Padre,* dit-elle. Un tel comportement est inadmissible. Je me suis déjà montrée plus que raisonnable, il me semble. (La femme sembla enfin remarquer que nous la dévisagions tous, bouche bée.) Ah ! Enchantée, vous devez être Jessie, dit-elle en se tournant vers moi avec un grand sourire. Je suis Sara Bailey-Jones, maire suppléante de Cuchillo. Les minets m'avaient prévenue que vous viendriez. Je suis vraiment désolée pour vos habits… Demandez à Britney au guichet à l'entrée de vous donner un nouveau T-shirt. Je crois qu'il leur en reste de la Journée pour la Paix dans le Monde. Vous en préférez un large ou un extra-large ?

Sara avait des yeux bleus comme des pilules d'amphétamines. En croisant son regard, je me rendis compte qu'elle était cinglée ; folle à lier, même. Mais elle semblait avoir de l'autorité. Aucun de ses subordonnés ne broncha, signe qu'un tel événement relevait de la routine.

— Extra-large, s'il vous plaît, murmurai-je d'une petite voix aiguë.

— Oh, regardez, mes minets ! s'exclama Sara en gloussant comme une adolescente.

Je baissai les yeux vers le sol. Les morceaux de chat écrabouillés semblaient se régénérer ; des pattes, une tête et une queue surgirent de chaque partie du cadavre, et bientôt plusieurs boules de poils noirs mignonnes à croquer ronronnaient sur le plancher.

— O.K, je suis officiellement flippé, murmura le Sorcier.

Sara ne sembla pas l'entendre. Elle se pencha pour ramasser le chaton qui s'était formé à partir des pattes arrière du chat noir, et me le tendit.

— Il est périlleux de s'aventurer seule, dit-elle. Emmenez cet ami.

— Mais… je ne suis pas seule, répliquai-je, incapable d'empêcher ma voix de trembler. Pal, Cooper et le Sorcier m'accompagnent.

— Vous aurez besoin d'un minet. Ils sont *indispensables*.

— Comment vais-je le nourrir ? Et où trouver une litière ?

Je songeai soudain que l'une des choses qui me perturbaient inconsciemment était l'absence de toute odeur de litière malgré la vingtaine de chats autour de nous. La pièce sentait le sang, la poudre et la sueur masculine. Mais pas les déjections félines.

Sara balaya mes questions d'un geste de la main ; on aurait dit que je lui avais demandé combien de fois la ville déblayait les rues en cas de tempête de neige.

— Inutile de s'en soucier ! Acceptez ce minet, je vous prie. (Elle prononça ces derniers mots d'un ton légèrement dur ; une lueur inquiétante passa dans ses yeux. Je décidai prudemment de lui prendre l'animal. Le chaton s'installa dans le creux de mes bras en ronronnant. Autour de lui flottait une odeur de fil électrique chauffé à blanc.) Voilà qui est mieux, dit Sara en m'adressant un sourire rayonnant. Vous n'aurez qu'à le mettre dans la sacoche que vous portez sur l'épaule : ils adorent voyager dans des besaces ou des sacs en bandoulière. Ils affectionnent les endroits sombres et exigus, comme les cafards. Sauf qu'ils sont beaucoup plus mignons, évidemment. En plus, les cafards n'aiment pas se faire grattouiller derrière les oreilles, ni qu'on leur frotte le ventre.

— Euh, j'ai l'impression que Jessie et ses amis sont fatigués, dit Charlie. (Elle avait l'air gênée et un peu inquiète, comme si elle craignait d'assister à la prochaine dinguerie dont Sara allait nous gratifier.) On pourrait peut-être demander à Britney de leur filer la clé de leur chambre ?

— Certainement, répondit Sara. Tu veux bien aller leur chercher comme une gentille fille ? On va les mettre dans la chambre double au huitième étage.

Je soulevai le chaton devant mon œil de gemme et clignai la paupière pour faire défiler plusieurs modes de vision magiques. J'étais curieuse de percer le secret de ces créatures.

— Alors… d'où viennent ces chats ? demandai-je.

— De mon poste de télévision, répondit Sara en ramassant un deuxième chaton pour le serrer affectueusement contre son menton. Comme il est doux ! Un jour, j'ai entendu le président dire à la télé que nous, les Américains, on était maître de notre destin. Pour une fois qu'il ne disait pas de bêtise ! Cet homme a fait beaucoup de mal au pays… J'avais bien envie de lui faire part de mes sentiments, d'ailleurs ; mais un soir que ma mère et moi on regardait la télé, un minet est sorti de l'écran ! Je l'ai appelé Ringu. De nombreux amis de Ringu, qui apparaissaient dans des publicités ou des vieilles séries, nous ont ensuite rejoints. (Sara arrêta de câliner son chaton et le contempla en plissant les yeux.) Je crois que celui-ci est sorti du film *Matrix*. Mais peu importe d'où ils viennent, ce qui compte, c'est qu'ils veulent m'aider à remettre les choses en ordre. Ils m'ont suggéré qu'on aille rendre visite au président pendant l'un de ses discours. (Sara me fixa droit dans les yeux ; son regard me mit profondément mal à l'aise.) Saviez-vous que, rapporté au poids, les chats sont les prédateurs les plus féroces de la planète ? me demanda-t-elle. Incroyable, mais vrai ! Alors on s'est préparé à rencontrer le président, mais au moment où il allait commencer à parler… panne de courant ! Miko nous avait coupé le jus. Je la *hais* ! Elle a *tout* fait foirer.

— *Qu'est-ce qui se passe, ici ?* demandai-je à Pal par télépathie.

— D'après moi, cette femme est douée de pouvoirs magiques latents mal canalisés, répondit-il. Il est possible que son Talent ait été réveillé par le même trauma émotionnel qui l'a fait basculer dans la folie. Un cocktail explosif. J'éviterai autant que possible de la contrarier.

— *Et les chats ?*

— Je ne suis toujours pas certain de leur nature exacte. (Pal piétina nerveusement en raclant ses griffes contre le sol.) Des esprits électriques, peut-être ? Des créations de l'esprit de Sara que ses pouvoirs ont spontanément projetées dans le monde matériel ? Une espèce de diable ? Il faut qu'on observe leur comportement. Mais vu qu'ils sont capables d'annuler le champ d'anti-magie de Miko, on ferait mieux d'en embarquer un ou deux.

— *Mein Gott*, toutes ces taches ! s'exclama une vieille femme qui surgit en claudiquant du couloir sur notre droite. (Elle portait une robe violette à manches courtes, et je crus d'abord qu'il s'agissait d'un zombie : elle avait l'air et l'odeur d'un cadavre, en tout cas. Cependant, son regard témoignait d'une vive intelligence.) Tu étais obligée de faire un massacre pareil ? (D'un geste, la vieille femme désigna le prêtre mort. J'aperçus un vieux numéro de prisonnier de camp de concentration à peine lisible tatoué sur son avant-bras décharné.) Traiterais-tu un rabbin de la sorte ? Tu appartiens à la *SS-Totenkopfverbände*, ma parole !

— Ne dis pas ça, maman ! répliqua Sara en se tournant vers la vieille femme, le visage écarlate. C'est blessant, tu sais. Je suis bien obligée de maintenir l'ordre.

À ces mots, les jeunes hommes présents dans le vestibule fermèrent leur livre, posèrent leurs cartes, arrêtèrent leur partie de jeu vidéo et s'éclipsèrent en silence. Derrière son guichet, Britney avait l'air désolée de ne pouvoir les imiter.

— Ce n'est pas du maintien de l'ordre, c'est du fascisme ! dit la vieille en martelant sa canne contre le sol pour souligner ses mots.

Le chaton dans ma sacoche se mit à vibrer. Ses poils crépitèrent, parcourus par de minuscules étincelles d'électricité. J'avais l'impression de toucher l'écran d'un poste de télévision cathodique.

— Tu veux retourner au cimetière, maman ? Parce que si c'est ce que tu souhaites, je peux t'y ramener de ce pas !

— C'est comme aller au coin, tu crois ? murmura le Sorcier.

Je le fis taire en lui adressant une talonnade experte dans la cheville. Charlie tira sur ma manche. Elle transportait une pile de T-shirts, de draps et de serviettes, ainsi que quelques morceaux de savon blanc.

— J'ai vos clés, annonça-t-elle.

Nous la suivîmes sans attendre le long du couloir de droite. Une fois à l'intérieur d'un ascenseur, Charlie et les chatons semblèrent nettement se détendre.

— Il arrive parfois qu'elles se disputent, dit Charlie. Mieux vaut ne pas rester dans les parages dans ces cas-là.

— Sara assassine souvent les gens, à part ça ? s'enquit Cooper.

Charlie sembla extrêmement gênée.

— Seulement quand le major Rodriguez n'est pas là. Et seulement quand quelqu'un la rend furieuse. En s'attaquant aux chats, par exemple. Je suis triste pour le *padre*, mais il savait parfaitement ce qui l'attendait. Il a dû complètement péter les plombs. Ou peut-être qu'il *voulait* que Sara le tue, pour lui éviter de livrer son âme à Miko.

Arrivés au huitième étage, nous sortîmes de l'ascenseur ; Charlie nous guida vers une suite comprenant deux chambres qui partageaient une salle de bain. L'ameublement était sommaire : deux canapés-lits simples, deux bureaux en bois clair et des étagères. Ajoutées à cela, il n'y avait que deux coiffeuses, deux chaises en bois, une lampe de style torchère et une vieille poubelle en acier. Derrière des portes coulissantes étaient dissimulés des placards étroits ; à part une poignée de cintres en fil de fer et quelques moutons de poussière, ils étaient vides.

— La plupart des chambres à cet étage ne disposent pas d'une salle de bain privée, mais Sara souhaite que soyez aussi bien installés que possible, dit Charlie. Je ne suis pas sûr de ce qu'elle attend de vous, mais elle a certainement une idée derrière la tête.

— Génial, entendis-je le Sorcier murmurer à l'oreille de Cooper.

Charlie déposa sa pile de T-shirts et de serviettes sur le canapé-lit le plus proche.

— Prenez le temps de vous rafraîchir et de vous reposer ici, dit-elle. Ils servent le dîner jusqu'à minuit à la cafétéria, mais aujourd'hui, il n'y a que du bœuf en boîte et du pudding au caramel au menu. Peut-être qu'il reste de la salade. On manque d'à peu près tout, mais les étudiants en agri parviennent de temps en temps à récolter un peu de verdure dans les serres. N'hésitez pas à solliciter Britney au guichet à l'entrée si vous avez besoin d'autre chose.

Charlie nous abandonna face à la pile de T-shirts. Les habits avaient été colorés de façon criarde suivant la technique de la teinture par nœuds ; ils étaient bariolés de traînées orange, jaunes, vertes et violettes. Sur le torse étaient imprimés un morceau de pizza au pepperoni dégoulinant de fromage et l'inscription « Avale-toi un morceau de Paix dans le Monde ! »

— Euh… dit Cooper. Ces fringues sont assez… pittoresques. Je crois que ma veste de costard me suffira.

Le Sorcier secoua gravement la tête.

— Mon esthéticienne est formelle : seules les couleurs sombres conviennent à mon teint, dit-il. Impossible que je porte du vert fluo et du rose crevette en public.

— Que diriez-vous d'utiliser un charme de lavage ? leur demandai-je.

— Tout à fait, répondirent-ils de concert.

Après avoir annoncé que j'étais prem's à la douche, j'attrapai ma culotte de rechange dans mon sac à dos et entraînai Cooper avec moi dans la salle de bain. Il se déshabilla complètement, tandis que je n'enlevai que le haut. Je n'avais aucune envie que le Sorcier manipule mes sous-vêtements sales de manière générale, et encore moins après la journée que je venais de passer. Il suffisait de leur jeter un coup d'œil pour deviner les pensées qui m'avaient traversé la tête au cours des dernières heures. Il ne serait pas difficile de laver ma culotte à la main, même si je n'avais rien d'autre que le savon bon marché distribué par Charlie.

Cooper tendit nos vêtements au Sorcier pour qu'il les nettoie grâce à un charme; je pliai mon linge intime, le calai sous le lavabo et pénétrai dans la douche. Le gros robinet mural qui perçait le carrelage semblait typiquement impossible à régler: il suffisait de le tourner d'un millimètre pour que l'eau passe du bouillant au glacial. Après quelques efforts je finis malgré tout par obtenir une température supportable.

— Rejoins-moi, chéri ! dis-je à Cooper.

Il pénétra dans la douche et se plaça sous le jet d'eau, la tête baissée et les yeux fermés. L'eau fumante ruisselait sur ses cheveux noirs et bouclés, coulant sur sa peau soyeuse le long de son dos et de son torse. Je fantasmai soudain qu'il me prenne contre la paroi humide, mes jambes enveloppées autour de ses hanches, ses mains partout sur mon corps.

J'attrapai le savon et le frottai entre mes doigts pour produire de la mousse, dont j'enduis ensuite les épaules de Cooper. Ses muscles étaient raides de tension; je sentis cependant en lui une vibration qui n'avait rien à voir avec du stress. Il bouillonnait encore de rage contre Miko.

— Tout va bien ? demandai-je.

— Impeccable, grogna-t-il sèchement.

Je frottai son dos en cercles de mes mains pleines de mousse, avant de les diriger lentement vers son entrejambe... Mais il écarta mes doigts de son sexe en se crispant soudain.

— Désolé, dit-il. Je ne suis pas d'humeur. Plus tard, peut-être.

Se rinçant rapidement, il sortit de la douche sans me regarder, me laissant seule et en manque. Je me sentais trop souillée et rejetée pour me satisfaire moi-même. Si cette situation se poursuivait encore longtemps, j'allais vraiment me mettre à chercher une corde et une poutre solides.

Inutile de s'en faire une montagne, songeai-je pour me raisonner. Cooper n'était pas d'humeur, point barre. Cela ne signifiait pas que ma maladie le dégoûtait ; s'il se montrait si froid, c'était à cause de Miko.

Une fois qu'on lui aurait réglé son compte et quitté ce bled maudit, notre relation reprendrait comme avant, n'est-ce pas ? Et dans le cas contraire… on trouverait sûrement un guérisseur capable de me soigner.

Mais avant de s'attaquer à Miko, il me restait un petit problème noir et malsain à expédier.

XIX
EXORCISME

— Il est l'heure de s'occuper du bébé Goad qui m'habite, déclarai-je, sortant de la salle de bain en me séchant les cheveux.

Malgré mes vêtements propres et frais, Cooper se mordillait la moustache en refusant toujours de croiser mon regard. Il avait remis son pantalon, mais pas sa veste.

— Les diables n'aiment pas vraiment qu'on les exorcise, donc la première chose à faire, c'est de te ligoter solidement pour éviter que tu ne te blesses ou que tu nous attaques. Tu préfères t'allonger, ou t'asseoir ?

Au moins me parlait-il en faisant des phrases complètes. Je tentai d'imaginer ce que le diable pourrait faire à mon corps si l'envie lui prenait de se venger de moi.

— Je pense qu'il aura plus de mal à me tordre la colonne dans tous les sens si je m'assois, répondis-je. En plus, je prendrai moins de place. Mais tu crois que vous serez capables de maîtriser ma main enflammée ?

— Sans problème, à mon avis, dit le Sorcier. Je peux me servir de cette poubelle pour fabriquer un pare-feu enchanté, et des meubles qui traînent pour confectionner un beau fauteuil de contention bien costaud. J'ai l'habitude d'en bricoler pour les fêtes. (Il se permit un petit sourire en coin.) Il faut juste qu'on trouve de quoi créer des sangles, et du métal pour renforcer l'ensemble.

Le Sorcier et Cooper passèrent quelques instants à établir la liste des matériaux requis : des chaises pliantes en métal, des écrous, des boulons, des ceintures de cuir et une poignée d'ingrédients magiques pour l'exorcisme ; puis, nous nous mîmes en chasse. Après avoir récupéré divers objets auprès des résidents de l'étage, le Sorcier et moi-même regagnâmes notre chambre. Je l'aidai ensuite à assembler le fauteuil de contention à partir des deux chaises de la pièce. Perchés sur l'une des coiffeuses, les chatons noirs jumeaux nous observaient travailler avec fascination.

Une heure de magie et d'huile de coude plus tard, le fauteuil était terminé. Cooper ne tarda pas à revenir avec plusieurs fioles d'eau bénite ainsi que d'autres ingrédients, qu'il avait apparemment dénichés dans la chambre du prêtre assassiné.

— Tu es prête ? me demanda-t-il.

— Bien sûr, répondis-je.

Je posai mes fesses sur la construction du Sorcier. L'appareil était conçu pour retenir mes bras à hauteur de poitrine de chaque côté de l'appareil ; celui de gauche se glissait à l'intérieur d'un gant en métal pare-feu forgé à partir d'une poubelle et de morceaux de chaise pliante. Le Sorcier s'était servi de la deuxième chaise pour rallonger le dossier et confectionner un appuie-tête. Une fois ligotée, j'étais incapable de bouger le petit doigt, mais plutôt confortablement installée.

Cooper approcha de ma bouche un protège-dents de football américain qu'il avait nettoyé et désinfecté.

— Ouvre la bouche, dit-il.

Il logea le protège-dents entre mes gencives; celui-ci avait un désagréable goût de plastique. J'avais l'impression de mordre dans un gros morceau de caramel moisi.

— Ce bidule devrait t'empêcher de te blesser trop gravement, dit Cooper. Mais pour ne prendre aucun risque, on va quand même t'attacher les mâchoires, au cas où le démon tenterait de te mordre la langue.

— Ce qui évitera aussi qu'il ne lance des sorts diaboliques pour contrer l'exorcisme, ajouta le Sorcier.

Un frisson de claustrophobie me parcourut la nuque tandis que Cooper resserrait une sangle en cuir autour de ma mâchoire inférieure, me forçant à mordre le protège-dents. Je me demandai si être ligoté à une chaise électrique procurait les mêmes sensations.

— *Reste près de moi, je t'en supplie,* dis-je à Pal par télépathie.

— Bien entendu, répondit-il. Jamais je ne t'abandonnerais dans un moment pareil.

Cooper s'assit en tailleur sur le sol devant moi, la tête baissée, les yeux rivés sur la fiole d'eau bénite qu'il tenait dans une main. Nous n'étions évidemment pas catholiques, et je ne m'attendais pas à ce que Cooper appelle Jéhovah à l'aide; mais l'eau bénite a des propriétés spirituelles purificatrices qu'un sorcier habile peut canaliser à son propre avantage.

— La porte est bien fermée? demanda-t-il en regardant son frère. (Le Sorcier hocha la tête en jouant nerveusement avec l'une des fioles d'eau bénite.) Allons-y, alors.

Cooper s'agenouilla devant moi, ferma les yeux, et se mit à réciter des mots très, très anciens.

Mon cœur bondit, et une douleur soudaine me vrilla la tête et les entrailles. Je sentis l'ectoplasme incendiaire jaillir de ma main et déborder du pare-feu, qui était rouge de chaleur et dégageait une épaisse fumée noire… mais semblait tenir bon.

Cooper chanta plus fort, se releva, et versa de l'eau bénite sur mon visage. Celle-ci m'infligea de telles brûlures que je crus que l'on m'arrachait la peau. Je hurlai malgré le protège-dents, les muscles secoués de spasmes. Ma vue se mit à se brouiller, puis à s'assombrir, et je me sentis tomber en arrière...

Je me retrouvai debout dans mon ancienne chambre à l'intérieur de la dimension infernale ; le plancher vibrait comme s'il y avait un tremblement de terre...

Puis, j'étais de nouveau assise dans le fauteuil, hurlant de plus belle, la gorge en feu. La voix qui sortait de mes lèvres n'était toutefois pas la mienne... Elle ressemblait plutôt aux miaulements d'une bande de *chats*. Ma vue s'éclaircit et je distinguai Cooper penché au-dessus de moi ; derrière lui, j'aperçus les chatons jumeaux racler leurs griffes contre la porte d'entrée, miaulant à tue-tête. Une pluie d'étincelles bleues jaillissait de leur épaisse fourrure noire.

— Continue, Cooper, tu l'as presque niqué ! dit le Sorcier.

Il tendit le bras pour essayer d'attraper les chatons, mais retira brusquement sa main comme s'il s'était brûlé, ou électrocuté.

La porte retentit soudain d'un grondement sourd : quelqu'un semblait vouloir l'enfoncer avec un bélier. Les chatons se réfugièrent sous le lit le plus proche ; le Sorcier recula d'un pas. Au deuxième coup, la serrure bon marché céda et la porte s'ouvrit brusquement vers l'intérieur, s'écrasant contre le mur en parpaings.

Sara apparut dans l'entrée, son Redhawk braqué sur la tête du Sorcier.

— Arrêtez tout, dit-elle. Maintenant.

— C'est impossible... commença à expliquer le Sorcier.

Sans un mot de plus, Sara entra dans la pièce et tira sur Cooper. Je sursautai dans mes sangles. La balle lui déchira le mollet. Il lâcha un juron avant de s'écrouler en arrière sur la moquette, serrant sa jambe qui saignait à profusion.

— *Mon Dieu, détache-moi, je t'en supplie !* dis-je à Pal par télépathie. (J'hésitai entre me jeter au secours de Cooper et faire cramer Sara sur place. Mais lorsque Pal s'approcha de moi, les chatons se carapatèrent dans le couloir ; mon feu s'éteint.) *Merde. Attends.*

— Bordel ! beugla le Sorcier.

Il leva son bras pour la frapper ou lui jeter un sort.

— N'y pense même pas, dit Sara en pointant le pistolet sur sa tête.

— Il nous suffirait d'un seul mot pour te tuer, ma belle, grogna le Sorcier. (Je ne l'avais jamais vu si en colère.) Un seul mot, et l'univers sera débarrassé de toi pour toujours, tu m'entends ?

— Allez-y. (Sa voix tremblait, pourtant elle semblait étrangement détendue.) Tuez-moi donc, si vous en êtes capables. Vous croyez que mes minets accepteront de vous suivre, ensuite ? Vous vous prenez pour des durs, mais sans magie, vous n'avez absolument *rien* de spécial. Vous *mourrez* ici comme les autres.

Le Sorcier s'agenouilla, attrapa l'une des ceintures inutilisées sur le sol et s'en servit pour faire un garrot en dessous du genou de Cooper.

— Mon frère risque de mourir à cause de toi, dit-il.

— Il survivra, répondit Sara en rangeant son arme. Le Docteur Ottaway va s'occuper de lui.

— Il est hors de question que je me laisse tripoter par un médecin Ordinaire, grommela Cooper sans desserrer les dents. Pourquoi tu m'as tiré dessus, putain ?

— J'interdis que vous fassiez du mal aux minets.

— Mais on ne leur faisait rien, on essayait juste d'ex… répliqua le Sorcier.

— Je me fiche parfaitement de vos intentions, le coupa Sara ; le fait est que les minets souffraient. Ce que je ne tolérerais pour aucune raison. Fin de la discussion. S'il faut que j'intervienne de nouveau, je n'hésiterai pas à tirer dans la tête. Je ne suis pas d'humeur à accorder une troisième chance, aujourd'hui.

Elle tourna les talons et disparut.

— Bordel, marmonna Cooper en tapant du poing contre le sol, son visage déformé par la douleur et la colère.

Derrière moi, Pal se mit à défaire mes sangles. Le Sorcier sortit son couteau suisse et découpa la jambe du pantalon de Cooper.

— La balle a traversé la chair, dit-il. Je pense qu'elle a dû se loger quelque part dans la moquette. On a de la chance qu'elle n'ait pas rebondi et touché quelqu'un d'autre. Mais je crois qu'il y a du tissu coincé dans la plaie. Ça risque d'être dur de s'en débarrasser avec la pince à épiler de mon couteau.

Quelqu'un frappa à la porte de la chambre. Un jeune homme roux en uniforme de l'armée de l'air avec un brassard flanqué d'une grosse croix rouge apparut devant nous. Il tenait un kit de secours kaki.

— Vous avez besoin d'aide ? demanda-t-il. (Il jeta un regard incertain à Pal, puis à moi attachée à ma chaise, et enfin à Cooper qui saignait sur la moquette.) Sara m'a envoyé un message radio pour me dire qu'il y avait eu un… un incident.

— Tu n'aurais pas une paire de pincettes chirurgicales ? demanda Cooper. (Il prit le couteau des mains de son frère et termina lui-même de découper la couture le long de la jambe de son pantalon. Le jeune homme hocha la tête.) Alors viens m'aider à nettoyer cette blessure.

Cooper enleva une impureté de sa lésion.

— Je n'ai pas de lidocaïne, ni rien…

— Ça m'est égal, mon gars, je veux simplement décrasser ma plaie avant de la refermer. Sorcier, va me chercher un chat pour que je puisse lancer un putain de sort.

Pal finit de me libérer de mes sangles au moment où le Sorcier s'engouffrait dans le couloir. En me relevant, je fus immédiatement prise de vertiges ; mes jambes se dérobèrent sous moi, et je me rassis dans le fauteuil.

— Tu devrais te reposer un peu, me dit Pal. Un exorcisme, même interrompu, est très éprouvant pour l'organisme.

Accroupi à côté de la jambe de Cooper, l'infirmier militaire examina sa plaie ; il se mit à en retirer des bouts de tissu sombres en tenant une lampe-stylo dans sa bouche, comme un cigare. Cooper serrait les dents et marmonnait des obscénités.

— Je crois que j'ai tout enlevé, annonça finalement l'infirmier.

Le Sorcier réapparut, un chaton calé dans le creux de son bras.

— Celui-ci était caché sous l'un des canapés, à côté des ascenseurs dans la pièce commune, dit-il.

— Wouh. Génial, répondit Cooper, l'air maussade.

Il serra son mollet blessé et entama un enchantement de guérison. L'effrayante plaie rouge rétrécit peu à peu ; de la chair rose apparut aux extrémités de la lésion avant de progresser vers l'intérieur en cercles concentriques. Quand il s'arrêta de chanter, Cooper contemplait son mollet en fronçant sévèrement les sourcils.

— Je crois que ça ira, dit-il. Merci pour ton aide, mon gars.

L'infirmier militaire se releva, visiblement nerveux et impressionné.

— Il faut que je vous emmène voir Doc Ottaway, déclara-t-il.

— Pour quoi faire ? demanda Cooper en lui adressant un regard irrité. Je suis en pleine forme, maintenant !

— C'est un ordre du major Rodriguez. Tous les blessés graves doivent être examinés par le médecin en chef. Certains se sont fait attaquer par des chiens – enfin, à ce qu'ils disaient – et ont affirmé qu'ils n'avaient pas besoin de soins. Mais ensuite… ils se sont transformés en ces *créatures*… (L'infirmier se tut un instant, comme s'il se souvenait de quelque chose d'horrible.) Bref, c'est un ordre. Il faut que vous me suiviez jusqu'au bureau de Doc Ottaway, sinon le major me fera la peau.

Cooper souffla d'un air exaspéré avant de se relever en s'appuyant sur sa jambe nouvellement guérie.

— D'accord, maugréa-t-il. Puisque tu insistes. (Il me regarda, puis se tourna vers le Sorcier.) Vous restez ici, vous, ou quoi ?

— Je ne crois pas avoir la force de me balader en pleine chaleur, répondis-je. Mais si tu veux l'accompagner, Sorcier, je t'en prie. Pal s'occupera bien de moi. Il faut qu'on retrouve l'autre chaton, de toute façon.

— Ça marche, dit Cooper. (Il s'avança vers moi et déposa un bisou rapide sur mon front.) Sois sage tant qu'on est partis.

Il quitta la pièce en boitant, suivi par le Sorcier et l'infirmier.

Pal me regarda en clignant des yeux.

— Que se passe-t-il entre Cooper et toi ? demanda-t-il. Ses phéromones ont une odeur très bizarre.

— Je ne sais vraiment pas, répondis-je. Miko lui a embrouillé l'esprit. Elle l'a rendu furieux. Sa colère ne retombe pas. (Je mordillai l'un de mes ongles en réfléchissant à la situation, et pris une décision.) Rattache-moi dans le fauteuil. Je dois parler à mon père.

XX
SHIMMER LE MAGE

Je me projetai sans difficulté dans ma dimension infernale ; ouvrant le tiroir de ma coiffeuse, je me saisis d'une paire de ciseaux à ongle pour m'entailler la peau, afin de disposer de quelques gouttes de sang pour enchanter le miroir.

— Tu es là ? appelai-je tandis que le miroir s'éclaircissait, révélant l'intérieur de l'atelier de Shimmer. C'est Jessie, tu m'entends ?

— Ah ! Une minute, s'il te plaît ! l'entendis-je répondre.

Un bruit de claquettes annonça son arrivée ; il s'installa bientôt sur la chaise en bois devant le miroir. Il me dévisagea d'un air profondément inquiet.

— Comment te portes-tu ? demanda-t-il. Tout va bien ?

— Euh... en fait... pas vraiment, bredouillai-je. On n'a pas encore retrouvé mon frère parce que... on a eu d'autres ennuis.

Je passai ma langue sur mes lèvres en réfléchissant à la manière dont j'allais lui résumer les événements récents. Puis me lançai dans un récit le plus complet possible, en omettant de mentionner que Miko m'avait transformée en esclave sexuel et que ma libido tournait à plein régime depuis.

— Il semble en effet que vous ayez quelques soucis, dit-il quand j'eus terminé mon récit. (S'appuyant contre le dossier de sa chaise, mon père se frotta le menton d'un air pensif.) Il est très préoccupant que tu ne puisses pas te débarrasser du Goad. Mais on dirait que tu prends suffisamment de précautions. Les virus dans le sang sont tout aussi inquiétants, mais je pense que tu trouveras quelqu'un pour les guérir. Les bonnes sœurs du couvent local sont des guérisseuses assez douées, même si elles croient avoir affaire à des miracles qui répondent à leurs prières. On se moque d'elles, mais peu importe d'où elles tiennent leur pouvoir, du moment qu'elles le partagent avec notre famille. (Il haussa les épaules et se pencha vers l'avant.) La faucheuse d'âme est un péril bien plus grand que ton diable ou tes maladies. Il ne faut pas que vous tombiez entre ses griffes. Souviens-toi : ce qui l'intéresse avant tout, ce sont vos âmes, et elle les trouve particulièrement délicieuse quand on lui offre par désespoir. Elle préfère ne pas les arracher de force à ses victimes.

— Que penses-tu du comportement de Cooper ? demandai-je.

Je faillis ajouter : « Tu crois qu'il me hait, maintenant ? » Vu l'expression sur mon visage, mon père n'eut cependant aucun mal à deviner le sens de ma question.

— Miko sait deviner les faiblesses des gens, répondit-il. Ton compagnon est affaibli par sa colère. Elle le distrait, lui embrouille la tête, l'éloigne des personnes qu'il aime. Mais sache qu'il t'aime pour de vrai ; surtout, pas d'inquiétude de ce côté. Il s'en souviendra quand il aura repris ses esprits. Jusqu'à ce moment-là, tu dois te montrer patiente avec lui, et veiller sur lui avec bienveillance. Vous êtes tous en grand danger; les bas instincts que Miko réveille en vous aggravent ce péril. Donc je te supplie de faire attention: trouve ton frère et déguerpissez de cet endroit le plus vite possible.

— On fera de notre mieux, répondis-je.

— Je vais lancer une série de divinations pour essayer d'obtenir des informations qui pourront vous servir. C'est difficile de distinguer quoi que ce soit derrière la barrière magique érigée par le Virtus Regnum, mais je crois que j'ai mes chances. (Il marqua une pause.) Je veux que tu me *promettes* que votre priorité sera de quitter la ville. Je sais que tu as un grand cœur et que tu voudras rester pour aider les survivants de Cuchillo... Mais ils ne font pas partie de ta famille. La famille est plus importante que tout. Je te demande de ne pas risquer la vie de ton frère et la tienne pour t'occuper de gens Ordinaires inconnus.

Il avait l'air si triste et si inquiet que je m'entendis dire:

— Je te le promets.

Avant de me demander tout de suite si c'était vraiment la bonne réponse.

XXI
DOPPELGANGER

Après avoir dit au revoir à mon père et refermé le miroir, je m'assis sur mon lit pour réfléchir. Il avait raison : Miko essayait manifestement de nous pousser à bout dans l'espoir que l'on craque et que l'on se rende. Les zombies avaient été des adversaires *volontairement* faciles. L'objectif de leurs attaques était de nous épuiser, de remplir nos esprits d'images sanguinolentes et de nous faire culpabiliser pour avoir massacré des grands-mères. Une lente entreprise de démoralisation, comme le major l'avait dit.

À condition de garder le nord, j'étais certaine de pouvoir nous tirer sans trop de heurts de cette mésaventure. Ma libido déchaînée ne me facilitait cependant pas la tâche, non plus que la distance créée entre nous par la fureur de Cooper. Ce n'était pas simplement qu'il fallait que je tire un coup pour éviter de devenir folle… il me manquait pour de vrai. J'avais envie de le serrer dans mes bras, de frémir sous ses doigts, de rire avec lui. Nos instants de plaisir volés dans la tente chez Mère Karen semblaient remonter à une éternité.

Je jetai un coup d'œil à la chambre. Je me sentais chez moi dans cette dimension, à présent. C'est moi qui avais engendré ce monde, à partir de ma mémoire et ma volonté. Que pouvais-je fabriquer d'autre ?

Je tendis mes mains devant moi et fermai les yeux. Puis je songeai à Cooper, à ses cuisses puissantes, à ses bras musclés, à ses tatouages runiques, à ses mains douces, à ses cheveux noirs et bouclés, au son de sa voix…

Une main ferme et familière se saisit de la mienne.

J'ouvris les yeux.

Cooper se tenait debout devant moi, souriant. Il était nu, sa queue splendide à moitié en érection. Manifestement content de me voir, donc.

— Tu m'as manqué, dit-il.

Je me rendis compte l'instant d'après que je rêvais précisément de l'entendre prononcer ces paroles. Constat que je décidai d'ignorer pour le moment.

— Je suis contente de te voir, répondis-je.

Je me relevai et me retrouvai nue d'un simple souhait. Nous nous embrassâmes : sa bouche avait un goût de Nutella, comme s'il venait d'avaler un rapide quatre heures à la cuisine. Sa peau sentait le gingembre et le mâle propre.

Lorsque nos lèvres se séparèrent, Cooper serra doucement mes seins dans ses mains et se pencha vers moi pour attraper mon téton droit entre ses lèvres. Un frisson délicieux m'électrisa la poitrine, le ventre, et finit son parcours sur ma fente… Cette étincelle soudaine attisa une cruelle sensation de manque dans mon bas-ventre… Je lâchai un gémissement. Avec un grand sourire, Cooper se releva et me poussa gentiment en arrière sur le lit. Les jambes pendantes, je m'allongeai sur le dos.

S'agenouillant entre mes jambes sur la moquette, il écarta mes lèvres avec ses pouces. Ma chair s'embrasa à son toucher ; je brûlais d'impatience. Pour m'exciter encore plus, Cooper fit délicatement courir le bout de sa langue autour de l'ouverture de mon vagin. Puis, il remonta ma fente trempée jusqu'à mon clito, qu'il évita soigneusement, contournant mes zones les plus sensibles pour me tourmenter davantage.

— Baise-moi, murmurai-je. Baise-moi, je t'en supplie.

Il mouilla ses doigts en les frottant contre mes lèvres et se mit à caresser ma chair avec des petits gestes circulaires, continuant de frôler à peine mon clitoris. J'inspirai profondément. Il se releva ; sa queue dure effleura l'intérieur de ma cuisse, remontant lentement jusqu'à mon vagin. Il appuya le bout de son gland contre ma chair impatiente et commença à me pénétrer tout en stimulant directement mon clitoris…

…je gémis de nouveau, soulevée par une vague d'extase, prête à me laisser emporter…

Il enfonça sa queue en moi et je jouis, mon sexe frissonnant de plaisir autour de son membre. Je jetai ma tête en arrière contre le matelas et enveloppai mes jambes autour de sa taille pour qu'il me pénètre le plus profondément possible.

Une fois passé le pic de mon orgasme, Cooper ralentit le rythme, allant et venant plus doucement entre mes reins, faisant renaître une douce tension… avant d'accélérer de nouveau tandis que, clouée au lit, je m'abandonnai complètement à ses assauts. Je sentis sa queue frémir en moi lorsqu'il jouit ; le contact de sa semence brûlante contre ma peau me fit chavirer : un deuxième orgasme me secoua, mes nerfs tellement submergés de plaisir qu'à court de souffle, je faillis m'évanouir.

Nous nous écroulâmes ensuite sur le lit, vidés. Je m'endormis, éclairée par la lumière tranquille de l'après-midi qui filtrait par les fenêtres silencieuses.

XXII
FIÈVRE

Je me réveillai en sursaut dans la dimension infernale. Le double de Cooper avait disparu. Combien de temps avais-je dormi ? Impossible de le savoir. Je roulai hors du lit et me dirigeai vers la porte rouge.

Je sus que quelque chose ne tournait pas rond dès l'instant où je repris conscience dans le fauteuil de contention. J'avais le regard brouillé. Je souffrais d'un mal de tête. Des frissons de fièvre me parcouraient le corps. J'avais des remontées de bile, et les entrailles sens dessus dessous.

— *Pal ?* pensai-je. *T'es là, Pal ?*

— Te revoilà, Dieu merci ! s'exclama Pal. J'étais mort d'inquiétude. Tu as disparu toute la nuit.

— *Je me sens patraque. Tu veux bien me détacher, s'il te plaît ?*

Clignant des yeux pour m'éclaircir la vue, j'aperçus la forme imposante de Pal s'approcher de moi.

— J'arrive tout de suite, dit-il.

Il défit les sangles qui retenaient ma tête et mes mâchoires, puis libéra mes bras et mes jambes.

Je sortis le protège-dents de ma bouche et me relevai lentement; au moindre mouvement, mes articulations raides et mes muscles éreintés protestaient douloureusement. Mon estomac acide souffrait de crampes. J'avais la bizarre impression que le sol était en pente. Les meubles me semblaient onduler; soudain, je me rendis compte que j'apercevais de petites créatures farfelues du coin de l'œil.

— Je vois les bestioles bizarres, dis-je d'une voix traînante.

— *Aïe aïe aïe*, dit Pal en mettant une patte sur mon front. Tu es bouillante.

Je me rassis sur la chaise.

— Je croyais que l'hépatite ne se déclencherait pas avant plusieurs semaines, marmonnai-je.

— Je ne pense pas qu'il s'agisse d'une hépatite, répondit Pal. Je ne suis pas médecin, mais tu n'as pas l'air d'avoir la jaunisse. À mon avis, le coupable est plutôt une infection du sang différente, que le fétiche du Sorcier n'a pas réussi à détecter.

— Où sont les mecs ?

— Le Sorcier et Cooper ont réapparu environ une heure après que tu as rejoint ta dimension infernale; apparemment, le docteur a accordé à Cooper un certificat de bonne santé. Mais un militaire de l'armée de l'air est rapidement venu les chercher. Ils avaient besoin d'eux pour repousser une attaque de zombies. Je ne sais pas quand ils reviendront, malheureusement.

— Bordel. (Je passai ma langue pâteuse sur mes lèvres. Je discernai les bestioles de mieux en mieux: ces petites créatures étranges fourmillaient dans tous les coins. Une étoile de mer vermillon faisait la sieste sur mon genou.) Tu pourrais me passer une bouteille d'eau ?

— Pas de problème, répondit Pal en se tournant vers mon sac à dos.

L'un des chatons attira mon attention en miaulant ; mais la fièvre me brouillait les yeux. Je ne distinguai qu'une masse noire dotée de deux grands yeux scintillants et d'une gueule béante aux longues dents recourbées. La créature me rappelait davantage un poisson préhistorique qu'un félin.

Je l'observai avec horreur bondir sur ce qui ressemblait à une pâquerette dodue à tentacules. Le « chaton » engloutit la pauvre bestiole en deux bouchées.

— Pal ? dis-je la voix tremblante.

— Oui ? répondit-il en me tendant la bouteille d'eau.

— Je viens de découvrir ce que mangent les chats de Sara : ce sont des prédateurs.

— Mon Dieu. Vu leur réaction à l'exorcisme, il s'agit très certainement de diables.

Je jetai un coup d'œil autour de la pièce.

— En plus, je crois qu'on est entourés de crottes de chat paradimensionnelles.

— Je t'avoue que je suis ravie de ne pas partager tes visions. (Pal posa de nouveau une patte contre mon front tandis que je buvais une longue gorgée d'eau.) Je crois que tu devrais consulter un médecin.

— Pas besoin de me convaincre.

Mon familier m'aida à me hisser hors du fauteuil de contention, puis à marcher le long du couloir jusqu'aux ascenseurs. Il devait être environ cinq heures du matin ; rien ne bougeait dans le dortoir. Une fille inconnue dormait sur la chaise derrière le guichet. Une fois dehors, prise de vertiges et de nausées à cause de la chaleur, je trébuchai contre le premier trottoir… Pal me rattrapa juste à temps. Produisant une courte mélodie, il retrouva sa taille habituelle avant de me transporter sur son dos jusqu'à la clinique.

Le grand hall d'entrée du Centre de Soins Universitaire était bondé de lits militaires où se trouvaient ligotés des zombies ; ils avaient, de surcroît, les oreilles bouchées et les yeux bandés. Chaque zombie était alimenté grâce à une perfusion et disposait d'une poche urinaire. Au bout du hall, j'aperçus Sara assise sur une chaise à côté de l'un d'entre eux, dont elle tenait la main en pleurant.

Une menue jeune femme en blouse d'hôpital verte contempla Pal d'un air éberlué avant de se précipiter vers nous.

— Je peux vous aider ? demanda-t-elle.

— Je suis malade, j'ai une espèce de fièvre, dis-je à l'infirmière tandis que Pal me déposait sur le sol. (Je hochai la tête en direction de Sara.) Que se passe-t-il, là-bas ?

L'infirmière suivit mon regard et son visage prit une expression peinée.

— Ah. Oui. Il s'agit du mari de Sara, Bob. Il nous a quittés il y a environ six mois, et elle ne s'en est toujours pas remise.

— Vous conservez tous ces corps en vie simplement dans l'espoir de pouvoir leur rendre leur âme un jour ?

L'infirmière Barnes hocha la tête.

— Tout à fait. C'est en cela que consiste notre travail ; nous nous efforçons de l'accomplir du mieux possible.

Elle tira un petit thermomètre numérique de la poche avant de sa blouse.

— Pourquoi faut-il les rendre sourds et aveugles ? demandai-je. Parce qu'ils sont particulièrement sensibles à la lumière, ou au bruit ?

— Non. Mais on a découvert au prix fort que Miko pouvait s'en servir pour nous espionner. (L'infirmière eut soudain l'air mal à l'aise.) Penchez-vous un peu vers moi pour que je puisse prendre votre température.

J'obéis à sa demande. Elle inséra le thermomètre dur et froid dans mon oreille.

— Mon Dieu, vous avez en effet quarante de fièvre, dit-elle. Suivez-moi, il faut qu'on fasse baisser cette température.

Pal reprit sa taille de mastiff pour me soutenir tandis que j'emboîtai tant bien que mal le pas à l'infirmière. Bientôt, nous débouchâmes dans une salle d'examen beige absolument bondée de créatures en forme de champignons avec de minuscules ailes de papillon. À la demande de l'infirmière, je m'assis sur la table d'examen en caoutchouc. Pas de papier stérilisé : ils avaient dû assez rapidement venir à bout de leur stock.

L'infirmière me prit la main, puis fronça les sourcils en apercevant les marques rouges laissées par les sangles sur mes poignets.

— Que s'est-il passé ? demanda-t-elle.

— J'ai eu une attaque d'épilepsie, répondis-je. Mes amis m'ont attachée pour éviter que je me fasse mal.

L'infirmière semblait déjà assez impressionnée par Pal ; inutile de l'informer que j'étais possédée par un diable.

— Vos crises sont-elles fréquentes ? demanda-t-elle. (Ouvrant mes paupières, elle examina mes yeux l'un après l'autre à l'aide d'une lampe-stylo électrique. Elle fronça les sourcils en découvrant mon ocularis.) Qu'est-ce que cela ?

— C'est un œil artificiel de fortune, répondis-je.

— Vos crises ont démarré après la perte de votre œil naturel ?

— Oui.

C'était la stricte vérité. Elle se retourna et se mit à griffonner furieusement sur un bloc-notes, ne levant les yeux que pour me demander mon nom et mon numéro de sécu, que je lui indiquai d'un air affable.

— Quant à cette irritation cutanée ? demanda-t-elle, le stylo aux aguets.

— Quelle irritation ? répondis-je. (Je baissai le regard vers mes bras : j'avais en effet la peau recouverte de pustules rouges qui me démangeaient.) Eh ben. Première nouvelle. Je n'étais même pas au courant.

— Avez-vous été exposée au sang de l'un des Captifs ? demanda-t-elle.

Manifestement, le personnel de la clinique avait reçu comme instruction de ne pas utiliser de termes comme « zombie » pour désigner les marionnettes de Miko.

— Oui, j'ai reçu plusieurs belles giclées hier. En plus… je suis porteuse d'une hépatite, mais je ne sais pas si la maladie s'est déjà déclarée.

L'infirmière sembla réfléchir, puis se remit à écrire.

— Vous n'êtes pas un cas isolé ici, dit-elle. Le docteur Ottaway devrait être debout, à l'heure qu'il est… je vais voir si elle peut vous examiner. (Elle posa le bloc-notes, avança jusqu'à une armoire non loin et en retira une grosse boîte d'Ibuprofène 800 : de vraies doses de cheval.) Avez-vous des problèmes de saignements ? Êtes-vous allergique à l'Advil, à l'aspirine ou à la téracycline ? Êtes-vous enceinte ?

— Non, non et non.

— Parfait. (Elle remplit d'eau un gobelet en papier au lavabo, puis me le tendit avec l'une des pilules d'Ibuprofène.) Ceci vous aidera à calmer votre fièvre. Nous vous en donnerons d'autres à emporter.

— Merci, dis-je en avalant le médicament.

L'infirmière quitta la pièce avant de revenir quelques minutes plus tard avec une femme élégante (malgré sa fatigue évidente) habillée d'une longue blouse blanche de médecin. À peine plus vieille que Cooper, le docteur Ottaway avait le front dégagé et une raie au milieu de son épaisse chevelure grisonnante, à la manière de Frida Khalo ; elle avait toutefois l'air moins sévère que l'artiste.

Le docteur sursauta lorsqu'elle aperçut Pal accroupi sur le sol à côté de moi.

— Qu'est-ce que c'est que ce truc ? demanda-t-elle.

— Ce « truc » s'appelle Pal, répondis-je.

— Mais de quoi s'agit-il ?

Je creusai ma cervelle fiévreuse à la recherche d'une réponse un tant soit peu crédible.

— C'est… une araignée-furet… ours… du… Japon. C'est super à la mode d'en avoir un, là-bas.

Je me rendis compte que, malgré sa couleur de furet et sa forme d'araignée, Pal rappelait aussi un ours par certains côtés : ses dents, son crâne large, la texture de sa fourrure.

— Je vais devoir vous croire sur parole, dit-elle. (Elle se raidit soudain, reprenant une attitude professionnelle, et me tendit la main.) Je suis le docteur Christine Ottaway. Et vous êtes… ? (Elle jeta un coup d'œil au bloc-notes.) Jessie Shimmer ?

Je lui serrai la main. Elle avait une forte poigne et des cals de joueurs de guitare sur le bout des doigts.

— En effet, répondis-je. Merci de m'avoir reçue en urgence.

— Par ici, je n'ai *que* des urgences, ma chère, dit-elle en riant. J'ai de la chance si j'arrive à fermer l'œil cinq heures par nuit. Mais assez parlé de moi. Vous souffrez d'une fièvre assez sévère, ainsi que d'irritation cutanée et d'une infection sanguine. Avez-vous subi de nouveaux maux de tête ? De nouvelles crampes aux muscles, ou à l'estomac ?

— La liste complète, répondis-je.

Elle s'approcha de moi et se mit à tâter la peau de mon cou sous ma mâchoire.

— Vous avez clairement les ganglions lymphatiques enflés, déclara-t-elle en sortant un abaisse-langue et une lampe-stylo de sa blouse. Ouvrez la bouche, tirez la langue et dites « Ah ». (Je m'exécutai.) Parfait, vous pouvez refermer la bouche. (Elle se retourna pour jeter l'abaisse-langue à la poubelle.) J'ai l'impression, ma pauvre, que vous avez contracté un vilain virus local : *Ehrlichia mutans*.

— De quoi s'agit-il ? demandai-je, me sentant soudain profondément mal à l'aise.

— C'est une bactérie de la famille des *Anaplasmataceae*, répondit-elle. (Elle avança jusqu'au distributeur d'alcool désinfectant, versa quelques gouttes dans sa paume et se frotta vigoureusement les mains.) Normalement, il se transmet exclusivement via les morsures de tiques, et les symptômes ne se déclarent que plusieurs semaines après l'infection : mais on ne compte plus les surprises, de nos jours. Notre virus maison est particulièrement rapide. Il a pour principal effet de provoquer une irritation cutanée comme la vôtre, mais je l'ai parfois vu détruire des reins. Malheureusement, dans notre clinique, personne ne survit très longtemps en dialyse. Mieux vaut donc vous administrer d'emblée un traitement agressif.

— Pas de problème, dis-je en hochant la tête.

— Veuillez m'apporter une bouteille de doxycycline, dosée comme d'habitude, ainsi qu'un flacon d'Ibuprofène 200, dit le docteur Ottaway en se tournant vers l'infirmière.

Tandis que celle-ci partait chercher les antibiotiques, le médecin attrapa le bloc-notes et se mit à rédiger des indications.

— Je vais vous prescrire un flacon de pilules de doxycycline 100 mg. Je veux que vous alliez directement à la cafétéria pour avaler de la nourriture avant d'en prendre *trois*. Si vous ne mangez rien après l'Ibuprofène 800 que vous venez d'ingurgiter, vous risquez de vous rendre encore plus malade. N'oubliez pas ensuite d'en prendre deux ce soir avant de vous coucher, puis une matin et soir jusqu'à vider le flacon. Je vous donne aussi un flacon d'Ibuprofène, mais surtout, n'en consommez pas avant huit heures… Après quoi, vous pourrez vous en permettre deux toutes les quatre à six heures, en fonction de votre fièvre. (Elle marqua une pause.) Essayez également d'éviter le soleil autant que possible. Ces médicaments rendent la peau photosensible. Vous comprenez tout ce que je viens de vous dire ?

— Il me semble que oui, dis-je en hochant la tête.

— Parfait, répondit-elle en déchirant sa feuille de bloc-notes pour me tendre ses indications. Si jamais vous apercevez du sang dans votre urine, revenez me voir *immédiatement*.

— Pas de problème, répondis-je. Merci pour tout.

L'infirmière Brown revint avec mes médicaments dans un sac en papier kraft ; le médecin me congédia avec les politesses habituelles.

XXIII
MONSTRES

Mon petit-déjeuner à la cafétéria consista en des céréales sans goût, un œuf reconstitué caoutchouteux et des antibiotiques. Pal m'aida ensuite à retourner jusqu'au dortoir, où je m'installai dans le fauteuil de contention pour dormir un peu.

— Pas très nourrissant, cet œuf, dit Pal. J'ai encore un petit creux. Je crois que j'ai senti une odeur de rats quand on était dans le vestibule : ça te dérange si je descends chasser le rongeur à la cave ?

— *Je pense que c'est une mauvaise idée,* répondis-je par télépathie, incapable de parler à cause de la sangle serrée autour de ma mâchoire. *Moi je veux bien que tu partes en vadrouille, du moment que tu verrouilles les portes de manière à ce que personne ne puisse entrer ici pendant que je dors. Mais tu as l'air d'un monstre et ici, presque tout le monde possède un gros pistolet. Je ne voudrais pas que tu te fasses tirer dessus.*

Pal sembla vexé.

— Je suis au courant, merci. Je comptais me rendre invisible. De toute façon, je suis parfaitement capable de me défendre contre les armes à feu.

— *Je ne suis toujours pas convaincue... Et si je descendais avec toi après m'être reposée un peu ?*

Pal me regarda en clignant des yeux; il racla impatiemment l'une de ses griffes contre la moquette.

— J'ai *vraiment* faim, mais j'accepte ce compromis du moment que tu ne pionces pas trop longtemps, dit-il.

— *Cool.*

Mes paupières se fermaient déjà, et bientôt je dormais à poings fermés.

Je me réveillai en sursaut en entendant le cliquetis d'une clé dans la serrure. Vu l'angle des rayons de soleil qui filtraient à travers les stores, j'avais dû fermer les yeux pendant deux ou trois heures. Je ne pouvais pas regarder autour de moi, mais au moins je ne voyais plus les bestioles bizarres, et ma fièvre ainsi que mes crampes avaient disparu. Les médicaments semblaient avoir fonctionné. Malheureusement, je n'apercevais pas non plus mon familier.

— *Où es-tu, Pal ? Quelqu'un entre dans la pièce,* dis-je par télépathie. (Soudain, je pris conscience de mon extrême vulnérabilité. J'ignorais combien de personnes possédaient la clé du dortoir.) *Pal, tu es là ?*

Pas de réponse. La porte finit par s'ouvrir et à mon grand soulagement, le Sorcier pénétra dans la chambre. Toutefois, lorsque je vis qu'il était seul, je fus de nouveau prise par un sentiment d'anxiété. Il portait un treillis zébré et un T-shirt beige : à en juger par la crasse, les coupures et les bleus sur son visage et ses bras, il ne devait plus rester grand-chose de son costume de soirée.

Un sac en toile de jute kaki était juché sur son épaule. Il le déposa sur le lit. Le chaton noir qui s'était échappé se faufila hors du sac pour grimper sur l'étagère, d'où il nous contempla avec ses grands yeux jaunes. Son jumeau sortit de sa cachette sous le lit et escalada le meuble jusqu'à son frère.

— Elle est où, l'araignée ? demanda le Sorcier. (Il avait les yeux vitreux et injectés de sang de celui qui a passé trop de temps sans dormir, mais qui est tellement shooté à l'adrénaline qu'il en oublie sa fatigue. Son regard se posa sur la sangle qui me retenait la mâchoire.) Impossible que tu me répondes, suis-je bête…

Il ferma la porte à clé et revint vers moi pour défaire les lanières qui m'immobilisaient la tête. Il avait les mains couvertes de poussière, de graisse et de gouttes de sang.

— Lave-toi d'abord, s'il te plaît, articulai-je tant bien que mal en dépit du protège-dents.

Il me lança un regard légèrement irrité, mais se retira dans la salle de bain pour se débarbouiller rapidement au lavabo.

— Merci, dis-je après qu'il eut enlevé le protège-dents de ma bouche avec ses doigts propres. Je crois que Pal est parti chasser le rat pour calmer sa faim. Où est Cooper ?

— Toujours en train de buter des zombies. Si tu veux mon avis, il y prend beaucoup trop de plaisir. (Le Sorcier déposa le protège-dents sur l'une des coiffeuses et attrapa l'une des chaises pliantes pour s'asseoir en face de moi.) Mais qui suis-je pour gâcher le plaisir de mon propre frère ?

Sa façon de prononcer le mot « plaisir » fit retentir des sirènes d'alarme dans mon esprit.

— Sors-moi de ce fauteuil, s'il te plaît.

Il avait le regard rivé sur mes seins.

— Tu sais que tu es terriblement sexy attachée comme ça ? susurra-t-il. Incroyablement sexy, même.

Mon cœur se mit à battre plus fort, de peur et de… désir, nom de Dieu. Non, je refusais d'y croire. En croisant son regard, je sus que le Sorcier n'était plus maître de lui-même. Son surmoi avait pris la poudre d'escampette, laissant ses pulsions aux commandes.

— Vous avez combattu Miko, au front ? demandai-je en bafouillant à moitié. (Ils l'avaient de toute évidence rencontrée : elle avait ouvert en grand les vannes de sa libido. Qui devait être encore plus déchaînée que la mienne.) Détache-moi, je t'en prie. Avant de regretter tes actes.

— Je t'ai vue… enchaîna-t-il. (Il s'arrêta, se pencha vers moi et expira tout près de mon cou. Son souffle chaud me donna la chair de poule.) Je t'ai vue nue dans le désert. Il y avait très, très longtemps que j'avais envie de voir ça. Je crois que j'ai envie de jeter encore un coup d'œil.

Je me tortillai pour tenter d'échapper à son emprise, mais j'étais clouée au fauteuil. Je tentai de me rappeler un sort pour me libérer, mais mon esprit était rempli d'images du Sorcier en train de me sauter comme une bête. Envahie par le désir et la panique, je fus incapable de me souvenir du moindre enchantement.

— Arrête, je t'en supplie, dis-je. Tu ne te contrôles plus. Moi non plus, d'ailleurs. Miko nous embrouille la cervelle.

Il ne sembla pas m'entendre.

— T'as vraiment une splendide paire de loches, Jessie. Tu sais que je peux faire jouir une femme rien qu'en suçant ses tétons ? Carrément. Voilà au moins une chose que je fais mieux que Cooper. Qui ne mérite pas une femme aussi magnifique que toi.

— Bordel, Sorcier, il s'agit de ton *frère*.

— Je ne vois pas d'anneau autour de tes doigts. S'il voulait te garder pour lui seul, vous n'aviez qu'à passer devant l'autel.

— J'ai-une-hépatite, dis-je en appuyant bien sur chaque mot.

— Et moi, des préservatifs ! dit-il en commençant à remonter mon T-shirt. J'arrive à deviner quand les femmes trempent leur culotte, et tu m'as l'air d'être en train d'imbiber sévèrement mon pantalon en cuir de dragon.

— Enlève tes sales pattes tout de suite ! Je t'interdis de continuer. *Stop* !

Il commençait à m'énerver. Vraiment. Ce n'est pas parce que j'étais manifestement excitée qu'il avait le droit de me sauter dessus. Il me traitait comme une chienne en chaleur, bordel, et je méritais plus de respect.

Le Sorcier se releva et descendit la braguette de son treillis. Puis en retira sa queue. Son membre faisait environ la même taille que celui de Cooper, mais il était bien plus épais, et plein de veines noueuses. Son gland écarlate en forme de champignon se dressa triomphalement devant mon visage ; je me demandai malgré moi ce que je ressentirais s'il me pénétrait soudain. Miko, sois mille fois maudite.

— Cooper rêverait d'avoir un engin pareil, dit-il en caressant lentement sa queue de la main gauche. En tout cas, les nanas qui ont goûté aux deux sont toutes revenues me voir pour que je remette le couvert, sans exception. Et souvent trois ou quatre fois.

— Si tu me touches, l'avertis-je en serrant les dents, je te botterais le cul comme jamais personne ne te l'a botté.

— Ah ouais ? répliqua-t-il en arquant un sourcil. (Il m'adressa un grand sourire : manifestement, il prenait ma menace pour un défi.) Alors allons-y.

Il releva mon soutien-gorge, se pencha vers moi et attrapa mon téton gauche entre ses lèvres. Le souvenir de sa mort inonda ma conscience ; je sentis une lame fantôme me trancher la gorge… et soudain, mon irritation se transforma en une rage telle qu'elle éclipsa mon désir et ma peur. Il savait *parfaitement* que m'embrasser me ferait du mal, mais ça n'avait pas suffi à l'arrêter !

Hurlant de douleur et de terreur, je nous transportai tous les deux dans ma dimension infernale.

Le Sorcier était debout dans ma salle de bain, à nouveau habillé dans son costume de soirée, d'apparence semblable au moment où nous étions entrés dans la Taverne féerique. Il jeta des coups d'œil inquiets autour de lui.

— Où… où sommes-nous ? bredouilla-t-il. Quel est cet endroit ?

Je lui assénai un direct du droit en plein dans la mâchoire : il tomba en arrière dans le placard et s'écroula sur le sol, la lèvre en sang. Ici, j'étais bien plus forte que lui.

— Tu es censé être mon ami ! lui hurlai-je. Tu dois faire preuve de respect et de savoir-vivre à mon égard, pas me violer, espèce de connard !

— Je ne… dit-il en tentant de se relever.

Ses protestations me jetèrent dans une rage folle : je me ruai sur lui, m'assis sur son torse et le rouai de coups de poing, fracassant son nez, ses pommettes, ses mâchoires et ses dents en hurlant des obscénités. Après une douzaine de beignes, le visage du Sorcier ressemblait à un animal fraîchement écrasé par une voiture ; il s'étouffait dans son propre sang de manière pathétique. Il n'avait même plus l'air d'un être humain.

Je sentis une bosse rigide frotter contre l'intérieur de ma cuisse. Je basculai sur mes talons et lui arrachai son pantalon et son caleçon. Sa queue se dressa soudain devant mes yeux, énorme, rigide et insolente.

— Tu es encore excité ? grognai-je. Après tout ce que je viens de te mettre ?

Sa langue lacérée se tortilla, mais sa bouche était trop démolie pour qu'il parvienne à former des mots. Je me fichais de savoir que je devenais folle. J'étais trop furieuse. Le Sorcier allait recevoir la correction qu'il méritait, et celle-ci ne faisait que commencer.

Je me mis à l'étrangler sauvagement. Le souvenir de Miko tuant le GI passa dans mon esprit comme un sombre écho. Suffoquant, le Sorcier tenta de desserrer mon étreinte, mais c'était peine perdue.

— T'as envie de baiser ? criai-je. (Mes habits avaient disparu ; je sentais son gland poindre contre la motte entre mes cuisses.) Je vais t'apprendre à forniquer, espèce de salop !

Je soulevai mes hanches et enfonçai brutalement ma chatte sur sa queue raide ; ma fente n'était plus un organe donneur de vie et d'amour, mais la bouche édentée et râpeuse d'une vieille sorcière des marécages... le genre qui s'acoquine avec des dieux cornus, qui dévore les princes arrogants et qui engraisse des petits enfants à l'intérieur d'une cage en os humains dans les profondeurs des bois.

Je continuai rageusement mon va-et-vient en l'étranglant de plus belle, espérant réduire son os pelvien en bouillie, mais à ma grande surprise, je me sentis jouir... fort.

Lâchant un cri, je tombai à la renverse sur le lit, ma chair vibrant encore. Le Sorcier avait l'air mort : j'avais dû finir par l'étouffer. Qu'avais-je fait, mon Dieu ?

Peut-être pouvais-je encore le sauver. Je me relevai sur mes jambes flageolantes, attrapai son poignet et commençai à le traîner vers la porte rouge.

Soudain, il reprit conscience avec un grognement animal et se releva en titubant. Ses yeux bleus luisaient de colère sous son visage sanguinolent ; son membre était à nouveau raide. J'aurais pu le pousser à travers la porte pour éviter ce qui se passa ensuite, mais la force de son désir avait réveillé le mien et je me contentai de soutenir son regard brûlant.

Le Sorcier me jeta face la première contre le matelas ; ses mains rugueuses soulevèrent brusquement mes hanches et je me retrouvai à quatre pattes sur le lit. Les souvenirs traumatiques rangés en dessous tremblèrent dans leur bocal. Le Sorcier m'écarta les jambes, puis pressa le bout arrondi de son gland contre mon intimité avant de me pénétrer d'un coup de hanche bestial. Une douleur intense m'envahit... que l'alchimie de mon désir métamorphosa en sensation d'extase. Quand le Sorcier enfonça de nouveau sa queue, un orgasme me secoua, brusque et implacable comme l'attaque d'un serpent à sonnettes. Je hurlai contre l'oreiller tandis qu'il jouissait aussi, sa volupté accompagnée par les convulsions rythmiques de mon vagin soudain inondé de liquide brûlant.

Regagnant un brin de lucidité, je me rendis compte que si nous restions dans la dimension infernale, nous finirions par nous entre-tuer, à la plus grande joie de Miko. *Il faut qu'on se tire d'ici, nom de Dieu.*

La pièce bascula soudain et nous nous retrouvâmes debout, le Sorcier me prenant contre la porte rouge. Je tendis le bras pour attraper la poignée, la tournai, et nous fûmes précipités à l'intérieur du portail.

Nos corps n'avaient pas bougé d'un millimètre depuis que nous étions partis. J'avais les mâchoires douloureuses, comme si le Goad les avait frottées l'une contre l'autre. Le Sorcier lâcha mon téton et se redressa, la mine livide et effrayée. Sa queue pendait mollement hors de sa braguette, une goutte de sperme encore collée au bout. Il venait d'éjaculer copieusement sur ma poitrine et mon ventre.

— Que s'est-il passé ? dit-il d'une voix tremblante. Mais qu'est-ce qui nous est arrivé, bordel ? Mon Dieu, qu'est-ce qu'on vient de faire ?

— Sors-moi de ce fauteuil, le suppliai-je.

Le Sorcier hocha la tête, les lèvres serrées, puis referma rapidement sa braguette et se mit à défaire mes sangles… quand Cooper apparut sur le pas de la porte habillé en treillis.

Nous nous figeâmes tous les trois. Le regard effaré de Cooper passa du visage coupable du Sorcier à mes seins nus, où séchaient encore des coulées de sperme. Son visage grimaçant de rage devint écarlate.

Sans dire un mot, il se rua sur son frère et lui asséna un formidable coup de genou entre les jambes. Le Sorcier lâcha un croassement rauque et s'écroula sur le sol, plié en deux. Cooper se jeta sur lui, rouant son visage de coups comme je l'avais fait dans la dimension infernale. Le Sorcier se roula en boule pour protéger sa tête. La fureur aveugle de Cooper me terrifiait. Il semblait prêt à tuer son propre frère.

Les chatons jumeaux nous observaient toujours avec leurs grands yeux jaunes en ronronnant depuis leur étagère.

— Au secours ! hurlai-je. À l'aide, quelqu'un ! *Pal !* appelai-je par télépathie. *Pal ! J'ai besoin de toi ! Ramène-toi !*

Toujours pas de réponse. Où pouvait-il bien être ? Je me remis à crier à l'aide.

Après ce qui me sembla être une éternité (en réalité plutôt une minute), quatre cadets déboulèrent dans la pièce, suivis par Sara.

— Séparez-vous immédiatement ! hurla-t-elle. Les bagarres sont interdites dans le dortoir ! Allez vous battre dehors !

Les cadets empoignèrent les deux frères et remirent le Sorcier sur ses pieds. Je vis qu'il avait le nez cassé et une vilaine égratignure au-dessus de l'œil gauche. Puis, ils les traînèrent de force le long du couloir jusqu'aux ascenseurs.

Ce qui me laissa seule dans la chambre, toujours ligotée au fauteuil. Enfin, pas tout à fait seule : les deux chatons me contemplaient d'un air réjoui du haut de leur perchoir, visiblement amusés par la situation.

— *Où es-tu, Pal, nom de Dieu ?* appelai-je de nouveau par télépathie.

Silence radio. Je sentis la panique me gagner. Sara empêcherait-elle Cooper de tuer le Sorcier ? Mon petit doigt me disait que non. Et où Pal avait-il disparu ?

Je recommençai à m'égosiller malgré ma voix de plus en plus enrouée.

— S'il vous plaît ! J'ai besoin que quelqu'un me libère !

Charlie passa sa tête par la porte et fixa son regard sur le fauteuil, les sangles et mes seins nus.

— Eh ben, que s'est-il passé, par ici ?

— Détache-moi, je t'en *supplie*, répondis-je. Il faut que je descende, je crois que Cooper va buter le Sorcier !

Charlie entra et se mit à défaire les sangles.

— Vous vous êtes, euh… amusés sur cet engin, le Sorcier et toi ? demanda-t-elle.

Je fermai les yeux et inspirai profondément.

— C'est compliqué, dis-je. Mais Cooper pense que oui.

— Ah.

Ses joues rosirent tandis qu'elle finissait de me libérer. Dès la dernière sangle débouclée, je marmonnai un « merci » avant de bondir sur mes pieds malgré mes muscles en feu, mon mal de crâne et une soudaine sensation de vertige. Je remis rapidement mon soutien-gorge et mon T-shirt et fonçai jusqu'aux ascenseurs pour tenter d'arrêter Cooper.

XXIV
PIÈGES À GOGO

DESCENDANT AUSSI VITE que possible, je me précipitai dans la cour, essoufflée. Si j'avais réfléchi un instant, je me serais arrêtée pour attraper mon arme et un chaton. Mais j'étais si fiévreuse et paniquée qu'il me fallait faire de gros efforts pour simplement aligner quelques mots. Je n'avais qu'une idée en tête : retrouver Cooper. Des taches sombres apparaissaient devant mes yeux, mais au moins je n'apercevais plus les bestioles. Je balayai la cour du regard, mais ne vis pas de cadets groupés en cercle autour d'une baston ; je tendis l'oreille, mais sans entendre les grognements d'hommes qui s'entre-tuent, ni le bruit sourd de poings qui cognent contre la chair.

Je me hâtai donc vers un militaire assis à l'une des tables de pique-nique ombragées qui consultait un manuel de réparation d'armes.

— Vous n'auriez pas vu deux types en train de se battre ? demandai-je. Vous sauriez où ils sont partis ?

Il leva la tête en clignant des yeux ; ses lunettes tenaient grâce à du fil électrique et du chatterton.

— Euh, ouais, répondit-il. L'un des deux a insulté Sara et ensuite, il a commencé à hurler une flopée de mots bizarres. Sara s'est fâchée tout rouge et a ordonné qu'on les expulse du campus.

La panique m'envahit soudain.

— Vous les avez expulsés ? dis-je. Où ?

— Là-bas, pas loin.

Il pointa son doigt d'un air perplexe vers la grille d'entrée que nous avions franchie le jour précédent.

Je lâchai un juron et me précipitai vers le portail ; en y repensant, je ne sais vraiment pas ce que je comptais faire.

— Laissez-moi sortir ! hurlai-je.

Les sentinelles se regardèrent en haussant les épaules et ouvrirent les portes grillagées. Je m'élançai au pas de course dans les rues désertes, hurlant les prénoms des deux hommes jusqu'à en perdre la voix.

Après quelques minutes de course effrénée, des larmes et de la sueur coulaient le long de mon visage, mon sang battait dans mes tempes et ma vision s'obscurcissait. Je m'arrêtai et m'appuyai sur les genoux pour tenter de reprendre mon souffle.

— Jessie…

Je levai les yeux. Miko se tenait debout juste devant moi.

Elle m'adressa un grand sourire.

— Je retiens tes amis prisonniers. Livre-toi à moi, et je les relâcherai. Sinon… je suis sûre que je saurai quoi faire de leur corps une fois que je me serai approprié leur âme.

Lâchant un juron, je défis d'un geste la manchette en Velcro de mon gant de rodéo avec l'intention de trancher le visage de cette salope dès que j'aurais sorti ma griffe. Mais l'instant d'après, elle me tenait par le poignet, inondant mes sens tantôt de plaisir, tantôt de douleur, tandis que je tombais à genou, complètement à sa merci.

— Je crois qu'au plus profond de toi-même, tu aimes autant donner la mort que moi, fillette… On ferait une belle équipe, toi et moi, si seulement tu acceptais de *coopérer* un petit peu.

Le plaisir se transforma à nouveau en douleur ; l'un de ses souvenirs me revint en tête :

J'allumai la lumière dans la salle de bain du motel et examinai mon corps dans le miroir en pied. La douleur avait empiré ; je saignais davantage et j'avais à nouveau les nerfs enflammés. Ma figure était épouvantable, même selon mes standards. J'avais une blessure de la taille d'une balle de base-ball au-dessus de mon rein gauche, et une autre de la taille d'une assiette au-dessus de mon nombril, aux endroits où la grenaille m'avait transpercé la chair. Des billes de plombs étaient coincées entre mes vertèbres et des fragments de côte brisée me traversaient la peau. Mon T-shirt était en lambeaux. J'étais couverte d'épines de cactus de la taille jusqu'au menton. De la terre et de l'herbe étaient collées à mes plaies. Inspirant profondément, je tirai mon couteau à cran d'arrêt et mes pinces à épiler de mon sac à dos, prête pour une nouvelle séance d'auto-chirurgie dans la joie et la bonne humeur…

Je parvins péniblement à libérer mon esprit du souvenir de Miko tout en secouant ma main libre pour faire glisser le gant de rodéo. Sans chat, je n'aurais pas de flammes, mais il me restait la griffe. Rassemblant mes dernières forces, je plongeai mes lames aussi profondément que possible dans le corps de la démone.

Miko disparut, et le zombie qu'elle avait possédé s'écroula sur le sol. Il s'agissait du major Rodriguez ; ses yeux grands ouverts regardaient fixement au loin. Je venais de lui ouvrir le torse : son sang dégoulinait de ma griffe.

À la vue de son cadavre, je fus soudain envahie par une fatigue écrasante, tandis que ma fièvre et ma nausée redoublèrent d'intensité. Je tombai à genou sur le bitume chaud et éclatai en sanglots. J'avais échoué, misérablement échoué. J'avais perdu l'amour de ma vie et éventré la seule personne qui semblait pouvoir contrôler un tant soit peu Sara. Nous étions perdus par ma faute…

Quelques minutes plus tard, j'entendis quelqu'un courir dans la rue derrière moi. Mais je m'en fichais.

— Jessie ? appela la voix de Charlie. Que s'est-il pas… Oh non. Mon Dieu.

Je l'entendis avancer plus lentement vers moi.

— Miko m'a eue, murmurai-je. Elle en avait fait sa marionnette. Je l'ignorais avant de le tuer.

— Je te crois. Mais convaincre les autres risque d'être plus compliqué. Ils… ils voudront te coller sa mort sur le dos, parce qu'ils peuvent se venger sur toi, mais pas sur Miko. (Elle me tira par la manche.) Il faut qu'on retourne à l'intérieur du périmètre. C'est dangereux de rester ici.

Je contemplai le cadavre du major, incapable de réagir.

— On ne peut pas simplement le laisser là, dis-je finalement. Ce n'est pas correct.

— On n'a pas le choix. Si on le ramène avec nous… tu es couverte de sang. Ils te tueront sur-le-champ ou presque. On ne peut plus rien faire pour lui : Miko possède son âme. Peu importe au major que son cadavre se fasse dévorer par des animaux, et comme ça, ses hommes ne se douteront pas que tu l'as tué.

Charlie m'aida à me relever et vida sa gourde pour nettoyer le sang suspect sur ma griffe. Elle sortit un bandana beige de son sac en bandoulière et me le tendit pour que je sèche mes larmes.

— Tu n'as pas vu Pal ? Mon araignée ? demandai-je.

Je remis mon gant de rodéo et repris courage. Tout n'était peut-être pas perdu, après tout. Et même si c'était le cas, il était hors de question que j'offre à Miko le plaisir de ma reddition.

Charlie secoua la tête.

— Tu as croisé tes amis ? demanda-t-elle.

Je sentis mes yeux se gonfler de larmes, que j'essuyai rageusement avec le dos de ma main de chair.

— Miko les retient en otage, répondis-je. Elle dit qu'elle les relâchera si je me livre à elle.

— Mais tu ne vas pas le faire, hein ? demanda Charlie d'une voix inquiète.

Je ne répondis pas et nous continuâmes notre route vers le campus en silence. À la moitié du chemin, mon cœur bondit de joie lorsque j'entendis la mélodie étrange de Pal au-dessus de nos têtes… Mon euphorie céda toutefois bientôt sa place à la colère.

— Où étais-tu, bordel ? hurlai-je dans sa direction tandis qu'il se posait sur le bitume devant nous.

Il tenait un chaton blotti dans sa patte avant gauche. Ses jambes étaient couvertes de profondes égratignures. Sa fourrure était déchirée en de nombreux endroits.

— Je suis sincèrement désolé, répondit-il. J'avais si faim, et tu semblais si paisiblement endormie… Je pensais qu'une demi-heure me suffirait largement pour attraper quelques rats et calmer mon estomac…

— Waouh, dit Charlie. On dirait qu'il sort des tunnels de vapeur.

J'avais toujours du mal à déchiffrer le visage extraterrestre de Pal, mais il me sembla qu'il était gêné.

— On ne peut rien cacher à cette jeune femme, dit-il. Quand j'étais dans la cave, j'ai découvert une porte scellée qui donnait sur les tunnels ; à mon grand regret, la faim m'a poussé à crocheter la serrure et à pénétrer à l'intérieur.

— Qu'y a-t-il dans les tunnels de vapeur ? leur demandai-je à tous les deux.

— Des rats, répondit Charlie. Des rats énormes et vicieux.

— Pour être plus précis, une bande de murothropes rôde dans les tunnels, expliqua Pal. Ils ont utilisé d'authentiques rats de Norvège pour m'appâter hors du champ magique de mon chat avant de m'attaquer en grand nombre. J'ai de la chance de m'en être sorti en gardant ma carapace intacte.

— Waouh !

Les rats-garous sont pires que les loups-garous ; leur nombre, leur ingéniosité et leur perfidie font plus que compenser leur manque de force brute. Ma colère envers Pal s'évanouit. Je m'en voulais à présent d'avoir pu croire qu'il m'avait abandonné sans raison.

— *Promets-moi que tu ne partiras plus jamais en vadrouille tout seul,* lui dis-je par télépathie tandis que nous nous remettions en route vers le périmètre protégé. *Des choses terribles sont arrivées aujourd'hui parce que l'on s'est séparé. Moi, je te promets de ne plus jamais dormir quand tu as faim.*

— Je te le promets avec joie, répondit Pal. Mieux vaut rester ensemble, dans cet endroit. (Il brandit le chaton.) À ce propos, j'ai trouvé ce matou dans la chambre, mais pas Cooper, ni le Sorcier. Tu sais où ils se cachent ?

Je sentis à nouveau jaillir des larmes, et fermai mes yeux pour les retenir.

— C'est Miko qui les a, répondis-je. Elle nous a tendu un piège et on a sauté dedans à pied joint.

Je fis à Pal un résumé par télépathie des événements survenus après qu'il fut parti attraper de quoi compléter son petit-déjeuner.

— Mon Dieu, commenta-t-il. C'est tout simplement effroyable.

— Catastrophique, tu veux dire ! m'exclamai-je. Sans compter que je n'ai pas la moindre idée de la marche à suivre.

— Si tu veux mon avis, mieux vaut se restaurer convenablement avant de prendre une décision. Le petit-déjeuner est déjà loin, et moi, je n'ai finalement pas réussi à attraper de rats…

— Bonne idée. Hé, Charlie, tu sais ce qu'ils servent à la cantine pour le déjeuner ?

Nous nous assîmes tous les trois à une table isolée dans un coin de la cafétéria. Non pas que nous avions spécialement l'intention de faire bande à part, mais curieusement, personne ne semblait vouloir s'installer à côté de Pal. Charlie et Pal eurent droit à du ragoût de bœuf avec du riz. Quand il entendit que je ne pouvais pas manger de viande, le serveur eut pitié de moi : en plus de me servir une double ration de riz, il me tendit quelques paquets de cacahuètes. Pas grand-chose, peut-être, mais au moins c'était de la nourriture, ce qui ne pouvait pas me faire de mal.

— J'essaie vraiment de voir la situation du bon côté, dis-je en avalant deux Advil avec une gorgée de Gatorade. (Huit heures n'étaient pas encore tout à fait passées depuis ma visite à la clinique, toutefois la fièvre redémarrait de plus belle.) Mais j'ai beau retourner le problème dans tous les sens, Miko nous a bel et bien coincés.

— Sara m'a envoyé vous chercher pour une bonne raison, dit Charlie en sirotant son coca. Elle ne me demande pas d'aller récupérer *n'importe* quel idiot qui tombe du ciel, vous savez. Les chats l'ont informée que vous aviez une tâche importante à accomplir.

— Alors pourquoi a-t-elle balancé le Sorcier et Cooper dans les bras de Miko ? demandai-je. Comment est-ce que Pal et moi sommes censés nous en sortir sans les mecs ? On est condamnés à une mort horrible !

— Je n'ai pas reçu comme instruction de vous ramener *tous*, seulement Jessie Shimmer, précisa Charlie. Les chats ne s'intéressaient qu'à vous, et personne d'autre.

— D'autre part, les Virtii ne vous ont certainement pas piégés ici pour rien, ajouta Pal. Sans doute que ces chats diaboliques ont compris la même chose que les Virtii, à savoir que tu es capable de faire mordre la poussière à la terreur locale. Ou moi, d'ailleurs.

— J'aimerais beaucoup que quelqu'un m'explique comment je vais bien pouvoir battre Miko, répliquai-je les dents serrées. (L'opération chirurgicale improvisée de Miko dans sa salle de bain me revint à l'esprit : autant dire que mon fusil à pompe ne servirait plus à grand-chose une fois qu'on aurait trouvé le véritable corps de la démone. Sauf si la scène que j'avais revécue était factice, et destinée à me tromper.) Ce serait sympa que l'un des chats m'écrivent un mot, du genre : « Salu, ele a une féblesse au genou goche » ou « allergique aux KKhuètes LOL ». Bref, je voudrais un peu d'aide, si c'est pas trop demander !

Je me rendis compte que j'avais haussé la voix et que les personnes aux autres tables nous regardaient en murmurant.

— Parle-moi par télépathie, Jessie, me dit Pal.

Il avala son assiette de ragoût en une bouchée et jeta un regard plein de regret à la queue devant la cuisine de la cafétéria.

— T'as raison, répondis-je en lui passant un paquet de cacahuètes.

Je tirai la langue aux militaires qui nous dévisageaient encore.

— Je suis au courant de certaines choses, déclara Charlie en frottant d'un air absent les cicatrices blanches qui striaient son avant-bras. Pas concernant Miko, mais sur les zombies. Elle est capable de les posséder, mais pas de les fabriquer. Pour cela, elle a besoin de quelqu'un d'autre.

Je me redressai sur mon siège et me penchai vers elle.

— Je suis toute ouïe, dis-je.

Elle se mordit la lèvre et tira un paquet de Marlboro de sa poche. Absolument personne ne respectait les panneaux « Interdit de fumer » placardés sur les murs de la cafétéria.

— Je n'ai jamais raconté à personne ce qui m'était arrivé, dit Charlie à voix basse. C'est plutôt long, comme récit ; je ne sais pas si je peux l'abréger…

— Il me semble que nous avons tout notre temps, répondis-je.

— Alors d'accord…

Charlie s'alluma une cigarette, tira longuement dessus, et se lança dans l'histoire de son ombre.

XXV
LE RÉCIT DE CHARLIE

Charlie s'appelait en fait Charlotte ; elle avait rencontré son ombre à l'âge de onze ans. Ses parents étaient involontairement responsables de l'apparition de ce monstre dans sa vie. Sa mère était une jeune cadre dynamique et narcissique typique qui n'aimait rien tant qu'organiser des fêtes et des mariages, et s'était senti obligée d'avoir un enfant simplement parce que ses amies étaient enceintes. Tout allait bien tant que le bébé était petit et que les gens s'extasiaient dessus, mais quand Charlie se mit à grandir, sa mère se désintéressa d'elle. Quant à son père, il s'agissait d'un chef cuisinier formé à Paris qui possédait deux restaurants branchés à Miami. Jamais cet homme n'aurait dû avoir le droit de côtoyer des enfants, encore moins de procréer. Je n'en dirai pas plus.

Ses parents traînaient parfois Charlie à des réceptions mondaines pour exhiber leurs chaleureux rapports familiaux devant des clients potentiels. Un beau soir, un samedi, Charlie se retrouva à bord d'un bateau au large de St. Augustine, en Floride.

Alors qu'elle se baladait toute seule, elle entendit soudain quelqu'un murmurer son nom : « *Charlie…* »

Elle sursauta et jeta un coup d'œil par-dessus la rambarde à la mer verte et scintillante. Il n'y avait personne. Cependant, en regardant mieux, elle crut voir bouger une forme sombre parmi les vaguelettes qui s'écrasaient contre la coque.

— *Je peux t'offrir ce dont tu rêves, Charlie,* dit la voix mielleuse en parlant plus fort.

Son timbre était celui d'une petite fille ; Charlie aurait pu jurer qu'elle l'entendait dans son esprit.

— *Dis-moi ce que tu voudrais, Charlie.*

— Je ne veux rien du tout, répondit celle-ci.

Ses parents lui avaient appris à n'avoir aucun désir ; le moindre souhait de sa part les mettait en rage. Pour Charlie, avoir envie signifiait une douleur à l'estomac et des yeux qui piquent… mais rien d'autre. Mieux valait se priver d'une telle expérience.

— Qu'est-ce que tu as dit ? demanda sa mère, debout derrière elle.

Charlie sursauta ; elle n'avait pas entendu sa mère s'approcher.

— Euh, rien, maman…

Sa mère se baissa pour murmurer à son oreille. Malgré son sourire figé impeccable, sa voix et son regard étaient durs et froids.

— Qu'est-ce que je t'ai dit, hier soir ? demanda-t-elle d'un ton hargneux.

— Tu m'as demandé d'avoir l'air heureuse, de sourire et de jouer avec les enfants de M. Bannister parce que tu veux qu'il t'embauche, bredouilla Charlie.

— Alors pourquoi tu te morfonds toute seule dans ton coin, *ma chérie* ? Haut les cœurs ! Je te jure que tu n'as pas intérêt à me laisser tomber, sinon…

Laissant sa menace en suspens, sa mère se retourna vers les autres passagers et leur adressa un grand sourire.

— Tout se passe bien ? demanda M. Bannister.

C'était un homme énorme et poilu, mais qui avait un joli sourire et racontait des blagues idiotes (« C'est l'histoire d'un mec qui rentre dans un café. Et plouf. »). Charlie l'avait pris en affection.

— Elle a simplement le mal de mer, répondit sa mère. C'est la première fois qu'elle monte sur un bateau.

— Et si on se baignait ? proposa M. Bannister. C'est parfait pour ouvrir l'appétit… Non pas que j'en aie spécialement besoin !

Il éclata de rire en frottant son gros ventre tandis que ses deux petits garçons dévalaient l'échelle en poussant des cris de joie. M. Bannister enleva sa chemise hawaïenne aux couleurs vives ; le père de Charlie se débarrassa de son polo et de son short. Charlie fut prise d'un haut-le-cœur en apercevant son père en maillot de bain moulant. Elle détourna le regard.

— *De quoi t'as envie, Charlie ?*

Elle regarda de nouveau par-dessus la rambarde et aperçut la figure sombre se déplacer sous les vagues, comme une sinistre tache d'encre.

— Tu viens ? demanda sa mère.

La créature dans l'eau l'effrayait bien davantage que toutes les punitions que ses parents pourraient lui infliger. Elle savait que sa mère ne la croirait pas si elle lui racontait qu'elle avait vu quelque chose circuler sous les flots.

— J'ai le droit de rester ici ? répondit-elle.

— Comme tu voudras, répliqua sa mère en pinçant les lèvres.

Elle enleva son T-shirt et descendit l'échelle.

Charlie se promena le long de la rambarde en observant les baigneurs. Les fils Bannister s'aspergeaient d'eau en riant aux éclats. Ils allaient sûrement très souvent à la plage. Charlie avait vécu en Floride toute sa vie, mais ses parents ne l'emmenaient jamais voir l'océan. Quand ils y allaient – car ils y allaient, eux – ils la confiaient toujours à une baby-sitter. Jusqu'à aujourd'hui, où ils avaient apparemment *besoin* d'elle.

Crispée de rage, Charlie contempla sa mère bavarder avec M. Bannister en lui lançant des sourires hypocrites (sa spécialité). Son père faisait la planche le plus tranquillement du monde, l'air satisfait de lui-même; pourtant, Charlie savait que les hommes de son espèce méritaient de brûler en enfer…

— Je veux qu'ils disparaissent, murmura-t-elle sans desserrer les dents.

La forme sombre surgit soudain sous son père. Il eut à peine le temps de crier avant qu'elle ne l'entraîne sous l'eau et le déchiquette. Les flots rougirent de sang.

Sa mère hurla.

— Mon Dieu ! Remontez tout de suite dans le bateau ! ordonna M. Bannister à ses enfants d'une voix paniquée.

Sa mère avait toujours été une excellente nageuse, aux gestes particulièrement gracieux. Un pied sur l'échelle, elle était presque sortie de l'eau lorsque la créature lui attrapa la jambe. Le monstre tira dessus si fort que Charlie entendit l'os craquer. Les flots bouillonnèrent un instant avant de se teindre à nouveau de rouge.

Puis, le silence se fit.

Ne sachant plus où se réfugier depuis que la créature s'était emparé de la mère de Charlie sur l'échelle, M. Bannister, livide, nageait sur place, entouré de ses fils en pleurs.

Finalement, quand il fut évident que le monstre était parti, M. Bannister remorqua les gamins jusqu'au bateau et les hissa sur l'échelle. Une fois qu'ils furent en sécurité sur le ponton, il grimpa lui-même à bord, les bras tremblants.

Charlie contemplait fixement les traînées de sang dans l'eau, abasourdie. Qu'avait-elle fait ?

M. Bannister posa doucement un bras sur son épaule et l'éloigna de la rambarde.

— Ne regarde pas, tu ne devrais pas voir ça, dit-il. C'était sûrement un requin. Je ne savais pas qu'il y en avait à cette époque de l'année. Mon Dieu, pauvre gosse, je suis vraiment désolé…

Charlie n'était pas désolée du tout, mais bel et bien terrifiée.

Les garde-côtes ne parvinrent jamais à retrouver la moindre trace des parents de Charlie, pas plus qu'à attraper de requin. Après les funérailles, la jeune fille partit vivre avec sa tante à Cuchillo, au Texas. C'était un endroit chaud et sec, loin de l'océan.

La sœur de sa mère, Lois Wilson, était une agent d'assurance blonde d'une quarantaine d'années qui s'était mariée au champion de tennis local immédiatement après avoir quitté l'université. Le couple avait deux filles adolescentes, Jennifer et Misty, qui étaient grandes et belles comme leur mère et avaient le sourire éblouissant et le revers dévastateur de leur père.

Charlie avait, comme son père, des cheveux châtains, des taches de rousseur et un nez retroussé ; en plus, comme sa mère ne manquait jamais de lui rappeler, elle était grosse. Des années de moqueries à l'école primaire l'avaient intimement convaincue de sa complète nullité. Le déménagement chez les Wilson ne fit qu'enfoncer le couteau dans la plaie.

L'école se termina avec l'arrivée de l'été ; Misty et Jennifer partirent en colonie faire du sport. Comme Madame Wilson estimait Charlie trop jeune pour rester seule à la maison, elle accompagna tous les matins M. Wilson jusqu'à son travail au club de tennis et de natation, situé aux abords de la ville.

Ils arrivaient tôt, avant l'ouverture du club. M. Wilson partait vérifier les courts et ouvrir le magasin. Charlie avait une bonne heure pour profiter de la piscine comme d'un petit océan personnel. Elle s'imaginait en train de traverser la Manche, ou jouait à ramasser des perles en jetant des graviers à l'endroit où l'eau était la plus profonde. Parfois, elle se demandait ce qui s'était vraiment passé à St. Augustine. Avait-elle réellement entendu une voix ou bien… ?

Cependant, quand le club ouvrait ses portes, son paradis se transformait rapidement en purgatoire. Dès midi, la piscine était bondée de gamins braillards, tandis qu'au bord de l'eau se prélassait une armée de corps adultes luisants d'huile de bronzage. Pire encore, ses seins commençaient à pousser, formant deux petites bosses perpétuellement douloureuses qui lui faisaient honte. À l'école, elle était couverte, camouflée. Ici, ses moindres imperfections se retrouvaient exhibées aux yeux de tous.

Un grand rouquin de treize ans du nom de Jason adorait la martyriser. Au début, il se contenta des taquineries habituelles sur son poids. Mais il changea bientôt de tactique.

Un jour qu'elle regardait en silence une bande d'enfants de sept ans jouer à Marco Polo dans la partie peu profonde de la piscine, Jason lui mit une main au cul. Elle fit volte-face avec l'intention de protester, mais resta bouche bée devant le spectacle de Jason, qui avait baissé son maillot et exhibait fièrement son engin.

— Touche-moi le poireau, dit-il d'une voix traînante.

La scène lui rappela son père. Charlie s'éloigna de Jason à la nage, abasourdie et prise de nausée ; elle sortit de la piscine et alla s'asseoir à l'ombre du snack-bar.

Jason était encore dans l'eau. Il lui souriait d'un air narquois. Elle le vit appeler deux de ses amis et leur chuchoter quelque chose à l'oreille. Ils éclatèrent tous les trois de rire en la pointant du doigt.

Charlie sentit son visage devenir écarlate. Elle aurait voulu que la terre s'ouvre et l'engloutisse. Elle ne pouvait rien dire au maître-nageur : même si Jason aurait sans doute des ennuis, il se vengerait ensuite en racontant aux autres enfants comme elle s'était dégonflée.

Elle priait pour que Jason se lasse et trouve un autre souffre-douleur, mais il s'acharna. Le jour suivant, il se frotta contre elle dans la partie profonde de la piscine.

— Mon grand frère dit que les grosses sont de vraies chiennes au lit, gloussa-t-il. Il dit que comme vous êtes moches, vous êtes contentes de pouvoir profiter d'une queue.

Charlie bondit de la piscine et se précipita jusqu'aux vestiaires pour femmes. Elle enfila son short, des sandales et un T-shirt sec. Il était hors de question qu'elle retourne dans l'eau. Elle passerait le reste de la journée à regarder son oncle donner des leçons de tennis.

Mais quand elle quitta les vestiaires, elle aperçut Jason et deux de ses amis rôder sur le chemin qui menait aux courts de tennis. Charlie se mordit la lèvre. Pas moyen d'échapper aux garçons.

Elle remarqua ensuite que la grille de derrière était ouverte. Celle-ci donnait sur un terrain semi-désertique : quelques mottes d'herbes sèches au milieu desquelles coulait un ruisseau, dissimulé par des buissons épineux et des acacias rabougris. Le ruisseau formait une rigole sinueuse qui courait le long de la partie ouest de la ville, sorte d'ornière boueuse dans le sol aride.

Selon M. Wilson, les propriétaires du club avaient voulu transformer l'endroit en terrain de golf, mais une bande d'écolos avait réussi à la faire classer en zone protégée. Elle avait l'interdiction d'y mettre les pieds parce que des gens avaient vu des coyotes rôder dans les parages.

Après l'épisode à St. Augustine, les coyotes ne lui faisaient plus vraiment peur. En explorant le secteur, elle trouverait sûrement des papillons, des cailloux, des plantes et plein d'autres choses bien plus amusantes que le tennis.

Elle traversa la grille et avança à travers les herbes jaunies en direction du ruisseau. Le soleil semblait taper plus fort que près de la piscine ; au lieu des senteurs de lotions de bronzage, le parfum de dizaines de fleurs sauvages lui chatouillait les narines. Elle s'arrêta à l'ombre de grands tournesols pour observer des abeilles virevolter autour des larges fleurs gorgées de pollen. Un magnifique papillon jaune et noir passa juste devant son visage et se posa quelques mètres plus loin sur un buisson. Charlie s'approcha de lui pour mieux l'examiner, mais il s'envola lorsqu'elle lui fit de l'ombre. Elle renifla alors une odeur pestilentielle de charogne.

Baissant les yeux, elle aperçut le cadavre d'un lapin fraîchement décapité à quelques centimètres de ses pieds. Une multitude de fourmis noires circulaient parmi les poils couverts de sang séché autour du cou mutilé de la bête. Charlie contempla l'animal avec une fascination morbide, incapable de détourner son regard.

— Hé, grosse vache !

La jeune fille sursauta et s'éloigna rapidement de la dépouille. Jason et ses deux amis avaient enfilé leurs baskets et l'avaient suivie : ils avançaient à présent nonchalamment vers elle en souriant. Son cœur se mit à battre la chamade quand elle comprit l'erreur qu'elle venait de faire en s'aventurant dans un endroit sans adulte. S'ils l'attrapaient, les garçons seraient libres de lui infliger toutes les tortures qui leur chantaient.

Elle s'enfonça dans les broussailles, trébuchant sur des pierres et des branches mortes. La peau griffée par les épines, elle chercha désespérément un endroit où se cacher parmi les acacias. Débouchant soudain sur les rives boueuses du ruisseau, elle faillit tomber dedans. Heureusement, bien qu'il soit large comme une route, celui-ci n'était pas profond ; l'eau arrivait à ses genoux. Elle avança dans le courant tandis qu'un banc de minuscules vairons translucides s'enfuyait devant ses pieds.

La jeune fille voulut gagner l'autre rive, mais la vase rougeâtre collait à ses sandales. Son pied gauche resta coincé au milieu du ruisseau. Essayant de le dégager, elle ne réussit qu'à perdre sa chaussure ; sa terreur se mua en profonde irritation.

Les acacias tremblèrent soudain : les garçons firent leur apparition sur la rive.

— Ce ruisseau est trop petit pour une baleine comme toi, rigola Jason.

Charlie sentit la rage monter en elle.

— *Ces mecs ont besoin d'une bonne leçon, n'est-ce pas, Charlie ?* susurra soudain une voix familière.

C'était la petite fille de l'océan qui murmurait dans sa tête.

— Ouais, sors de l'eau, ajouta un deuxième larron. On veut juste jouer avec toi.

— Et si je n'ai pas envie ? demanda Charlie.

— Eh ben on t'y *obligera*, répondit Jason en arrêtant de sourire.

Charlie sentit son ombre se déployer lentement sous l'eau ; la vase rouge s'assombrit, devenant couleur sang. La jeune fille savait que dans ce cours d'eau naturel, Jason et ses acolytes auraient plus de mal à la persécuter que dans la piscine.

— Viens me chercher, suceur de bites, dit-elle. À moins que tu n'aies peur de l'eau ?

Les garçons se regardèrent puis s'élancèrent avec fracas dans le ruisseau.

— C'est toi qui vas gober des queues, dit Jason d'un ton menaçant.

— Tu t'es déjà demandé ce que ça faisait de mourir, Jason ? demanda Charlie.

— Euh, non, répondit-il d'un air perplexe.

— Dommage pour toi. Parce que maintenant, *t'es mort* !

Les nuages de fange rougeâtres qui tourbillonnaient autour des pieds des garçons se transformèrent soudain en mâchoires aux dents aiguisées comme des rasoirs ; celles-ci se refermèrent sur leurs jambes, s'enfonçant profondément dans leur chair. Ils poussèrent des hurlements tandis qu'une gueule gigantesque leur broyait les jambes aussi facilement que du céleri frais. Quelques secondes plus tard, ils avaient disparu, réduits à l'état de bouillie et engloutis. Ne restaient que des lambeaux de leurs maillots et de leurs baskets.

Le regard fixé sur l'eau rougie par le sang, Charlie se mit à trembler. Mon Dieu, était-ce vraiment ce qu'elle avait souhaité ?

Sa sandale réapparut à la surface de l'eau.

— *Retourne au club aussi vite que possible,* lui dit la voix. *Raconte aux adultes que tu es venue ici pour jouer à cache-cache avec les garçons, mais que deux hommes ont surgi de nulle part et se sont emparé d'eux pendant que tu te cachais sous un buisson.*

Elle attrapa la sandale et l'enfila rapidement avant de gravir la rive et de s'élancer au pas de course à travers les broussailles. Qu'avait-elle fait, mon Dieu ? Lorsqu'elle parvint jusqu'à la grille, elle se mit à hurler à tue-tête, appelant à l'aide. Crier faisait du bien. Une demi-douzaine de personnes se pressèrent autour d'elle, à qui elle répéta l'histoire que l'ombre lui avait soufflée. On courut avertir M. Wilson ainsi que le gérant du club.

Quelqu'un enveloppa Charlie dans une grande serviette de plage ; M. Wilson s'assit à côté d'elle pour essayer de la calmer avec des paroles rassurantes et un soda. Charlie sirota le liquide sucré malgré son mal de ventre… mais son bas-ventre la lançait également : une crampe étrange, comme elle n'en avait encore jamais ressenti.

Des policiers arrivèrent pour fouiller le ruisseau. Ils ne tardèrent pas à revenir avec des lambeaux de vêtements sanguinolents enfermés dans des sacs en plastique.

Lorsqu'elle revint enfin chez elle, Charlie s'enferma dans la salle de bain et remplit la baignoire. Elle se déshabilla et entra dans le bain, regrettant de ne pas avoir assez de place pour se plonger toute entière sous l'eau. La gadoue rougeâtre se détacha de sa peau, obscurcissant le liquide transparent.

— *Charlie…*

Une douleur aiguë lui saisit soudain le bas-ventre, comme si on venait de lui enfoncer un pic à glace dans les entrailles.

Elle écarquilla les yeux en découvrant qu'elle saignait. Un mince filet de sang apparut dans l'eau. Charlie avait si mal qu'elle pensait qu'elle allait s'évanouir.

— *Te voilà une femme, à présent, Charlie. C'est douloureux, pas vrai ?*

— Fais que ça s'arrête, je t'en supplie, gémit-elle.

— *Tu souffrirais encore plus à l'heure qu'il est si je ne t'avais pas sauvé des griffes de ces garçons. Je ne ferai pas disparaître le sang, mais je peux éliminer la douleur si tu acceptes de me rendre un service.*

— Tout ce que tu voudras, dit Charlie d'une voix crispée.

Elle avait l'impression qu'on lui retournait l'utérus.

— *Dis à ton oncle et à ta tante que tu refuses de retourner au club après ce qui s'est passé aujourd'hui, et que tu te sens suffisamment grande pour rester à la maison toute seule…*

Les Wilson acceptèrent avec réticence de la laisser chez eux sans surveillance. Guidée par la voix, elle se mit à faire de longues promenades en ville. Elle fit le tour des aires de jeu et des parcs de la bourgade, en repérant à chaque fois les endroits qui convenaient le mieux à l'ombre : la rivière, les étangs artificiels, les sorties d'égout, les fossés ou encore le sol perpétuellement trempé des fontaines publiques.

La voix apprit à Charlie à reconnaître les hommes qui rôdaient autour des aires de jeu. Certains s'asseyaient pour nourrir les oiseaux, d'autres faisaient du jogging ou promenaient leur chien, mais aucun ne quittait les enfants des yeux. Une après-midi, elle traîna près d'un manège jusqu'à ce que l'un d'entre eux la remarque. Faisant semblant de ne pas l'avoir vu, elle s'engouffra dans une allée déserte.

L'homme la suivit. Il lui offrit un soda, puis essaya de l'attraper. Elle laissa son ombre le dévorer dans une flaque d'eau fétide à côté d'une benne à ordures.

***

Après cet épisode, son ombre l'obligea à se mettre en chasse sérieusement. Charlie passa ses journées entières à déambuler, sautant parfois le déjeuner quand son ombre reniflait l'odeur d'un pédophile ou détectait un nouvel endroit humide. Début août, elle avait piégé deux autres pervers. La chasse était plus facile lorsqu'elle avait ses règles, car alors son ombre lui parlait constamment, l'exhortant à continuer sa tâche. Quand elle ne saignait plus, l'ombre s'adressait plus rarement à elle, et seulement près d'une source d'eau. Dans ces moments de solitude, Charlie était rongée par l'inquiétude ; la nuit, incapable de dormir, elle tremblait de peur à l'idée que son âme soit condamnée aux enfers.

L'école finit par reprendre. Charlie dut troquer ses balades quotidiennes contre une morne routine faite de lectures, de leçons et de nourriture fade à la cantine. Elle était au collège, à présent ; elle avait espéré que ce soit mieux que l'école primaire, mais c'était simplement plus grand.

Elle s'asseyait toujours au fond de la classe. Tout le monde l'ignorait royalement. Sauf son ombre.

Celle-ci se mit à lui murmurer de sombres propositions tandis qu'elle changeait de salle entre les cours :

— *Tu vois ce mec ? Il a brûlé une portée de chatons vivants. Il va aux toilettes ; suis-le et laisse-moi lui régler son compte. Tu vois cette fille ? Elle essaye d'empoisonner son petit frère en glissant du savon dans son biberon. Elle va le tuer si tu ne m'aides pas à l'arrêter.*

Charlie savait qu'à l'école, il était impossible qu'elle cède aux propositions de son ombre. Les parcs et les passages souterrains étaient suffisamment déserts pour qu'elle puisse s'enfuir sans qu'on la remarque, même si la personne hurlait. Mais au collège, elle se ferait attraper immédiatement.

Elle essaya de ne pas écouter les suggestions de son ombre en écrivant des poèmes dans sa tête lorsqu'elle changeait de salle, ou en inventant des palindromes quand son professeur devenait trop ennuyeux. Mais le jour où un jeune prof de maths remplaçant fut assigné à leur classe, le monstre commença à devenir véritablement insupportable.

Il s'appelait M. Berling, et il souriait beaucoup. Charlie trouvait qu'il expliquait les choses bien plus clairement que leur enseignant habituel. Avec lui, elle aimait apprendre.

— *Il tripote les petites filles,* lui susurra son ombre. *Il les emmène voir les chevaux à la ferme de son père et les pelote dans les écuries.*

— Lune de ma dame d'été, été de ma dame de nul, marmonna Charlie à voix basse.

Ses mains tremblaient tellement qu'elle était incapable d'écrire.

— *C'est une ordure comme les autres,* continua l'ombre. *Suis-le jusqu'à chez lui et demande-lui de te faire visiter la ferme. Je lui réglerai son compte dans la mangeoire.*

Léon a erré à Noël, pensa Charlie, au bord des larmes.

— Ça va, Charlie ? demanda M. Berling.

— J'ai dû manger quelque chose de périmé ce midi, balbutia-t-elle. Il faut que j'aille aux W.-C., s'il vous plaît.

— Je t'en prie.

Charlie bondit hors de la salle de classe et se précipita jusqu'aux toilettes au sous-sol. D'habitude, elles étaient désertes. Elle pria pour que personne ne s'y trouve.

Poussant la porte d'entrée, elle surprit quatre collégiennes en cercle autour d'un paquet de Camel. Deux d'entre elles tiraient malhabilement des bouffées de fumée sur une cigarette, tandis que la troisième apprenait à la quatrième comment enlever la sécurité enfant sur un briquet. Lorsque Charlie pénétra dans la pièce, elles se retournèrent pour la dévisager.

— *Sors d'ici tout de suite, Charlie !* lui ordonna son ombre.

Mais elle semblait affaiblie, contrariée par la fumée. À chaque nouvelle respiration, elle disparaissait un peu plus.

— Je peux essayer ? demanda Charlie en s'approchant du petit groupe.

— Sans problème, répondit la fille qui tenait le paquet.

Elle attrapa une cigarette et la tendit à Charlie, ainsi que le briquet. Après une première bouffée expérimentale, Charlie se mit à tousser violemment. Elle n'avait rien avalé d'aussi répugnant depuis… depuis des événements qu'elle préférait oublier. Les larmes aux yeux, elle tira de nouveau sur sa sèche.

Le stratagème fonctionnait : l'air et le feu annulaient la terre et l'eau. Les protestations indignées de son ombre s'évanouirent peu à peu, se confondant avec le bruit régulier des gouttes qui s'échappaient du robinet mal refermé.

Charlie comprit rapidement qu'il lui suffisait de fumer deux cigarettes par jour pour museler son ombre. Elle les consommait en cachette, dans les toilettes de l'école ou dans le jardin de sa maison. Lorsque l'ombre se mit à lui parler dans ses rêves, Charlie acheta de l'encens qu'elle faisait brûler pendant la nuit.

Sans son ombre, elle se savait vulnérable. Les hommes pervers qu'elle avait pris en chasse rôdaient toujours. En plus, elle avait l'impression de les attirer. Bref, il fallait qu'elle trouve un moyen de se protéger.

Aussi, quand sa tante lui demanda ce qu'elle voulait pour son quinzième anniversaire, elle répondit qu'elle souhaitait apprendre un art martial. Son oncle l'emmena visiter le dojang de taekwondo de Maître Kim et lui acheta un kimono blanc, ainsi qu'une ceinture. La jeune fille s'inscrit immédiatement ; le soir même, elle suivait son premier cours.

Charlie avait toujours détesté le sport à l'école. Elle s'enthousiasma pourtant aussitôt pour le taekwondo, bien que les exercices au dojang soient beaucoup plus exigeants que ses activités en classe. Grimper à une corde ou taper dans un ballon ne servait à *rien*, tandis qu'apprendre à se défendre avait un intérêt pratique concret. Chaque coup de poing ou de pied était utile; perdre du poids n'était qu'un bonus.

La deuxième bonne surprise au club fut David. D'un an plus âgé que Charlie, il était grand et mignon, mais d'une timidité maladive. Elle fut attirée par lui dès la première fois qu'elle l'aperçut. Il lui fallut plusieurs semaines avant d'avoir le courage d'aller lui parler à la fin d'un cours, mais après ce premier contact, ils devinrent très rapidement amis. Meilleurs amis, même; autant qu'elle le sache, ni l'un ni l'autre n'en avait d'autre. David avait son permis de conduire, donc ils allaient souvent au cinéma ensemble ou partaient faire des randonnées dans les collines autour de la ville.

Six mois après qu'ils eurent commencé à se fréquenter, Charlie sut qu'elle était amoureuse de David. Pourtant, il ne l'avait prise qu'une seule fois dans ses bras et n'avait jamais tenté de l'embrasser. Bien qu'ils n'en aient jamais discuté, elle soupçonnait que c'était à cause de la cigarette. Elle essaya de réduire sa consommation au minimum, regrettant amèrement de ne pouvoir lui expliquer les raisons de son addiction. Elle savait que son ombre, bien que temporairement réduite au silence, n'accepterait pas que Charlie révèle son existence.

UN AN PLUS tard, David obtint sa ceinture rouge, et Charlie sa bleue. Ils terminèrent tous les deux leurs épreuves respectives trempés de sueur. Charlie se doucha rapidement avant de se changer dans le dojang, mais David préférait toujours rentrer chez lui plutôt que de se laver dans les vestiaires pour hommes, où maître Kim n'avait pas jugé utile d'installer des séparations entre les douches.

— Je me sens dégueu, dit-il tandis qu'ils s'installaient tous les deux à bord de son camion. Je dois sûrement puer, aussi. Désolé. Filons chez moi pour que je me décrasse. T'as envie d'aller manger une glace, après ?

— Avec plaisir.

Charlie se rendit soudain compte qu'elle n'avait pas fumé de cigarette de toute la journée. Elle n'en avait pas allumé ce matin parce qu'elle voulait avoir les poumons dégagés pour ses épreuves de ceinture, et elle avait oublié d'amener son paquet avec elle pour s'en griller une dans les toilettes après l'examen.

— C'est génial que tu aies obtenu ta ceinture bleue, dit David. Tu vas pouvoir participer avec nous aux tournois, maintenant. J'ai entendu maître Kim parler au téléphone l'autre jour : on va tous aller à Corpus Christi le mois prochain pour le Tejas Invitational. Ça va être grandiose : on pourra même aller à la plage. Je ne me suis jamais baigné dans la mer.

À ces mots, un frisson d'angoisse parcourut la nuque de Charlie.

— Je... ne pourrai pas vous accompagner, murmura-t-elle.

— Quoi ? Pourquoi ? Il faut que tu viennes, tu n'imagines pas ce que tu vas manquer !

— C'est impossible.

Comment avait-elle pu oublier ses cigarettes, bordel ?

— C'est la compétition qui t'effraie ? Tu n'as aucune raison de t'inquiéter, tu sais ; tu es excellente. En plus, tu sais impressionner tes adversaires. Tu devrais voir comment les gens te regardent quand tu tapes dans le sac de sable à l'entraînement...

— Écoute, arrête de m'embêter avec cette histoire ! répliqua-t-elle d'un ton sec. J'ai dit que je ne pouvais pas y aller, point barre !

— D'accord, désolé.

Ils continuèrent leur chemin jusqu'à chez David en silence. La maison était déserte : le père de David était sûrement parti en tournée commerciale, tandis que sa mère devait être en train d'effectuer un énième service de quatorze heures à l'hôpital, où elle travaillait comme infirmière. David n'aimait pas beaucoup parler de ses parents.

Elle entra dans la maison derrière lui et le suivit jusqu'à sa chambre. Celle-ci était toujours impeccablement propre et bien rangée. Charlie n'avait jamais aperçu la moindre trace de poussière sur ses étagères.

— Tu veux t'installer ici pendant que je me douche ? demanda-t-il en retirant des habits propres de sa commode. Si t'as envie d'un coca, surtout n'hésite pas à te servir.

— D'accord.

David s'éclipsa dans la salle de bain ; Charlie s'assit sur le bord du lit, en essayant de ne pas trop froisser le dessus-de-lit vert et lisse. Les posters de kung-fu accrochés aux murs attirèrent son attention.

Je me demande ce que David cache sous son lit.

Charlie sursauta en lâchant un cri étranglé. D'où lui venait cette pensée ? Son ombre s'était-elle réveillée ?

— Tu es là ? demanda-t-elle, désespérément en manque d'une cigarette. Va te faire voir, David est un type chouette, il n'y a rien de spécial sous son lit.

— *Tu en es sûre ?* (Immobile sur le lit, Charlie commença à se réciter des anagrammes pour tenter d'oublier sa curiosité grandissante. Ses oreilles se concentrèrent sur le bruit de la douche.) *Tu as peur ? Si tu ne regardes pas, tu passeras le reste de ta vie à te demander ce qu'il y avait.*

— Sois maudite. (Charlie sauta du lit et se mit à quatre pattes pour regarder en dessous. Poussant de côté un gant de baseball et une paire de baskets, elle aperçut une boîte en carton plate. Elle l'attrapa, puis l'ouvrit. À l'intérieur se trouvait une pile de comics dans des pochettes plastiques.) Tu vois, il n'y a rien que des BD, dit-elle en feuilletant les numéros. Batman, Nighthawk, l'incroyable Hulk et… oh, merde.

Au fond de la boîte, Charlie découvrit un magazine suédois. Elle ne comprit rien au texte, mais les photos de garçons prépubères parlaient d'elles-mêmes. L'image en page centrale figurait un jeune éphèbe d'environ onze ans en train de tailler une pipe à un gamin légèrement plus âgé. Coincés entre les pages se trouvaient trois polaroïds montrant un garçonnet allongé en diverses positions sur le lit de David. Sur la couette qu'elle venait de craindre de trop froisser.

Charlie se sentit abasourdie, écrasée, défaite. Elle remit chaque objet à sa place et grimpa de nouveau se percher sur le lit. David revint dans la chambre quelques minutes plus tard, séchant ses cheveux courts et habillé de frais.

— Tu as raison, le voyage à Corpus Christi ne me fait pas peur, déclara-t-elle. J'ai changé d'avis : je veux participer au tournoi.

Le visage du jeune homme s'éclaira d'un grand sourire ; il se pencha pour la serrer rapidement dans ses bras.

— C'est génial ! s'exclama-t-il. Je parie qu'on va s'éclater.

Charlie imagina David, le seul véritable ami qu'elle ait jamais eu, en train de se faire déchiqueter parmi les vagues. Son ombre semblait ravie.

Combien de temps sa vie allait-elle continuer ainsi ?

MALGRÉ SA DÉPRIME, Charlie se débrouilla raisonnablement bien pendant le tournoi, se classant dixième de sa catégorie sur soixante-dix participants. David fit mieux encore, finissant troisième. En fait, la plupart des élèves de Maître Kim obtinrent un rang honorable à l'issue de la compétition ; le dernier soir, il les invita donc tous à la pizzeria avant de les emmener le lendemain matin à la plage dans sa grande camionnette.

Le ciel était nuageux ; malgré la chaleur, un fort vent glacial au parfum iodé soufflait depuis l'océan.

— Attention courants ! avertit maître Kim tandis que ses élèves sortaient de la camionnette en T-shirt et claquettes. Très surprenants parfois, paf ! (Il frappa son poing droit contre la paume de son autre main pour appuyer ses mots.) Écouter maître nageur ! Si lui crier « requin », sortir de l'eau tout de suite !

Charlie traversa la plage et déposa son sac sur le sable. Elle attrapa la lame de rasoir qu'elle avait caché dans les plis de sa serviette. Dissimulant l'objet dans le creux de sa main, elle se débarrassa prestement de ses claquettes et se dirigea vers la mer.

David l'avait devancée et barbotait déjà parmi les vagues, l'air réjoui. Les flots avaient la couleur sombre de vieilles pierres tombales. S'éloignant des autres, Charlie avança jusqu'à ce que l'eau lui arrive à la poitrine.

Il n'a plus pied, là où il est, murmura son ombre. *Laisse-moi lui faire la peau !*

— Pas question.

Pendant quelques instants, l'ombre se tut, ne sachant pas comment réagir à cette révolte inédite. Puis, Charlie sentit une crampe aiguë la saisir au plus profond de son utérus.

Laisse-moi l'avoir, insista la voix de petite fille sur un ton menaçant.

La douleur empira ; Charlie sentit de la bile lui remonter dans la gorge.

— Jamais !

Je t'ai sauvé la vie ! hurla l'ombre dans sa tête. *Et voilà comment tu me remercies ? Sans moi, tu ne serais qu'une moins que rien !*

— Ma vie n'a sans doute pas beaucoup d'importance, mais je vaux certainement mieux que toi.

N'oublie pas que je suis ton Dieu.

Les entrailles de Charlie se contractèrent violemment, provoquant une souffrance inouïe ; Charlie lâcha un cri.

— Charlie ? appela David en nageant vers elle. Ça va ?

— Très bien, mais ne t'approche pas de moi, s'il te plaît, parvint-elle à répondre.

Tu vas apprendre à m'obéir. En commençant par t'occuper du sale violeur d'enfants qui barbote devant toi.

— Il n'a fait que regarder : tu n'as pas plus de preuves. Mais même si tu me montrais des choses plus graves, je ne te laisserais pas l'assassiner. C'est fini. (Elle coupa les veines de son poignet gauche avec son rasoir. L'eau était si sombre que son sang paraissait invisible.) Je préfère crever que de continuer à vivre ainsi. Je ne veux plus jamais que tu commettes de meurtre en mon nom. Plus jamais, tu m'entends ? Tu voulais connaître mes désirs ? Eh bien, ce dont je rêve maintenant, c'est que tu *t'en ailles*.

L'ombre lâcha un cri perçant ; la douleur dans les tripes de Charlie devint presque intolérable. Une grosse créature à la peau rugueuse lui frôla la peau. Les mâchoires aiguisées de l'animal se refermèrent sur son poignet en sang.

Le requin l'entraîna jusqu'au fond de l'eau pour la précipiter contre le sable. Malgré les flots nébuleux, Charlie aperçut les petits yeux noirs de la bête qui l'avait attrapée. La gueule du squale se trouvait à quelques centimètres de son visage.

Donne-Moi-Le-Garçon.

Charlie roua le requin de coups de pied, soulevant des nuages de sable ; des pierres et des coquillages coupants lui lacérèrent les jambes. Elle frappa le museau de la bête avec son poing libre, sans réussir à lui faire lâcher prise. Ses yeux brûlaient et ses poumons étaient en feu.

Du coin de l'œil, elle aperçut un mouvement. David avait plongé et s'approchait d'elle à vive allure.

— Non ! essaya-t-elle de crier, ne réussissant qu'à se vider du peu d'air qui lui restait en produisant une petite colonne de bulles.

Le requin la relâcha et remonta pour affronter David. Charlie se propulsa vers eux en appuyant ses pieds contre le sable, mais elle était restée trop longtemps sans respirer, et elle s'évanouit.

Elle se réveilla sur la plage, allongée dans un brancard. Une attelle avait été posée sur son bras gauche ; il était enveloppé de gaze tachée de sang. Maître Kim et deux auxiliaires médicaux étaient penchés sur sa blessure. Maître Kim affichait un visage grave.

— Où est David ? murmura-t-elle.

— Je suis ici, dit-il en se frayant un chemin à travers la foule pour s'agenouiller à ses côtés. (Il était parfaitement indemne.) Tout va bien se passer.

Son ombre semblait avoir disparu. Mais le requin lui avait broyé les os du poignet et de l'avant-bras, et tranché plusieurs tendons. Les médecins lui annoncèrent qu'elle devrait subir plusieurs opérations et qu'elle ne regagnerait pas l'usage de sa main avant au moins un an. Charlie se sentit plus faible et vulnérable que jamais.

Le lendemain, David lui rendit visite à l'hôpital. Il ne tenait pas en place et avait une lueur fiévreuse dans le regard.

— Elle m'a dit qu'il suffisait que je veuille pour te sauver, dit-il après que l'infirmière fut partie.

— Qui ça, « elle » ? demanda Charlie en sentant son âme se glacer.

— Elle… elle est incroyable. Mille fois plus forte que Bruce Lee et Batman pris ensemble ! Tant que je suis près de l'eau, je suis invulnérable.

— Oh, mon Dieu, David…

Charlie se tut, écrasée par cette soudaine révélation. Mais son ami ne semblait pas se rendre compte du malaise de la jeune fille.

— Je vais me barrer à New York ou à Los Angeles. Je voulais juste te le dire, comme on est pote. Je n'ai plus besoin de l'école, ni de Maître Kim. Maintenant, je peux faire *tout ce qui me chante.*

— David, non, je t'en prie, écoute-moi…

— Désolé, Charlie, faut que j'y aille, dit-il en plantant un rapide baiser d'adieu sur son front.

Avant de disparaître.

Allongée dans le lit, Charlie écouta battre son cœur. Entre chaque battement, il lui semblait entendre l'ombre rire de sa voix de petite fille.

XXVI

BALADE AU CIMETIÈRE

Nous nous regardâmes, Pal et moi : manifestement, l'ombre était une espèce de diable. Impossible de savoir toutefois si nous avions les moyens de la neutraliser.

Charlie écrasa son mégot fumant dans le cendrier et alluma une autre cigarette.

— Je croyais ne plus jamais revoir David… enchaîna-t-elle. Mais une nuit où je patrouillais à la barrière, il y a environ six semaines, il est sorti de nulle part. Il avait tellement maigri que je l'ai à peine reconnu.

— Que voulait-il ? demandai-je.

— Il m'a raconté que l'ombre et lui étaient partis à Los Angeles, mais qu'ils étaient revenus parce que « l'obscurité se levait », ou une bêtise de ce genre. Le pouvoir de l'ombre s'est accru, pourtant David et elle sont coincés ici comme tout le monde. Il m'a dit qu'ils travaillaient ensemble pour Miko. Avant, lorsque Miko dérobait l'âme de quelqu'un, l'organisme de la victime mourait au bout de quelques heures. L'ombre permet à David de transformer les victimes de Miko en zombies qu'elle contrôle. À condition de manger et de boire suffisamment, ceux-ci sont capables de survivre pendant des mois. Miko laisse donc les deux compères agir à leur guise tant qu'ils la fournissent en esclaves morts vivants. Je crois que l'ombre cherche surtout à dévorer le plus grand nombre possible de corps humains.

— Pourquoi t'avoir abordé cette nuit-là ?

— Plutôt qu'une autre ? Je n'en sais rien, dit-elle en haussant les épaules. Mais il voulait que je le rejoigne et que j'accepte d'ouvrir à nouveau mon âme à l'ombre. Il m'a dit qu'il avait pillé plein de maisons abandonnées et qu'il avait amassé des millions de dollars en bijoux et en liquide. Il m'a expliqué que, comme j'avais toujours été sa meilleure amie, il souhaitait partager son butin avec moi. Il m'a promis que si j'acceptais de les aider, il ferait en sorte qu'on s'en tire vivants, et qu'ensuite on achèterait une villa à Berverley Hills où on organiserait des fêtes gigantesques avec des stars de cinéma.

— Que lui as-tu répondu ?

Charlie me regarda d'un air indigné.

— Tu crois que j'ai hésité ? Je lui ai dit d'aller au diable, puis je suis partie. Jamais je ne laisserai l'ombre me hanter à nouveau. Quant à Miko, c'est ma pire ennemie.

— Tu sais où ils se trouvent, à présent ?

Elle hocha la tête.

— Au Civil League Park, répondit-elle. Il y a un étang à nénuphars là-bas, ainsi que plusieurs grandes mares. L'ombre vit dans l'une d'entre elles, tandis que David occupe la cabane du jardinier.

J'avalai une poignée de cacahuètes en songeant à ce que je venais d'apprendre.

— Priver Miko de son armée de zombies lui porterait certainement un coup dur, dis-je finalement. Mais j'ai besoin de ton aide. Il faut que je sois sûre que tu ne vas pas me lâcher à la dernière minute. Promets-moi que tu ne vas pas craquer et décider de te rendre comme le major.

— Je te rappelle que j'ai achevé des zombies pour toi, l'autre jour ! répliqua la jeune fille en éclatant de colère. Voilà plus d'un an que je patauge dans l'horreur. Si j'étais dans l'armée, j'aurais déjà bénéficié d'une permission, mais je n'y suis pas, et je n'abandonne pas mon poste. J'étais persuadée d'être quelqu'un de faible, mais je sais maintenant que je suis forte. Il n'y a qu'à voir le nombre de personnes qui ont déclaré forfait. Moi, je suis encore là. (Elle marqua une pause avant de reprendre d'une voix plus douce.) Vous savez où je suis censée être, en ce moment ? Chez ma tante, en train de passer des vacances au soleil. J'ai reçu mon autorisation de passage en classe supérieure un jour avant le début de la catastrophe. Mais ni mon oncle ni ma tante n'en sauront jamais rien, parce qu'ils sont morts, comme tout le reste de ma famille. À cause de l'ombre et de Miko. Je ne me laisserai plus *jamais* manipuler par un monstre.

— Alors d'accord, dis-je en m'appuyant contre le dossier de ma chaise. Monte avec nous dans la chambre. Il faut que je me renseigne un peu plus avant qu'on décide quoi faire.

Mon père ne tarda pas à répondre à mon appel ; je commençais à croire qu'il ne quittait jamais son atelier. Lorsque je lui révélai que Miko avait enlevé Cooper et le Sorcier, son visage s'assombrit.

— J'espérais que tu parviennes à éviter une confrontation directe, mais on dirait qu'elle ne te laisse pas le choix, dit-il. J'ai des informations qui t'aideront peut-être. Une faucheuse d'âmes comme Miko préfère d'habitude chasser dans les grandes villes. J'ai lancé des sorts de divination pour essayer de comprendre ce qui avait pu la motiver à venir dans une bourgade comme Cuchillo. Je n'ai obtenu que des visions confuses, mais un même nom revenait à chaque fois: Henry Schleicher. Si tu retrouves ses restes, tu apprendras peut-être comment battre Miko.

— C'est un zombie, où bien il est enterré quelque part? demandai-je en me rappelant le vieil homme que j'avais aperçu dans les souvenirs de Miko.

— Son corps a été enseveli dans le respect des rites chrétiens, mais je ne crois pas que son âme ait eu autant de chance.

— Combien de cimetières y a-t-il dans cette ville? demandai-je à Charlie en réintégrant mon corps.

— Il y a un cimetière juif dont je ne connais pas l'emplacement exact, et un cimetière catholique dans le quartier de Sacré-Cœur: mais le plus gros se trouve au bout de l'avenue N, répondit-elle.

— C'est loin d'ici?

— À quelques kilomètres... Pourquoi?

— On a un cadavre à déterrer.

Après avoir attrapé quelques outils, des lampes de poche à dynamo et quelques sacs en toile de jute, nous récupérâmes mon fusil à pompe et l'AK-47 de Charlie à l'accueil. Pal, qui s'était officiellement approprié un chaton noir, nous emmena par les airs jusqu'au cimetière de Fairmount. Celui-ci s'étendait sur une vingtaine d'hectares. Nous atterrîmes dans la cour du bureau d'entrée; je pénétrai de force dans le bâtiment pour consulter leurs archives. Le cimetière était organisé en secteurs numérotés. Je découvris bientôt que Schleicher était enterré au n° 84, dans la partie réservée aux vétérans de la deuxième guerre mondiale.

Lorsque nous trouvâmes enfin sa tombe, le soleil disparaissait déjà à l'horizon. Un cœur violet était gravé sur sa pierre tombale en marbre. Celle-ci indiquait qu'il était décédé dix années auparavant, à l'âge de soixante-quatorze ans.

— Il faut qu'on rentre avant que la nuit ne tombe vraiment, dit Charlie. Cet endroit est impossible à…

— Défendre, la coupai-je. Je sais. Alors creusons vite. (Je me tournai vers Pal.) Sauf si tu connais un sort approprié ?

Pal pencha sa tête de côté d'un air songeur.

— En fait, je crois que oui, répondit-il.

Il se mit à jouer une mélodie inconnue. Quelques secondes plus tard, le sol trembla ; une fissure se forma au-dessus de la tombe de Henry Schleicher. Devenue liquide, la terre bouillonna soudain, et le cercueil noir apparut à sa surface. Le terrain se solidifia à nouveau, la caisse noire s'enfonçant légèrement dans l'humus encore spongieux.

— T'assures un max, dis-je à mon familier.

Il fit une révérence.

J'attrapai une pioche et entrepris d'ouvrir le couvercle du cercueil. Le cadavre à l'intérieur n'était guère plus qu'un squelette en uniforme militaire ; quelques longs cheveux blancs ornaient encore son cuir chevelu sec comme du parchemin.

Je touchai l'un de ses doigts racornis : immédiatement, mon esprit fut assailli par le souvenir des épisodes traumatiques de son existence. Malgré ses dix années passées dans le sol, Henry conservait une mémoire particulièrement vive de sa mort.

…Miko me serra contre elle ; son souffle chaud me caressa les oreilles. Suffoquant à moitié, j'éprouvai un tiraillement bizarre dans ma poitrine, mes testicules, mon esprit. Au plus profond de moi-même, je sentis quelque chose se délier.

— Oh, oui, vas-y… murmura-t-elle.

Mon âme s'arracha de moi. Le corps de Miko fut secoué de convulsions tandis qu'elle lâchait un cri de plaisir…

…Je m'agenouillai à côté d'un jeunot de dix-huit ans au torse farci de shrapnels. J'étais incapable d'arrêter le saignement. J'entendis le chasseur Zéro japonais piquer une deuxième fois sur notre île. Quoi que je fasse, le gosse allait

y passer. L'avion se rapprochait à une dangereuse vitesse, il fallait qu'on se mette à couvert…

Je parvins à m'extirper de ses souvenirs et à reprendre suffisamment mes esprits pour lui lâcher le doigt. Il me fallut quelques instants pour retrouver ma respiration.

— Il s'agit bien de notre homme, déclarai-je enfin. (Utilisant comme gant un sac en toile de jute, j'attrapai le squelette par le poignet. Tirant d'un coup sec, je brisai net l'os de l'avant-bras au niveau du coude. Je fourrai ensuite la moitié de bras dans le sac que je refermai soigneusement.) J'ai tout ce qu'il me faut, annonçai-je en refermant le cercueil. Tu veux bien remettre notre ami à l'endroit où nous l'avons trouvé, Pal ?

— Mais certainement.

XXVII
IZANAMIKO NO ONI

De retour au campus, nous déposâmes nos armes à la consigne et montâmes jusqu'au huitième étage.

— Je dois me servir des os de Henry pour trouver des souvenirs utiles, dis-je à Pal et Charlie. J'ai bon espoir de découvrir comment faire mordre la poussière à Miko… Mais le vieux a vécu des expériences assez incroyables. Ses empreintes mémorielles sont si intenses que j'aie peur que le Goad n'en profite pour reprendre le contrôle de mon corps et tout saccager.

Charlie me dévisagea.

— Tu es possédée par un esprit maléfique ? demanda-t-elle.

— Ouais, répondis-je en faisant une grimace. Désolée, mais j'avais oublié de te le dire. (Je m'assis dans le fauteuil de contention.) Bref, j'ai besoin que vous m'attachiez. (Je glissai le protège-dents à l'intérieur de ma bouche.) Mais laissez ma main de chair et mes mâchoires libres, s'il vous plaît.

Ils obéirent à ma demande.

— Pal, continuai-je, tu vas mettre cet os dans la paume de ma main, et l'enlever en cas de souci. Si je tombe dans les pommes, par exemple.

— Pas de problème, répondit mon familier.

Dès que l'ossement toucha ma peau, mes sens furent submergés par le souvenir de la mort de Henry. Je mordis dans le protège-dents ; il fallait que je reste assez lucide pour tenter de me repérer dans le flux de souvenirs qui allaient m'assaillir…

J'aperçus la fille au rayon des nouveautés. Quelle allumeuse, mon Dieu ! Elle était pieds nus et portait un short très court en jean moulant. Les trois premiers boutons de sa chemise en soie noire étaient défaits ; je distinguai ses seins ballotter librement sous le tissu. Sa longue chevelure d'ébène lui arrivait jusqu'à la hanche. Je me demandais si ses cheveux étaient aussi soyeux qu'ils en avaient l'air…

Je repoussai ce souvenir et passai au suivant.

Le visage de la jeune fille affichait le sourire dérangé et dérangeant des soldats en état de choc, qui ne peuvent s'empêcher de glousser hystériquement en évoquant les horreurs qu'ils viennent de vivre. Elle avait des yeux vitreux ; je me demandais si elle était malade, ou sous l'emprise de drogue.

— Je suis venue te dire au revoir, Henry, dit-elle dans un souffle en se précipitant vers la caisse enregistreuse. Je me suis comportée comme une salope, hein ? Je n'aurais pas dû traiter un vieil homme comme toi de cette façon. Si gentil, en plus. (La fille s'était généreusement aspergée de parfum sentant la rose, mais celui-ci masquait mal son odeur de soufre et de métal calciné.) Après tout, je n'ai aucune raison d'être en colère à cause du passé, pas vrai ? L'Amérique a vraiment bien reconstruit le Japon, et ils ont même installé des bases pour nous protéger. Mon propre père était un G.I, donc sans la bombe… je ne serais même pas née. Je devrais être reconnaissante d'exister, n'est-ce pas, Henry ?

J'étais sûr que la fille avait complètement perdu l'esprit.

— Que veux-tu de moi ? bredouillai-je en me rapprochant millimètre par millimètre du téléphone fixé au mur à quelques mètres de là.

— Je souhaite simplement la même chose que tout le monde… un être qui me complète. Je me sens tellement seule… comme toi, n'est-ce pas ? Je me demande si tu es l'homme que je recherche. Je t'ai avoué hier que tu étais une part importante de ma vie, mais il faut que je vérifie…

Elle se jeta sur moi et me plaqua contre le mur. Je me débattis en appelant au secours, mais en vain. Elle pressa son corps contre le mien ; malgré moi, le contact de ses cheveux doux contre mon cou et de ses tétons durcis contre mon torse m'électrisa.

— Détends-toi, je ne vais pas te faire de mal, dit-elle.

Elle se mit à m'embrasser en faisant glisser sa main droite le long de mon ventre, vers mon entrejambe. Je fermai les yeux très fort. Elle ouvrit ma braguette et sortit mon sexe de mon pantalon ; submergé de terreur et de désir, je lâchai un gémissement.

Quand elle me prit dans sa bouche, mon esprit fut envahi par une myriade d'étoiles multicolores. Dieu du ciel ! Violet, ma femme, m'avait toujours refusé ce plaisir… Je n'osais même plus lui suggérer.

— Qui… es-tu ? dis-je dans un souffle.

Le rire étouffé de la fille me chatouilla le sexe ; elle accéléra le rythme pour égaler les battements de mon cœur… Persuadé d'avoir bientôt une crise cardiaque, je me consolai en songeant qu'il y avait pire façon de mourir, lorsqu'une délicieuse explosion de volupté me secoua le corps…

La vision disparut : quelqu'un avait enlevé l'os de ma main. Pal et Charlie me dévisageaient d'un air inquiet. Mon T-shirt était trempé de sueur ; je haletais comme si je venais de terminer un marathon.

— Ça va ? demanda Pal. Tu commençais à crier.

— Merci, mais j'ai la situation en main, répondis-je d'une voix rauque. Je crois que je suis sur le point de découvrir une information importante.

Je fis un geste à mon familier pour qu'il replace l'ossement dans ma paume. Il me contempla en clignant des yeux, puis s'exécuta. Le souvenir reprit immédiatement.

La fille recula d'un pas; glissant contre le mur, je m'écroulai au sol, inondé de transpiration. Me rendant compte que je n'étais finalement pas mort et que les battements de mon cœur ralentissaient, j'ouvris les yeux, puis entrepris de remonter maladroitement mon pantalon.

La fille avait disparu; à quelques mètres de là cependant, un livre intitulé Les Mythes du Japon *gisait sur le sol. Elle avait scotché un mot sur la couverture, qui disait: «Sauras-tu deviner mon nom?»*

Tremblant, je rampai jusqu'au livre et l'ouvris à la page qu'elle avait indiquée. L'ouvrage parlait d'Izanami, la mère des dieux, devenue maîtresse du Royaume des Ombres après avoir été brûlée vive en donnant naissance à Kagu-tsuchi, le dieu du feu.

Le souvenir s'évanouit; je me laissai emporter par le suivant.

Le torse de mon meilleur ami explosa en une pluie de sang écarlate. Le jeune soldat s'écroula dans la boue, pris de tremblements saccadés. J'aurais voulu faire quelque chose pour l'aider, mais je n'avais qu'une ridicule trousse de premier secours. Mon ami lâcha un râle épouvantable, puis rendit l'âme.

Je lâchai la trousse et jetai un coup d'œil au bunker japonais dissimulé derrière le tronc du palmier couché de travers. La mitrailleuse nippone tirait toujours: de la fumée noire s'échappait des meurtrières disposées autour de la fortification. Je contemplai mes mains recouvertes de sang poisseux, puis les mouches qui s'agglutinaient déjà sur les blessures de mon ami.

Les battements de mon cœur accélérèrent, résonnant sourdement dans mon crâne. Ma gorge se remplit de bile amère. Ces putains de cafards jaunes allaient payer pour ce crime. J'attrapai mon fusil M1 et une grenade avant de bondir par-dessus le tronc. Je courus à travers la clairière en hurlant à pleins poumons. Une vive douleur me transperça l'épaule et la hanche tandis que je dégoupillai ma grenade et la balançai dans l'une des meurtrières obscures.

Le souffle de l'explosion faillit me renverser, mais dès que le nuage de flammes orange eut disparu, j'ouvris la porte d'un coup de pied et tirai quelques coups de feu dans le bunker. Comme rien ne bougeait, je sautai à l'intérieur.

Une demi-douzaine de Japonais gisaient sur le sol en béton, leurs visages et leurs corps déchiquetés par la grenaille. J'entendis soudain un râle : l'un d'entre eux, un gosse de seize ou dix-sept ans, se tortillait par terre. Couvert de sang, il était manifestement en état de choc. Ses cheveux coupés en brosse ressemblaient au duvet d'un caneton noir.

Je rejoignis le soldat en deux enjambées pour lui enfoncer le crâne à coups de crosse.

— Quel acte de bravoure, je suis impressionnée, dit en riant une voix derrière moi.

Je fis volte-face, mais découvris que mes bras étaient paralysés, rendant mon fusil inutile.

L'un des cadavres se releva ; dans la pénombre, je crus d'abord voir un homme vêtu de noir. Mais un rayon de soleil me révéla qu'il s'agissait d'une jeune femme entièrement nue. Elle avait la peau carbonisée : de la chair calcinée se détachait par morceaux de son squelette. Ses yeux brillaient comme deux charbons incandescents au milieu de son visage ravagé.

Elle leva une main ; ma plaque de matricule remonta le long de mon torse jusqu'à ma gorge. La chaîne se tendit, puis se brisa en laissant une marque rouge et douloureuse sur mon cou. La plaque s'envola vers la main de la fille.

— Caporal Henry Schleicher, je suis contente de toi, dit-elle. Tu as envoyé de nombreuses âmes rejoindre mon royaume, aujourd'hui. Alors lâche ton arme et viens ici comme un bon petit soldat.

Mon fusil tomba de mes mains ; je reculai d'un pas et trébuchai, m'effondrant sur un tas de cadavres empilés dans un coin. Je me rendis compte avec horreur que j'avais une érection. L'inconnue s'avança vers moi, sa bouche grande ouverte bardée de dents de requins aiguisées et luisantes…

Grâce au ciel, Pal retira l'os de ma main et la vision s'acheva. J'avais mal à la gorge et à la mâchoire ; mes yeux gonflés de larmes piquaient férocement.

— Tu es certaine que tu contrôles la situation ? demanda Charlie.

— Tu étais en train de hurler, ajouta Pal.

— Je crois que je vais vomir, répondis-je d'une voix éraillée. Libérez-moi de cet engin.

Dès qu'ils m'eurent détachée, je me précipitai jusqu'à la salle de bain pour vider mes tripes. Je me lavai ensuite le visage, puis les dents, avant de respirer profondément plusieurs fois pour me calmer.

— Essayons à nouveau, dis-je en revenant dans la chambre.

— Tu es sûre de ce que tu fais ? demanda Charlie.

— Pas vraiment, répondis-je en secouant la tête. Mais je n'ai pas d'autre idée.

Lorsqu'ils m'eurent rattachée, Pal déposa les restes de Henry dans la paume de ma main et le souvenir suivant se mit en route :

« Sauras-tu deviner mon nom ? »

Mon cœur s'arrêta. Une fille se tenait debout à côté de mon lit. Chaussées de bottes montantes, elle portait un jean délavé et un T-shirt noir qui moulaient son corps svelte. Ses cheveux étaient tondus à ras.

— Comment êtes-vous entrée ici ? bredouillai-je.

Constatant l'érection qui tendait l'élastique de mon pantalon de pyjama, je rougis et croisai les mains devant mon entrejambe.

— Quoi ? Tu n'essaies même pas de deviner ? répondit-elle en faisant la moue. En tout cas, moi c'est Miko. Je suis ton démon pour la soirée.

— Par quel moyen êtes-vous entrée ? répétai-je.

— Je suis grimpée par la vigne, comme quand je suis venue prendre ta femme, répondit-elle en hochant la tête en direction de la fenêtre ouverte.

Il me fallut quelques instants pour digérer ses paroles.

— Vous… avez tué Violet.

Elle hocha la tête une deuxième fois.

— Elle m'a divertie quelques instants, reprit-elle. Mais à vrai dire, pas suffisamment : j'ai été obligée de buter un vieillard dans un hospice aujourd'hui pour éviter d'être trop sur les nerfs ce soir.

Je n'arrivais pas à détacher mes yeux de l'arme posée sur la table. Je n'avais aucune chance de m'en saisir avant Miko. Elle suivit mon regard.

— Tu veux me tuer, Henry ? demanda-t-elle. C'est impossible, tu sais… Car grâce à ma chère maman, je n'ai plus d'âme. Comment était-elle quand elle t'a violé, Henry ? Cramée, en décomposition ?

— Ta mè… oh, mon Dieu… balbutiai-je, en sentant la pièce tanguer.

— Elle n'est plus qu'un gros nuage de fumée, à présent, continua la démone. Avec mon frère, elle se disputait des âmes pendant la guerre, et Kagu-tsuchi a réussi à la tromper en lui donnant rendez-vous à Hiroshima au moment de l'explosion de Little Boy. Tu savais que les enfants recevaient leur âme de leur mère ? D'habitude, c'est automatique, mais comme ma mère est la reine des morts, elle a préféré me transformer en machine à tuer. Elle aime les victimes jeunes, donc j'ai commencé très tôt ma carrière d'assassin. (Elle s'assit sur le bord du lit et m'adressa un sourire désabusé.) On pourrait dire que mon âme est en dépôt : elle me la rendra dès que je lui aurai rapporté autant d'âmes que mon frère lui en a dérobées. Kagu-tsuchi récupère les âmes des personnes mortes brûlées, autant dire quasiment tout le monde à Hiroshima et Nagasaki. Ma mère était très fâchée d'avoir perdu toutes ces âmes, sans parler de se faire pulvériser… Bref, il faut que je lui en ramène autant que de personnes massacrées par les bombes A, soit 262 962. À ce rythme, il me faudra vingt mille ans. (Elle se frotta la figure.) Si seulement vous n'aviez détruit qu'une seule petite ville… C'est vrai que j'adore faire couler le sang, bien sûr, mais il y a tout de même des jours où je me lasse.

— Pourquoi… me dites-vous tout cela ?

— Parce que tu as le pouvoir de me libérer de cette malédiction. Il suffit que tu acceptes de me livrer ton âme.

Elle semblait parfaitement sincère. Je dus faire un effort pour me rappeler qu'il s'agissait d'une folle, ou d'une perverse, qui s'amusait à mes dépens.

— Pourquoi devrais-je croire une seconde à votre histoire de dingue ? demandai-je nerveusement. Ma rencontre avec celle que vous appelez votre mère n'était qu'un rêve, vous essayez de m'abuser. C'est… impossible que je sois votre père.

Elle plongea la main dans sa poche et en retira une chaîne en argent, qu'elle me balança négligemment.

— Attrape !

Je me saisis de la chaîne. Deux plaques d'identité militaires brillaient dans ma main, rutilantes comme des lames de rasoirs. Chacune comportait mon nom, mon rang et mon matricule. Le métal était constellé de petites taches de sang ou de rouille. Je retournai les plaques et aperçus l'aigle américain que j'avais grossièrement gravé au dos un jour d'ennui à la caserne. Un profond sentiment de désespoir m'envahit soudain.

— Où les avez-vous trouvées ? demandai-je.

— Mère aime les jeux, répondit-elle. Elle m'a donné une boîte remplie de plaques d'identité militaires il y a quelques décennies, en me disant que l'une d'entre elles appartenait à mon père. J'ai sucé un bon nombre de vieillards, Henry, mais toi seul as le goût du poison de ma mère.

Le poison de sa mère. Je contemplai Miko d'un air mortifié ; elle leva les yeux pour soutenir mon regard.

— J'avais toujours pensé que mon père avait dû jouer un rôle important dans la catastrophe, comme Oppenheimer ou le pilote de l'Enola Gay, continua-t-elle d'une voix douce. Mais non, ce n'était que toi. Tu n'es pas plus responsable de cette situation que moi, pourtant si tu ne me donnes pas ton âme, presque un quart de million de gens innocents comme nous vont perdre la leur.

Elle se releva et se dirigea vers la fenêtre.

— Ai-je vraiment le choix ? bredouillai-je.

— Bien entendu, répliqua-t-elle. Ton âme m'est inutile si je te l'arrache de force. Si tu souhaites que je profite d'une vie épanouie, ainsi que tous les autres, rendez-vous demain à minuit en haut du mont Nebo. Sinon, tu n'as qu'à rester ici, et je ne t'embêterai plus jamais. Vu ton goût, je dirais que tu as encore de belles années devant toi; peut-être même que tu finiras centenaire. (Elle bascula une jambe par-dessus le rebord de la fenêtre.) La vraie question est de savoir si tu es encore capable de te sacrifier pour ton pays, Henry.

Puis elle disparut.

Le souvenir s'évanouit; je me saisis d'un autre, enchevêtré au premier.

J'ouvris le tiroir du haut du bureau pour en retirer le plateau sur lequel étaient disposées mes médailles et mes décorations de guerre. Ces reliques prouvaient que j'avais été un héros, autrefois; comme mon père me disait toujours, un héros ne fuit pas ses obligations: il les affronte avec détermination.

Un frisson glacial me parcourut les os. Si Miko disait la vérité, il fallait que je m'occupe d'elle, que je l'empêche de continuer à assassiner des innocents. Mais comment arrêter une démone?

Je descendis l'escalier pour compulser le livre sur la mythologie japonaise, m'attardant sur la page qui traitait du dieu du feu, l'autre enfant meurtrier d'Izanami. Si, comme le prétendait Miko, les dieux étaient réellement en guerre, il y avait fort à parier que Kagu-tsuchi souhaiterait empêcher sa petite sœur d'accomplir sa tâche. Si Miko n'avait pas tout inventé, il me serait sûrement possible de contacter le dieu du feu.

Je me dirigeai vers ma chambre et disposai mes décorations à l'intérieur d'un gros cendrier en verre. J'emportai ensuite celui-ci jusqu'à la cuisine où je le plaçai sur le comptoir; ouvrant une vieille bouteille de brandy, j'aspergeai d'alcool le contenu du cendrier. D'un côté, je regrettai le gaspillage de cette excellente liqueur ainsi que la destruction de ces trésors sentimentaux; mais de l'autre, je savais que je n'avais personne à qui léguer ces merveilles… à part Miko. Si ce qu'elle disait était vrai. Auquel cas, contacter le dieu du feu était bien plus important que ces quelques breloques.

— Kagu-tsuchi, si tu es là, dis-moi quoi faire, marmonnai-je avant d'allumer une allumette et de la balancer dans le cendrier. Les décorations s'embrasèrent tandis que mon regard se perdait dans les flammes. L'étoile d'Argent et le Cœur Violet noircirent rapidement; les rubans crépitaient en lançant des étincelles. Le crépitement devint de plus en plus fort… quand j'entendis soudain une voix me parler dans la tête.

— La mère a survécu, mais la fille périra, susurra-t-elle.

Le feu se mit à grossir et à chauffer davantage, puis le cendrier explosa. Un instant ébloui, je titubai en arrière, les sourcils légèrement brûlés par les flammes de l'explosion.

Quand je retrouvai la vue, je constatai que le cendrier et les décorations avaient fusionné en une espèce de mélasse bouillonnante qui faisait fondre le comptoir.

Le souvenir disparut, cédant la place au suivant.

Cette nuit-là, je me contemplai dans le miroir, habillé de mon vieil uniforme militaire. Mes fesses tombaient plus qu'avant et j'avais un peu de brioche, mais dans l'ensemble, l'attirail m'allait encore raisonnablement bien.

Je glissai le Smith & Wesson rutilant ainsi qu'une fusée éclairante dans la poche gauche de ma veste. Puis, je fourrai un bocal rempli de napalm de fabrication artisanale dans ma poche droite. J'avais confectionné l'explosif cet après-midi en trempant des billes de polystyrène dans de l'essence; j'espérai en avoir produit suffisamment, et que le bocal ne fuirait pas.

Je descendis les escaliers pour rejoindre ma vieille Buick. La nuit était chaude, donc je mis l'air conditionné à fond pendant le trajet. Le mont Nebo se trouvait à un quart d'heure de la ville. Dans ce pays de plaines sans fin, il s'agissait de la colline la plus élevée à de nombreux kilomètres à la ronde plutôt que d'une véritable montagne. Il y a quelques années, un fermier local avait décidé de s'y installer; la foudre s'était abattue sur sa maison et les flammes l'avaient détruite. Le fermier avait péri ainsi que toute sa famille. Un habitant de la côte avait hérité du terrain, mais personne n'était jamais venu le réclamer.

Je quittai la route pour emprunter le chemin de ferme qui gravissait la colline. Au sommet, les ruines des murs et de la cheminée se détachaient sur la pleine lune. Une lumière intermittente brillait en dessous, peut-être un feu de camp ? Je garai la voiture au bord du chemin et entrepris de grimper la colline à pied.

Il fallut que je m'arrête deux fois pour masser mes genoux douloureux ; en arrivant en haut, je soufflai fort. Ma chemise était trempée de sueur sous ma veste d'uniforme. Quand le sang cessa de battre dans mes tempes, je me rendis compte que j'entendais chantonner Miko, trop doucement pour que je puisse deviner ses mots, mais assez fort pour que le son de sa voix électrise mon bas-ventre.

Non. Il s'agissait de mon ennemie, et il fallait que je l'arrête. Je sortis le bocal, dévissai le couvercle avec des mains tremblantes, puis me lançai à la recherche de Miko parmi les morceaux de charpente calcinés et les vieilles pierres.

En tournant un coin de mur, je découvris une pièce qui avait dû servir de chambre, et faillis m'étrangler. Miko dansait nue sur une couverture rouge au milieu de douzaines de bougies de toutes sortes, de la minuscule bougie votive au gigantesque cierge à trois mèches, en passant par de minces chandelles. La danse de Miko imitait les mouvements capricieux des flammes qui virevoltaient dans l'air chaud de la nuit. Le corps de la démone se contorsionnait et ondulait tandis que la lumière se reflétait sur ses cheveux et la peau ferme de ses seins, ses bras et ses jambes. Sans doute était-elle légèrement trop musclée par rapport à l'idéal féminin que l'on m'avait inculqué, mais c'était la plus belle créature que j'avais jamais vue. Les paroles de sa chanson étaient en japonais, mais je compris tout de même son message : « Viens à moi. »

J'étais torturé par le désir de m'approcher d'elle, de toucher ce corps merveilleux, mais je connaissais mon devoir. Miko était mon ennemie. Je déglutis nerveusement et sortis la fusée éclairante de ma poche avant de l'allumer en la frottant contre un parpaing.

La démone arrêta de chanter et me regarda en écarquillant les yeux.

— Non ! Pose ça ! cria-t-elle en courant vers moi. Tu ne sais pas ce que…

Le cœur tambourinant, je lui balançai le bocal à la figure. Elle l'écarta de la main, mais la gelée incendiaire se répandit sur son bras, ses seins, son visage. Elle se mit à crier avant même que je ne jette la fusée.

Elle explosa presque. Sa chair semblait cramer avec enthousiasme. Horrifié, je contemplai ses cheveux flamber comme du vieux parchemin, sa peau se racornir et tomber au sol, sa graisse et ses muscles griller en crépitant sous l'effet du napalm. Hurlant frénétiquement, Miko tentait d'éteindre les flammes qui lui ravageaient le corps avec ses mains. Elle trébucha sur les bougies derrière elle et s'écroula.

L'air était empli de la fumée noire qui s'élevait de sa chair carbonisée. De la bile me remonta dans la gorge tandis que je la contemplai en train de se débattre sur le sol, renversant les bougies, engloutie par les flammes qui lui dévoraient la peau. Je voulus détourner le regard, mais me rendis compte que je n'étais même pas capable de fermer les yeux.

Ses hurlements finirent par se transformer en gémissements ; puis, je n'entendis plus que le crépitement des flammes qui s'éteignaient peu à peu. Je m'aperçus que je pleurai et que je pouvais de nouveau bouger. M'éloignant de la scène en titubant, je regrettai de ne pas avoir de mouchoir pour me couvrir le nez et la bouche. Allais-je pouvoir résister à l'envie de me tirer une balle dans la tête une fois rentré chez moi ?

— Ne m'abandonne pas comme ça, père…

Dieu du ciel.

Je me retournai et aperçus le cadavre de Miko couvert de cendres et de cire fondue. Son visage ressemblait à la Mort elle-même : son nez et ses yeux n'étaient plus que des puits obscurs tandis que sa peau se détachait de son squelette par morceaux, révélant des os écarlates. Comment parvenait-elle encore à me parler ?

— Où es-tu ? demanda-t-elle. (Elle tenta de se relever sur ses coudes, mais en vain.) Ne me laisse pas dans cet état, je t'en prie… Kagu-tsuchi refuse de m'accepter, et ma mère aussi.

Personne ne viendra jamais à mon secours. Je serai encore ici quand mes os auront fini de se décomposer.

Elle sembla s'étouffer et son corps fut secoué de spasmes. Il me fallut quelques instants pour comprendre qu'elle sanglotait.

Mon Dieu, qu'avais-je fait ? Même Satan lui-même ne méritait pas le châtiment que je venais d'infliger à Miko. À ma propre fille. Les héros ne brûlaient pas les belles femmes, ne les condamnaient pas à une éternité de souffrance dans un lieu désert. Je fermai les yeux pour essayer de retenir les larmes qui se mettaient à couler le long de mes joues.

— Je t'en supplie, père…

Le cœur battant la chamade, je fis volte-face et me précipitai à travers les débris pour rejoindre Miko.

— Que puis-je faire ? demandai-je.

— Prends-moi dans tes bras, répondit-elle.

Avalant ma salive pour lutter contre la nausée qui m'envahissait, je m'allongeai à côté d'elle sur le sol. Elle glissa une main sur mon torse et se tortilla jusqu'à moi, le moindre mouvement fendant davantage sa peau craquelée.

Contemplant la pleine lune qui brillait au-dessus de nos têtes, je n'écoutai plus que les battements de mon cœur résonner dans ma tête.

Elle embrassa ma joue de ses lèvres dures et sèches. Un frisson d'excitation me parcourut le corps. Je sentis mon cœur manquer certains battements, puis se crisper et s'arrêter. La douleur était exquise.

Tandis que ma vision s'obscurcissait, je tournai la tête et vis que le visage de Miko était à nouveau recouvert d'une peau lisse et fraîche ; des yeux avaient réapparu dans les orbites vides.

Avant que les ténèbres glaciales ne s'engouffrent en moi, je sentis qu'elle déposait un baiser sur mon front. Ses lèvres étaient aussi parfumées que des roses d'enterrement.

— Merci, dit-elle simplement.

La vision disparut et je relâchai les os de Henry. Mes habits étaient trempés de sueur moite. Une lumière dorée et rasante filtrait à travers les stores : mon exploration des souvenirs du vieillard avait duré plusieurs heures.

Pal me regarda en clignant des yeux.

— Alors, tu as appris quelque chose d'utile ? demanda-t-il avec impatience.

— Ouais, répondis-je. Miko est vulnérable aux flammes. Il suffit de la cramer pour la tuer, ou au moins l'amocher sérieusement.

XXVIII

LE DOMAINE DE L'OMBRE

MON VOYAGE À travers les souvenirs de Henry m'avait épuisée. Nous étions tous d'avis que lancer une attaque contre Miko ou David après la nuit tombée était une mauvaise idée. Nous décidâmes donc de nous lever à l'aube le lendemain matin pour tenter de priver Miko de ses zombies.

Tandis que Pal dormait à poings fermés sur le lit d'en face, je me retournai dans le mien sans parvenir à trouver le sommeil, l'esprit accaparé par les événements que je venais de vivre. Au moins, maintenant, je connaissais la nature de notre ennemie. J'ignorais qu'un démon pouvait se métamorphoser en diable en absorbant l'âme de l'un de ses créateurs : Miko avait magnifiquement exploité cette bizarrerie des lois surnaturelles. Il lui avait fallu à peine dix ans pour devenir une déesse de la mort en bonne et due forme.

Elle n'avait d'ailleurs rien perdu de son goût pour les âmes ; à mon humble avis, jouer avec l'esprit des gens pour qu'ils se livrent à un suicide spirituel équivaut strictement à un assassinat. Mais je me ravisai aussitôt : peut-être avait-elle en effet arrêté de faucher des âmes pendant un temps avant de recommencer avec un zèle renouvelé il y a environ un an. Pourquoi ? Jusqu'à quel point avait-elle dit la vérité à Henry ? Impossible de le savoir.

Après quelques heures de sommeil, Pal et moi rejoignîmes Charlie à la cafétéria pour avaler un rapide petit-déjeuner vers six heures du matin ; puis nous attrapâmes notre équipement, nos armes et nos chatons pour nous envoler vers le Civil League Park près du centre-ville.

— L'étang à nénuphars se trouve derrière ces arbres, dit Charlie un peu trop fort dans mon oreille. (Assise derrière moi, elle pointa son doigt vers un bosquet de chênes situé derrière un terrain de golf municipal jauni par le soleil.) Nous devrions nous poser avant qu'ils nous repèrent.

— D'accord, répondis-je. À quelle distance l'ombre est-elle capable de nous voir ou de nous entendre ?

— Elle perçoit les personnes qui sont dans l'eau avec elle, répliqua Charlie. Mais sur la terre ferme, elle a besoin des yeux et des oreilles de David. En tout cas, je crois qu'elle avait besoin des miens.

Je balayai le sol du regard ; à côté de l'entrée du terrain de golf se trouvait un drive-in Sonic.

— *Pose-toi là-bas, Pal,* dis-je par télépathie.

Mon familier atterrit lestement dans la partie ombragée du parking. Quelqu'un avait depuis longtemps brisé en mille morceaux les menus en plastique disposés près des bornes de commande individuelles. Je me laissai glisser le long du dos de Pal jusqu'au bitume percé de mauvaises herbes ; Charlie m'imita aussitôt.

— Du coup, si on aveugle David, on empêche aussi l'ombre de voir ? demandai-je à Charlie en attrapant mon chaton qui s'était mis à escalader ma veste en cuir de dragon.

Je fourrai à nouveau l'animal dans le sac que j'avais emprunté au dortoir. Même déboutonnée, ma veste me tenait cruellement chaud, mais le soleil tapait trop fort pour que je me découvre. Le chaton semblait percevoir qu'un carnage titanesque s'annonçait ; il n'arrêtait pas de vouloir grimper jusqu'à mon cou.

Charlie me regarda avec surprise, puis désarroi.

— Je pense que oui, répondit-elle.

— Écoute, je sais que tu le considères comme ton ami, même si tes sentiments pour lui ont changé, dis-je d'une voix douce. Je comprends que tu ne veuilles pas lui faire de mal. Pal et moi pouvons le neutraliser temporairement à l'aide d'un sort de paralysie. Mais il faut qu'on se débarrasse de lui d'une façon ou d'une autre, sinon on ne s'en sortira jamais.

— Je sais, répondit-elle. (Elle enleva le chargeur de son AK-47, vérifia les munitions, puis l'inséra de nouveau avec un cliquetis sec.) L'ombre m'a choisie parce que j'ai un côté maléfique. Je ne lui ai peut-être pas résisté autant que j'aurais dû, mais David, lui… je crois qu'il n'a même pas essayé de s'en débarrasser. Aucune de ses exigences ne le trouble. (Charlie marqua une pause, l'air furieuse ; je crus un instant qu'elle allait se mettre à pleurer.) Il m'avait caché cet aspect-là de sa personnalité ! Comment peut-on être l'ami de quelqu'un pendant si longtemps, passer *autant* de temps avec lui sans remarquer une perversité aussi profonde ? Ce qu'il fait maintenant… est vraiment épouvantable.

— Tu n'es pas une sale gosse. Et il semblerait que David non plus. (J'espérais que ces paroles l'aideraient à surmonter sa tristesse. J'éprouvais de la compassion pour elle, mais j'avais surtout besoin qu'elle se concentre sur notre objectif.) Tout le monde à des mauvais penchants. Les diables identifient les points faibles des personnes et les exploitent sans retenue jusqu'au bout. Les bons côtés de l'individu semblent ensevelis à jamais, mais il est possible de les faire ressurgir. (Il valait mieux que cela soit vrai, autant pour le Sorcier et moi-même que pour Charlie et David.) Si on parvient à détruire l'ombre, je te parie qu'il redeviendra lui-même.

— C'est moi qui ai introduit ce diable dans sa vie, dit-elle d'une voix basse. Dans la vie de tout le monde, d'ailleurs. J'ai besoin de réparer mon erreur. (Elle s'essuya les yeux, ajusta la bandoulière de son arme et fit jouer ses épaules pour évacuer la tension.) Bon, écoutez-moi. L'ombre est capable de se déplacer d'un plan d'eau à l'autre pourvu qu'ils soient assez rapprochés. Il y a une demi-douzaine d'étangs à nénuphars dans le jardin; je pense que l'ombre se trouve dans l'un d'entre eux. Mais derrière la clairière se trouve une mare naturelle et au-delà, la rivière. L'ombre restera sur place si elle croit qu'elle peut attraper quelque chose à manger; mais elle se carapatera en vitesse si elle se sent menacée. Les zombies doivent lui fournir un parfait moyen de transport: ils sont essentiellement composés d'eau et incapables de dire non. Si l'ombre parvient jusqu'à la rivière, on ne pourra probablement jamais la rattraper. (Elle inspira profondément.) Bref, on n'a le droit qu'à une tentative, et une seule. Je crains que si l'on commence par aveugler David, l'ombre comprendra qu'il y a un problème et s'enfuira illico vers la rivière.

Je n'avais pas pensé à cette éventualité. Mon cerveau était encore embrumé par la fièvre, que la chaleur ambiante et le soleil ardent n'arrangeaient pas vraiment.

— Voilà qui change tout, répliquai-je. Tu sais si David se promène avec beaucoup de zombies autour de lui ?

— Un certain nombre, oui, répondit Charlie. Je crois qu'il s'en sert comme… jouets. (Elle insista sur ce dernier mot, comme pour le charger de sous-entendus répugnants.) Quand il s'en lasse, il les donne à manger à l'ombre.

— Hmm, répliquai-je simplement, réfléchissant à une solution.

— Je me permets de souligner qu'une attaque en force n'est peut-être pas notre meilleure option, intervint Pal.

Pour améliorer nos chances de succès, il faudrait que l'on trouve un moyen de prendre l'ombre par surprise.

— Tu as raison, acquiesçai-je en enlevant mon sac à dos. Bon, changement de plan. Pal, rétrécis-toi au maximum.

Je commençai à le débarrasser de son harnachement. Il me dévisagea en clignant des yeux.

— À quelle taille, exactement ? demanda-t-il.

J'empilai ses affaires en tas contre le mur en briques pâles du drive-in, puis posai mon fusil à pompe et mon sac au-dessus.

— Il faudrait qu'on te prenne pour une vraie tarentule perchée sur l'épaule de Charlie, répondis-je. Tu crois que c'est possible ?

— Pas de souci, dit-il. (Il entonna une brève mélodie et rapetissa spectaculairement.) C'est suffisant ou je continue ?

— Je crois que ça ira, répliquai-je.

Je me baissai pour le ramasser, puis le déposai sur l'épaule de Charlie. Il se confondait avec le T-shirt gris de la jeune femme ; de loin, personne ne serait capable de l'apercevoir.

Charlie n'avait pas l'air ravie de trimballer mon familier.

— Qu'est-ce qu'on fait maintenant ? demanda-t-elle.

— On se dirige vers le jardin, répondis-je. (J'attrapai mon chaton et le tendis à Charlie avant de balancer mon sac sur la pile d'affaires contre le mur.) Tu vas dire à David que je suis ta prisonnière et que tu m'offres en cadeau à l'ombre. Tu as changé d'avis et tu souhaites les rejoindre pour partager leur joyeuse existence de meurtre et de rapine.

La jeune femme me contempla comme si une deuxième tête avait surgi de mon cou et s'était mise à réciter de la poésie existentialiste en français.

— Tu… veux vraiment que je te livre à l'ombre pieds et poings liés ? demanda-t-elle. Tu es devenu *dingue* ?

— C'est en effet ce que je souhaite que tu fasses, mais non, je ne suis pas folle, répondis-je. J'ai un plan. (Je lui adressai mon plus beau sourire à la Cooper, pour lui signifier que tout se passerait comme sur des roulettes.) Convaincs ton ami que tu es fin prête à rejoindre le côté obscur, et je me charge du reste. Ah, n'oublie pas : si j'ai brusquement l'air d'avoir changé, c'est que je ne suis probablement plus moi-même. Éloigne-toi de moi au plus vite.

Charlie fourra le chaton avec son jumeau dans son sac en bandoulière, puis nous marchâmes le long du trottoir jusqu'au Civil League Park. La grille d'entrée ouverte était rongée par la rouille. Le chemin qui traversait le parc serpentait entre des rosiers morts puis débouchait sur un vallon bordé de plants de ciguë et ombragé de chênes. Une fois franchi un pont en calcaire au-dessus d'une petite mare naturelle remplie de carpes japonaises, nous parvînmes jusqu'à la vaste zone circulaire où les étangs avaient été aménagés. L'air empestait le rance et la chair en décomposition. Je croisai les mains sur ma tête.

— Enfonce ton arme dans mon dos, dis-je à Charlie, qui s'exécuta.

À l'ombre des chênes et des pacaniers qui surplombaient les étangs, une modeste chaumière se dressait de l'autre côté de la zone déboisée, aussi grande que la surface de deux piscines olympiques. Les étangs consistaient en huit rectangles de béton bordés d'un large pourtour en calcaire. Faute d'entretien, la plupart d'entre eux étouffaient sous les algues, quelques courageux nénuphars parvenant malgré tout à fleurir par endroits. L'un d'entre eux était cependant exclusivement rempli d'une vase répugnante aussi noire que du pétrole brut.

Un mince jeune homme d'une vingtaine d'années traînait quelque chose le long du chemin qui menait à la chaumière. Le crâne rasé, il ne portait rien d'autre qu'une paire de baskets boueuses et un T-shirt Superman.

Il tira une fois de plus sur son fardeau, puis je l'entendis vociférer :

— Lève-toi, bordel !

La masse informe se tortilla avant de se relever péniblement. Il s'agissait d'un autre jeune homme maigre, complètement nu, qui portait un énorme aigle américain tatoué sur le torse. La bouche entrouverte, il fit trois pas en titubant, puis tomba à genou.

Lâchant un juron, David souleva le zombie et le traîna jusqu'à l'étang rempli de vase noire en le portant à moitié.

— Mon Dieu, murmura Charlie, il a l'air d'être encore pire que la dernière fois.

Concentré sur sa tâche, David ne sembla pas nous remarquer. Il hissa le zombie jusqu'au bord de l'étang, puis le poussa dedans. Dès que celui-ci eut touché la mélasse infâme, elle se mit à bouillonner, le déchiquetant aussi sauvagement que si chaque particule de vase était une minuscule lame aiguisée. Quelques secondes plus tard, tout était terminé, la surface du liquide obscur de nouveau lisse, reflétant sombrement les rayons du soleil.

David s'agenouilla pour reprendre son souffle ; il tourna brusquement la tête vers l'étang, comme si la mélasse venait de s'adresser à lui, puis se redressa et regarda vers nous en plissant les yeux.

— Qui est là ? hurla-t-il.

— C'est moi, cria Charlie. J'ai… réfléchi à ta proposition, et je crois que t'as raison. C'est idiot de rester du côté des perdants. Je veux vous rejoindre. Et j'ai un cadeau pour l'ombre.

— Waouh, génial ! s'exclama David en souriant. (Il avait l'air aussi excité qu'un gosse de six ans à Noël. Ses dents grisâtres et ravagées ressemblaient à de minuscules pierres tombales logées dans ses gencives en sang.) Je savais que tu finirais par comprendre ! On va s'éclater, tu verras. Viens me montrer la surprise que tu nous amènes !

Nous marchâmes lentement vers David ; j'avais toujours les mains croisées sur la tête et l'arme de Charlie collée contre mon dos. En m'approchant, je me rendis compte qu'il ne s'était pas rasé les cheveux, mais qu'il les avait quasiment tous perdus : il ne lui restait que quelques mèches grasses qui poussaient encore par endroits. Même ses sourcils avaient disparu. Ses yeux étaient d'une inquiétante couleur jaune, et il puait comme s'il ne s'était pas lavé depuis des mois. Il avait le visage constellé de boutons d'acné et le sexe couvert de chancres purulents.

— Tu m'as l'air sacrément appétissante, toi, dit-il en m'examinant de ses yeux maladifs et luisants. Dommage que tu sois une fille, mais tu m'as l'air d'avoir des muscles là où il faut, donc on va pouvoir faire semblant. Je parie que tu as plus de répondant que ce que j'ai sous la main d'habitude.

David claqua des doigts ; les arbres et les buissons qui bordaient la clairière s'agitèrent soudain : au moins trente zombies plus ou moins décomposés surgirent des feuillages et s'immobilisèrent au garde-à-vous. La plupart semblaient être des cadets ROTC capturés. Tous étaient armés d'une hache ou d'une batte de baseball.

Aïe, aïe, aïe. L'affaire s'annonçait plus compliquée que prévu.

— Je te présente ma garde personnelle, dit David en riant. Ils m'obéissent au doigt et à l'œil, mais c'est parfois lassant, tu vois ? Donc merci, Charlie.

— C'est… un cadeau pour l'ombre, bafouilla Charlie, horrifiée.

— L'ombre n'est pas gênée de passer en second. Selon notre arrangement, je me sers toujours en premier. (David fit la grimace.) En fait, c'est *Miko* qui se réserve ce privilège. Mais plus pour longtemps, surtout maintenant que tu es là. (Il lui adressa un sourire rayonnant.) On va se marrer, je te le promets. Dès qu'on se tire d'ici avec mon magot, on se dirige vers Las Vegas, et à nous la belle vie ! (Il tourna brusquement la tête vers l'étang noir, comme un chien dont on vient de tirer un coup sec sur la laisse.) Quoi ? Vraiment ? Bon, d'accord. (Il se retourna vers Charlie avec la mine dépitée d'un enfant à qui l'on vient de refuser une glace.) L'ombre veut la voir. Ordonne-lui de s'approcher du bord.

Charlie me poussa dans le dos avec le canon de son arme. J'avançai vers la vase visqueuse, mon cœur battant la chamade dans ma poitrine en sueur. J'étouffais sous ma veste en cuir et mon gant de rodéo, mais ils dissimulaient à David les flammes de mon bras. Avec un peu de chance, l'ombre ne les verrait pas non plus avant qu'il ne soit trop tard.

— *Jessie…* dit la voix de petite fille dans ma tête. (Elle était aussi sinistre que Charlie l'avait décrite.) *De quoi as-tu envie, Jessie ?*

Passant ma langue sur mes lèvres soudain sèches, je m'approchai de l'étang et plongeai mon regard dans l'obscurité luisante. Pour éviter de penser à quoi que ce soit, au cas où le monstre serait doté de pouvoirs télépathiques supérieurs à ce que croyait Charlie, je me répétai en boucle les paroles d'une chanson des Beastie Boys : « No Sleeping Till Brooklyn. »

— *Allez, tu peux me le dire,* insista l'ombre d'une voix mielleuse. *Je parie que tu n'aimes pas beaucoup Miko, hein ? Moi non plus.*

Soudain, je m'imaginai en train de décapiter David avec l'une des haches des zombies pour prendre sa place. Je ne me transformerai pas en épave repoussante comme lui, car j'étais bien plus forte que ce garçon frêle. Grâce à l'ombre, je pourrai éliminer Miko, sauver mes amis et quitter la ville. Avec son pouvoir, tout me serait permis, plus personne ne serait capable de me résister.

Ce joli scénario avait certes de quoi me séduire ; je faillis même y réfléchir sérieusement pendant un quart de seconde.

— Je voue à Miko une haine aussi brûlante qu'un millier de soleils ardents, murmurai-je, accroupie sur le bord. (La surface de la vase était légèrement rebondie : l'ombre se trouvait juste sous mon nez.) Mais tu sais quoi ? (J'enlevai brusquement mon gant et plongeai ma main enflammée dans la vase, entraînant l'ombre avec moi dans ma dimension infernale. Je l'entendis pousser un hurlement dans ma tête. Je me retrouvai debout dans mon ancienne chambre; devant moi se dressait une masse de gelée de la taille d'une barrique. La créature à l'odeur répugnante malgré sa jolie couleur framboise n'avait ni yeux, ni bouche, ni aucun autre orifice; elle frissonna, l'air désorientée.) Je déteste encore plus les petits diables parasites comme toi, lui dis-je.

La créature hurla; deux pseudopodes hérissés de piquants jaillirent de son corps et fusèrent en direction de mes jambes. Je bondis en arrière sur le lit et roulai sur le matelas pour atterrir de l'autre côté. De multiples tentacules surgirent de la créature et se fichèrent dans le plafond et dans les murs, permettant ainsi au monstre dépourvu de squelette de se soulever du sol. Une espèce de bouche s'ouvrit au milieu de la masse de gelée, révélant une formidable rangée de dents acérées. Pire encore, le diable semblait grossir, se repaissant des énergies négatives qui irradiaient toujours la dimension infernale.

— Tu m'as joué un vilain tour en m'emmenant ici, dit la gelée de sa voix de petite fille. Je vais te tuer pour ça.

Mon épée et mon bouclier se trouvaient près de la coiffeuse, à l'endroit où je les avais laissés; je parvins à m'en saisir juste à temps pour découper les deux pseudopodes qui avaient fusé dans ma direction. Les tentacules mutilés se retirèrent en m'aspergeant de venin qui me brûla les bras et le visage. La masse de gelée croissait si vite qu'elle ne tarderait pas à m'étouffer en m'écrasant contre les murs.

— Si tu me tues, comment vas-tu sortir d'ici ? criai-je en essayant d'ignorer la douleur de ma peau rongée par l'acide diabolique.

Sans doute déroutée par ma question, la créature cessa d'enfler. Je clignai rapidement mon œil artificiel pour faire défiler les modes de vision de mon ocularis en espérant apercevoir quelque chose… et soudain, je le vis : un cœur battant au milieu du magma informe.

Il n'y avait pas une seconde à perdre. M'appuyant contre le lit pour prendre de l'élan, je plongeai mon bras gauche aussi profondément que possible dans le corps flasque du monstre. La créature poussa un cri strident tandis que mon bras commençait à se dissoudre ; elle abattit ses tentacules avec fureur sur mon dos et mes jambes… Si je ne la tuais pas d'ici quelques secondes, j'étais morte. Juste avant que ma main ne s'engourdisse complètement, j'attrapai enfin son horrible petit cœur et tirai dessus d'un coup sec, l'arrachant au magma. Les pseudopodes ramollirent et la masse de gelée retomba lourdement sur le sol.

Je reculai de quelques pas en titubant, heurtant la coiffeuse. De ma main gauche ne restaient guère que les os ; le cœur noir et bleu du diable glissa entre mes doigts et tomba par terre. Des pattes poussèrent sous l'organe diabolique qui se précipita vers la masse de gelée, sans doute pour la régénérer. Visant soigneusement avec mon épée, je clouai l'affreux mille-pattes au plancher : le cœur secoué de spasmes se transforma en un épais liquide grisâtre. La gelée se décomposa, elle aussi, en une mare de sang toxique.

Une fois passée la montée d'adrénaline, la douleur dans mon bras gauche me frappa de plein fouet ; je me rendis compte que l'acide continuait à me ronger la chair et les os. Il était temps de partir. Je sautai par-dessus la flaque de sang et ouvris la porte rouge avec ma bonne main.

La réintégration de mon corps fut désagréable et déroutante. Je ne voyais plus rien : mes yeux étaient recouverts d'une substance irritante et poisseuse. Mon visage était trempé et gluant ; j'avais du sang plein la bouche, que je recrachai en même temps que des morceaux de chair. Une douzaine de souvenirs de morts envahirent mon esprit, et je passai les quelques minutes suivantes à subir d'atroces nausées.

Après m'être purgée du sang et des souvenirs qui allaient avec, je m'essuyai les yeux avec la manche de ma veste en cuir de dragon que, Dieu merci je portais toujours. Dégoûtée mais nullement surprise, je découvris devant moi le corps d'un zombie fraîchement déchiqueté. Je n'étais plus dans la clairière. Jetant un coup d'œil autour de moi, je constatai que j'avais pénétré dans un bosquet, vraisemblablement à la recherche de zombies à mettre en pièces. Derrière moi, autour des étangs, j'aperçus une scène de massacre. J'avais apparemment d'abord charcuté une dizaine de zombies près du bassin, puis tout ce que j'avais pu trouver autour. Plus rien ne bougeait.

Une crainte me saisit soudain. Où était Charlie ? Heureusement, je ne tardai pas à l'apercevoir, agenouillée à côté du corps de David. Elle avait l'air en forme, ou du moins indemne. Les yeux jaunes de David étaient grands ouverts ; sa tête reposait dans une flaque de sang sombre.

Une immense fatigue m'envahit soudain ; je dus m'appuyer contre le tronc d'un pacanier pour éviter de m'écrouler. Après avoir regagné un semblant d'énergie, je me dirigeai vers Charlie, tremblant de tout mon corps et brûlante de fièvre.

— Ça va, Charlie ? demandai-je d'une voix éraillée. (Elle hocha la tête sans dire un mot, pleurant à chaudes larmes, les yeux rivés sur le corps de David.) C'est moi qui l'ai… ?

Elle secoua la tête, puis tourna doucement le visage du jeune homme vers moi pour que je puisse voir l'impact de balle dans sa tempe.

— Je l'ai tué au moment où il a ordonné à ses zombies de se jeter sur toi, dit-elle.

— Je… suis désolée que tu n'aies rien pu lui dire avant de… bredouillai-je, mal à l'aise, avant de penser : *Où es-tu, Pal, nom de Dieu ?*

— Ici, sur ce nénuphar, répondit-il. Je ne savais pas comment t'aider. Charlie s'est mise à l'abri toute seule et, quand tu es possédée par le Goad, même à ma taille habituelle, j'ai du mal à t'arrêter. Autant dire que sous cette forme, c'était peine perdue.

— Agrandis-toi, n'hésite pas… On a un certain nombre de cadavres à ensevelir, on dirait.

Charlie s'essuya le visage avec le dos de sa main.

— Ne t'inquiète pas, répliqua-t-elle. Je ne sais pas très bien ce que j'aurais pu lui dire, de toute façon. « Désolée d'avoir introduit le Mal dans ta vie » ? « Désolée que ce Mal t'aie plu mille fois plus que moi » ? « Désolée que tu sois devenu un monstre ignoble, bien qu'une partie de moi-même t'aime encore » ? Merde. Ma balle s'est montrée suffisamment éloquente.

— Tu veux l'enterrer ? demandai-je.

— Non, répondit-elle en se relevant lentement, sans quitter le cadavre des yeux. C'est le meilleur ami que j'aie jamais eu… mais tous ces types étaient aussi l'ami, le fils ou même le père de quelqu'un d'autre. Il faut qu'on leur réserve le même sort qu'à David, mais je n'ai pas la force de creuser autant de tombes… Toi, si ?

Dis-lui qu'on peut tous les enterrer dignement, dit Pal. Je connais un sort approprié…

XXIX
FACE À FACE

Lorsque nous revînmes au campus, j'étais complètement épuisée. Deux cadets nettoyèrent le sang qui me recouvrait de la tête aux pieds avec un tuyau d'arrosage. Puis, usant de mes dernières forces, je regagnai la chambre, pris une douche, enfilai l'un des T-shirts stupides avec un logo de pizza et m'effondrai dans le fauteuil de contention. Je m'endormis avant même que Pal ait terminé d'attacher toutes les sangles.

Tandis que les premières lueurs de l'aube filtraient à travers les rideaux, je fus réveillée par des bruits sourds : quelqu'un frappait violemment à la porte. Le vacarme me fit mal à la tête.

— *Tu veux bien aller voir qui c'est, Pal ?* demandai-je par télépathie à mon familier.

J'ouvris mes paupières encore lourdes de sommeil avec peine ; il me fallut quelques secondes pour distinguer nettement mon entourage. Charlie se trouvait sur le pas de la porte, habillée en treillis, brandissant son AK-47 chargé et prêt à l'emploi. Livide, elle semblait effrayée et excitée à la fois.

— Miko est furieuse car elle ne peut plus fabriquer de zombies, dit-elle. Les éclaireurs viennent de nous annoncer que des milliers d'entre eux convergent vers le campus pour nous attaquer ; ils seront sur nous dans moins d'une heure. Miko avait *beaucoup* plus de sbires en réserve que nous le pensions. On a de meilleures armes qu'eux, mais ils nous dépassent de très loin en nombre. Certains affirment qu'on va manquer de munitions… En tout cas le capitaine Flynn, qui commande à présent, a ordonné la mobilisation générale : tout le monde doit se rendre au front.

Pendant que Charlie parlait, Pal détacha les sangles qui me retenaient la tête et m'enleva le protège-dents de la bouche afin que je puisse lui répondre.

— Moi aussi, je suis mobilisée ? demandai-je en essayant de détendre mes mâchoires crispées.

— Non, pas toi, répondit Charlie en secouant la tête. Tu as déjà une tâche à accomplir ; d'après Sara, si tu veux attaquer Miko, tu as intérêt à te dépêcher. Mais moi, je ne pourrai pas t'accompagner. J'ai ordre de rester ici. (Son visage s'assombrit.) En plus, Sara m'a affirmé que je me ferais tuer. (Elle plongea sa main dans son sac en bandoulière, en retira deux plateaux-repas sous plastique et les balança sur le lit.) Voilà vos rations pour la journée. Ils ont fermé la cafétéria et distribué des armes aux cuistots. J'ai pris un végétarien pour toi, et un normal pour lui.

— Merci, dis-je. Sara ne t'a pas dit où je pourrais trouver Miko ?

— D'après les chats, le quartier général de Miko se trouve au *Saguaro Hotel*, au centre-ville. Impossible de le manquer, c'est le plus grand bâtiment de Cuchillo. (Elle se mit à piétiner nerveusement.) Euh, il faut que je parte. J'aurai bien aimé te serrer dans mes bras, mais dans cette chaise, ça risquerait d'être un peu ridicule.

— Il y a des chances, en effet, répondis-je.

— Donc, euh, à bientôt ?

— Je sais que tu te battras courageusement, mais reste prudente, répondis-je.

Charlie me fit au revoir de la main, puis se hâta de rejoindre les ascenseurs. Pal finit de me libérer, et je titubai jusqu'à la salle de bain pour me vider la vessie et m'asperger la figure d'eau froide.

— Je ne suis pas sûre d'être assez en forme pour continuer, dis-je d'une voix rauque en collant mon front contre la faïence fraîche du lavabo. J'ai l'impression qu'une armada d'autobus m'est passée dessus, puis qu'on m'a brûlée vive. Dieu sait quelles infections horribles j'ai dû encore choper hier.

Pal ramassa son plateau-repas.

— Mange ton repas et prends tes médicaments, dit-il. Ça ne pourra pas te faire de mal.

— T'as raison, comme d'habitude, répondis-je.

J'attrapai mon couteau suisse pour ouvrir le plateau-repas végétarien ; le contenu se répandit sur le lit. L'idée d'avaler des tortellinis au fromage froids pour le petit-déjeuner me donnait la nausée, mais le plateau comprenait également du beurre de cacahuètes avec des biscuits salés et encore mieux, une barre chocolatée Fuel Soldier. J'ingurgitai la barre en la faisant descendre avec une bouteille d'eau, puis ingérai mes antibiotiques et de l'Ibuprofène. Ensuite, j'attendis de voir si les médicaments et la nourriture suffiraient à me revigorer.

À ma grande joie, mes maux s'évanouirent.

— Je me suis permis de laver tes habits avec un charme pendant que tu dormais, me dit Pal tout en finissant de lécher les dernières traces de rôti sur son plateau. Ton armure en cuir était trempée depuis ta séance de nettoyage au tuyau d'arrosage et ton T-shirt était tout simplement immonde.

— Merci beaucoup, Pal, répondis-je en m'étirant pour décrisper les muscles de mon dos. Laisse-moi le temps de m'habiller et allons-y.

Je ne pouvais supporter l'idée d'étouffer encore une journée sous le casque d'équitation, donc je demandai à Pal de le décrotter avant de l'échanger contre le chapeau de cow-boy en paille d'une fille à l'autre bout du dortoir. Elle semblait ravie de disposer d'une protection solide autour du crâne pour affronter la bataille à venir. Les cadets manquaient manifestement de casques de combat.

Une fois en vol, notre destination ne fut pas difficile à identifier: l'hôtel faisait vingt étages de plus que tous les autres bâtiments de la ville. D'autre part, on pouvait lire l'inscription « Saguaro Hotel » écrite en lettres d'acier sur le toit en tuiles rouges de l'immense tour de briques pâle. L'enseigne devait être visible à vingt kilomètres à la ronde au moins.

Lorsque nous fûmes plus proches, je vis une foule se presser autour de l'hôtel.

— Nom de Dieu, elle n'a même pas envoyé tous ses zombies à l'assaut du campus, dis-je à Pal, impressionnée. (Miko avait clairement profité de son règne à Cuchillo pour se rapprocher de son objectif de deux cent mille âmes. J'aperçus une allée qui semblait dépourvue de zombies.) Atterris là-bas, derrière ce café.

Pal descendit rapidement vers le sol et se posa en douceur à côté d'une benne à ordures verte.

— Comment va-t-on réussir à traverser cette foule? demanda-t-il.

— Grâce à mon fusil à pompe et à ton charme fou, répondis-je. Mais peut-être que nous n'aurons besoin ni de l'un ni de l'autre. Miko avait l'air de vouloir m'affronter face à face.

Pal sortit de l'allée et se retrouva dans la rue, devant l'hôtel, prêt à en découdre. Mais l'armée de morts vivants en guenilles s'écarta lentement de notre chemin; juchée sur les épaules de Pal, j'avançais le long de Main Street en direction du *Saguaro Hotel*, de ses vastes marches en marbre et de ses colonnes d'un blanc étincelant. La mer brune et puante qui s'ouvrait devant nous devait compter au moins un millier de corps en décomposition. Je souffrais d'un mal de tête terrible. L'effet conjugué de la chaleur du mois de juillet et du soleil impitoyable de l'ouest texan était presque insoutenable. J'inclinai mon chapeau de cow-boy en paille vers l'avant, dans le vain espoir de faire profiter ma nuque de la faible brise.

Et soudain, j'aperçus Miko, perchée en haut des marches. Entièrement nus et la peau brûlée par le soleil, Cooper et le Sorcier se trouvaient accrochés de part et d'autre de la démone à des croix de fortune en bois d'acacia. En signe de magnanimité sans doute, leurs membres avaient été attachés, plutôt que cloués, aux branches sinueuses qui les retenaient. Leur tête, inerte, reposait sur leur torse tandis que celui-ci se soulevait péniblement au rythme d'une respiration anémique.

Le chaton démoniaque qui se trouvait dans ma sacoche se mit à miauler énergiquement. Il anticipait manifestement le carnage à venir.

— *T'es prêt pour ce qui va nous tomber dessus ?* demandai-je à Pal.

— Prêt à subir une mort lente, douloureuse et sanguinolente, suivie d'une damnation éternelle ? *Bien entendu.* Quelle joie.

Ignorant ses sarcasmes, je dégainai mon fusil à pompe Mossberg 590 et glissai une cartouche dans le chargeur.

— Rends-les moi, Miko !

Ma voix était fébrile et tremblante. On aurait dit les protestations outrées d'une souris à un lion. Miko m'adressa un sourire ; sa beauté et sa puissance me frappèrent soudain comme une masse dans une gaine de velours. Si j'avais été debout, je serais tombée à genou. J'espérai que ma vessie n'allait pas lâcher. Pal s'en rendrait compte et, vu la catastrophe dont j'étais déjà responsable, je pouvais largement me passer de cet embarras supplémentaire.

— Tu sais ce que je veux, susurra-t-elle, sa voix portant sans effort jusqu'à moi. Donne-toi à moi, et tes compagnons pourront repartir libres.

Une minuscule partie de moi-même – celle qui était épuisée, qui n'en pouvait plus de lutter ni de courir – se demanda si, finalement, la meilleure chose à faire ne serait pas de se livrer à Miko corps et âme. Je bottai mentalement les fesses à cette pensée et la chassai de mon esprit.

Je passai une jambe par-dessus la vertèbre proéminente de Pal et me laissai glisser jusqu'au sol.

— *Reste près de moi. Déjà que je risque de ne pas faire longtemps le poids face à elle, il ne faut pas que je sois hors de portée du chaton.*

— Je te collerai fidèlement au derrière, répondit Pal.

— Que me veux-tu ? demandai-je à Miko en m'approchant d'elle, les mains serrées autour du fusil.

L'arme ne me servirait à rien contre elle, mais je ne voulais pas qu'elle sache que j'en étais consciente.

La démone éclata de rire.

— J'ai toujours pensé que tu ferais un meilleur partenaire que cette maudite ombre, ce que tu as prouvé hier de façon éclatante, dit-elle. C'est… gênant de ne plus pouvoir fabriquer d'esclaves, mais j'en ai plus qu'il ne m'en faut pour écraser les humains qui me résistent encore. Il est temps de passer à autre chose.

— Pourquoi cherches-tu un partenaire ? demandai-je. (Je continuai d'avancer vers elle ; encore vingt pas et je pourrai la faire flamber, même si je n'arrivais pas à empêcher ma main gauche de trembler.) Non pas que ton offre me flatte, mais tu as l'air de très bien te débrouiller toute seule.

Nouvel éclat de rire.

— En effet, mais gérer un paradis demande de l'effort et de l'attention. C'est agréable d'avoir quelqu'un de confiance pour me seconder dans mes moments de travail et de loisir.

Je ne savais pas qu'on pouvait charger le mot « loisir » de sous-entendus aussi salaces.

— Un paradis ? répétai-je, interloquée. (La démone semblait parfaitement sincère.) Quel paradis ?

— Là-dedans. (Elle pointa un doigt vers son cœur.) Je me comporte en déesse bienveillante envers ceux qui m'abandonnent volontairement leur âme. Je leur accorde la possibilité de vivre leurs rêves les plus fous. Ceux dont je dois ravir l'âme de force, en revanche, sont condamnés à contempler de loin les autres jouir de leur bonheur.

— C'est sympa.

J'étais enfin à portée. Je lâchai le fusil à pompe ; avant même qu'il ne touche le sol, j'avais enlevé mon gant de rodéo pour envoyer à Miko une bonne décharge d'ectoplasme incendiaire...

...que d'un petit geste de la main elle fit s'évanouir en un nuage de fumée.

Elle attrapa ma griffe de sa main droite ; envahie par la douleur, je tombai à genoux sur les marches.

— Voilà qui n'était pas très gentil, susurra-t-elle. Ni très malin. Tu croyais vraiment que je serai encore vulnérable au feu ? Je ne souffre plus de cette malédiction depuis que j'ai regagné mon âme. (Elle secoua gravement la tête.) Dommage que tu sois aussi sotte. Tu avais raison, je crois : il est difficile de recruter des assistants compétents.

Elle tendit le bras gauche pour toucher mon visage. Je savais qu'elle voulait me ravir mon âme ; submergée par la panique, incapable de bouger ni de parler, la seule chose que je parvins à faire fut de me retirer dans ma dimension infernale.

Je me retrouvai debout dans la chambre, le sol encore gluant de gelée. *Je vais mourir*, songeai-je. Quand Miko se rendrait compte que je lui avais échappé, elle réduirait mon corps en charpie, et ma vie s'arrêterait là.

Je retins ma respiration en attendant que l'inévitable se produise.

Une minute passa.

Puis une deuxième.

Je me grattai le crâne. Peut-être étais-je déjà morte ? Mais si c'était le cas, n'aurais-je pas dû ressentir quelque chose au moment de mon trépas ? Étais-je condamnée à moisir ici pour l'éternité ? Il n'y avait qu'une seule façon de le savoir : j'avançai vers la porte rouge et tournai la poignée.

Je me retrouvai allongée sur le dos ; les marches me rentraient douloureusement dans les côtes, Pal tenait ma tête entre ses pattes et contemplait mon visage d'un air inquiet. Je sentis ma main s'enflammer à nouveau : j'avais heureusement le bras écarté loin du corps, donc je ne risquais pas de me brûler.

— La Déesse soit louée, je croyais que tu étais morte ! s'exclama-t-il. (Il tourna son regard vers ma main en flammes.) Mon Dieu.

La griffe se consumait lentement, s'effritant sans que je ne ressente aucune douleur.

— Que s'est-il passé ? demandai-je. Où est Miko ?

— C'était très étrange, répondit Pal. Elle t'a touchée, a hurlé, t'a violemment repoussée, puis elle a disparu. Les zombies se sont tous écroulés en même temps : je ne sais pas où elle est partie, mais elle ne les contrôle plus.

— Waouh, dis-je en comprenant ce qui venait d'arriver. Elle a pris l'âme du Goad au lieu de la mienne : le goût n'a pas dû lui plaire.

— Apparemment pas.

— Aide-moi à me lever : il faut qu'on descende les mecs de leurs croix.

Ils étaient tous les deux inconscients. Le Sorcier avait une méchante coupure au front et plusieurs bleus sur le corps ; quant à Cooper, Miko ou l'un de ses esclaves lui avait manifestement foutu une belle raclée : il était couvert d'œdèmes violacés.

Avec Pal, nous sectionnâmes les cordes qui les retenaient aux branches d'acacia et les transportâmes jusque dans le vestibule frais et luxueux style Renaissance de l'hôtel. Il n'y avait personne, à part quelques zombies qui crevaient silencieusement sur le plancher en damier brillant. Nous déposâmes Cooper et le Sorcier chacun sur un vaste divan en cuir; en travaillant ensemble, nous parvînmes à les tirer de leur coma à l'aide des sorts de guérison.

— Quel plus beau spectacle que ton visage au réveil? me dit Cooper avec un sourire en coin. (Il s'assit en grimaçant.) Où est Miko?

— Elle est partie, répondis-je. Elle a tenté de me ravir mon âme, mais elle s'est emparé de celle du Goad à la place. Les Virtii et les chats avaient vu juste: il suffisait en fait que je me présente devant elle.

— Dire qu'on n'y avait même pas pensé, intervint le Sorcier.

— Sara aurait quand même pu me prévenir! m'exclamai-je d'une voix geignarde. (J'avais bien gagné le droit de me plaindre un peu, après tout.) Sûrement que mon père aussi était au courant!

— Miko est télépathe, expliqua Cooper. Elle ne serait pas tombée dans le piège si tu le connaissais à l'avance.

— Tu n'as pas croisé mon frère Randall dans les parages? demandai-je à Cooper.

Il hocha la tête, puis grimaça comme s'il regrettait d'avoir remué aussi violemment son crâne.

— Je crois que oui, dit-il. Tout le monde est installé dans la suite royale au dernier étage. Miko y a enchaîné les Talents; elle les oblige à maintenir un enchantement d'anti-magie. Certains sont en piteux état. On devrait monter les libérer.

Heureusement, le vieil ascenseur en fer forgé fonctionnait toujours; Pal et moi aidâmes les mecs à se traîner jusqu'à l'intérieur. Tandis que nous gravissions les étages, je me rendis compte que Cooper et le Sorcier évitaient de croiser le regard l'un de l'autre, ainsi que le mien. Ils étaient contents d'être sortis des griffes de Miko sans doute, mais pas franchement ravis de me voir. Bordel.

À peine avions-nous fait quelques pas sur la moquette bordeaux du vingt-cinquième étage que nous tombions sur la première personne en possession d'une âme du bâtiment : il s'agissait d'une femme hispanique, l'air ahurie, en tenue d'infirmière bleu clair, qui tenait à la main deux pochettes en plastique remplies d'un liquide sombre. Elle avait un peu moins de trente ans ; la courbure de sa mâchoire et la forme de ses épaules me rappelèrent quelqu'un.

— Êtes-vous Sofia Ray ? lui demandai-je.

Elle écarquilla les yeux.

— Oui, répondit-elle. Mais qui êtes-vous ?

— J'ai rencontré ton père à son magasin, dis-je. Il m'a demandé de te retrouver.

— Papa est encore en vie ?

— Il l'était quand nous l'avons quitté il y a quelques jours. (J'avais du mal à croire que nous avions atterri dans cet endroit maudit il y a moins d'une semaine ; un rapide exercice de calcul mental me le confirma pourtant.) Il semble que Miko ait disparu, donc si vous pouviez nous montrer où se trouvent les prisonniers…

Sofia nous guida le long d'un couloir jusqu'à une grande pièce remplie de lits d'hôpital équipés de sangles. Trente Talents nourris par intraveineuse étaient attachés chacun à un matelas. Certains portaient des blouses d'hôpital, d'autres étaient nus sous leurs draps. Une fine chaîne en argent reliait leurs pieds, créant un cercle continu de magiciens en transe.

— Voilà donc d'où vient le champ d'anti-magie, dit Cooper.

— Intéressant, commenta Pal derrière moi. Ils sont en réseau, comme des ordinateurs. C'est horrible de traiter des humains de cette façon, mais c'est une bonne idée.

— Lynn ! cria Sofia. Lève-toi, Lynn, quelqu'un est finalement venu pour nous sauver !

Une femme allongée sur un lit proche de moi (que j'avais d'abord prise pour l'un des membres du cercle) se réveilla brusquement, repoussant ses draps. Elle portait également une tenue d'infirmière, ainsi que de petits chaussons en mousseline blanche. D'abord l'air surprise, puis réjouie, elle sembla effrayée lorsqu'elle aperçut Pal, qui s'était à peine rétréci pour prendre l'ascenseur.

— N'ayez pas peur de mon araignée, lui dis-je. Elle a l'air impressionnante, mais elle est gentille.

Cooper s'était saisi de la chaîne en argent et la contemplait d'un air songeur.

— J'ai entendu parler de cercles de transe comme celui-ci, dit-il. L'un des membres dirige les autres, qui servent de caisse de résonance à l'enchantement qu'il lance. Si on parvient à réveiller le chef, les autres devraient sortir de leur état second. Mais si on brise le cercle avant, le choc risque de tuer certains maillons. (Il ferma les yeux et fit le tour du cercle en boitant, les mains tendues vers les Talents en transe. Il s'arrêta devant un jeune homme aux cheveux couleur sable qui devait avoir cinq ou six ans de plus que moi.) C'est lui.

— Attends une minute, dis-je en avançant vers le jeune homme. Je crois que c'est mon frère, ce type. Comment faut-il le réveiller ?

— En douceur, si possible, répondit Cooper. Si tu le tires trop brutalement de l'enchantement, son organisme subira un traumatisme, et il en gardera peut-être des séquelles.

Je me dirigeai vers le lit pour contempler mon frère. Malgré son visage bouffi par les médicaments et les drogues qu'on lui avait injectés, il ressemblait clairement à mon père… ainsi qu'à moi.

— Randall, l'appelai-je doucement. Réveille-toi, Randall. (Il poussa un grognement et se tortilla dans ses draps, toujours prisonnier de son sommeil enchanté. Je lui tapotai la main en haussant légèrement la voix.) Allez, mon pote, c'est l'heure de rentrer à la maison. T'as envie de voir ton papa, non ? Que dirais-tu de me présenter Maître Shimmer ?

— Mutre Shummur… répéta-t-il d'une voix traînante et rauque. (Il battit des paupières, ouvrit les yeux et sembla fixer son regard sur moi.) Salut, sœurette. (Il m'adressa un sourire.) J'ai rêvé que tu viendrais nous sauver. T'aurais pas pu te dépêcher un peu ?

Sofia m'aida à détacher le reste des Talents ; remis sur pied par Cooper et Pal grâce à un sort de guérison, Randall semblait pleinement requinqué, et même un peu surexcité.

— Je peux nous faire sortir d'ici sans problème, m'affirma-t-il. Cette ville est pleine de failles, même si je ne pouvais pas y accéder tant que j'étais sous le contrôle de Miko. J'ai tenté de la piéger après qu'elle a eu décimé mon équipe dans une embuscade, mais j'ai manqué de chance et les choses ont mal tourné pour moi. J'ai trop envie d'un burger. De frites aussi. Mon royaume pour une grande frite. Il y a un super resto à Dallas où je pourrais vous emmener. Eh, t'es une ouvreuse, non ?

— Quoi ? répondis-je, déroutée par sa façon de passer du coq à l'âne.

— Tu es douée pour ouvrir les portails.

— Ah, euh, en effet.

— Génialissime, dit-il avec un grand sourire. On se casse d'ici. Tu vas adorer la baraque de papa.

— Il faut que je ramène Sofia à son père, répliquai-je. Je lui ai promis.

— Pas de souci, fais-toi plaisir. Il va de toute façon nous falloir un certain temps pour réveiller et soigner le reste des Talents.

Sofia n'était pas rassurée à l'idée de monter sur Pal, mais je finis par la convaincre de grimper derrière moi. Le trajet jusqu'au relais routier de Rudy fut tranquille, à tel point qu'à la fin, Sofia semblait s'amuser. Quand on ne souffre pas du vertige, fendre les airs à toute allure est une expérience plutôt grisante.

Nous atterrîmes à l'ombre des pompes à essence ; à peine avais-je eu le temps d'aider Sofia à descendre sur le bitume que j'entendis s'ouvrir la porte du magasin.

— Sof… Sofia ? bégaya le vieux Rudy en titubant à travers le parking. (On aurait dit qu'il venait tout juste de se réveiller.) C'est vraiment toi ?

— Papa ! s'exclama-t-elle avec un immense sourire.

Elle courut jusqu'à lui et ils se jetèrent dans les bras l'un de l'autre. Rudy pleurait à chaudes larmes.

— Dieu soit loué, tu es saine et sauve ! sanglota-t-il. J'avais si peur de t'avoir perdue pour toujours. (Il me regarda en clignant ses yeux humides.) Je vous remercie, mademoiselle. Je ne sais pas comment vous avez réussi un tel exploit, et jamais je ne vous serai suffisamment reconnaissant…

— Ne vous en faites pas, dis-je, touchée par leur joie mais légèrement gênée par ces effusions. C'est de bon cœur, je… vous souhaite simplement d'être heureux.

En contemplant Rudy et sa fille, je songeai à tous les zombies que j'avais croisés depuis mon arrivée à Cuchillo. Je me souvins de la mort de Henry, des paroles de Charlie lorsqu'elle avait refusé d'enterrer David, et je pris une décision.

— *Nous ne pouvons pas quitter cette ville,* dis-je à Pal par télépathie. *Il faut que je retrouve Miko.*

— Quoi ? répondit-il. Mais pourquoi voudrais-tu faire une chose pareille ? Tu l'as battue.

— *Non, pas vraiment. Le Goad est loin d'être assez puissant pour la tuer. C'est vrai qu'il l'a rendue folle, mais ça ne durera pas. Bientôt, elle reprendra ses activités meurtrières et se jettera sur une autre ville comme celle-ci : je dois l'en empêcher à tout prix.*

— Peut-être que sa folie est permanente, répliqua Pal. Que son unique faiblesse était de ne pouvoir accueillir un démon.

— *Raison de plus pour mettre la main sur elle, car alors, je viens de condamner des milliers d'âmes immortelles à une éternité en enfer. Laisser tomber les victimes de Miko serait un crime bien pire qu'abandonner les frères de Cooper.* (Je fixai Pal droit dans les yeux.) *Je ne pars pas avant d'en avoir terminé avec cette histoire. Je peux compter sur toi ?*

Il hocha la tête.

— À cent pour cent.

Fin

A propos de l'auteur

LUCY A. SNYDER est née en Caroline du Sud, et a grandi au Texas à San Angelo, son père étant stationné à la base aérienne de Goodfellow. Elle suivra des études de science environnementale et de journalisme à l'université d'Indiana. En 1995, elle est diplômée du célèbre atelier d'écriture Clarion.

Auteur de nouvelles publiées dans de nombreux magazines, elle a reçu le Bram Stoker Award pour sa collection *Chimeric Machines*.

Elle vit à Columbus dans l'Ohio avec son mari Gary A. Braunbeck.

Découvrez un extrait du roman

LES FILS DE LA PLEINE LUNE

TOME I
DANGEREUSE TENTATION

LA SÉRIE ÉVÊNEMENT D'EILEEN WILKS

CRIMSON

Lily Yu est une détective de la police de San Diego. Chargée d'enquêter sur une série de meurtres étranges, elle doit infiltrer les clans de loups-garous de la région.

Un seul homme peut l'aider : Rule Turner, le prince des lupins, dont la simple présence la trouble au plus profond d'elle-même. Son instinct lui dicte de s'en méfier, mais dès qu'ils sont ensemble, leur attirance est immédiate, intense, incontrôlable.

Pour traquer le mal, Lily doit se rendre en territoire ennemi. Elle sera mise à l'épreuve comme jamais auparavant, et n'aura pour seul soutien, qu'un homme dont elle doit se méfier…

Il ne restait plus grand-chose du visage.

Dans ses talons noirs flambant neufs, Lily se tenait à distance de la mare de sang qui avait séché sur les bords mais restait visqueuse près du corps. Elle avait cependant vu pire lorsqu'elle travaillait à la circulation…

Mais là, c'était différent : le corps avait été mutilé de manière délibérée.

Une brume, visible sous les projecteurs de police, flottait dans l'air chaud. Lily Yu sentait sa moiteur sur sa peau, et l'odeur lourde du sang dans ses narines. Un flash crépita comme le photographe capturait la scène de crime.

— *Hey, You !* l'apostropha l'agent de police derrière l'objectif, un petit rouquin aux joues d'écureuils et aux cheveux coupés si courts sur sa tête qu'on aurait dit le duvet d'une pêche.

Lily grimaça. O'Brien ne se lassait jamais de ses jeux de mots, aussi éculés fussent-ils. S'ils avaient la chance de vivre jusqu'à cent ans, la première chose qu'il lui sortirait chaque matin en la croisant dans leur maison de retraite serait : « *Hey, You !* »

Encore fallait-il bien sûr qu'elle conserve son nom de jeune fille ces quatre-vingts prochaines années… Mais vu le gouffre sans fond qu'était sa vie sentimentale, ça ne semblait pas complètement impossible.

— Quoi, l'Irlandais ? rétorqua-t-elle.

— Apparemment, t'avais un plan pour ce soir ?

— Non. Moi et mon chat, on se met toujours sur notre trente et un pour dîner ensemble… L'Inspecteur Harry est super classe en smoking.

O'Brien ricana et se déplaça pour changer d'angle. Lily ne lui prêta plus attention, pas plus qu'à l'autre technicien de scène de crime ; elle oublia même la présence des badauds derrière les barrières de police et celle des agents en uniforme leur interdisant l'accès.

Le sang attire les foules aussi vite que le sucre attire les fourmis. Mais cette fois, les curieux n'étaient pas des gens du coin. Les habitants de ce quartier savaient qu'ici, la curiosité avait un prix. Ils reconnaissaient le bruit d'une fusillade en voiture, les signes d'un deal de drogue. Les spectateurs qui tendaient le cou dans l'espoir d'entrevoir une goutte de sang sortaient sans doute de la boîte de nuit située à l'angle de la rue. Le Club Inferno attirait une clientèle bien particulière.

La victime ne semblait pas être du quartier non plus.

L'homme gisait étendu sur le dos en travers du trottoir crasseux. Lily releva un gobelet de soda XXL vide aplati près de sa jambe, un bout de journal coincé sous ses fesses, et une bouteille de bière brisée à ses pieds. Celui qui lui avait tranché la gorge et massacré le visage n'avait épargné que sa pommette et son œil droits. Perdu au milieu d'un rectangle de peau dont la couleur évoquait à Lily un siège en osier, un œil marron figé de stupeur fixait le vide. Lily nota le jean de marque, le genre qu'on ne trouve que dans des boutiques hors de prix. Des chaussures de sport noires, également de marque. Une chemise rouge en soie.

La manche droite était déchirée sur tout l'avant-bras. Il y avait trois profondes entailles : des blessures défensives. Le bras était écarté du corps, et la main reposait dos au sol, les doigts repliés, comme celle d'un enfant endormi.

Son autre main se trouvait quatre mètres plus loin, contre le poteau d'une balançoire.

Une aire de jeux. Bon sang, quelqu'un avait réduit en charpie le visage de ce mec sur une aire de jeux pour enfants. Lily sentit sa gorge se serrer, ses épaules se crisper. Elle avait vu bien des cadavres depuis son affectation à la brigade criminelle. La vue d'un mort ne lui soulevait plus le cœur, mais elle continuait de lui laisser un sentiment de tristesse, de gâchis.

La victime avait passé l'âge de s'amuser sur ces balançoires : il devait avoir dans les vingt-cinq ans. Un peu moins d'un mètre quatre-vingts, environ quatre-vingts kilos. À voir ses épaules et ses bras, il soulevait certainement des haltères. Des cuisses musclées. Il s'agissait d'un homme fort, peut-être même se vantait-il de sa musculature.

Mais ce soir, sa force physique ne lui avait pas servi à grand-chose. Pas plus que le pistolet de calibre .22 qu'il portait sur lui. L'arme reposait près de la main sectionnée; sans doute en était-elle tombée quand la mort avait fait se relâcher ses doigts.

— Attention, inspecteur ! Allez pas salir votre jolie robe.

Lily n'eut pas à tourner la tête pour reconnaître la voix de l'homme : elle avait entendu son rapport en arrivant sur les lieux.

— Les scènes de crime sont le plus souvent souillées par des policiers, pas par des civils, répondit-elle. Vous avez une raison valable de ramener vos grandes pattes par ici, agent Phillips ?

— Ça va, quoi ! Je me tiens à trois mètres du corps.

Cette fois-ci, elle leva les yeux vers lui. L'agent Larry Phillips était un des deux policiers qui avaient répondu à l'appel. Lily ne l'avait encore jamais rencontré, mais elle connaissait le genre : la quarantaine passée, et il continuait de ratisser les rues avec amertume. Lily était une femme et, à vingt-huit ans, elle était déjà inspectrice.

Il ne la portait pas dans son cœur.

— Croyez-le ou pas, mais on a parfois retrouvé des indices à plus de trois mètres du corps. Qu'est-ce que vous voulez ?

— Je venais vous dire qu'aucun des bons citoyens derrière le cordon là-bas ne déclare avoir vu quoi que ce soit. Ils faisaient la bringue dans la boîte de nuit. Ils en sont sortis ensemble, et ils ont vu les jolis gyrophares des voitures de patrouille briller dans la nuit. Alors ils sont venus voir ce qui se passait.

— Le Club Inferno, c'est ça ?

— C'est là qu'il faut chercher votre tueur. Les types du labo tireront rien du corps.

— Il existe d'autres types d'indices.

— Bien sûr, grommela le policier. Si ça se trouve, le tueur a laissé tomber une carte de visite. À moins que vous ne partagiez l'avis de mon coéquipier ? D'après lui, c'est un chiot qui a fait ça.

Lily lança un coup d'œil vers l'ouverture aménagée entre les barrières de police servant d'accès à la scène de crime. Là-bas, le coéquipier de Phillips, un jeune latino, s'occupait de contrôler la foule avec d'autres policiers, relevant identités et coordonnées.

— C'est un bleu ? demanda-t-elle.

— Ouais, répondit Phillips en sortant de sa poche un cure-dent plastifié, qu'il déballa de sa cellophane et se fourra dans la bouche. J'ai bien tenté de lui expliquer qu'un chiot vous arrache rarement la main d'un seul coup de dents.

Phillips n'était pas stupide, reconnut Lily, juste casse-pieds. Elle acquiesça.

— En règle générale, un homme valide parvient à se débarrasser d'un chien qui l'attaque. Ici, il n'y a presque aucun signe de lutte, et puis il y a ce pistolet… (Que la victime avait sans doute en sa possession, songea Lily, bien qu'on ne pût pas exclure la présence d'une troisième personne sur les lieux. Elle secoua la tête.) La bête a dû frapper très vite.

— Ça, ils sont rapides, c'est sûr, approuva le policier. Le pauvre type a sans doute pas eu le temps de s'apercevoir qu'il avait perdu sa main.

— Cela dit, il a eu les bons réflexes. Il a essayé de baisser la tête pour protéger son cou. C'est comme ça qu'il a perdu une partie de son visage. Ensuite, la bête l'a égorgé.

— Voyons, inspecteur… Vous êtes pas censée employer le mot « bêtes » pour parler d'eux. On doit les considérer comme des êtres humains maintenant. Comme des gens normaux. La loi leur accorde désormais les pleins droits.

— Je connais la loi, dit-elle en levant les yeux vers Phillips. (Elle dut pour cela lever la tête, car le policier filiforme dépassait le mètre quatre-vingt-cinq. Mais à dire vrai, Lily devait lever la tête pour regarder neuf personnes sur dix dans les yeux. Elle avait presque fini par se faire une raison.) C'est votre secteur, agent Phillips. Vous sauriez identifier la victime ?

— Il est pas du coin.

— Ça, j'avais deviné. Il était peut-être venu chercher un peu d'action : drogue, sexe... Ou bien s'amuser de manière à peine plus légale au Club Inferno. Si c'était un habitué, vous pourriez l'avoir vu traîner dans le coin.

Le policier secoua la tête ; le cure-dent semblait collé à sa lèvre inférieure.

— Il a pas été tué pour une histoire de drogue, ni par un mac voulant punir un mauvais payeur. En fait, j'appellerais même pas ça un meurtre.

Il y a trois ans de cela, une telle affaire aurait été traitée par la brigade spéciale. Aujourd'hui, on la confiait à la criminelle.

— Ça n'est pas l'avis des tribunaux, fit remarquer Lily.

— Ouais. Et tout le monde connaît l'immense bon sens des juges. À écouter ces bons samaritains, on devrait se mettre à traiter ces bêtes comme des êtres humains. Le carnage à vos pieds montre à quel point c'est stupide.

— J'ai vu des hommes commettre des atrocités bien pires sur d'autres hommes, rétorqua Lily. Ou sur des femmes. Bon, pour l'instant, continuez de surveiller la zone.

— À vos ordres, inspecteur, répondit-il avec un sourire moqueur. (Il se tourna vers elle et prit le temps de retirer le cure-dent de sa bouche. Quand elle croisa son regard, toute trace de mépris ou de colère en avait disparu.) Vous voulez le conseil d'un flic qu'a passé quinze ans de sa carrière dans la brigade spéciale ? Appelez-les comme ça vous chante, mais oubliez jamais que les lupins sont pas des êtres humains. Ils sont plus résistants que nous, plus rapides, plus forts, et ils adorent le goût de la chair humaine.

— Celui-ci ne semble pas vraiment avoir pris le temps de déguster…

Phillips haussa les épaules.

— Il a dû être interrompu par quelque chose. Oubliez pas que la loi les reconnaît seulement comme des êtres humains quand ils sont sur leurs deux jambes. Si vous en rencontrez un à quatre pattes, vous faites pas chier à l'arrêter. Tirez. (Il jeta le cure-dent avant d'ajouter.) Et visez la tête.

— Je garderai ce conseil à l'esprit. Ramassez votre cure-dent.

— Quoi ?

— Votre cure-dent. Il ne fait pas partie de la scène de crime. Ramassez-le.

Le regard mauvais, Phillips se baissa et attrapa le cure-dent. Il s'éloigna alors en pestant contre les bonnes femmes qui pensaient en avoir entre les jambes.

— Je crois que tu ne t'es pas fait un ami, plaisanta O'Brien.

— Vraiment, ça me fend le cœur, répondit Lily.

Elle marqua alors un temps d'arrêt : une voiture du bureau du coroner venait de se garer derrière l'ambulance. Mieux valait faire vite.

— On dirait que le décès de notre victime va être prononcé d'un moment à l'autre. T'en as fini avec les photos ?

— Pourquoi ? Tu veux y regarder d'un peu plus près ?

Les termes choisis étaient innocents, le ton désinvolte, mais Lily comprit le message. O'Brien avait collaboré avec Lily sur suffisamment de scènes de crime pour savoir qu'il ne s'agissait pas de « regarder » physiquement. Cependant, il gardait cela pour lui. Être une sensitive n'était pas illégal, mais cela pouvait s'avérer compliqué, aussi la politique du service vis-à-vis de ce genre de phénomènes était : « motus et bouche cousue ».

Cette position ne s'expliquait pas uniquement par l'étroitesse d'esprit des autorités. Toute donnée inconsistante étant jugée irrecevable devant les tribunaux, un bon avocat de la défense pouvait facilement réduire en miettes le témoignage d'un policier s'il parvenait à prouver que l'enquête sentait de près ou de loin le paranormal.

Toutefois, les flics étant par nature pragmatiques, la politique officieuse était de faire feu de tout bois pour attraper les criminels, quitte à le faire en cachette. Voilà pourquoi Lily se retrouvait dans ce quartier mal famé à examiner un cadavre, au lieu d'être aux fiançailles de sa sœur, à repousser les avances de Henry Chen.

Finalement, chaque chose avait son bon côté. Elle leva les yeux vers O'Brien et lui fit un signe de tête.

— Vas-y, dit-il en se déplaçant pour la masquer aux yeux de la foule derrière les barrières, et en feignant de s'intéresser à son appareil photo.

Il n'était pas assez grand pour la cacher complètement, mais il empêchait toutefois les badauds de distinguer ce qu'elle faisait. Lily apprécia le geste. Elle posa son sac à dos par terre et s'agenouilla près du corps, en prenant garde à ce que sa robe ne remonte pas trop. Elle approcha alors sa main de celle du cadavre.

La main était molle. Elle n'avait pas encore été gagnée par la rigidité cadavérique. La peau était cireuse et présentait une coloration bleue; le visage avait une teinte violacée. Lividité cadavérique peu prononcée. Rien de tout cela n'était concluant, mais ça indiquait clairement qu'il était mort depuis peu quand le central avait reçu l'appel anonyme, à 23 h 04.

Les ongles étaient carrés, propres et soigneusement coupés. Les doigts étaient courts comparés à sa paume large et plate. Traces d'égratignures partiellement cicatrisées sur les jointures: il s'était battu quelques jours plus tôt. La peau sous les ongles était pâle. Aucun anneau aux doigts.

Et aucune réponse quand sa peau entra en contact avec la sienne.

Du sang avait coulé jusque dans la paume et formé en séchant une croûte brunâtre qui se craquela légèrement quand elle retourna la main à la lumière. Une touffe de poils colorés s'était engluée dans le sang.

Lily la toucha.

La sensation s'apparentait à toucher le béton une fois que le soleil était couché, et s'apercevoir qu'il est encore chaud. Ou comme l'instant où l'on relâche une perceuse, et que la peau garde le souvenir de la vibration.

Encore que ce qu'elle ressentait ne fût pas une sensation de chaleur ou de vibration. Lily n'avait jamais trouvé les mots pour décrire ce qu'elle éprouvait au contact de quelque chose que la magie avait touché, mais il s'agissait d'une sensation aisément reconnaissable. Un jour, elle avait tenté de l'expliquer à sa sœur – sa cadette, Beth, pas sa sœur aînée, qui était la perfection incarnée. « Imagine que tu passes ton temps, jour après jour, à toucher quelque chose de doux, lui avait-elle dit. Dès que tu sentirais une surface rugueuse, tu le remarquerais immédiatement. » Même si ce n'était qu'une toute petite rugosité, comme ce soir.

Non, admit-elle en reposant doucement la main. Les gars du labo ne récolteraient pas beaucoup d'indices sur le tueur. Seulement ce qu'elle venait d'apprendre en touchant les poils qu'il avait laissés mêlés au sang de sa victime. Elle se releva.

— Alors ? demanda O'Brien. Le chasseur de monstres voyait juste ? Je perds mon temps à prendre ces clichés ?

Lily lui décocha un regard vif.

— Tu dois suivre la procédure.

— C'est ça… Merci de me rappeler comment je dois faire mon boulot, répliqua-t-il en levant les yeux au ciel.

— Excuse-moi, dit-elle en soupirant pour évacuer sa tension. Oui, Phillips voyait juste. La victime est un humain, mais le tueur est un loup-garou.

— Tu veux dire un « lupin », ironisa-t-il en battant des cils. On a eu une note là-dessus, le terme officiel, c'est « lupins ».

— Peu importe le nom qu'on lui donne, ça reste un tueur, dit-elle en haussant les épaules, agacée par ces appellations politiquement correctes.

Elle lança alors un regard en direction des curieux derrière la barrière :

— Je crois bien que je vais aller faire un tour au Club Inferno ce soir.

À suivre dans

LES FILS DE LA PLEINE LUNE

TOME I
DANGEREUSE TENTATION

LA SÉRIE ÉVÊNEMENT D'EILEEN WILKS

EILEEN
WILKS
LES FILS
DE LA PLEINE
LUNE
1 - DANGEREUSE TENTATION

CRIMSON

MIXTE
Papier issu de sources responsables
FSC® C005461

Achevé d'imprimer sur les presses
de l'imprimerie Rotolito Lombarda (Italie)
Dépôt légal : juillet 2013